L'Escalier de Riceyman

ARNOLD BENNETT

L'Escalier de Riceyman

Traduit de l'anglais
par Maurice Rémon

ÉDITIONS DE L'OLIVIER

ISBN : 2-87929-042-2

PREMIÈRE PARTIE

I

L'escalier de Riceyman

Par un après-midi d'automne, en 1919, un homme nu-tête, et qui boitait légèrement, gravissait l'escalier doux et large de Riceyman, qui mène de King's Cross Road au square de Riceyman, dans le grand quartier industriel de Clerkenwell, à Londres. Ni gras ni maigre, il avait des cheveux noirs qui commençaient à grisonner, mais son teint encore frais et ses lèvres fortes et très rouges, sous une courte moustache grise et au-dessus d'une petite barbe en pointe, donnaient une impression d'extrême vitalité. Les yeux bruns semblaient un peu petits et regardaient de près les objets. Quant à son âge, un observateur expert et attentif, sans connaître cet homme par ailleurs, se serait contenté de dire qu'il devait avoir passé la quarantaine. L'homme lui-même avait certainement le droit de se dire dans la force de l'âge. Il portait un complet gris foncé, qui devait être soigneusement plié tous les soirs, un col bas, blanc et empesé, et un plastron noir qui cachait complètement le devant de la chemise, dont on ne voyait pas non plus les poignets ; ses vieux souliers noirs étaient bien cirés. Il donnait une impression de bien-être tranquille, intelligent et raffiné, et dans ses petits yeux brillaient les lueurs changeantes de la sensibilité.

Les vingt marches de l'escalier de Riceyman sont divisées en deux séries de dix par un palier. L'homme s'y arrêta et se retourna avec un air voulu d'indifférence qui, pourtant, ne cachait qu'imparfaitement un dessein précis. L'observateur soupçonneux et cynique qui aurait sournoisement surveillé ses mouvements se serait dit : « A qui en a-t-il, celui-là ? »

L'homme qu'intéresse une femme acquiert une des facultés du cheval : il peut regarder dans deux directions à la fois. C'est ce que faisait le nôtre.

Au-dessous de lui, et droit devant lui, il voyait un morceau de King's Cross Road – un enfer de bruit, de poussière et de saleté, avec les trams du comté de Londres, des camions automobiles et de lourds chariots à chevaux circulant du nord au sud, dans un vaste et discordant fracas de fer cahoté sur le pavé, sous les fenêtres d'une population sans défense. A l'extrémité de l'avenue se dressait, sur la droite, l'énorme Taverne Rouge de Nell Gwyns, élevée sur l'emplacement du palais de Nell, encore plus énorme, et où s'étalaient des affiches engageant le public à acheter des vins du Portugal et à assister à des meetings ouvriers : puis, sur la gauche, la Maison Rouge de Rowton, dont la taille surpassait encore le palais disparu de Nell, divisée en centaines et centaines de chambres propres, mises à la disposition des vaincus de la vie, pour un shilling la nuit, et exposant sur sa façade de fer la promesse d'un journal de donner les noms des chevaux gagnants aux courses. Plus près de l'homme qui pouvait regarder de deux côtés à la fois, c'était la petite place ouverte – mais fermée au trafic des véhicules – qui était officiellement comprise sous le nom de « Escalier de Riceyman ». A l'angle sud, se trouvait la boutique d'un libraire qui vendait des livres d'occasion et, à l'angle nord, une salle, abandonnée et délabrée, pour réunions religieuses. L'une et l'autre donnaient sur King's Cross Road. Puis, des deux côtés, plus loin du passage et plus près des marches, venaient quelques maisons particulières, aux fenêtres soigneusement garnies de rideaux, et une boutique, celle d'un pâtissier. Plus loin, également de chaque côté, deux « cours » pleines de camions, de marchandises, d'ustensiles et du bourdonnement de machines invisibles. La terre elle-même vibrait légèrement, car au fracas du trafic et des fabriques, le chemin de fer souterrain, qui passait sous la place, ajoutait le grondement sourd de ses trains électriques.

Tout en contemplant le spectacle de King's Cross Road, l'homme, du haut des marches, regardait sur sa droite la boutique du pâtissier que tenait la femme qui avait commencé à l'enflammer. Il ne réussissait pas à la voir, mais sa pensée retenait avec plaisir son image, et elle possédait ses pensées. Il rêvait qu'un jour il partagerait avec cette âme sympathique la vision qu'il avait de ce merveilleux Clerkenwell, où il habitait, ainsi qu'elle maintenant. Il expliquerait à ses oreilles avides que jadis Clerkenwell était un pays verdoyant et plein de murmures, pays de sources médicinales, de puits, de ruisseaux bordés de moulins, de couvents, d'aristocrates, et de pieux clercs qui représentaient des mystères. Oui, il lui parlerait du drame d'Adam et d'Ève, joué en costumes d'Adam et d'Ève devant un naïf public qui ne se choquait pas. (Pourquoi non ? C'était une veuve et qui n'était plus jeune.) Et il lui ferait remarquer comme les dos bruns des maisons qui avaient leur façade sur King's Cross Road ressemblaient aux murs à arcs-boutants d'une puissante forteresse, et comment les affreux dos, couleur ocre et sans fenêtres, des maisons de Riceyman Square (derrière lui) ressemblaient tout à fait à de hauts donjons du Moyen Age. Et il lui raconterait l'histoire du palais de Nell Gwins, contemporaine de Louise de La Vallière et partageant avec elle l'honneur d'être la première et la plus ingénue des séductrices modernes. Jamais encore il n'avait eu l'idée d'ouvrir son esprit à une femme sur ces sujets passionnants.

La pluie se mit à tomber. Elle mouillait les livres d'occasion exposés sur des étagères devant la boutique du libraire. L'homme ne bougeait pas. Soudain, rapide, un personnage d'aspect distingué sortit de King's Cross Road, se dirigeant vers les marches, et, après un moment d'hésitation, entra dans la librairie. L'homme du palier descendit tranquillement en boitant et suivit le client éventuel dans la boutique qui était la sienne.

II

Le client

La boutique avait une vitrine sur King's Cross Road, mais l'entrée, ainsi qu'un autre étalage, était sur l'Escalier de Riceyman. La première vitrine ne contenait que des éditions bon marché, sous leur couverture de papier, de romans populaires, par exemple ceux d'Ethel M. Dell, Charles Garvice, Lane Grey, Florence Barclay, Nat Gould et Genet Stratton Porter. L'autre montre était garnie de livres anciens, de premières éditions, d'ouvrages illustrés et des œuvres complètes, reliées en veau ou en maroquin, d'écrivains renommés et sérieux, dont les ouvrages, indispensables aux collections des bibliophiles – ne pas confondre avec les érudits – sont passés, après de longues périodes de critique, dans le paradis de l'immuable estime. Cette vitrine ne pouvait manquer d'attirer l'attention des collectionneurs et des maniaques du livre. Elle paraissait étrangement et même fatalement déplacée dans ce milieu terne et sordide où l'existence n'était qu'une dangereuse et difficile aventure à la recherche presque frénétique de la nourriture, de la boisson et d'un abri, où les points de repère familiers et appréciés étaient des cabarets, et où l'immense majorité de la population ne lisait que des pronostics ou des résultats sportifs, et le dimanche matin des comptes rendus de crimes sanglants ou de savoureuses aventures d'amour.

Néanmoins la librairie était, en fait, bien à sa place sur l'Escalier de Riceyman. Elle avait un aspect pittoresque, comme l'Escalier lui-même, avec son apparence pauvre d'usure et de délabrement malpropre. Les marches qui montaient à Riceyman Square, le square qu'on apercevait au sommet, avec son église à la croix massive sur la façade ouest, le curieux effet perpendiculaire des hautes maisons, aveugles et d'un ton ocré, tout cela frappait l'imagination de quiconque portait en soi une dose un peu forte de cette passion universelle qu'est l'amour du passé. La boutique renchérissait sur l'attrait de l'entourage : elle était absolument à l'endroit voulu. Pour la gent mystérieuse des collectionneurs, toujours poussés par un furieux désir d'acheter les choses bien au-dessous de leur valeur, la montre du côté de l'Escalier était irrésistible. Or, toutes sortes de gens, y compris des amateurs de livres, passaient par King's Cross Road dans le cours d'une journée. Et tous les collectionneurs, en apercevant le magasin, se disaient en eux-mêmes : « Quelle drôle de place pour une librairie ! Quelles occasions ! » En outre, la maison datait de loin et, par suite, avait des relations solidement établies en dehors du quartier. Quantité de gens bien informés la connaissaient et étaient fiers de la connaître. « Comment, disaient-ils, avec un étonnement affecté, à leurs relations qui avaient les mêmes goûts, vous ne connaissez pas l'Escalier de Riceyman, dans King's Cross Road ? Pas de meilleur coin à Londres pour un fureteur ! » Le nom de « Riceyman » sur une enseigne, dont la peinture s'écaillait depuis vingt ans, rehaussait aussi le prestige de la boutique, car elle prouvait son ancienneté à cet endroit. Riceyman devait être authentiquement du sang de Clerkenwell.

Le client, les mains derrière le dos et les jambes un peu écartées, contemplait un casier de reliures en veau. Petit, mis avec soin, vif et alerte, il n'avait l'air ni d'un homme d'étude ni d'un membre de la haute bourgeoisie.

– Je regrette de vous avoir fait attendre, j'ai dû sortir un moment et je suis seul ici, dit le libraire, d'un ton calme et courtois, mais sans aucune obséquiosité.

– Il n'y a pas de quoi, répondit le client, les livres que vous avez là m'intéressaient vivement.

Le libraire, qui comme beaucoup de marchands était assez bon juge des gens, remarqua aussitôt que ce client devait avoir acquis ses manières aussi bien que sa façon de s'habiller quelque part après son adolescence. Il y avait de la brusquerie dans sa voix, et le fait est qu'il avait acquis des manières supérieures à sa condition première en un singulier endroit : en Palestine, sous Allenby.

– Vous n'avez probablement pas en magasin un Shakespeare, j'entends une assez bonne édition ?

– Quel genre de Shakespeare ? J'en ai des quantités.

– Mon Dieu, je ne sais pas au juste... Je pense depuis longtemps qu'il me faudrait un Shakespeare.

– Illustré ? demanda le libraire, qui avait maintenant nettement catalogué son client comme un homme qui avait peut-être quelque usage du monde, mais qui, en ce qui concernait les livres, n'était qu'un nigaud.

– Je n'y ai pas songé, fit le client avec un très léger rire de bonne humeur. Ce serait agréable, il me semble, d'avoir des gravures à regarder.

– J'ai un bon Boydell, très propre, et un Dalziel, mais c'est bien gros.

– Hem !

– On ne peut les ouvrir que sur un pupitre, ou sur ses genoux.

– Ah ! alors, ça ne ferait pas l'affaire, pas du tout.

Le client, déconcerté par ces noms, sautait sur l'occasion qui s'offrait de les refuser.

– J'ai une jolie petite édition en huit volumes, très maniables, avec des dessins de Flaxman, et bien imprimée ; elle est assez rare et ne ressemble à aucun des Shakespeare que je connais. Très bon marché.

– Hem !

– Je vais voir si je peux mettre la main dessus.

La boutique était pleine d'embrasures, formées par des étagères à livres perpendiculaires au mur. La première était bien éclairée et en ordre, mais les autres, à mesure qu'elles s'enfonçaient dans les profondeurs obscures, étaient de plus en plus sombres et mal tenues. Cela donnait l'impression de mystérieux et vastes peuples de livres emprisonnés à jamais dans une ombre éternelle, enchaînés, privés d'air, de lumière et de mouvement, sans espoir, et résignés au martyre. Le libraire enjamba des piles de livres amoncelés dans la dernière embrasure, qui était tapissée sur un pied de haut d'un fouillis de volumes, et alluma une bougie.

– Vous n'avez pas la lumière électrique dans ce coin ? dit le client, qui le suivait vivement et montrait au plafond une lampe poussiéreuse.

– Le plomb est fondu ; ça arrive, répondit le libraire, avec une douceur qui n'altérait nullement son opinion intime que la remarque du client était bien effrontée. Tout en cherchant il continua : – Nous ne sommes pas encore tout à fait à jour ici. La vérité est que nous n'y avons jamais été depuis 1914.

– Diable ! cinq ans !

Encore un mot d'une impudence pleine de bonne humeur.

– Vous ne pourriez probablement pas revenir demain ? suggéra le libraire, après avoir encore bien tâtonné et répandu de la bougie.

– J'ai peur que non, dit poliment le client. J'ai beaucoup à faire... C'est en passant par hasard que j'ai été frappé...

– L'édition du Globe est très bonne, vous savez... C'est le texte type de chez Macmillan... rien de mieux dans ce genre-là. Je pourrais vous la vendre pour trois shillings six.

– C'est très séduisant, fit vivement le client.

Le libraire souffla sa bougie et secoua la poussière de ses mains.

– Bien entendu, il n'y a pas d'illustrations.

– Oh ! après tout, un Shakespeare, c'est pour le lire, n'est-ce pas ? dit le client, pour qui Shakespeare n'était pas un homme, mais un volume.

Pendant que le libraire enveloppait le Shakespeare vert du Globe dans un morceau de papier brun foncé, portant une étiquette manuscrite – qu'il mit en dedans –, le client s'éclaircit la voix et dit avec un rire nerveux : « Vous employez ici, je crois, une jeune femme de ménage ? »

Le libraire leva les yeux, surpris, et le regarda curieusement. Il était un peu saisi et inquiet, mais il laissait rarement voir ses sentiments sur sa figure.

– Oui. – Et il se disait : « Où ce personnage veut-il en venir avec son enquête ? Voilà en tout cas de singulières façons. »

– Elle s'appelle Elsie, je crois. Je ne connais pas son nom. – Le libraire continuait à faire son paquet sans rien dire. – J'ai pensé que, puisque je suis ici, je pouvais bien vous demander cela, continua l'autre avec un nouveau rire nerveux. Mais je devrais d'abord vous dire mon nom : Raste, le docteur Raste, de Myddelton Square. Vous avez probablement entendu parler de moi. Votre nom indique que vous êtes dans le quartier.

– Oui, j'en suis, acquiesça le libraire.

Il était très fier de ce nom de Riceyman, et il n'expliqua pas que c'était le nom de feu son oncle et que son nom à lui était Earlforward.

– J'ai à mon service, continua le docteur, un garçon qui a été commotionné par un obus. Il va de mieux en mieux, mais je m'aperçois qu'il court après cette Elsie – dans le bon sens du mot, bien entendu. Seulement ça le dérange dans son travail, et je me suis dit, puisque je me trouvais ici, que vous m'excuseriez si je m'informais d'elle. Est-ce une brave fille ? J'aimerais bien qu'il l'épousât si elle le mérite. Ça pourrait lui faire beaucoup de bien.

– C'est une assez brave fille, répondit le libraire, avec calme et indifférence. Je n'ai rien à dire contre elle.

– Vous l'avez depuis longtemps ?

– Oh ! un bon bout de temps.

Le libraire n'ajouta rien. Sous son apparence impassible et courtoise il dissimulait un accès de soudaine et profonde agitation. Une minute plus tard le docteur Raste partait, mais il revint aussitôt.

– J'ai peur que vos livres, là dehors, ne se mouillent un peu, cria-t-il de la porte.

– Merci, merci, répondit paisiblement le libraire imperturbable, tout en se disant : « Ce doit être un homme qui aime à diriger et qui se mêle de tout. Est-ce que je ne sais pas mener mon affaire tout seul ? »

Certains libraires ont des bâches pour protéger leurs étalages du dehors, mais lui n'en avait pas. L'expérience lui avait appris que quelques gouttes de pluie ne font pas grand mal à des volumes bon marché.

III

Le libraire chez lui

Au fond de la boutique assez spacieuse et sombre – et qui, à cause des embrasures formées par les étagères, semblait plus grande qu'elle ne l'était réellement – s'ouvrait une petite pièce, communiquant avec elle par une baie que ne fermait aucune porte. C'était le bureau du propriétaire. Assis là devant sa table, il pouvait, à travers une étendue irrégulière de livres, voir jusqu'à l'ovale brillant de l'entrée principale, qui était rarement fermée. Il y avait encore plus de livres dans ce réduit particulier que dans le magasin. Ils s'élevaient en pyramides jusqu'au plafond et gisaient en tas sur le plancher, couvraient aussi la plus grande partie de la table et tout le rebord de la fenêtre ; il y en avait de perchés jusque sur l'horloge, maintenant silencieuse, du grand-père, seul meuble de cette pièce, avec un coffre-fort, deux chaises et un marche-pied pour atteindre aux rayons les plus élevés.

Après le départ du docteur Raste, le libraire gagna cette pièce comme un refuge, promena partout ses regards, maniant un objet ou un autre d'une façon douce, aimable, sans laisser voir aucun ennui, mauvaise humeur, agitation ou hâte au travail. Il s'assit devant une vieille et encombrante machine à écrire et, après un coup d'œil sur sa correspondance, mit dans l'appareil une feuille de papier bon marché. L'en-tête imprimé de la feuille portait : « T. T. Riceyman », mais, pour obéir à la nouvelle loi, le nom du propriétaire actuel, « Henri Earlforward », avait été ajouté, en violet, avec un timbre en caoutchouc mis en travers.

M. Earlforward se mit à taper, placidement et de façon

délibérée, comme quelqu'un qui avait toute l'éternité devant lui pour l'accomplissement de sa tâche. Une petite sonnette tinta : la machine datait de l'époque où l'opérateur était ainsi informé qu'il allait arriver à la fin d'une ligne. Puis un grand fracas se produisit à la devanture et la pièce fut plongée dans l'obscurité. La jalousie bleu-noir avait glissé en répandant d'épais nuages de poussière.

– Mon Dieu, mon Dieu ! murmura-t-il en s'en allant à tâtons vers la devanture.

Il ne réussit pas à relever le rideau de fer : la corde était cassée. Tout en toussant au milieu de la poussière, il ne se rappelait pas que le rideau n'avait été baissé qu'une fois depuis la guerre.

– Il faudra que je fasse arranger ça, murmura-t-il, et il alluma sa lampe électrique sur son bureau.

L'abat-jour de porcelaine portait une épaisse couche de poussière qui ne venait pourtant pas de la jalousie, mais était le résultat d'une lente et séculaire accumulation. M. Earlforward regrettait d'être contraint d'user du courant électrique – et il avait raison, si l'on songe au prix – mais c'était une circonstance toute spéciale. Il n'aurait pas vu clair, avec une bougie, pour taper à la machine. Bien des fois, dans les soirs d'hiver, il avait déclaré tout doucement à quelque client sans importance qu'un plomb avait sauté, et avait allumé une bougie.

Il était habitué à la solitude, et il s'en trouvait bien ; du moins, il s'en était bien trouvé jusqu'au jour où la vue de la dame nouvellement arrivée, de l'autre côté de la rue, vint troubler les profondeurs calmes de son esprit. C'était un homme de routine et heureux dans sa routine. Les questions du docteur Raste sur sa femme de ménage le troublaient sérieusement. Il entrevoyait la possibilité, si cette femme répondait à la prétendue passion de son poursuivant, d'un bouleversement complet de son existence. Mais il n'était pas homme à aller au-devant des ennuis. Il avait confiance dans le temps, qui pour lui était infini et inépuisable, et même, sur cette grave question de son intérieur, il réfléchissait, sans se troubler, que si la dame d'en face (à laquelle il n'avait pas encore parlé) l'accueillait favorablement, il pourrait être en situation de se moquer des fantaisies de toutes les femmes de ménage. Il avait, en somme, une excellente philosophie pratique ; tenace dans ses idées, il est vrai, il n'en était pas moins profondément convaincu qu'il est sage de s'arranger avec la destinée.

Vingt et un ans auparavant, il était paisible et heureux, employé dans une compagnie d'assurances, et prévoyait une existence tout entière consacrée aux risques d'incendie. La destinée l'avait envoyé un soir chez son oncle T. T. Riceyman, et dans cette même pièce où il était maintenant en train de taper. Il plut à ce vieux Riceyman qui trouvait au jeune homme une ressemblance avec lui-même. Il se mit à lui parler de son cher Clerkenwell, et spécialement de ce qui était pour lui le merveilleux événement encore en suspens de l'histoire de Clerkenwell, à savoir la construction du chemin de fer souterrain de Clerkenwell à Euston Square. Henri n'avait jamais oublié le récit du vieillard, presque mélodramatique et tout plein de détails étonnants et bizarres.

Le vieux bonhomme jurait que mille avocats, exactement, avaient signé une pétition en faveur de la ligne, et que mille bouchers, non moins exactement, en avaient signé une semblable. Tout Clerkenwell s'affolait au sujet de cette ligne. Mais quand on commença à la construire, tout Clerkenwell trembla. La terre s'ouvrait dans les endroits les plus inattendus et les moins désirables. Il fallait barrer des rues à la circulation des chevaux et le sol était plein de fondrières. On dut étayer des centaines de maisons et, le long du tunnel lui-même, des quantités d'autres furent brusquement évacuées, de crainte qu'elles n'ensevelissent leurs occupants. Le sacro-saint asile des pauvres faillit s'écrouler et ne fut sauvé que par d'inconcevables travaux de charpente.

Le pub encore plus sacro-saint « A la tête de Gobham » fut d'abord secoué, puis déchiré de lézardes, et enfin inondé par l'envahissement soudain de la Nouvelle Rivière, et la propriétaire mourut de la secousse. Les mille avocats et les mille bouchers souhaitèrent de n'avoir jamais prié pour obtenir cette maudite ligne. Mais tout cela n'était rien, comparé à la catastrophe suprême. Il y avait une vaste excavation à l'entrée du tunnel près de la « Pelouse de Clerkenwell ». Elle était soutenue par d'énormes piliers de briques et par des échafaudages formés des poutres les plus prodigieuses qu'ait pu fournir le commerce du bois. Un soir – c'était un dimanche de printemps, en 1862, l'année de la seconde grande exposition – on s'aperçut que la terre, aux alentours, s'enfonçait tout doucement, puis des caves s'emplirent d'eau sale. On donna l'alarme. Des ingénieurs du chemin de fer, des fonctionnaires municipaux arrivèrent précipitamment et travaillèrent trois jours et trois nuits à détourner la calamité suprême. On construisit d'énormes digues pour consolider la maçonnerie souterraine, on ne négligea rien. Vains efforts ! Le mercredi, le pavage s'enfonça définitivement, la terre trembla. Toute la populace s'enfuit pour contempler d'un lieu sûr cette horreur.

Les échafaudages, les poutres furent lancés en l'air comme bois à brûler et retombèrent avec des craquements épouvantables. La foule poussa des clameurs à l'idée des ouvriers massacrés et ensevelis. Puis, le silence. Alors, les piliers de briques, hauts de cinquante pieds, furent secoués du haut en bas. Tout le fond de l'excavation se déplaça comme une seule masse. Un liquide sombre et infect apparut, suintant, roulant, surgissant, écrasant tout de son flot irrésistible, et s'engouffra dans l'ouverture du nouveau tunnel. La clef de voûte du grand égout s'était rompue. Des hommes pleuraient devant l'énormité de ce désastre complet... Mais on recommença le chemin de fer souterrain, on le finit, on l'inaugura solennellement ; et tout d'abord, le public se battit pour trouver des places dans les trains, puis on ne put pas le persuader d'y monter, car ils étaient inhabitables, et ainsi de suite...

Le vieux Riceyman, qui était gros, racontait son histoire avec tant de vigueur et de feu qu'il eut une attaque. En essayant sottement de le relever, Henri avait glissé et s'était blessé le genou. Le lendemain matin, Riceyman était mort et Henri héritait. C'était une étrange aventure, mais pas plus étrange que des milliers qui se produisent dans la vie de gens ordinaires. Henri ne connaissait rien à la librairie : il apprit. Son calme philosophique l'y aida. Il eut des employés successifs, mais aucun ne lui plut. Quand le dernier partit pour la grande guerre, Henri ne lui donna pas de successeur. Il s'arrangea et fit un travail supplémentaire, sérieux, à en perdre le sommeil, comme un volontaire boiteux. Et maintenant, en 1919, il était là, devenu une institution.

Il entendit un pas, et, dans la demi-lumière de sa boutique, surgit une apparition surprenante : sa femme de ménage. Il eut peur et perdit sa philosophie. Il sentit qu'elle arrivait tout spécialement – comme devait le faire une gentille et consciencieuse jeune femme – pour le prévenir avec toute la solennité convenable qu'elle appartiendrait bientôt à un autre. Sans aucun doute, cet importun de docteur Raste était venu non pour acheter un Shakespeare, mais pour s'informer d'Elsie... Le Shakespeare n'était qu'un prétexte... A ce propos, il faudrait retrouver bientôt, demain, si possible, cette édition illustrée de Flaxman, qui s'était égarée.

IV

Elsie

– Eh bien, eh bien, Elsie, ma fille, qu'est-ce que c'est ? Qu'y a-t-il ?

M. Earlforward parlait sur un ton bienveillant, mais d'une façon pour lui assez rapide et brusque. Et Elsie était intimidée. Elle ne travaillait pour M. Earlforward que le matin, et le fait de se trouver dans la boutique quand l'après-midi s'assombrissait déjà lui donnait une impression étrange et le désir de s'excuser. C'était comme si elle n'y fût jamais entrée et qu'elle n'eût pas le droit d'y être.

Quand ils s'approchèrent l'un de l'autre, l'expression de bonté céleste, habituelle au regard de la jeune femme, sembla tranquilliser M. Earlforward, qui connaissait à fond et son expression et ses dispositions. Tout troublé qu'il fût encore par son appréhension, sa présence lui apportait, comme d'ordinaire, un mystérieux réconfort, et cette influence s'exerçait même sur la peur qu'il avait de la perdre pour toujours. Un étrange équilibre de sentiments assez émouvants s'établit dans la demi-obscurité de la boutique.

Elsie était une fille solidement bâtie, ronde, assez grande, à l'allure libre et puissante d'un être élevé à supporter toutes sortes de durs travaux manuels. Ses bras, son buste étaient superbes. Elle avait des cheveux noirs, des yeux d'un bleu sombre, un joli dessin de lèvres ; la figure était carrée, mais douce. De l'habitude qu'elle avait de rapprocher ses sourcils dans un pli du front et de laisser tomber les coins de sa large bouche, on pouvait induire qu'elle était surtout extra-consciencieuse, avec une tendance à se tourmenter sur l'exact accomplissement de ses devoirs ; mais cette déformation de ses traits était trop légère pour être désagréable : c'était plutôt rassurant. Elle avait vingt-trois ans : la solitude, le malheur, les privations la faisaient paraître davantage. Depuis quatre ans, elle était veuve, sans enfant, après deux nuits de mariage et de roman avec un garçon qui était parti pour l'Orient, en 1915, pour y mourir de la dysenterie. Ses vêtements, bon marché, étaient malpropres et déchirés. Sur un tablier blanc sale, elle en portait un autre en toile à sac terriblement rude. Ce tablier avait quelque chose d'offensant, d'outrageant. Mais pas pour elle : elle le regardait comme faisant partie d'un uniforme qui était, en fait, le costume normal de milliers de femmes à Clerkenwell. Si Elsie était négligée, sale, sans aucune grâce dans l'ajustement, c'est qu'elle n'avait absolument aucun motif ou aucun exemple pour être autrement. Être ainsi, c'était son état naturel et honorable.

– C'est rapport à Mme Arb, monsieur, commença Elsie.

– Mme Arb ? questionna le libraire, dérouté par ce nom qui ne lui était pas familier. Oui, oui, je sais. Eh bien ? Qu'avez-vous à faire avec Mme Arb ?

– Je travaille pour elle l'après-midi, monsieur.

– Je n'ai jamais su ça.

– Je n'ai commencé qu'aujourd'hui. Elle m'a envoyée, voyant que je suis employée ici, pour vous demander si vous n'avez pas un bon livre de cuisine, un livre d'occasion, bon marché.

La contenance de M. Earlforward ne révéla aucun changement d'humeur, mais Elsie l'avait élevé au septième ciel. Ce n'était pas pour lui donner ses huit jours qu'elle était venue. Elle resterait ! Elle resterait toujours, ou jusqu'à ce qu'il n'eût plus besoin d'elle. Et elle serait un trait d'union entre lui et Mme Arb, la nouvelle propriétaire de la pâtisserie de l'autre côté de la rue. Cette nouvelle propriétaire s'appelait Arb, parbleu oui. Il n'avait pas songé à son nom, il n'avait pensé qu'à elle. Maintenant encore il n'avait aucune idée de son prénom.

– Ah ! elle veut un livre de cuisine... Quel genre de livre ?

– Elle a idée, qu'elle dit, de se mettre aux sandwiches, monsieur, et des choses, qu'elle dit, du même genre, et de mettre une enseigne pour ça. Un « casse-croûte », comme qui dirait.

Ce dernier mot donna une idée à M. Earlforward. Il se dirigea vers ce qu'il appelait le « côté moderne » de la boutique. Pendant la guerre, quand les gens rationnés n'avaient qu'à rester chez eux et que, n'ayant rien à faire que d'attendre les raids aériens, ils se jetaient en désespoir de cause sur la littérature, il avait vendu beaucoup de romans bon marché et beaucoup aussi de livres de cuisine à bas prix qui prétendaient apprendre aux ménagères rationnées à faire quelque chose de rien. Tout en caressant doucement sa petite barbe, il restait là, debout, à regarder des rayons de petits volumes brochés, tandis qu'Elsie attendait humblement.

Silence dans cet intérieur, mais au-delà de la devanture tapissée de livres le grondement amorti et pourtant encore violent d'un mouvement incessant. Un charme magique, un enchantement planait sur ces deux êtres, tous deux ordinaires et tous deux merveilleux, unis l'un à l'autre et pourtant sans curiosité l'un de l'autre comme sans curiosité des mystères où ils vivaient ainsi que tous leurs semblables, M. Earlforward ne demandait jamais quel était le sens de la vie, parce qu'il avait eu toute sa vie une passion dominante. Elsie ne demandait jamais le sens de la vie parce qu'elle était dominée, obsédée par un furieux instinct de servir. M. Earlforward – pourtant brave homme – s'était persuadé qu'Elsie continuerait à aller en journée jusqu'à sa mort, sans que le destin lui accordât aucune récompense romanesque pour le drame du début de sa vie, et il était bien aise qu'il dût en être ainsi. Comme la conséquence l'aurait gêné, il désirait qu'elle ne se remariât pas : il préférait qu'elle dépensât sa jeunesse et sa force, qu'elle vieillît pour lui dans un état de célibat stérile. Il n'avait pas d'yeux pour l'effet séduisant des cordons de tablier blancs et bruns passant et repassant autour de sa taille magnifique. Elsie, elle, savait uniquement que

M. Earlforward avait des besoins matériels qu'elle satisfaisait de son mieux. Elle ne devinait pas, elle en était même à cent lieues, qu'il était enclin aux rêves, à un idéal, à des aspirations. Que l'univers fût une énigme, c'est une pensée qui ne les avait même pas effleurés : ils avaient bien trop à faire à accomplir, tous deux, leur part de besogne.

– Tenez, voici un livre qui devrait convenir à Mme Arb, dit M. Earlforward, en tirant un volume du rayon et en se dirigeant vers l'entrée où il faisait encore clair. *Goûters et Bons Morceaux*. Voyons... sandwiches... Il tourna quelques pages... Sandwiches... il y a près de sept pages sur les sandwiches.

– Combien serait-ce, monsieur ?

– Un shilling.

– Oh ! elle ne pourrait pas donner plus de six pence, monsieur, qu'elle a dit.

M. Earlforward leva les yeux avec un nouvel intérêt. Il était ravi – que dis-je ? – exalté par l'idée d'une femme qui, désirant améliorer son commerce par une nouvelle catégorie de marchandises, n'était pas disposée à dépenser plus de six pence pour ce qui était la base indispensable de l'entreprise. Cette idée le frappait vivement et la considération qu'il avait pour Mme Arb en était accrue.

– Écoutez, Elsie. Portez ceci à Mme Arb, pour qu'elle l'examine. Et dites-lui, en lui présentant mes compliments, qu'à notre époque on ne peut pas se procurer, pour six pence, un livre de cuisine qui soit bon à quelque chose.

– Oui, monsieur.

Et Elsie se sauva, le livre sous ses tabliers.

– Elle vous envoie ses compliments, mais elle ne peut pas, qu'elle dit, payer plus de six pence, annonça Elsie, revenant. Je regrette, monsieur.

M. Earlforward replaça tranquillement le livre sur son rayon, et Elsie, qui avait vainement attendu quelque commentaire, s'en alla. Il la rappela :

– Dites donc, Elsie, il ne pleut pas beaucoup, mais cela

pourrait augmenter bientôt. Puisque vous êtes là, vous feriez aussi bien de m'aider à rentrer l'étagère extérieure. Cela m'épargnera d'enlever les livres, et cela vous économisera de la peine demain matin.

– Oui, monsieur, acquiesça Elsie avec empressement.

Un à chaque bout, ils rentrèrent la lourde étagère qui s'étendait tout le long de la devanture sur le trottoir. Les livres portaient à peine la trace de la bruine.

– Merci, Elsie.

– Il n'y a pas de quoi, monsieur.

M. Earlforward alluma une lampe électrique au milieu de la boutique, éteignit celle de son bureau et la remplaça par une bougie. Puis il tira de l'horloge du grand-père une bouteille Thermos, une tasse et deux tartines, se versa du thé fumant et prit avec plaisir son repas du soir. Quand la cloche de Saint-Andrews sonna six heures, il ferma la boutique et éteignit. L'habitude prise pendant la guerre de fermer de bonne heure lui convenait tout à fait pour plusieurs raisons. Alors, soufflant sa bougie, il ralluma l'électricité dans son bureau, se mit à taper à la machine, à aller délibérément à droite et à gauche, examinant des titres de livres, dressant des listes, faisant des adresses, collant des timbres et accomplissant d'autres aimables petites tâches routinières. Et tout le temps il s'attachait avec un plaisir exquis à l'apparence extérieure de Mme Arb et à ses étonnants traits de caractère. Quelle femme ! Dès le premier coup d'œil, il l'avait bien jugée. C'était une femme comme on en trouve une sur un million.

A sept heures moins un quart, il se chaussa et rassembla ses lettres pour la poste. Mais, avant de partir les y mettre, il pensa brusquement à un billet de dix shillings qu'il avait reçu du docteur Raste et le sortit de son gousset. C'était un superbe billet neuf, un objet délicat, plié avec soin par quelqu'un qui comprenait que les billets neufs méritent d'être bien traités. Il le mit avec d'autres, moins brillants, dans son coffre-fort. En sortant pour aller au bureau de poste, il tira de nouveau *Goûters et Bons Morceaux* de son rayon, et le glissa dans sa poche.

La pluie avait cessé. Il aspira avec une innocente et sincère satisfaction l'air frais et humide. La boutique de Mme Arb était, dans l'Escalier de Riceyman, la seule maison éclairée ; elle avait quelque chose de chaud et de féminin : elle attirait. L'église dressait sa masse formidable et sombre, à l'entrée, au sommet des marches. Les maisons voisines de celle du libraire ne montraient aucun signe de vie, elles ne le faisaient d'ailleurs que rarement : M. Earlforward ne savait rien de leurs habitants et n'éprouvait à leur égard aucune curiosité. Sa petite cour était mitoyenne avec celle de la maison voisine, mais le mur qui les séparait avait plus de deux mètres de haut : aucun bruit ne le franchissait jamais.

Il tourna dans la grande avenue. Il aurait pu jeter ses lettres dans la boîte toute voisine, mais il préférait aller au grand bureau, puissante organisation avec son mouvement effrayant de voitures et de sacs, parce que cela lui paraissait plus sûr pour ses lettres.

Comme beaucoup de ceux qui vivent seuls, il avait l'habitude de se parler tout haut dans la rue. Ses pensées éclataient de temps à autre, presque avec une violence soudaine, en une phrase. Alors il se souriait à lui-même : – « Moi, à mon âge !... Oui, et puis naturellement il y a *cela*... Il faut s'y faire... » Et il se mettait à rire un peu niaisement.

Les vaincus de la vie commençaient déjà à se glisser dans les méandres de Rowton House. Ils passaient par un tourniquet à cliquet : c'était tout ce qu'il savait de cette maison, et aussi que des plantes vertes à larges feuilles garnissaient les fenêtres de la salle commune. Quelques-uns de ces vaincus entraient hardiment, mais la plupart furtivement. Juste en face de Rowton House, l'esprit sage et entreprenant de deux compagnies de chemins de fer avait couvert un mur blanc d'une grande affiche qui posait cette question : « Pourquoi ne pas prendre des vacances en hiver quand le soleil brille ? » etc. Sous ce mur blanc, un marchand de journaux étalait les placards des feuilles du soir avec des paquets de ces feuilles. M. Earlforward lisait toujours les placards pour savoir les nouvelles. Il n'y avait pas grand-chose aujourd'hui. « Mort d'un homme d'État bien connu. » M. Earlforward, expert en l'art d'interpréter, savait que « bien connu » sur un placard de journaux signifie exactement le contraire de ce qu'il voudrait dire ailleurs : c'est-à-dire peu connu. Les placards divisaient toujours les célébrités qui mouraient, authentiques et fausses, en trois catégories. Si Blanc était un personnage de premier ordre, les placards disaient : « Blanc mort », deux mots extrêmement impressionnants. Si Blanc était une personnalité, mais pas tout à fait de premier ordre, ils portaient : « Mort de Blanc », trois mots moins impressionnants. Tous les autres, anonymes, étaient dans la troisième catégorie des « bien connus ». Néanmoins, M. Earlforward revint d'un bon pas à la bibliothèque publique pour jeter un coup d'œil sur un journal, peut-être pas parce qu'il était préoccupé de l'identité d'un homme d'État bien connu, mais parce qu'il hésitait à mettre à exécution sa résolution d'entrer dans la boutique de Mme Arb.

V

Le présent

Mme Arb écoutait une cliente tout en lui rendant sa monnaie.

– Quand on a des enfants à soi, voilà ce qu'elle faisait remarquer, disait la cliente, une femme d'une obésité inquiétante.

– Bien sûr, acquiesçait Mme Arb, en lui tendant sa monnaie et en poussant un petit paquet sur le comptoir.

Elle ne faisait aucune attention à M. Earlforward. Il se tenait près de la porte pendant que la grosse cliente répétait encore une fois ce que la tierce personne avait fait remarquer en une certaine occasion. La façon de parler de celle-ci était d'une vulgarité qui frappait par opposition avec le ton de Mme Arb qui, elle, s'exprimait vraiment fort bien. Et il n'y avait pas seulement contraste avec la cliente, mais aussi avec la boutique.

Il y avait des douzaines de petits magasins de ce genre dans King's Cross Road et ses environs. Les marchandises, et aussi la décoration de la boutique, provenaient surtout des maisons de gros qui vendent des denrées réputées, présentées en paquets que tout le monde reconnaît. Quantité de thés de toutes sortes, et tout autour du magasin de brillantes et pittoresques affiches ; divers genres de chocolats en divers genres de boîtes vitrées de fantaisie. (Mais le chocolat d'un fabricant était dans la boîte d'un autre.) Toute espèce d'aliments brevetés, liquides ou solides, chacun garanti comme donnant de la force ; deux marques de margarines rivales ; des masses de sacs de farine, des pains, deux jambons entamés, une baratte au milieu de la boutique, des conserves de fruits, de poissons, de viande. Enfin, dans la montre, garnie de toile cirée, les gâteaux et les bonbons qui autorisaient la boutique à s'intituler « Pâtisserie ». Un plafond malpropre, un plancher sombre et raboteux, des coins sales et mystérieux, un comptoir misérable, recouvert d'une toile cirée à carreaux noirs et blancs, comme la montre. Une chaise, une petite table ronde en fer, pas de caisse, aucun instrument pour écrire, une odeur de pain, de jambon, de biscuits : une pauvre petite boutique, sans personnalité, sans esprit d'entreprise, sans imagination, sans possibilité de profits raisonnables, une boutique qui épargnait à la patronne le souci de penser par elle-même : le résultat inévitable d'une grosse publicité, maintenu à un niveau moyen par l'incessante visite de commis voyageurs pressés et d'encaisseurs qui avaient le pouvoir magique de tirer de l'argent des caisses vides.

Et Mme Arb, mince, épanouie, souriante, les yeux brillants, vêtue d'une jolie robe à carreaux et d'un tablier blanc immaculé. Oui, elle était épanouie, elle était souriante, elle avait un visage fin. Peut-être était-ce ce qui avait séduit M. Earlforward, qui n'était accoutumé ni à l'éclat ni à la gaieté. Et pourtant il se disait : « Il en aurait été à peu près de même si ç'avait été une femme d'aspect triste. » Peut-être avait-il été séduit parce qu'elle avait en elle de la vie, de l'énergie, de la droiture, de l'autorité.

– Bonsoir, monsieur Earlforward. Qu'y a-t-il pour votre service ?

Tel fut son accueil vif, soudain, dès que la grosse cliente fut partie.

Ainsi elle le connaissait ! Elle savait son vrai nom, elle savait que son nom n'était pas celui qui figurait sur l'enseigne de son magasin. Son sourire de bienvenue le réchauffa, comme l'aurait fait de l'alcool, si jamais il y avait goûté. Il fut soulevé sur un plan supérieur d'existence. Et en même temps, en secret, il fut un peu ahuri ; mais cela, son attitude n'en laissa rien voir. Une pendule sonna rapidement dans l'arrière-boutique, et à ce signal Mme Arb s'élança de derrière le comptoir, ferma à clef la porte de la boutique et baissa le rideau de fer, pour signifier au monde entier que pour ce jour-là les affaires étaient terminées. Ses mouvements étaient élégants. En s'écartant pour la laisser passer, M. Earlforward s'appliqua à dissimuler autant que possible sa boiterie.

– Je suis entré un instant, au sujet de ce livre de cuisine que vous désirez, dit-il.

– C'est vraiment bien aimable à vous, mais je crois que je pourrai m'en passer.

– Oh !

– Oui, je pense à me débarrasser de cette maison : il n'y a rien à y faire.

– Je suis désolé d'apprendre cela.

Et il l'était réellement.

– Ce n'est pas que je n'y aie trouvé du plaisir, au début. Ç'a été pour moi un changement très agréable de prendre quelque chose en main. Mon mari est mort il y a deux ans, en me laissant une assez jolie aisance, mais depuis je n'ai fait que dépérir, jusqu'à ce que ceci se présente. Ce n'est pas une vie d'être veuve à mon âge. Mais je ne pourrais pas supporter ce métier-ci longtemps. Ça ne « rend » pas, ces affaires-là, vous me comprenez ? Autant frapper sur un coussin.

– Vous vous êtes vite décidée.

– Je ne suis pas décidée, mais j'y songe. Voyez-vous, il y a un drôle d'entourage ici.

– Drôle ?

Il était choqué, peut-être un peu froissé, mais son ton parfaitement calme n'en laissait rien paraître. Il désirait expliquer tout au long à Mme Arb que l'entourage était d'un intérêt unique.

– Mon Dieu, vous voyez ce que je veux dire ? Je viens de Fulham – autant dire Chelsea. Je ne dis pas que, quand j'ai vécu dans cette boutique autrefois – il y a dix huit ans, oui –, je ne dis pas que je trouvais alors l'entourage drôle. Non, pas alors... Mais je suis ici depuis plus un an et je sais.

– Je dois avouer qu'il ne m'a pas frappé comme « drôle ».

– Vous connaissez cette King's Cross Road ? continua Mme Arb avec une ardeur croissante, vous la connaissez ? Vous l'avez suivie tout du long ?

– Oui.

– Moi aussi. Oh ! J'ai visité les environs. Y a-t-il un seul théâtre ? Un seul music-hall ? Un seul dancing ? Un seul cinéma ? Un joli petit restaurant ? Ou un thé, où une personne comme il faut pourrait aller si l'envie lui en prenait ?... Et c'est pourtant une rue très importante, pleine de monde toute la journée. On peut faire des miles autour d'ici sans rien voir. Et cette saleté, ce désordre ! Moi qui trouvais déjà Fulham sale ! Regardez-moi ce Riceyman Square, là-haut, au-dessus de cet escalier bizarre. Je suis passée par là. Eh bien, je dis qu'il ne s'y trouve pas une maison – pas une – qui n'ait un carreau cassé. La vérité, c'est que par ici les gens ne désirent pas des choses jolies et *tenues*... je ne parle pas de vous, non, bien entendu, mais des gens en général. Et ils ne veulent non plus rien de frais. Ils ne veulent que de sales vieilleries qu'ils ont toujours eues, comme des cochons. Et pourtant, je dois dire que j'admire les cochons, en un sens. Ah ! mon Dieu !

Et elle se mit à rire comme d'elle-même, d'un rire sonore, en baissant les yeux, sa belle main ferme toujours sur le bouton de la porte.

Deux fois déjà elle avait baissé les yeux. C'était plus et mieux que de la réserve, plus provocant, plus naturel. Quand elle riait, sa figure se plissait très agréablement. Elle était énergique. Elle avait tout le temps de petits mouvements du corps. La couleur de ses yeux variait : ils scintillaient, s'assombrissaient. Son ton aussi changeait constamment : elle parlait avec autorité. C'était une maîtresse femme, mais une maîtresse femme à l'esprit large, généreux. Elle avait de l'expérience et en avait profité pour s'instruire. Elle devait avoir dépassé la quarantaine... et pourtant elle gardait quelque chose de juvénile. Bien plus : elle était originale, elle avait son opinion : elle savait voir. M. Earlforward détestait que l'on attaquât Clerkenwell, et pourtant il l'aimait de l'attaquer. Et comme elle se montrait naturelle, pleine de dignité, sans être cérémonieuse, toute disposée à lier amitié sur-le-champ ! Il se redisait à lui-même que, dès le premier abord, il avait reconnu en elle une créature tout à fait remarquable.

– J'ai apporté le livre, dit-il, se dérobant prudemment à la discussion.

Elle le prit d'un air aimable et, par politesse, l'examina de nouveau.

– Je vous le laisserai pour neuf pence, et, somme toute, vous pourriez en avoir besoin.

La figure toujours penché sur *Goûters et Bons Morceaux,* elle leva les yeux sur les siens, d'un air un peu malicieux.

– Vous le laisseriez, vous le laisseriez... – Elle ferma le livre d'un joli geste. – Mais je ne veux pas dépasser six pence... Merci bien quand même. Croyez que je trouve qu'il est fort aimable à vous de l'avoir apporté.

Quelle femme ! Quelle femme ! Elle devenait bien vite la femme la plus brillante, la plus attirante, la plus compétente et la plus désirable du monde, et M. Earlforward devenait lui tout aussi vite un héros, un chevalier, un fou, capable d'actes sublimes. Il se sentait un élan héroïque qu'il n'avait jamais éprouvé. Il le combattit, mais il fut vaincu.

– Eh bien, tenez, dit-il tranquillement, avec une grandeur inconsciente, nous sommes voisins, je vous fais cadeau de ce livre.

Allait-elle dire, comme l'eût fait une petite sotte : « Oh non, c'est impossible, je ne peux accepter, absolument pas ! »

Pas du tout. Elle dit simplement :

– C'est très aimable à vous, Monsieur Earlforward, tout à fait gracieux. Je l'accepte avec plaisir. Merci.

Et elle baissa les yeux, comme une femme à qui l'on offre un collier, et qui se le met au cou. Oui, elle baissa les yeux. Ce fut pour M. Earlforward une minute merveilleuse.

– Mais je trouve que vous êtes un peu dure avec Riceyman Square, dit-il, tandis qu'elle lui ouvrait la porte.

– Pas une maison sans un carreau cassé ! expliqua-t-elle avec une gaieté ferme. Et elle lui tendit la main.

– Il faudra que nous voyions cela un jour, dit-il.

Elle acquiesça d'un signe de tête.

– Et s'il y en a une, dit-elle, je vous paierai le livre un shilling. Ce sera justice.

Elle lui serra la main. M. Earlforward traversa avec un calme parfait l'espace qui séparait la pâtisserie de sa librairie, et en approchant de sa porte il tira de sa poche, du mouvement machinal que donne une habitude régulière, une clef brillante.

VI

Le cas de Mme Arb

On aurait cru, tandis que Mme Arb parlait à M. Earlforward, que l'énigme de l'univers ne pouvait exister en sa présence. Pourtant, dès qu'elle fut seule, l'énigme était là, envahissant son petit domaine. En faisant sortir M. Earlforward, elle l'avait laissée entrer : elle avait refermé la porte trop tard. Elle se tenait là, au milieu de sa boutique, désolée, pleine d'appréhension et dans une incertitude pathétique, et elle contemplait le contenu du magasin avec une désillusion consternée. Tout son éclat était tombé. Impossible de voir maintenant en elle la femme dont la riche et séduisante vitalité avait donné aux idées de M. Earlforward un tour nouveau et exalté.

Elle avait, vers vingt-cinq ans, épousé – mariage qui l'élevait un peu au-dessus de sa condition – un conducteur de travaux très apprécié, aussi bien des architectes que des entrepreneurs. M. Arb avait dirigé les travaux de quelques-uns des plus importants édifices du siècle. Son métier le conduisait à droite et à gauche, partout où se construisait quelque vaste bâtiment, tantôt un hôtel de ville de province, tantôt une maison de commerce à Londres, ou quelque grande installation rurale, ou une fabrique d'explosifs en pleine campagne.

Et les travaux de M. Arb duraient un temps indéterminé, de six mois à trois ou quatre ans. Aussi n'avait-il pas de résidence fixe. Comme ils n'avaient pas d'enfant, sa femme le suivait partout et ils vivaient dans des appartements meublés. Cette organisation était moins onéreuse qu'une installation permanente à Londres, et c'était plus agréable et plus gai. Pour M. Arb, cela avait l'avantage – mêlé de désavantage – de vivre avec une femme dont l'unique intérêt, la seule marotte et la seule préoccupation étaient son mari : toutes les autres relations sociales de Mme Arb étaient passagères et superficielles. Quand M. Arb mourut, il laissait une fortune surprenante si l'on considère qu'un conducteur de travaux ne touche pas des appointements très élevés. Les architectes, en apprenant la chose, furent moins surpris que les entrepreneurs. Un conducteur de travaux jouit d'un grand pouvoir : il peut se montrer indulgent.

Mme Arb se trouva à la tête des rentes, mais sans domicile, sans habitudes d'intérieur, sans guide, sans protection masculine. Elle avait le cœur brisé et – chose plus grave – elle était toute désorientée. Son immense vitalité était sans issue. Le temps vint à son aide, mais elle vivait dans l'indécision, ne sachant que faire et n'ayant guère confiance dans sa propre sagesse, que nul ne secondait. Une lettre incroyable, venant d'un avocat, qui lui annonçait qu'elle avait hérité d'une affaire et d'une boutique de pâtisserie, avec quelque argent, à Riceyman Steps, la secoua et la réveilla. Ces biens agréables et prometteurs avaient appartenu à une demi-sœur, beaucoup plus jeune, de sa grand-mère, qu'elle avait naguère aidée en lui rendant des services prolongés et personnels dans une circonstance très critique. Elles ne s'étaient pas revues depuis des années, à cause de la vie nomade de Mme Arb, mais elles s'étaient rencontrées à l'enterrement de M. Arb et y avaient eu une belle querelle, parce que Mme Arb avait trouvé que la toilette de la vieille dame ne témoignait pas d'un respect suffisant pour cet angélique défunt. La lettre de l'avocat était le second incident : la vieille dame s'était repentie à son lit de mort de son costume d'enterrement. Mme Arb quitta son appartement meublé de Fulham, où elle avait dépéri pendant deux ans, et s'enfuit à Clerkenwell, avec une soif ardente d'aventures. Clerkenwell ne lui plaisait guère, non plus que son commerce, et elle commençait à éprouver quelque désappointement, mais malgré tout elle se sentait bien plus heureuse et plus vivante qu'elle ne l'avait été depuis la mort de M. Arb.

Elle n'en était pas moins rongée par un cancer, purement moral : la secrète et continuelle terreur qu'elle avait, en dépit de son assurance extérieure, d'être incapable d'administrer sa petite fortune. Plus elle avait hérité, plus elle avait de crainte. Elle imaginait ses affaires marchant mal, ses placements désastreux et se voyait elle-même pauvre et solitaire. Cette épouvante, tout absurde qu'elle fût, n'en était pas moins réelle : elle grandissait. Elle essayait de la combattre en pratiquant une sévère économie.

L'attitude de M. Earlforward et son présent avaient subitement éclairci son horizon. Mais dès qu'il fut parti, elle se dit qu'elle était bien sotte de se laisser aller à de pareilles pensées, que les hommes n'étaient pas « comme ça », qu'ils savaient bien ce qu'ils voulaient et ce qu'ils cherchaient, et elle se regarda avec préoccupation dans le miroir de fantaisie que lui avait fourni une fabrique de cacao et qu'ornaient, en haut, le nom de la maison, et en bas son adresse.

Elle étendit des morceaux de gaze sur les gâteaux dans la montre et sur les deux jambons entamés, mit sa chaise sous le comptoir et appuya la petite table contre celui-ci ; puis elle éteignit la lampe à huile qui seule éclairait la petite boutique, et passa dans la pièce de derrière où était allumée une lampe semblable. Dans cette sorte de salon-cuisine, dont elle venait de frotter la grande table, Elsie, esclave séparée du monde et vouée à un labeur secret, était en train d'ôter son tablier et de se préparer à la grande liberté de la nuit.

– Oh ! Elsie... vous m'avez bien dit que c'est votre nom, n'est-ce pas ?

– Oui, madame.

– Vous me feriez bien plaisir si vous pouviez rester un peu plus longtemps ce soir.

Elsie fut stupéfaite et cessa de dénouer le cordon de son tablier.

– J'ai déjà fait un quart d'heure de plus que mon temps, madame, dit-elle humblement, en manière d'excuse.

– Vraiment ? Ah ! oui... mais pas tout à fait.

– C'est que je suis prise, madame.

– Est-ce que ça ne pourrait pas se remettre ? Parce que, voyez-vous, j'ai bien hâte de sortir de tout ce désordre : je ne peux pas supporter ça. Je vous donnerai à dîner – une tranche de jambon, et six pence de supplément.

– Madame est vraiment bien bonne, mais...

Mme Arb prit un air cajoleur, et elle y excellait.

– Enfin, j'aime toujours bien rendre service, acquiesça Elsie, non en rechignant et de l'air d'accorder une faveur, mais plutôt par pure gentillesse. Elle ajouta seulement, d'un ton caressant à son tour :

– Mais, si vous permettez, il faut que je me sauve juste une minute.

– Oh ! bien sûr. Mais ne soyez pas longtemps, n'est-ce pas ? Tenez, voici votre demi-journée et les six pence de supplément. Prenez-les maintenant. Pendant votre absence, je vous couperai le jambon. Je regrette d'avoir éteint la lampe de la boutique, mais j'y verrai assez, je crois, en laissant la porte ouverte.

Et elle lui tendit quelques pièces de monnaie.

– Madame est bien bonne.

Mme Arb, enchantée, coupa une tranche de jambon extrêmement mince. Elle avait deux motifs pour garder Elsie : elle avait besoin de parler à quelqu'un, et elle sentait que, dût-elle bavarder ou non, elle ne pourrait supporter d'être seule jusqu'à l'heure du coucher. Sa bonne humeur était revenue.

VII

Sous un parapluie

La grille qui donnait accès dans la cour de Daphut, l'entrepreneur de maçonnerie, qui était située entre la boutique de Mme Arb et l'escalier, était un peu en retrait de l'alignement général de la façade nord de celui-ci, en sorte qu'il y avait là un coin à l'abri des vents de l'est et du nord-est. Dans ce coin se tenait un jeune homme, sous un vieux parapluie ; ses vêtements lui auraient donné droit, sans plus, à la formule chère aux reporters : « convenablement vêtu ». Il était adossé au mur sans fenêtres de Mme Arb. Il pleuvait et faisait un vent d'orage, mais comme il soufflait du nord-est, le jeune homme n'était que légèrement éclaboussé par la pluie. Une jeune femme sortit en courant de chez Mme Arb et vint le rejoindre. Elle se mit tout contre lui, poitrine contre poitrine, position naturelle et normale, et puis il fallait qu'elle se tînt le plus possible à couvert sous le parapluie. Cette femme portait les vêtements d'Elsie, avait la tête et les épaules couvertes, comme par un voile de fiancée, du gros tablier d'Elsie. Mais ce n'était plus l'Elsie de Mme Arb, ni celle de M. Earlforward, ce n'était plus une esclave : elle était soudain devenue une visiteuse céleste. Les attributs de cet être supraterrestre étaient sa figure brillante et l'enjouement de ses petits mouvements : son extérieur si misérable et si laid ne leur enlevait rien de leur éclat. Lentement, avec hésitation, l'homme mit un bras autour de la taille d'Elsie, l'autre tenait le parapluie. Elle lui abandonna sa taille et leva les yeux sur lui, qui baissait les siens vers elle. Pas un mot. Enfin il dit d'une voix profonde :

– Où sont ton chapeau, tes affaires ?

Il disait cela comme s'il redoutait un malheur.

– Je n'ai pas encore fini, répondit-elle doucement. Je suis bien désolée.

– Pour combien de temps en as-tu encore ?

– Je ne sais pas, Joe. Elle est toute seule et elle m'a priée, suppliée de rester pour l'aider. Elle n'a personne près d'elle et elle n'y est pas habituée. Je n'ai pas eu le cœur de lui refuser. Il fait bien faire son devoir, n'est-ce pas ?

L'homme laissa tomber son menton d'un air sombre, maussade, désespéré, mais il ne prononça pas un mot : il ne parlait pas facilement, même dans ses meilleurs jours. Elle lui prit le parapluie, tout en lui gardant la même position.

– Prends-moi dans tes bras, murmura-t-elle, et serre-moi bien fort.

Il obéit, à contrecœur, lentement, mais, pour finir, impétueusement. Après un long silence, il dit :

– Et c'est mon anniversaire !

– Je sais, je sais, cria-t-elle. Oh ! Joe ! impossible de faire autrement.

Il avait bien des arguments, et de bons, à faire valoir contre sa décision, mais il ne pouvait pas les formuler : il était toujours incapable de discuter. Elle se contenta de le regarder doucement. Les larmes se mirent à couler sur les joues de l'homme.

– Voyons ! voyons ! fit-elle pour l'apaiser.

De sa main libre elle releva la corne de son tablier qui pendait entre eux, et, toujours étroitement serrée contre lui, elle lui essuya les yeux délicatement. Puis elle lui mit un long baiser sur les lèvres. Et elle appuya les siennes jusqu'à ce qu'elle perçût, aux mouvements de tous ses muscles, que le tiède et doux contact avait commencé à chasser son ressentiment. Alors elle écarta ses lèvres, puis l'embrassa encore, mais d'une autre façon. Ils se tenaient là, immobiles dans ce coin sombre, sous le parapluie ; l'eau tombait tristement dessus, coulait tout autour d'eux et frappait plus bruyamment sur les dalles de l'escalier. Quelques passants, par intervalles, montaient ou descendaient les marches. Mais le couple enlacé n'y prêtait aucune attention, et les passants ne les regardaient pas avec insistance, ne souriaient même pas de ces amoureux qui, en somme, faisaient l'amour comme le font honnêtement ceux qui n'ont que la rue pour tout salon et tout divan.

– Écoute, Joe, chuchota Elsie, il faut que tu rentres, maintenant. Mais il faut que sur ton chemin tu entres chez Smithson pour y prendre ces bretelles que je te donne comme cadeau d'anniversaire. Je les ai encore vues dans la montre ce matin. Je serais bien entrée les acheter, mais je faisais une course pour M. Earlforward, et puis je n'aurais guère aimé ça, sans toi, sans compter que j'avais mon tablier. Mais il faut que tu les achètes ce soir pour pouvoir les porter demain. Je veux me dire demain matin : « Il a ses bretelles. » Je t'ai apporté l'argent. – Elle écarta de sa taille une des mains de son ami, prit les pièces de sa poche à elle et les lui glissa dans son gousset.

– Tu me le promets, Joe ? Une bonne et solide promesse ?

Il ne répondit pas.

– Tu me le promets, Joe, mon chéri ?

Il fit « oui » de la tête. Il ne pouvait pas parler tant il était désolé et asservi à Elsie. Un sourire amoureux le remercia de son obéissance.

– Maintenant laisse-moi te voir partir, dit-elle d'un ton caressant. Je te connais, je sais ce que tu feras si je ne te vois pas partir de mes propres yeux.

– Alors, c'est pour demain soir ? fit-il d'un ton bourru.

Elle fit signe que « oui » et ils s'embrassèrent encore. Elsie le repoussa et resta immobile à le suivre des yeux, jusqu'à ce qu'il eût disparu au coin du Hall des Missions désaffecté, dans King's Cross Road. Et elle resta là, ma foi, encore quelques instants après : elle pleurait...

– Ma parole, dit vivement Mme Arb, je commençais à me demander si vous alliez finalement revenir. Vous avez été si longtemps que votre thé sera froid. Voici le jambon : il est bien joli.

VIII

Le couteau à découper

Les deux femmes travaillaient ensemble dans un petit salon au-dessus de la boutique. On avait suspendu une lampe à un crochet, qui aurait soutenu une embrasse, s'il y avait eu des rideaux. La lampe, qui penchait un peu en avant, était munie par-derrière d'un réflecteur rond. Aussi une partie du plancher de la pièce était-elle brillamment éclairée, et tout le reste dans l'ombre. Elsie frottait le parquet sous la lueur du réflecteur. Elle frottait tranquillement, honnêtement, sans ardeur, mais sans donner aucun signe de fatigue. Mme Arb, assise devant la cheminée, les pieds sur le barreau d'une chaise, pour éviter l'humidité, nettoyait le dessus de la cheminée. Elle avait travaillé toute la soirée, côte à côte avec Elsie, parfois silencieuse, parfois bavardant avec vivacité, désireuse en général de recueillir quelques renseignements utiles sur le voisinage. Il s'était inévitablement établi une sorte d'intimité entre les deux femmes. Mme Arb parlait librement, sans cependant faire autre chose que des commentaires. Elsie parlait peu et pourtant citait bien des faits intéressants.

– Voyons, disait Mme Arb d'un air indifférent, c'est ce M. Earlforward, dites-vous, pour lequel vous travaillez le matin, n'est-ce pas ?

– Je vous l'ai dit quand vous m'avez envoyée chercher ce livre, madame. Et je vous l'avais déjà dit avant, répondit Elsie, surprise d'un pareil oubli.

– Oh ! oui, c'est vrai. Eh bien, est-ce qu'il vit tout seul ?

– Oh ! oui, madame.

– Et quel homme est-ce ?

Elsie, loyale par instinct, se tint sur ses gardes :

– C'est un homme très bien, madame.

– Il est gentil avec vous, hein ?

– Mon Dieu, il a ses façons, bien sûr... Mais il est toujours très gentil.

– Gentil et poli, hein ?

– Oui, madame. Et je peux dire encore une chose : il n'essaie jamais de prendre des libertés, non, pour ça non, jamais.

– Alors, il a ses façons... Est-ce qu'il est excentrique ?

– Oh ! non, madame... du moins, je ne sais pas ce que vous voulez dire, madame, non, bien vrai. Il est très minutieux pour certaines choses, et puis, alors, pour beaucoup d'autres, il ne fait pas attention à vous, vous pouvez faire comme il vous plaît, ou ne pas le faire.

Là-dessus, Elsie, soupçonnant qu'il y avait là pure curiosité de la part de Mme Arb, et un peu agacée, ajouta vivement :

– Je crois que ce parquet est à peu près fini.

Et elle tordit un torchon dans le seau qu'elle avait à sa droite. La pendule, en bas, fit entendre sa note rapide, grêle, retentissante. Et cela dura longtemps.

– Ça ne peut pas être onze heures ! s'exclama Mme Arb, parfaitement certaine qu'il était onze heures... Comme le temps passe quand on met du cœur à l'ouvrage, n'est-ce pas ?

Elsie, sans rien dire, n'était pas de cet avis. Son expérience du travail lui avait appris que le temps se traîne.

– Eh bien, Elsie, je vous remercie beaucoup ; je finirai moi-même. Ne restez pas une minute de plus.

– Non, madame, dit Elsie, qui avait donné trois heures supplémentaires pour six pence et une tranche de jambon.

A ce moment, avant qu'Elsie eût relevé ses genoux humides du plancher humide, on entendit frapper des coups bruyants et impérieux.

– Mon Dieu, qu'est-ce que c'est ?

– C'est à la porte de la boutique, dit Elsie.

– J'y vais.

Mme Arb se décidait avec beaucoup d'entrain. Elle était contente parce que le salon et les autres pièces étaient faits et convenables à présenter aux acquéreurs possibles de son appartement et de son commerce, car pour elle-même elle ne songeait pas à vivre dans le salon. Elle était contente aussi à cause d'une idée folle, absurde, et pourtant pas si absurde : que ces coups frappés à la boutique l'étaient par M. Earlforward, qui avait imaginé quelque prétexte fallacieux, comme en trouvent les hommes, pour revenir la voir. Elle avait déjà ses idées sur M. Earlforward. La jeune fille qui vivait toujours en elle courut en bas avec une bougie et ouvrit la porte. Aussitôt un homme entra brusquement dans la boutique, mais pas M. Earlforward, une jeune homme, au regard inquiétant dans des yeux brûlants, aux gestes trahissant une farouche excitation.

– Que désirez-vous ? demanda-t-elle, en s'efforçant, sans succès, de dominer la situation.

Le jeune homme lui lança un regard. Elle remarqua qu'il portait un parapluie déchiré, et que ses vêtements étaient très mouillés. Elle entendait, au-dehors, le bruit d'une pluie violente.

– Vous ne pouvez pas entrer à cette heure-ci, dit-elle, la boutique est fermée.

Et elle lui faisait signe de partir ; elle se mit même à le pousser dehors : pure témérité de sa part. Elle se disait : « Pourquoi faire cela ? Il pourrait m'attaquer. »

Au lieu de se retirer, le jeune homme laissa tomber son parapluie, et se jeta sur le grand couteau qu'elle avait laissé sur le comptoir après avoir coupé une tranche de jambon pour Elsie. A cet instant, Mme Arb décida résolument et sans plus d'hésitation de vendre la maison, de la vendre sur-le-champ, quel qu'en soit le prix. Elle avait déjà été un peu alarmée par l'aspect sinistre de plusieurs de ses clients. Elle se rappelait le fameux meurtre de Clerkenwell, elle comprenait combien elle avait été insensée de jamais venir à Clerkenwell. L'homme brandissait le couteau au-dessus de leurs deux têtes.

– Où est Elsie ? gronda-t-il, avec un accent sauvage, un accent de meurtrier.

Mme Arb commença à comprendre vaguement.

« Voilà ce que c'est de prendre des femmes de ménage qu'on ne connaît pas, se dit-elle pathétiquement, et pourtant j'aurais répondu de cette fille-là. »

Alors une lueur plus vive brilla sur le seuil de l'arrière-boutique. Elsie était là, la lampe à la main. Dès qu'il l'aperçut, l'homme, brandissant toujours le couteau, courut à elle comme un désespéré. Elle hésita, puis recula un peu. L'homme s'élança dans la pièce et claqua la porte.

Ensuite Mme Arb n'entendit plus rien. Elle était confondue, désemparée, frappée d'épouvante. Ah ! si feu M. Arb avait encore vécu, comme il aurait mené cette affaire-là ! Pas par la force, car il n'avait jamais été vigoureux, mais avec adresse, avec savoir-faire, avec une décision rapide. Seulement, elle ne pouvait imaginer de façon précise ce que feu M. Arb aurait fait dans son unique et puissante sagacité. Elle était accablée par le sentiment soudain, définitif, de la folie, de la tragédie qu'est une existence solitaire pour une femme comme elle. Elle avait de la sagesse, de l'énergie, de l'initiative, de la force morale, mais il y a des choses que les femmes peuvent faire, d'autres qu'elles ne peuvent pas, et une femme habituée à avoir un homme avait besoin d'un homme pour toutes sortes de circonstances. Elle résolut passionnément de ne plus vivre seule un jour de plus qu'elle ne pourrait l'éviter.

Cette résolution néanmoins n'atténuait pas sa solitude dans la boutique éclairée par une simple bougie, avec, devant elle, cette porte fermée qui cachait des choses affreuses, tandis que la pluie ruisselait sur les dalles de l'Escalier de Riceyman. Elle jeta un regard timide vers l'extérieur : un agent de police aurait pu, par une grâce d'en haut, passer à ce moment. Sinon il fallait courir sous la pluie, comme elle était, au poste de police. Elle remarqua alors une faible lueur dans la boutique de M. Earlforward et traversa en hâte. Par la devanture elle put voir M. Earlforward marcher dans son magasin, une bougie à la main. Elle frappa violemment à la vitre. Un tramway descendit King's Cross Road en grondant, avec une prodigieuse insouciance des meurtriers. Après une courte, une terrible attente, la serrure de la porte de M. Earlforward grinça et lui-même se montra doucement sur le seuil, la bougie à la main.

– Oh ! monsieur Earlforward, cria-t-elle – et, entrant, elle le saisit par la manche et raconta ce qui s'était passé. Et tandis qu'elle débitait ses paroles, et que M. Earlforward conservait en apparence la maîtrise de soi et son calme parfait, un exquis, un intense sentiment de soulagement la pénétrait toute.

– J'y vais, dit M. Earlforward. Il pleut pas mal, n'est-ce pas ?

Il prenait une fière allure aux yeux de Mme Arb. Il ne devait pourtant son prestige en ce moment à aucune aptitude à décider sur-le-champ et avec courage quelle était la marche effective à suivre, mais à ce simple fait que ses réactions étaient très lentes. M. Earlforward avait toujours peur après l'événement. Il s'élança énergiquement dans les périls que courait Mme Arb, gardant son calme imperturbable, parce qu'il ne se rendait pas compte de ces dangers. Et il n'avait aucune idée de ce qu'il allait faire. Elle le suivait craintivement.

La porte qui menait à l'arrière-boutique de Mme Arb était maintenant grande ouverte ; la lampe, posée à côté du couteau, brillait sur la table blanche. La bougie également brûlait dans la boutique, mais le parapluie avait disparu. L'arrière-boutique était vide. Aucune trace de meurtre, ni même de lutte. On ne percevait dans le silence que le bref et faible roulement d'un train souterrain.

– Peut-être l'a-t-il poursuivie jusqu'en haut ?

– Je vais y aller voir. En tout cas il a laissé l'arme.

Et M. Earlforward ramassa le couteau à découper, et par ce geste fit une nouvelle impression sur Mme Arb.

– Prenez la lampe ! dit-elle.

– Personne là-haut ? appela-t-il, du premier étage.

Mme Arb monta. Ensemble ils visitèrent toutes les chambres.

– Elle a emporté sa jaquette ! s'écria Mme Arb, en remarquant le portemanteau vide derrière la porte, quand ils redescendirent.

– Ah ! tant mieux ! fit M. Earlforward, en respirant bruyamment.

« J'ai laissé ma bougie allumée, dit-il peu après. Je vais aller la souffler.

– Mais...

– Oh ! je reviens, je reviens.

Pendant son absence Mme Arb retomba momentanément dans l'épouvante : à supposer que... ! Elle revoyait la fureur sauvage et primitive que révélaient à moitié les gestes et les regards du jeune homme, révélateurs de forces déchaînées, terrifiantes, fatales.

– C'est sans doute ce garçon qui court après elle, dit M. Earlforward quand il revint. Il paraît qu'il a reçu une commotion cérébrale, par un obus, à ce qu'on m'a dit. Il faudra qu'elle se débarrasse de lui, c'est évident.

Il était heureux d'avoir trouvé un nouvel argument pour persuader Elsie de ne pas l'abandonner.

– Elle avait l'air si *comme il faut* ! remarqua Mme Arb.

– Mais elle l'est.

– La pauvre fille ! soupira Mme Arb. – Elle éprouvait pour Elsie une pitié sincère qui la bouleversait. – Est-ce que je ne ferais pas bien d'avertir la police, monsieur Earlforward ?

– A votre place, je ne mêlerais pas la police à cette affaire. Tout est bien.

– Enfin, en tout cas, je ne peux pas rester ici cette nuit. Ça c'est impossible, c'est bien évident.

Elle eut un sourire presque comique.

– Allez vous mettre au lit, dit-il, avec un geste magnifique de la main. Je m'installerai très bien dans ce fauteuil, et je resterai jusqu'au jour.

Mme Arb déclara qu'elle ne pouvait admettre cela, qu'il était trop aimable. Mais il imposa sa volonté. Elle dit alors qu'elle allait remettre un peu de charbon sur le feu.

– Inutile ! – et il l'arrêta. – Je vais aller chercher mon pardessus et une couverture et je m'enfermerai ici. Ça ira très bien, très bien.

Il reparut, enveloppé de son pardessus, avec une couverture légèrement tachée de pluie. Mme Arb avait mis un grand manteau.

– Qu'est-ce que ceci ? demanda-t-il, que signifie ce manteau ?

– Je ne peux pas vous laisser tout seul, je ne peux vraiment pas. Je vais rester avec vous.

IX

Dimanche matin

– Elle n'est pas venue chez vous, ce matin ? demanda M. Earlforward avec intérêt et bonne humeur.

– Non. Et chez vous !

Il secoua la tête en souriant.

– Vous semblez prendre cela très philosophiquement, dit Mme Arb, mais ce doit être bien incommode pour un homme.

– Oh ! non, je me tire toujours d'affaire, je sais très bien.

– Vraiment ! c'est très remarquable de votre part, voilà tout.

Ceci se passait le dimanche matin, trois jours après l'incident du couteau à découper.

– Le plus drôle, dit Mme Arb, c'est qu'elle soit venue hier et vendredi comme si rien ne s'était passé, et puis, aujourd'hui, personne... Et, pourtant, il était bien entendu qu'elle devait venir de bon matin, une heure chez vous et une chez moi, n'est-il pas vrai ? Je trouve qu'elle aurait vraiment pu envoyer un mot, quelque chose, même si elle est malade.

– Oui, mais, voyez-vous, elles ne se rendent jamais compte de la gêne qu'elles causent. Ce n'est pourtant pas une mauvaise fille, c'est même une très brave fille.

– Elles travaillent toujours mieux pour les hommes, remarqua Mme Arb, d'un air vif et énigmatique.

M. Earlforward, en flânant du côté de l'Escalier, avait eu la chance – si la chance existe en ce monde – d'apercevoir Mme Arb dans sa boutique, tout habillée, pour aller à l'église probablement, et inspectant celle-ci de l'œil critique et approbateur du propriétaire. Il la voyait bien, comme aurait pu le faire n'importe qui, parce que seul le rideau bleu de la porte était baissé, ceci suffisant à indiquer au public que la boutique était fermée. Les deux petites montres avaient aussi des rideaux, mais on les baissait rarement, sauf pour abriter le beurre des rayons du soleil. Les deux voisins avaient échangé des sourires, Mme Arb avait, de façon hospitalière, ouvert la porte, et M. Earlforward était entré. Elle se présentait à lui sous les meilleures apparences, vêtue de noir, avec des fleurs rouges à son chapeau, bien chaussée, de jolis gants dans sa main ornée d'une bague. Elle était mince – M. Earlforward la trouvait petite – mais imposante en dépit de la pétulance de ses légers et incessants mouvements et de ses regards mobiles. Peu importait ces changements d'expression, c'était toujours celle de l'autorité et de l'intelligence.

De son côté, Mme Arb considérait M. Earlforward d'un œil favorable. Sa courte barbe en pointe, si bien peignée, lui donnait l'air d'un pilier de la société. Elle aimait aussi ses lèvres rouges et pleines, et son teint frais. Et puis, il était extrêmement bien tenu. Il portait, il est vrai, le même plastron noir, cachant la chemise, qu'en semaine, et ses manchettes étaient toujours invisibles, son chapeau et son pardessus n'avaient rien de bien distingué. Mais il avait un costume bleu neuf et élégant : elle était persuadée qu'il l'inaugurait ce jour-là. Sa légère boiterie lui plaisait et la touchait, son calme imperturbable lui en imposait. Oh ! c'était un homme qui avait des réserves, aussi bien de caractère que d'argent. En sécurité dans ces réserves, il pouvait affronter l'univers. Il comptait sur lui-même sans être présomptueux. Il était grave, mais dans ses petits yeux brillait à l'occasion une lueur malicieuse. Elle avait remarqué cet éclair, même quand il avait ramassé le couteau à découper le jeudi soir. Sa conduite dans cette terrible crise avait été parfaite. Bref, M. Earlforward considéré en lui-même était à peu près irréprochable.

M. Earlforward, d'autre part, tremblait encore en dedans à mesure qu'il se rendait de plus en plus clairement compte des dangers auxquels il avait échappé dans l'affaire du jeudi soir, et il ne s'était mis à trembler que le vendredi matin !

– Il est bien tôt, il me semble, suggéra-t-il, si vous allez à l'église.

– J'aime toujours à arriver de bonne heure quand c'est dans une église inconnue, et je ne suis encore jamais entrée dans celle-ci.

– A Saint-André ?

– Je ne sais pas son nom. Celle qui est en haut des marches, au milieu du square.

– Oui, c'est Saint-André.

Sans ajouter un mot, tous deux, sous la même impulsion, sortirent de la boutique que Mme Arb ferma à clef. En dépit du bouleversement causé dans leur vie par la défection d'Elsie, et de la perspective de la gêne et des ennuis futurs qui en résulteraient, ils étaient très heureux et avaient complètement oublié que leurs deux âges additionnés faisaient environ quatre-vingt-dix ans. Un pâle soleil éclairait le jour du sabbat, et les cloches de Saint-André tintaient.

– Je vois que vous avez des plantes en pot sur le rebord de votre fenêtre. Les arrosez-vous quelquefois ?

C'était un reproche implicite ! M. Earlforward en fut bien aise, car cela prouvait qu'ils devenaient intimes, comme pouvaient l'être en fait deux personnes qui, par une nuit fraîche, avaient dormi – et bien dormi – en face l'une de l'autre, chacune dans un fauteuil.

– Non ! jamais, répondit M. Earlforward, d'un ton plaisant mais hardi.

La vérité est qu'il avait, depuis des années, vu ces pots de fleurs sans y faire attention. On ne les remuait, ne les touchait jamais. La force indomptable de la nature était prouvée par ce simple fait qu'une ou des plantes vivaient encore résolument et laissaient voir une verdure malpropre.

– J'adore les plantes, dit Mme Arb.

Ils franchirent les marches, lui à un pas ou deux de son héroïne.

– Ce que je ne comprends pas, fit-elle, en se retournant et en s'arrêtant, c'est pourquoi le square est tellement plus haut que l'avenue. Le résultat est que toutes les voitures, même celles de lait, doivent faire le tour par Gilbert Street pour pénétrer dans le square par le côté. Qu'est-ce qui empêchait de mettre tout au même niveau ?

« Délicieusement féminin ! » pensa-t-il. Qu'est-ce qui empêchait ?... Absurde, exquis. Il était fou de ces délicieuses absurdités féminines.

– Ma foi, dit-il, c'est comme ça. Dans l'ancien temps, vous savez, on fabriquait des tuiles à Clerkenwell et on extrayait l'argile en grandes quantités, d'où ce résultat.

Et avec empressement il développa son explication.

– Je n'aurais jamais pensé à cela, fit Mme Arb ingénument, mais avec finesse. Quel genre d'église est-ce que Saint-André ?

– Oh ! elle a été construite vers 1830, et a coûté 4 541 livres. Ce n'est pas cher. Je ne pense pas qu'on pourrait la faire aujourd'hui pour vingt mille. Elle peut tenir, dit-on, onze cents fidèles.

– Vraiment ! Mais je voulais dire : est-ce l'église haute ou la basse ?

– Je n'en ai pas la moindre idée. J'y suis entré, un jour, pour examiner le retable, pour obliger un client, mais je n'y ai jamais assisté à un service.

Il parlait légèrement.

– Savez-vous pourquoi je vais à l'église, quand j'y vais ? Parce que je m'y sens bien. C'est un grand bien-être ; surtout quand il y a du brouillard et qu'on ne voit pas clair, et qu'il n'y a pas trop de monde. Je ne dirai pas que j'aime les sermons, non. Mais ce que je dis c'est que, si une partie du service vous est agréable, le moins que l'on puisse faire c'est de rester jusqu'au bout. N'êtes-vous pas de mon avis ?

Elle leva les yeux sur lui comme pour lui demander son approbation.

Quels merveilleux moments pour M. Earlforward, et pour Mme Arb également !

Il se dit en lui-même : « C'est un esprit vigoureux. Il n'y a pas une femme sur cent qui aurait dit cela. Et en même temps si mignonne, et si élégante aussi ! Qu'importe que ce ne soit qu'une pâtissière ! »

X

Riceyman Square

L'église Saint-André, en briques jaunes avec encadrements de pierres de taille, un toit d'ardoises et une chape rouge, fut dessinée et érigée sous le règne brillant de Guillaume IV, dont le gouvernement, sous Lord Grey, avait la pieuse habitude, perdue depuis par ses successeurs, de construire à ses frais des églises en supplément dans les paroisses populeuses. Malheureusement, son goût en architecture était moins louable que l'intérêt pratique qu'il voyait à inculquer aux humbles la doctrine chrétienne, et surtout la sagesse et l'à-propos qu'il y a à tendre l'autre joue. Saint-André, d'un style gothique très mélangé, n'avait, au point de vue architectural, rien qui le recommandât. Ses proportions générales, ses fenêtres en ogive, ses meneaux, ses croix, sa flèche et ses contreforts étaient dans leurs moindres détails grossiers et choquants. En aucun point de sa surface l'œil ne pouvait se reposer sans souffrance. Et le temps, qui passe pour tout adoucir et tout ennoblir, s'était malicieusement contenté de couvrir Saint-André de saleté et de ridicule. Des hauteurs de ce temple sans noblesse sortaient sans relâche des sons bruyants, monotones, fantastiques, qui portaient sur les nerfs et s'harmonisaient avec son architecture. La cour de l'église était un jardin flanqué de grilles en fer et de platanes, auxquels on avait fait subir de terrifiantes opérations chirurgicales. On y voyait des fleurs, à demi fanées et mélancoliques, d'asters et de tulipes, une quantité de légumes, des herbes échevelées, des tas de moellons et des masses de terre improductive. Personne ne pouvait se promener dans ce jardin dont les grilles étaient soigneusement verrouillées.

Riceyman Square avait été construit autour de Saint-André dans les maigres années quarante. On l'avait construit en une fois, suivant un plan : il avait une forme. Les maisons à trois étages – avec sous-sol et soubassement – étaient toutes semblables et groupées en sections par des frontons triangulaires qui portaient des ornements de style Régence régénéré. Ces frontons, ainsi que les revêtements des fenêtres et les murs en entier jusqu'au premier étage, étaient stuqués et peints. En bien des endroits, la peinture s'écaillait et le stuc s'effritait. Le devant des perrons était vert. Certaines des portes d'entrée et des encadrements de fenêtres n'avaient certainement pas été repeints depuis quinze ou vingt ans. Toutes les lignes horizontales de l'architecture étaient devenues courbes. De longues lézardes dans les briques montraient le point de jonction de deux appartements. Les ventilateurs et quelques ferronneries rappelaient faiblement les traditions du XVIIIe siècle.

Les soubassements, à part un ou deux, étaient immondes. Le square avait naguère été joli, il aurait dû maintenant être pittoresque, mais il ne l'était pas. Il était simplement décrépit, crasseux et dégoûtant. Il n'avait aucune espèce d'attrait. L'évolution avait tourbillonné autour de lui, l'avait manqué et laissé de côté. Ni l'électricité ni le téléphone n'y avaient jamais pénétré et quantité de fenêtres n'avaient encore que des jalousies. Tout le monde, en dehors de ses habitants, du percepteur des contributions et de l'inspecteur primaire, avait oublié Riceyman Square.

Il gisait maintenant, nonchalant et malpropre, dans l'indolence du dimanche qui succède nécessairement à une semaine de dur labeur. Toutes les fenêtres des étages supérieurs étaient fermées et voilées de leurs rideaux, la plupart de celles du rez-de-chaussée également. Les rares aperçus que l'on avait des misérables intérieurs étaient désolants. Pas un enfant ne jouait sur la chaussée. Çà et là une ménagère avait suspendu ses paillassons et ses canaris à une balustrade pour qu'ils prennent le saint air du sabbat, et des journaux, frais comme des fruits qu'on vient de cueillir, attendaient, pliés sur les marches, que les gens sortissent de leurs lits dans les chambres sombres et étouffantes pour y étudier les crimes et aventures passionnelles. De petits pots à lait, à anses de cuivre ternies, étaient accrochés à la file aux grilles. Seuls les chats, avec leur élégance et leur air détaché et dédaigneux, se montraient supérieurs à cet effroyable milieu. Et les cloches de l'église sonnaient toujours.

– L'église n'est pas mal, dit Mme Arb, mais qu'est-ce que je vous disais du square ?

– Attendez un moment, attendez un moment... Faisons-en le tour ; voulez-vous ?

Ils se mirent en route. Bientôt, M. Earlforward s'arrêta devant une maison qui venait d'être repeinte, pour rappeler au spectateur l'agrément original des maigres années quarante.

– Pas de vitres brisées ici, je pense ? fit-il d'un air triomphant.

Mme Arb inspecta toute la façade pour y découvrir au moins un carreau fêlé, et n'en trouva pas. Elle lui devait un shilling.

– Enfin, dit-elle un peu décontenancée mais toujours vivement, il fallait bien qu'il y eût au moins une maison en bon état. Est-ce qu'on ne dit pas que l'exception confirme la règle ?

Il comprit qu'il ne toucherait pas son shilling, et il ne l'en admira que davantage pour ce manque de scrupule, si féminin.

Au coin de Gilbert Street, Mme Arb éclata brusquement de rire.

– Je n'avais pas remarqué que nous avions des Savoys par ici !

Peints sur la porte de la maison d'angle s'étalaient ces mots : « Percy's Hotel ». La maison ne différait par aucun autre détail de toutes celles du square.

– Je me demande s'ils ont des appartements indépendants ?

M. Earlforward allait donner l'explication de cette singulière survivance historique quand tous deux, presque en même temps, par un large écartement des rideaux, aperçurent Elsie qui, assise, se balançait doucement devant la fenêtre du rez-de-chaussée de la maison voisine du « Percy's Hotel ». Son pâle visage était à demi tourné vers l'intérieur de la pièce, et les détails étaient peu distincts dans le demi-jour de cet appartement, mais il n'y avait pas à se tromper : c'était bien elle.

– Est-ce là qu'elle habite ? dit Mme Arb.

– Je le suppose. Je sais qu'elle demeure quelque part dans le square, mais je n'ai jamais su le numéro.

La porte de la maison s'ouvrit, et le docteur Raste en sortit, frais, vif, tiré à quatre épingles, correct, affairé, se hâtant sans précipitation, incarnation du professionnel. On sentait qu'il serait sorti exactement de la même façon du palais de Buckingham. Pour marquer le sabbat, que ses occupations incessantes ne lui permettaient pas d'honorer autrement, il portait un chapeau de soie. Il le souleva en apercevant M. Earlforward avec une dame, et il leva aussi, mais de façon à peine perceptible, ses sourcils.

– Vous avez été voir ma femme de ménage, docteur ? demanda poliment M. Earlforward en l'arrêtant.

Le docteur Raste hésita un moment.

– Votre femme de ménage ?... Ah ! oui, je l'ai vue, en effet, oui.

– Ah ! Alors, elle est souffrante ? Rien de sérieux, j'espère ?

– Non, non, dit le docteur d'une voix un peu plus haute que d'habitude. Elle sera tout à fait remise demain. Ce n'était rien. Elle a, je crois, une excellente constitution.

Réponse strictement formelle, toute courtoise qu'elle fût. Personne probablement à Clerkenwell, excepté peut-être son valet de chambre Joe, ne savait quel air avait et comment parlait le docteur Raste quand il n'avait pas son air et son langage professionnels. Le docteur disait parfois, avec un rire bref et sec : « Nous autres, médecins », affirmant par là l'existence d'une caste, d'un ordre, d'un clan séparé du reste de l'humanité par des barrières terribles, invisibles, infranchissables : et jamais il ne les franchissait pour pénétrer dans l'humanité. Pour lui la vie secrète du cerveau était véritablement secrète, et le masque qu'il avait sur la figure, sur la langue, sur toute sa personne lui constituait une perpétuelle retraite. Il s'éclaircit la voix :

– Oui, oui. Au fait, j'ai lu ce Shakespeare. Très beau, très beau. Je le lirai en entier un de ces jours. Bonjour !

Et, soulevant de nouveau son chapeau, il s'éloigna.

– Je vais entrer la voir, la pauvre petite, dit Mme Arb avec compassion.

– Vraiment ?

– Mon Dieu, puisque je suis ici. Il me semble que ce serait gentil, vous ne trouvez pas ?

– Oh si ! acquiesça M. Earlforward avec admiration.

XI

La maison d'Elsie

La maison où Mme Arb avait décidé de pénétrer avait sa part, complète mais sans rien d'extraordinaire, d'exemplaires de vie humaine. Elle avait trois étages. Au rez-de-chaussée habitait un boucher, avec sa femme et trois enfants, dont l'aîné était agé de cinq ans : trois chambres et quelques petites dépendances. Le boucher criait de bas morceaux de viande à bon marché dans une échoppe ouverte d'Exmouth Street, pendant une semaine de soixante-quatre heures, qui se terminait le samedi à minuit. Il était doué d'une voix de stentor. Tous ses enfants, par pure méchanceté, étaient rachitiques. Au premier étage logeaient un vernisseur français, sa femme et deux enfants, dont l'aîné avait trois ans – un de moins que dans la famille du rez-de-chaussée, mais le premier était sur le point de se mettre au même niveau : trois chambres et quelques petites dépendances. Le vernisseur ne travaillait que quarante-quatre heures par semaine. Ses doigts gardaient toujours la couleur du bois de rose, et il exhalait une odeur qui rivalisait souvent, et non sans succès, avec le parfum caractéristique de la maison, celui de la vieille eau de savon. Par mauvaise volonté contre le genre humain, il avait une toux continuelle. Au second étage vivait, seule, une couturière d'âge moyen : trois chambres et quelques petites dépendances. Personne, en dehors d'une cliente occasionnelle, n'avait jamais accès à ce second étage.

Elsie était une amie de la femme du vernisseur français, et elle couchait dans la minuscule chambre de derrière du premier étage avec l'aîné des enfants. Elle donnait pour cet arrangement trois shillings par semaine, et aidait aussi pour le ménage et le blanchissage de la famille dans ses heures de loisir.

En dehors d'Elsie, les habitants adultes de la maison étaient toujours malheureux, sauf quand ils buvaient de l'alcool ou faisaient l'amour. Bien qu'ils eussent, dans leur jeunesse, étudié la Sainte Écriture, et qu'il y eût au moins trois bibles dans la maison, ils avaient négligé de cultiver la résignation chrétienne. Ils se laissaient accabler par des niaiseries. La femme du boucher avait été bouleversée la veille parce que sa lessiveuse fuyait, et qu'elle ne pouvait se débarrasser un moment de ses enfants, parce qu'il était bien difficile de faire tourner la voiture du bébé par la porte de la cuisine dans une entrée qui avait trois pieds de large, et parce qu'elle était obligée d'emmener ses trois enfants avec elle au marché, et parce que l'aînée, avec sa robe propre, était tombée dans une flaque de boue, et qu'il faudrait une journée entière pour réparer le dommage, et parce qu'un autre, qui faisait ses dents, ne cessait pas de crier, et parce que le propriétaire était trop pauvre pour faire les réparations nécessaires, et parce qu'elle ne pouvait pas, avec six pence, avoir pour un shilling de marchandises, et parce que ses versements à la Société de Prévoyance étaient en retard, et parce que le soleil faisait paraître son chapeau tout fané, et pour beaucoup d'autres raisons aussi importantes.

Quant à la femme du vernisseur français, elle s'ennuyait et devenait neurasthénique, parce qu'il y avait trois ans encore elle était une jolie fille, gagnant bien sa vie, indépendante, et que maintenant elle attendait un autre gage de l'amour du vernisseur, et qu'elle se sentait malade et avait de fréquents maux de cœur, et parce qu'elle n'avait pas d'argent pour des achats urgents, et qu'elle avait horreur de la cuisine et de la lessive, et parce que son mari passait ses soirées et dépensait l'argent qui aurait dû nourrir sa femme et ses enfants dans un club politique qui avait pour but de bouleverser l'organisation de la société, et parce qu'elle détestait la toux de son mari et son affection, et qu'elle n'imaginait pas de fin à sa misère, et qu'elle avait des visions prophétiques, où elle se voyait en mégère avec cinq cents enfants insatiables, toujours en pleurs et demandant ce qu'il était impossible de leur procurer.

La vieille fille du second étage était profondément, amèrement mécontente, pour la simple raison qu'elle était vieille fille, tandis que les deux autres femmes auraient vendu leur âme pour n'être pas mariées.

Le centre de l'irritation de la maison était le couloir ou vestibule, que le premier étage et le rez-de-chaussée devaient tenir propre, chacun à son tour, pendant une semaine. La veille, un des enfants du premier étage avait promené des doigts poissés sur le mur d'un brun jaunâtre. Ensuite, la voiture du premier avait été rentrée avec des roues crottées et les traces avaient séché sur le linoléum, qui était déjà un palimpseste de différents dépôts malpropres. Cette voiture était la source de la plupart des difficultés pour ce vestibulte. Le rez-de-chaussée ne pouvait supporter sa présence et le second étage, à chacun de ses passages, la bousculait avec intention, mais la locataire du premier se refusait obstinément à lui faire monter et descendre l'escalier deux fois par jour.

Une grande querelle à trois avait éclaté le samedi matin autour de la voiture d'enfant et du vestibule, et quand le vernisseur rentra déjeuner un peu après une heure, il ne trouva pas de repas, mais sa moitié cuisinière-femme-de-charge-bonne-à-tout-faire en état de crise. Très stupidement il était immédiatement reparti avec tout son salaire. A onze heures et demie du soir il était rentré ivre et souffrant d'une dyspepsie aiguë. A minuit moins un quart il avait entrepris de se battre avec Elsie. A minuit et demi le boucher était rentré se coucher et avait dû écouter un sermon sur la conduite du premier étage et de sa propre femme, sermon prononcé du palier du second. Ensuite, il avait dû entendre les gémissements de la maîtresse du premier étage et l'éternelle toux du maître... et tout cela pour une niaiserie ! Et pourtant chacun de ces adultes connaissait bien l'admirable texte qui exhorte les chrétiens à se supporter les uns les autres. Étrange maisonnée ! Mais il y en avait une quantité de pareilles dans Riceyman Square, et au milieu se dressait une église de 4 500 livres.

Le dimanche matin trouvait toujours les adultes de la maison d'Elsie dans un engourdissement paradisiaque. Seule, Elsie était sur pied. Ce dimanche matin-là, en particulier, elle avait l'œil sur les deux enfants aînés qui jouaient tranquillement dans le demi-jour automnal de la courette entourée de murs. Elsie les avait elle-même sommairement habillés. Les trois autres enfants avaient été dopés – ou, comme disent les réclames, « calmés » – de manière à rester dans leurs lits sans déranger les grandes personnes. Celles-ci dormaient. Elles s'abandonnaient au sommeil avec passion, voracité, volupté. Leur seul désir en ces heures-là était de jouir d'un repos et d'une inconscience parfaits. Si elles se retournaient, c'était pour se rejeter avec une terrible avidité sur le sommeil. Elles en avaient plus besoin que d'amour ou de bière. Elles auraient commis un crime pour en avoir. La future mère elle-même dormait dans un désordre de rêves étranges.

On frappa fort, lourdement, à la porte gauchie et sordide de cet asile du repos. Cela secoua la maison. Dans la courette, les enfants, stupéfaits d'un tel outrage, cessèrent leur jeu. Elsie, alarmée, traversa en courant le corridor et le vestibule et ouvrit la porte d'entrée. Joe était là avec, sur sa rude figure, cet air tourmenté, dément, qu'Elsie lui connaissait si bien. Elle eut peur, mais se contint et secoua la tête d'un air triste et décidé. Comme suite à l'incident du couteau à découper, elle l'avait banni de sa présence pour une semaine, qui n'était nullement expirée. Il peut sembler étrange qu'Elsie, l'esclave de tout le monde, exerçât une domination absolue sur Joe, mais cela était. Elle connaissait son pouvoir et devinait qu'il fallait en user, si Joe devait jamais se remettre de sa mystérieuse maladie mentale. Maintenant, tout en souhaitant de ne l'avoir condamné qu'à trois jours de bannissement au lieu de sept, elle ne voulait pas céder et corriger son erreur, car elle sentait que ce serait amoindrir son autorité.

D'ailleurs, Joe n'avait pas le droit de venir la relancer chez elle. Elle avait à songer à sa réputation, et, dans son esprit loyal et naïf, cette réputation c'était la sienne, à lui également. Aussi, la mort dans l'âme, essaya-t-elle de fermer la porte sur Joe. Celui-ci, rendu furieux par un malheur qu'il ne pouvait s'expliquer, mit son pied dans l'entrebâillement, poussa la porte avec force et introduisit sa personne profane dans le temple sacré du repos dominical. (Il renouvelait son procédé du jeudi soir précédent.) Ils étaient tout près l'un de l'autre, mais il ne pouvait rencontrer son regard fixe. Ses yeux se portaient inlassablement et farouchement sur les murs malpropres, sur le plancher rugueux et souillé.

– Va-t'en, mon garçon !

– Laisse-moi t'embrasser, demanda-t-il rudement.

– Sors d'ici !

Perdant le peu qui lui restait de maîtrise de soi, il frappa violemment Elsie à l'épaule. Elle ne s'y attendait pas. En langage du ring, elle était sur le mauvais pied et, perdant l'équilibre, elle tomba sur la voiture du vernisseur, qui fut précipitée avec fracas dans l'escalier, comme une locomotive sur un tampon d'arrêt. La tête d'Elsie heurta une roue. Un cri perçant retentit : les enfants avaient suivi Elsie et assistaient à la chute de leur esclave bien-aimée. Joe, atterré de la conséquence de sa violence, se sauva en claquant la porte derrière lui, à faire trembler la maison et à réveiller tous ses habitants. Les deux mères reconnurent les hurlements de leurs enfants. La vieille fille du second vit là une magnifique occasion pour exposer avec avantage ses vues sur l'état de la société moderne. Les deux pères, pleins de désespoir et d'exaspération, mais cédant à la puissante attraction d'un bon vacarme, sautèrent, avec des idées de meurtre, à bas de leur lit chaud et fétide. Deux formes à demi vêtues se montrèrent sur le seuil du rez-de-chaussée et trois dans l'escalier.

Elsie se mit sur son séant, tout effarée, puis se leva et retomba chancelante. Une mère gifla son enfant, puis un autre qui n'était pas à elle. L'autre mère, du haut de l'escalier, protesta furieusement. Le paradis du dimanche matin gisait fracassé. Le boucher était un homme de sens, de cœur et d'initiative. Il se chargea d'Elsie. Le tapage infernal s'apaisa. Quelques minutes plus tard, Elsie était assise dans son fauteuil à bascule, devant sa fenêtre sur la rue. Elle pleurait en s'excusant. On n'échangea que peu de paroles, mais tous comprirent que l'étrange amoureux d'Elsie s'était conduit de façon odieuse, et tous révélèrent leur opinion bien arrêtée que, si elle ne renonçait pas à lui, il la tuerait un jour ou l'autre. Trois quarts d'heure plus tard, le docteur Raste arrivait tranquillement. Joe avait couru chez lui et lui avait crié :

– Monsieur, je l'ai tuée !

Le boucher, après avoir allumé lui-même un maigre feu, quitta la pièce, pendant que le docteur examinait la victime. Le docteur ne trouva rien, sinon une contusion sur l'épaule gauche d'Elsie. Par un magnifique geste de dévouement, la femme du boucher donna le lait chaud de son second enfant à Elsie, malgré ses protestations. Il n'y avait aucun autre réconfortant dans la maison. La paix était rétablie, et même chacun reprit son sommeil.

XII

La bienfaitrice

Au coup discret de Mme Arb la porte fut ouverte par l'aîné des enfants, un garçon de cinq ans turbulent, qui resta brusquement interdit et muet devant la dame impressionnante qui se tenait sur le seuil. Il ne répondit rien à Mme Arb qui demandait à voir Elsie, mais recula obliquement dans le vestibule et ouvrit une porte, en levant les yeux sur la dame avec la curiosité la plus impertinente. Aussitôt qu'elle fut entrée dans la pièce et qu'il fut délivré de son émotion, il retourna dans la courette en sautillant et en riant aux éclats.

La chambre où avait été installée Elsie était remplie, bondée de tous les trésors du boucher et de sa femme. Les murs étaient couverts, de la corniche presque jusqu'au plancher, de suppléments en couleurs de numéros de Noël, avec ou sans cadre, extraordinaire exposition de bons sentiments : innocence des enfants, pureté des amants, entente des familles, bienveillance de la vieillesse, immenses festins servis dans des intérieurs tout garnis de chêne, paysages où la neige recouvrait de son éternelle blancheur des clochers d'églises, anges, moines, forgerons, cochers de diligences, âmes qui s'éveillent, vaste effort couronné de succès, pour convaincre les habitants de Riceyman Square que cet endroit n'était pas unique au monde. Cet étalage, à n'en pas douter, détendait, divertissait et égayait l'esprit. Entre des chromos, se voyaient des photographies réalistes de gens qui avaient existé ou existaient encore pour de bon. La cheminée était chargée de soi-disant porcelaines posées sur des bouts de broderies, le plancher couvert de morceaux de tapis. Il y avait là une quantité de chaises dépareillées, un sofa, un berceau, une machine à coudre, un chevalet à vêtements, sur lequel s'étalait un tablier d'homme, bleu à rayures blanches, plusieurs tables, dont une petite octogonale, en noyer, naguère table à ouvrage de dame, placée devant la fenêtre, et sur laquelle étaient soigneusement empilés en spirale bon nombre de volumes de *Une fois par semaine,* reliés en toile. Il y avait enfin une garde-robe et maints ustensiles de cuisine. C'était un encombrement d'objets, aussi malpropres que les murs et le plafond, beaucoup cassés et usés, tout comme les boiseries et la peinture, mais prouvant triomphalement que le boucher n'est pas un client des prêteurs sur gages.

– J'ai voulu voir comment vous allez, Elsie, dit Mme Arb sur un ton de bienveillance et de pardon. Non, ne vous levez pas... je vois bien que vous êtes souffrante. Je vais m'asseoir là.

Elsie rougit violemment.

– J'ai eu des tourments, madame, murmura-t-elle en manière d'excuse.

Les ennuis d'Elsie étaient entièrement dus à la demande que Mme Arb lui avait adressée le jeudi soir de faire des heures supplémentaires. Celle-ci n'avait tenu aucun compte des arrangements ni de la vie privée de cette jeune femme, dont les services lui rendaient tolérable la vie quotidienne à elle-même et à M. Earlforward.

La jeune femme s'était, par suite, trouvée dans une situation extrêmement difficile et même dangereuse : voilà pourquoi elle s'excusait et Mme Arb pardonnait. Elsie admettait qu'elle avait manqué à son devoir, reconnaissait tout ce qui s'en était suivi d'embarras domestiques pour ses patrons, et elle écartait comme négligeables les excuses qu'elle aurait pu présenter. Elle ne songeait pas non plus à critiquer Mme Arb : elle ne blâmait jamais sciemment personne. Et pourtant, quelque part, dans les mystères inexplorés de son esprit, se cachait une appréciation très juste de Mme Arb. Étrange ! Mais non, pas étrange : c'est un phénomène très commun dans l'esprit des gens humbles et consciencieux.

– Est-ce que ces tourments vous sont venus au sujet de ce jeune homme ? demanda Mme Arb. Non que je vous questionne par curiosité.

Elsie se mit à pleurer. Elle fit un signe de tête, incapable, pour le moment, de parler. A travers le mur, le bruit d'un ronflement leur vint de la chambre voisine ; au-dessus de leur tête, c'étaient des bruits sourds. Mme Arb se rendit compte qu'un enfant était venu jeter un coup d'œil curieux sur elle et sur Elsie. Les cloches de l'église, après quelques tintements assourdis, se turent.

– Vous n'avez pu, je suppose, m'envoyer personne pour me prévenir que vous ne viendriez pas ?

Elsie secoua la tête.

– Et demain, viendrez-vous ?

– Oh ! oui, madame, je viendrai demain bien exactement.

– Voyons, Elsie – et ne pensez pas que je veuille me mêler de vos affaires –, est-ce que vous ne croyez pas que vous feriez mieux de renoncer à lui ? Cela fait deux scènes en trois jours. (En quatre jours, aurait-elle pu dire, mais pour ces détails, Mme Arb avait la fantaisie d'une artiste.) Je ne vous ai pas parlé de jeudi soir, n'est-ce pas ? Je ne voulais pas vous ennuyer, je savais que vous aviez bien assez de tourment. Mais je veux bien vous dire maintenant que j'ai été très bouleversée et très effrayée, et qui ne l'aurait pas été ?... Qu'avez-vous à faire des hommes ? Ils ne vous feront jamais aucun bien... j'entends si vous tenez à votre tranquillité et à votre réputation. C'est dans votre intérêt que je vous dis cela. Je vous aime bien et je voudrais vous voir heureuse et estimée.

Mme Arb semblait avoir oublié qu'elle s'adressait à une veuve et non à une jeune fille.

– Oh ! madame, je renonce à lui. Je ne veux plus jamais rien avoir à faire avec lui. Jamais !

Et Elsie éclata en sanglots, l'âme pleine d'une émotion intense.

– C'est très bien, je suis heureuse de vous l'entendre dire, fit

Mme Arb avec calme. Si vous êtes sincère, ceux qui vous emploieront pourront avoir confiance en vous et compter encore sur vous. Il n'y a pas d'autre moyen.

– Oh ! j'ai si grande honte, madame ! dit Elsie, avec le froncement de sourcils de celle qui se sent coupable. Surtout quand je pense que je n'ai pas pu vous prévenir, ni M. Earlforward non plus. Mais cela ne m'arrivera plus, madame, et j'espère que vous me pardonnerez.

– Allons ! Allons ! s'écria Mme Arb avec magnanimité, protestant contre cet excès de remords et de pénitence, je voulais seulement prendre de vos nouvelles.

Quand Mme Arb fut partie, pour flirter avec un homme et le rassurer en lui annonçant que tout était arrangé et qu'ils n'avaient rien à craindre, le garçon de cinq ans entra dans la chambre, une tartine de confiture dans sa main poissée. Sans mot dire, il la tendit à Elsie qui se pencha et, pour lui faire plaisir, en mordit une bouchée. Elle lui sourit, puis eut un sanglot, s'étrangla, et serra violemment contre elle garçon, pain, confiture et tout, d'où un beau gâchis.

XIII

La passion

– Je crois que je l'ai remise d'aplomb, dit gaiement Mme Arb à M. Earlforward une fois dans le square, et elle lui rendit compte de sa visite.

M. Earlforward éprouva un grand soulagement. A ce moment, il admirait vivement Mme Arb. Pour lui, il n'aurait jamais pu remettre Elsie d'aplomb. Il y a des choses qu'une femme, et surtout une femme capable et énergique, peut faire et que ne réussirait aucun homme. « Énergique », fâcheuse épithète peut-être à appliquer à une femme. Oui. Mais ce qu'il y avait de curieux chez cette femme, c'est qu'elle était aussi très féminine. Énergique, elle était pourtant capable – pour parler de métaphore – de se cramponner et d'implorer. Elle savait aussi baisser les yeux de la façon la plus enchanteresse et la plus troublante. Elle l'avait fait maintes fois avec M. Earlforward. Maintenant, M. Earlforward, grâce à son absolue inexpérience des femmes, les connaissait à fond à leurs défauts et leurs imperfections artistiques. Et il lui semblait que Mme Arb en était remarquablement exempte. Il lui paraissait, comme il a paru à des millions d'hommes, qu'il avait eu la chance de rencontrer une femme qui, par miracle, réunissait en elle les qualités des deux sexes, et le talent de reconnaître à première vue ce miracle. Il n'aurait pas été jusqu'à affirmer que Mme Arb était unique au monde (et pourtant, il soupçonnait fortement qu'elle devait l'être), mais il ne pouvait pas y en avoir beaucoup comme elle. Il était très heureux, dans ses rêves juvéniles, d'une nouvelle existence idyllique. Sa seule crainte immédiate était d'être obligé d'aller à l'église avec elle. Il les connaissait, les femmes : elles étaient bien particulières au sujet des pratiques religieuses. Bien entendu, c'était, comme elle l'avait à demi reconnu, parce qu'elles aimaient les impressions religieuses. Mais il n'y avait rien à faire avec une femme à l'église... et il ne pouvait pas la laisser y aller seule... Il était malheureux.

– Je crains, dit-il, que votre service ne soit commencé. J'ai vu quantité de gens entrer pendant que vous parliez à Elsie.

– Oui, j'en ai peur, répliqua-t-elle.

Il entrevit une lueur d'espoir.

– Il fait une jolie matinée fraîche, dit-il avec audace, et ce qu'il faut à des gens comme vous et moi, c'est respirer de l'air frais. Je me demande s'il vous serait agréable que je vous montre quelques coins de Clerkenwell ?

– Je crois bien ; je pourrais aller au service ce soir, n'est-ce pas ?

Un triomphe ! A coup sûr, elle était unique.

Et tous deux, oubliant encore qu'ils ne reverraient plus leur quarantième année, ils partirent avec l'ardeur ingénue de la jeunesse.

– Vous savez, dit Mme Arb, revenant à la grande question, je lui ai nettement fait comprendre qu'elle se trouverait beaucoup mieux de se garder des hommes. Et c'est ce qu'elle fera.

– Elles ne savent jamais ce qui vaut le mieux pour elles.

– Non... J'imagine que ce square appartenait autrefois à votre famille, suggéra Mme Arb avec déférence.

– Oh ! ce serait exagéré de dire cela, répondit-il avec modestie, mais son nom lui vient du frère de mon grand-père.

– Il devait être très joli dans sa nouveauté, fit-elle, adoptant avec tact une attitude plus respectueuse qu'avant à l'égard du square. Elle désirait évidemment être agréable à son compagnon ; évidemment aussi, elle avait bon cœur.

« Mais quand la classe ouvrière met la main sur un endroit, qu'y faire ?

– On a peine à le croire, fit-il avec une résignation farouche, mais ce quartier a été jadis très élégant. Il y avait un emplacement pour le tir à l'arc, là où est notre escalier. (Il avait plaisir à dire *notre* escalier : cela créait un lien entre eux.)

– Vraiment ?

– Oui. Et à une époque le duc de Newcastle demeurait tout à côté. Tenez, je vais vous montrer quelque chose, tout près d'ici.

En quelques minutes ils arrivèrent au coin d'un vaste square – il en aurait contenu quatre comme celui de Riceyman – composé de grandes maisons rougeâtres, sombres et en piteux état, avec au centre un grand jardin entouré de grilles, de beaux arbres au milieu, et que contournait une large chaussée. Malgré son caractère matériel, dans cet entourage, on eût dit une vision irréelle, création de quelque djinn, surgie en un instant et destinée à s'évanouir aussi vite : ce square, placé où il était, ne semblait pas avoir sa raison d'être.

– Regardez cela, dit vivement M. Earlforward en désignant un écriteau : « Wilmington Square ». En avez-vous jamais entendu parler ?

Mme Arb secoua la tête avec étonnement.

– Non. Et personne ne le connaît : il est là tout de même. C'est ça, Londres, c'est ça. Au point de vue pratique, chaque maison a été divisée en appartements. Il y avait ici des gens très à leur aise, vous savez.

Mme Arb lui jeta un regard attristé.

– C'est tragique ! dit-elle sur un ton de sympathie, sa radieuse figure toute troublée.

« Elle comprend ! » se dit-il.

– Maintenant je vais vous montrer un autre genre de square, mais c'est là-bas, de l'autre côté de Farrington Road. Oh ! pas loin, pas loin d'ici. Il n'y a pas de distances, ici.

Et il partit rapidement, en boitillant.

Coldbath Square surpassait aisément même Riceyman Square en saleté et en vétusté, mais il était bien plus pittoresque, bien plus ancien, sauf pour la gigantesque et affreuse masse d'appartements qui s'élevait au milieu. Ce qu'on apercevait des intérieurs était épouvantable. A tous les coins se tenaient des groupes de jeunes gens, bien habillés, de façon mystérieuse, qui ne faisaient absolument rien, et, sur certains seuils, des vieillards à face honnête, enveloppés de cache-nez et portant d'anciennes vareuses de pilotes.

– Ceci ne me plaît pas du tout, dit Mme Arb, frissonnant en fait comme une sensitive.

– Non, cela dépasse un peu la mesure, n'est-ce pas ? Allons jusqu'à l'église du Prieuré.

– Oui, cela vaudra mieux, dit-elle, soulagée à cette idée d'une église. Oh ! voici un numéro des *Nouvelles du Monde*. Je me demande...

Ils suivaient alors une rue, étroite et très courte, de petites maisons, que fermait la perspective d'une de ces bâtisses modernes, hautes comme des tours, où s'entassent les appartements. La rue, baptisée cent ans plus tôt « Cottages modèles », était silencieuse et déserte, formant un étrange contraste avec le fourmillement gigantesque, mais à demi caché, des édifices de granit. Les portes d'entrée donnaient sur la rue, sans même la transition d'une marche. Devant l'une d'elles gisaient les *Nouvelles du Monde*. Ce journal devait être là depuis des heures, attendant le réveil de l'abonné, et en sécurité, grâce à la merveilleuse honnêteté du peuple londonien.

– Je voulais justement jeter un coup d'œil sur les *Nouvelles du Monde*, dit Mme Arb en s'arrêtant.

Ils avaient vu bien des crieurs de journaux dans les rues ; en fait, les journaux semblaient être les seuls objets de commerce à cette heure, le dimanche matin ; mais elle ne voulait pas en acheter un. Après un regard circulaire et craintif aux fenêtres, elle se baissa et ramassa la feuille pliée. M. Earlforward l'admirait, non sans une certaine appréhension.

– Oui, ça y est, dit-elle, après avoir rapidement ouvert le journal.

Par-dessus son épaule, M. Earlforward lut nerveusement :

« Alimentation, pâtisserie. Quartier commerçant W.C. 25 livres par semaine. Six pièces. Loyer, 90 l. Le tout, 200 l. Long bail ou on vendrait maison. Ne pas tarder. Occasion unique, 7, Escalier Riceyman, W.C.I. »

– Alors, vous êtes décidée ? murmura M. Earlforward, subitement assombri.

– Oh ! tout à fait, je vous l'ai dit, répondit Mme Arb en laissant furtivement retomber le journal comme un paquet compromettant et en continuant à marcher avec un merveilleux air d'innocence.

– Je n'étais pas absolument sûr que votre décision fût définitive.

– Vous comprenez, continua Mme Arb, en admettant que l'affaire périclite, que je perde mon argent... il faut que je songe à mon avenir. Je ne veux pas de risques ; je n'ai pas besoin de beaucoup, mais je veux pouvoir compter dessus. J'ai ce qu'il me faut.

– Votre annonce est très bien faite.

– Je ne savais comment la rédiger. Naturellement, j'ai dit « une pâtisserie », mais ce n'en est pas réellement une, puisque j'achète tous les gâteaux chez Snowman. Tout le stock qui est dans la boutique ne vaut pas 25 livres, mais, voyez-vous, je considère le reste du prix demandé comme une prime pour la maison. Voila comment j'envisage la chose, et c'est bien permis, n'est-ce pas ?

– Absolument.

Ils causaient, arrêtés devant une boutique fermée de revendeur, où de vieilles pales d'hélices d'aéroplanes étaient offertes à 3 shillings 6 pence. M. Earlforward ne répondait que faiblement, par « oui », « non » et « hem ! » et « ah ! ». Son esprit était absorbé par cette idée : « Est-ce qu'elle va me glisser entre les doigts ? Si elle s'en allait vivre à la campagne ? » Son genou se mit à le faire souffrir. Son corps et son esprit réagissaient toujours l'un sur l'autre. « Pourquoi mon genou me fait-il mal, parce que je suis préoccupé ? » se dit-il, sans trouver de réponse.

Mais, en secret, il était assez fier de ces réactions mystérieuses et désagréables : elles lui donnaient un certain prestige à ses propres yeux. Dans un autre milieu, ses relations l'auraient classé comme un homme « au système nerveux fortement développé » et pourtant, à l'extérieur si calme, si serein, d'un caractère si égal.

Ils arrivèrent dans le quartier des grandes églises.

– Désirez-vous entrer ? demanda-t-il devant Saint-Jean. Car il éprouvait par-dessus tout le besoin de s'asseoir.

– Je crois qu'il est vraiment trop tard maintenant, répliqua-t-elle. Ce ne serait pas très convenable d'entrer juste à la fin du sermon, il me semble. Cela attirerait trop l'attention.

Il y avait bien des sièges dans la cour de l'église, mais ils étaient tous occupés, malgré la fraîcheur de la matinée, par des gens qui, pour des raisons personnelles, étaient sortis de leur lit à une heure indue. D'ailleurs, il sentait que Mme Arb, dont il admirait beaucoup les délicatesses, n'aimerait guère s'asseoir dans une cour pendant le service. Il commençait à la comprendre. Il n'y avait pas d'autres bancs dans les environs de Saint-Jean. M. Earlforward se tenait sur une jambe pendant que Mme Arb déchiffrait l'inscription gravée sur la façade ouest.

– L'église du Prieuré de l'ordre de Saint-Jean de Jérusalem, consacrée par Héraclius, patriarche de Jérusalem, le 10 mars 1185. » Imaginerait-on cela maintenant ? Elle n'a pas l'air si ancienne. Et penser qu'on sait même le quantième du mois !

Il était trop préoccupé, trop torturé, pour la renseigner. Il l'aurait volontiers ramenée chez elle ; mais elle aperçut au loin, de l'autre côté du square de Saint-Jean, la grille, majestueuse relique du Prieuré. Elle déclara, comme il convenait, qu'elle voulait la voir de près. Et non moins convenablement, elle le remercia de cette intéressante promenade, tout à fait intéressante.

– Et dire que j'ai habité Londres toute ma vie ! On dit, n'est-ce pas, que les arbres empêchent de voir la forêt ?

Mais le trajet à travers l'énorme square irrégulier parut interminable à M. Earlforward. Alors elle voulut absolument, en franchissant la grille, entrer dans une rue qui semblait la fasciner. Car il y avait une immense forge de maréchal-ferrant à côté de la chancellerie de l'ordre de Saint-Jean de Jérusalem, et, bien que ce fût un dimanche matin, l'air retentissait des coups de marteau du maréchal qui tenait une jambe de derrière de cheval entre ses genoux. Puis elle perçut le bourdonnement d'une machine invisible et demanda ce que c'était. Enfin, les enseignes des maisons d'affaires attirèrent son attention. Elle faisait la petite fille, d'une façon charmante.

« Assortiments de verres pour le commerce. »

– « On demande cinq millions de moleskines et dix millions de peaux de lapin. N'abandonnez pas votre vieil ami. Paiement au comptant. » Et c'était peint, non pas écrit, sur un placard.

– « Fabrique de fromages de Gorgonzola. » Oh ! rien que d'y penser ! Eh bien, non, je ne toucherai plus désormais au gorgonzola ! Je ne pourrais pas. Bien entendu, je comprends qu'il faut des endroits dans ce genre dans une ville comme Londres. Mais c'est trop drôle de les voir ainsi réunis. « Banque Barclay. » Ça ne pouvait pas manquer. On en voit partout, de ces banques, de nos jours. Je crois qu'il y a plus de banques que d'« ABC » et de « thés Lyons ». On regarde un joli emplacement, et avant d'avoir pu dire « fève » il y a une banque dessus. Je me méfie de ces banques : elles font tout ce qu'il leur plaît. Quand je vais à ma banque, ils me donnent toujours l'impression que je vais faire une bêtise, ou tout au moins que je ferais bien de prendre garde, et ils vous regardent d'un air si supérieur, comme si on demandait une faveur. Oh ! très polis. Mais quelle condescendance !

Une femme habile. Une femme qui, à coup sûr, ne manquait pas d'idées. Et il se rendit compte, vaguement, à travers sa souffrance physique, que leur intimité se développait dans le bon sens. Il aurait été joyeux, si ce n'avait été l'appréhension de la voir vendre son commerce et disparaître, et aussi sa souffrance. Cette dernière était maintenant la pire sensation. L'Escalier de

Riceyman lui paraissait à cent miles de là, séparé de lui par un désert de pierre et d'asphalte enchanté par le sabbat.

Quand ils revinrent au square de Saint-Jean, un taxi, le drapeau levé, était là, terriblement séduisant. Le paradis, la fin de son agonie, pour un shilling, et peut-être un pourboire de deux pence. Mais il ne le regardait même pas, cela lui était impossible. Il préférait l'enfer où il se débattait. La grande passion qui avait rendu toute sa carrière magnifique, et chaque heure de ses jours intéressante et superbe, exigeait et obtenait de lui une fidélité intense et dévote ; elle le récompensait de toutes les épreuves, de toutes les mortifications, de tous les martyres. Et fièrement il passa devant le taxi, la mort en lui. Nulle part il n'y avait une chance de repos. Pas un siège ! Pas un rail ! Mme Arb avait invectivé contre le manque de commodités dans la paroisse et le quartier : ni cinémas, ni théâtres, ni music-halls, ni cafés. Mais M. Earlforward sentait la cruelle, la froide, la totale inhospitalité de ce quartier encore bien plus pleinement que Mme Arb n'avait jamais pu le faire. Il était comme un oiseau qui s'affaiblit, loin de toute terre, sur la surface de l'Océan.

Il conduisit Mme Arb au point le plus voisin de Farrington Road, bien que ce ne fût pas le plus court chemin pour rentrer. Les tramways s'arrêtaient au coin : ils l'auraient tous déposé devant sa porte. Le paradis pour un penny ! Non, pour deux, car il aurait à payer pour Mme Arb. Il avait cru triompher de sa passion à ce coin de rue. Il s'était trompé : il ne pouvait pas. Il avait, malgré son expérience, sous-estimé la force de sa passion. Il était aussi impuissant que les êtres qui commençaient à se rassembler devant les portes verrouillées des débits, qui allaient s'ouvrir juste pour deux petites heures : et il éprouvait aussi la même extase qu'eux. Il ne pouvait presque plus parler, et chaque tramway qui passait devant lui, de son allure lente et continue, lui donnait une secousse où se mêlaient l'amertume et le triomphe. Sa crainte était maintenant que sa grande passion fût, en cette circonstance, vaincue par sa faiblesse physique. Il ne voulait pas qu'elle le fût : il voulait la voir triompher, dût cela le tuer.

– J'ai peur de vous avoir entraîné trop loin, dit Mme Arb.

– Pourquoi ?

– Il m'a semblé que vous boitiez un peu.

– Oh non ! Je boite toujours légèrement. Un accident, il y a bien longtemps. – Et il accéléra son allure.

Ils atteignirent en silence l'Escalier de Riceyman. Il l'avait fait ! Sa passion l'avait forcé à le faire. Elle avait triomphé.

Il y avait deux Earlforward : l'un magnifiquement transporté, l'autre prêt à s'évanouir de fatigue et de souffrance. Les deux amis disparurent, chacun dans la solitude de sa demeure. Dans l'après-midi, M. Earlforward entendit des coups sonores frappés à sa porte ; on heurta une seconde fois avant qu'il pût descendre, et quand il ouvrit la porte, il n'y avait personne, mais Mme Arb allait franchir le seuil de sa boutique. Il l'appela et elle se retourna.

– J'étais un peu inquiète de votre jambe, dit-elle sur le ton le plus enjoué et le plus aimable, alors j'ai voulu traverser pour m'informer.

– Cela va tout à fait bien maintenant, merci. (Il exagérait.)

Que c'était charmant à elle ! Que c'était féminin ! Il avait peine à le croire. Il était prodigieusement flatté. Elle ne pourrait plus, en somme, lui glisser entre les doigts, quoi qu'il pût arriver. Ils bavardèrent un moment et puis, pour la seconde fois, chacun se replongea dans la mystérieuse, dans l'inviolée solitude de sa demeure.

XIV

Une vie privée

Un matin de novembre, à un peu plus de huit heures et demie, Mme Arb, qui guettait derrière la porte de sa boutique non encore ouverte, vit M. Earlforward aider Elsie à sortir le casier à livres vide et à le placer devant la montre, puis, en pardessus et cache-nez, avec son parapluie, partir en courses d'affaires. Aussitôt Mme Arb ouvrit sa porte, sortit telle qu'elle était, sans chapeau, manteau ni gants, en tablier blanc, referma sa porte à clef, et traversa pour aller chez M. Earlforward. Elsie avait déjà commencé à garnir le casier de livres qu'elle avait, la veille au soir, soigneusement empilés à l'entrée du magasin.

– Bonjour, Elsie. Quelle vilaine matinée, n'est-ce pas ? Votre maître est-il déjà levé ? dit Mme Arb avec vivacité, en se frottant les mains dans ce demi-jour froid et triste, que sa présence éclairait.

– Oh ! madame, il est déjà sorti, et je ne l'attends pas avant onze heures. C'est un de ses matins d'achats, voyez-vous.

– Oh ! mon Dieu, mon Dieu ! s'écria Mme Arb avec une résignation pleine d'entrain. Et je n'ai que dix minutes... je ne les ai même pas, la boutique devrait être ouverte. Mais je me suis dit que je les ferai attendre un peu ce matin.

Et elle jeta un coup d'œil anxieux sur sa maison pour voir si quelque client venant du square avait descendu les marches. Mais en réalité, comme elle avait maintenant vendu son fonds et sa maison, et qu'elle devait céder la place dans quelques semaines, elle ne se préoccupait pas beaucoup de perdre, peut-être, le bénéfice d'une ou deux onces de thé. Elle errait, sans but apparent, dans la boutique de M. Earlforward.

– Vous désiriez particulièrement le voir, madame ?

– Oh ! pas très particulièrement. Alors vous surveillez la boutique, Elsie, quand M. Earlforward n'est pas là ?

– Voici ce que je fais, madame. Tous les livres ont le prix marqué à l'intérieur, quelques-uns à l'extérieur. Quand il vient quelqu'un qui a l'air comme il faut, je le prie de chercher lui-même ce qu'il désire, et, quand on prend un livre, on me paie et je leur demande d'inscrire le titre sur un bout de papier. – Et elle indiqua du doigt de petits feuillets préparés avec de vieilles enveloppes de toute sorte qui avaient été ouvertes et mises à plat, et un crayon à côté. Si c'est un client habituel qui a besoin de voir M. Earlforward en personne, je lui demande d'écrire son nom. Et si quelqu'un ne m'inspire pas confiance, je dis que je ne suis pas au courant, et il s'en va.

– Quelle excellente organisation ! approuva Mme Arb. Mais si vous avez à surveiller le magasin, comment pouvez-vous faire les nettoyages ?

La bonne figure ingénue d'Elsie laissa voir de la détresse, ses yeux bleu foncé s'adoucirent, pleins de sollicitude.

– Ah ! madame, vous avez mis le doigt dessus : je ne peux pas. Ces matins-là je peux tout juste laver le plancher, et encore pas beaucoup, parce qu'il faut que j'aie les mains sèches pour les clients.

Mme Arb, avec un vague sourire pour elle-même, trottait çà et là dans la boutique obscure, qui avait l'air d'une crypte – avec cette différence que celles-ci sont généralement aujourd'hui éclairées à l'électricité et que la boutique n'était, par ce matin brumeux, éclairée que par la nature. Elle regardait, penchée en avant, dans les intervalles sombres et découvrait les monceaux de livres sur le plancher. La saleté et le prodigieux désordre l'épouvantaient presque. Elle n'avait pas, jusque-là, examiné de l'intérieur le magasin – elle n'y était, en fait, entrée qu'une fois et alors qu'elle n'était guère en état d'observer. M. Earlforward n'avait jamais trouvé une occasion de l'inviter à y pénétrer.

– Il faudrait de grands rangements, dit-elle, si jamais cela peut être rangé.

– Vous pouvez le dire, répondit Elsie avec compassion. Il essaie toujours de mettre de l'ordre, ces derniers temps surtout, madame. Nous avons rangé une pièce en haut, mais pour cela il a fallu négliger toutes les autres. Entre nous, il n'y arrivera jamais. Mais il a de l'espoir, et il n'y a rien à lui dire.

– Je suppose que vous pouvez faire cette pièce-ci, les matins d'achats, dit Mme Arb en jetant un coup d'œil dans le bureau personnel de M. Earlforward, d'où on pouvait surveiller la boutique et la porte d'entrée.

– Oh ! madame, il ne me laisserait pas faire. Il veut qu'on ne touche à rien dans cette pièce-là.

– Alors qui est-ce qui la fait ?

– Lui-même... hem... quand il a le temps.

– Ah ! vraiment, lui-même ? fit Mme Arb, d'un ton singulier.

De tous les côtés les rayons montaient jusqu'au plafond, le plancher était couvert d'une épaisse couche de livres, ainsi que les tables et les chaises, le store reposait rebroussé sur les volumes qui encombraient le rebord de la fenêtre ; celle-ci était obscurcie par la saleté et le plafond était d'un gris noirâtre. Une lourde couche de poussière noire recouvrait tout. Cet affreux réduit montrait de façon intolérable à Mme Arb le tragique d'une existence d'homme décidé à se soigner tout seul. Cela convainquait tout le sexe fort d'être niais, stupide, incapable, enfantin, absurde. Mme Arb et Elsie échangèrent un regard ; Elsie rougit.

– Oui, j'en ai bien honte, madame, dit-elle, mais vous savez comment ils sont...

Mme Arb eut deux brefs signes de tête. Elle avança la main comme pour marquer la couche de poussière d'un doigt féminin, mais elle se retint : elle n'osait pas.

– Et vous lui faites aussi sa cuisine ?

– Ma foi, madame, il se fait son premier déjeuner et son lit est toujours fait avant que j'arrive le matin, et il cire lui-même ses bottines. Je prépare son déjeuner, mais, étant donné que je m'en vais à midi, c'est lui qui le finit. Et il se fait son thé lui-même. Je dois dire qu'il n'est pas ce qu'on appelle un gros mangeur.

– Il me semble que tout cela est très bien organisé.

– Oh ! oui, madame. Il n'y a pas beaucoup d'hommes qui sauraient s'arranger comme lui. Mais ça fait vraiment pitié ; j'en pleurerais quelquefois. Et avec ça, il est si propre, si net sur soi.

– C'est vrai, dit Mme Arb, reconnaissant que le contraste entre le maître et sa maison était miraculeux, affreux, émouvant.

– Il vaut peut-être mieux que je ne monte pas là-haut, Elsie, puisqu'il n'est pas là ?

Les deux femmes échangèrent de nouveaux regards. Elsie comprenait parfaitement le cas de Mme Arb et avait de la sympathie pour elle. On faisait la cour à Mme Arb, et elle n'avait pas encore pris de décision : elle désirait se renseigner le plus possible avant d'en arrêter une. Les femmes avaient le droit de prendre des précautions contre n'importe quel homme. Les femmes étaient des femmes et les hommes des hommes. L'affaire Arb-Earlforward était capitale pour les deux parties.

– Oh ! je crois que vous pouvez, madame, mais je ne peux pas monter avec vous.

La fidélité au sexe avait triomphé d'une trop stricte observation du devoir de l'employée envers son employeur. La conspiration était formée.

Mme Arb dut franchir des montagnes de livres pour atteindre le pied de l'escalier. La moitié gauche de chaque marche était couverte de volumes, éditions de romans à bon marché sous des couvertures de papier, avec des titres comme : *Rien qu'une femme, Une femme pas comme les autres, Une femme seule*. De faibles, mais honnêtes et victorieuses femmes encombraient l'escalier du bas jusqu'en haut, si bien que Mme Arb pouvait à peine monter. Le palier n'était pas moins occupé par ces personnes. La pièce du devant, au premier étage, était d'après son ameublement une salle à manger, mais que l'on n'employait pas comme telle. Sur la table d'acajou massif s'empilaient des livres ainsi que sur un vaste dressoir, sur la cheminée et diverses chaises. Le plancher avait un tapis de bouquins ; moins de poussière que dans le bureau d'en bas, mais encore beaucoup. L'ameublement, de style victorien, était bon, fait pour survivre aux révolutions, aux conflagrations et aux générations : c'était un ameublement fait pour durer toujours et qui eût commandé le respect sous n'importe quelle épaisseur de poussière.

La chambre de derrière, avec tout autant de livres, mais un peu moins de saleté, était une chambre à coucher. Le lit, très large, avait été fait avec soin. Mme Arb releva un coin du couvre-pieds : une taie d'oreiller assez propre, pas de draps, rien que des couvertures. Elle ouvrit les tiroirs d'une grande commode d'acajou : il y en avait deux pleins de costumes bleus absolument neufs. Dans un autre étaient serrées au moins une douzaine de chemises en flanelle grise, toutes neuves. Une armoire était bourrée de livres.

En sortant de cette chambre elle aperçut entre elle et l'escalier une pièce longue et étroite. Impossible d'y pénétrer, tant il y avait de volumes. Mais Mme Arb fit l'impossible et après avoir, avec son pied, pratiqué une excavation, elle découvrit une baignoire, pleine jusqu'au bord et débordant même de livres. Mme Arb était assez accoutumée aux bains, et ne soupçonnait pas l'extrême rareté des baignoires à Clerkenwell ; aussi ne pouvait-elle apprécier à toute sa valeur l'héroïsme d'un homme qui, possédant un tel trésor, s'en privait en faveur de son commerce. Néanmoins son étonnement, sa stupeur furent assez notables et elle goûta de façon troublante et délicieuse l'émotion de surprendre clandestinement les secrets d'une existence intime.

Ensuite, elle perçut un bruit d'eau qui coulait : c'était au second étage, dans une pièce toute semblable à la salle de bains, avec deux tablettes, un fourneau à gaz et un évier. L'eau tombait, avec une curieuse répercussion, d'un robinet au-dessus de l'évier. Il y avait quelques assiettes, tasses, soucoupes, pots, casseroles et plats ; un demi-pain, une tranche de lard frit, ni lait, ni beurre.

Sa cuisine et son garde-manger ! Un seul trou à gaz ! Pas de fourneau ! Mme Arb était impressionnée.

Les autres pièces du second étage étaient pleines de livres et de poussière. L'une d'elles avait été récemment nettoyée et rangée, mais des paquets de livres gisaient encore sur le plancher. Elle en ramassa un, un grand volume, épais, uniquement parce que la couverture était ornée d'un oiseau. C'était un livre lourd avec de nombreuses images d'oiseaux en couleurs. Elle trouva que c'était une bien jolie chose à regarder. Par hasard elle aperçut le prix marqué au crayon sur la couverture : 40 livres sterling. Elle fut non pas étonnée ni stupéfaite, elle fut renversée. Elle n'avait probablement pas lu dix livres depuis son enfance.

Pour elle, la lecture était un refuge contre l'oisiveté ou contre la vie : elle n'était jamais oisive et elle adorait la vie. C'était sa seule concession à la littérature. Qu'un volume, et surtout un volume d'images sur les oiseaux, pût valoir quarante livres, c'était une idée qui ne lui était jamais venue – et celui-là, encore, qu'elle avait ramassé par terre ! Instantanément, et malgré son bon sens, elle songea un moment que tous ceux de la maison valaient quarante livres chacun ! Avant de redescendre l'escalier encombré de bouquins, elle s'arrêta sur le palier. Elle avait la gorge obstruée par la poussière qu'elle avait déplacée en circulant à travers la maison. Elle avait les mains sales et glacées, luisantes de froid. Aucun feu n'avait dû, depuis des années, brûler dans aucune de ces pièces. Elle n'osait pas, même avec ses mains noires, toucher la rampe. Elle s'arrêtait parce qu'elle était déconcertée, et éprouvait le besoin de mettre de l'ordre dans la confusion troublante de ses pensées. Plus elle réflechissait, mieux elle sentait quelle étrange, quelle puissante et presque monstrueuse personnalité était M. Earlforward. Elle l'admirait, le comprenait, elle avait de la sympathie pour lui, et pourtant elle était intimidée. Le caractère de cet homme se révélait sans erreur possible dans cette maison avec ses aperçus sur sa vie quotidienne : mais rien dans son extérieur à lui, dans son allure, n'en laissait soupçonner quelque chose. Elle était plus qu'intimidée, elle était effrayée. D'ailleurs sa terreur – car cela allait jusque-là – la fascinait. Elle redescendit avec précaution, hésitant à chaque marche... Arrivée en bas, elle entendit, avec une nouvelle inquiétude, la voix douce de M. Earlforward en personne : il causait dans son bureau avec un client.

– Je vais me sauver, murmura-t-elle d'une voix à peine perceptible à Elsie, en train de balayer à côté de l'escalier.

Elsie fit un signe d'approbation, comme un conspirateur. Mais, au même instant, M. Earlforward et son client sortaient du bureau et Mme Arb fut prise.

– Je ne vous ai pas vue entrer, dit le libraire du ton le plus aimable. Qu'y a-t-il pour votre service ?

– Oh ! Je vous remercie, mais je suis simplement venue dire quelque chose à Elsie.

Le mensonge imaginé sur-le-champ eut un plein succès. Et Elsie, l'âme la plus honnête de Clerkenwell, y prêta son appui par son silence, dans la grande cause des femmes contre les hommes.

– Je suis heureux de vous voir ici, dit doucement M. Earlforward après avoir congédié son client. C'est une vraie chance : j'étais parti pour Houndsditch, mais j'ai par hasard rencontré quelqu'un sur la route et il n'a eu de cesse que je revienne avec lui. Entrez par ici.

Et il l'entraîna, par l'attraction de ses petits yeux, dans son bureau. On avait débarrassé une des chaises en posant les livres par terre. Elle s'assit. Assurément, M. Earlforward était l'être le plus normal du monde, le plus doux, le plus tranquille, le plus facile à vivre. Mais la baignoire, la cuisine, les couvertures, la saleté, la nourriture, les volumes de 40 livres, et tous ces costumes et ces chemises neufs ! Elle n'avait même jamais imaginé un pareil intérieur ! Elle avait peine à en croire ses sens.

– Je souhaitais de vous voir ici, dans cette pièce, dit M. Earlforward d'une voix chaude – et il n'ajouta pas un mot.

Elle ne pouvait pas résister à son regard langoureux. Elle sentait que leur intimité, qui s'était peu à peu développée depuis des semaines, était sur le point d'entrer brusquement dans une nouvelle phase. Le sentiment du danger, chez elle, comme chez presque toutes les femmes, était intermittent. Cet homme était épris d'elle : il était entre ses mains. Que ne pouvait-elle pas faire de lui ? Ne pouvait-elle pas accomplir des merveilles ? Ne pouvait-elle pas apprivoiser les monstres ? Et elle comprenait ses penchants, elle les partageait. Et c'était un roc pour la défense, l'abri, la sécurité.

La contrepartie : solitude, célibat, où il faut éternellement se défendre soi-même, avoir des appréhensions continuelles pour sa propre sécurité : horrible !

– Il faut que j'ouvre mon magasin, dit-elle nerveusement.

– Et moi il faut que je reparte, dit-il ; et il mit son chapeau et boutonna son pardessus.

Pas un mot de plus. Mais à la porte, il ajouta :

– J'irai peut-être bien jusque chez vous ce soir, si ce n'est pas indiscret.

– Vous serez tout à fait le bienvenu, répondit-elle avec un sourire modeste.

Elle n'était à ce moment-là qu'une jeune fille. Elle savait qu'elle venait de prononcer le mot décisif de son destin. Elle tremblait de crainte et de félicité. C'était un homme merveilleux et une énigme. Il inspirait l'amour et la terreur. A mesure que le jour s'écoulait, le sentiment qu'elle avait pour lui devint intense. A l'heure de la fermeture, son cœur en extase se fondait dans un désir d'acquiescement. Et elle avait aussi une vaillance brillante, aventureuse, mais que traversaient des présages.

DEUXIÈME PARTIE

I

La veille

La déesse de Cythère régnait dans le bureau de M. Earlforward, derrière sa boutique – invisible mais présente –, reposant probablement – ne me demandez pas comment – sur les lèvres pleines et rouges du libraire, qui fascinaient Mme Arb. Il était juste quatre heures, par une journée du mois de janvier qui suivit leur première rencontre. Ils étaient assis de chaque côté de la table d'Henri, la lumière électrique brillant de façon extravagante au-dessus d'eux. Sur la devanture de la boutique, le jour se mourait dans les faibles lueurs du crépuscule grisâtre. La saleté ne comptait pas, ni le désordre : M. Earlforward aimait. Pendant des semaines, il avait eu la ferme intention de mettre sa maison en état pour sa fiancée, mais il ne l'avait pas fait. La saleté et le désordre répugnaient à Mme Arb, mais elle n'avait pas dit un mot. Elle ne voulait pas intervenir, ni même suggérer quelque chose avant l'heure. Elle savait se tenir à sa place, elle était un peu maniérée. Le moment approchait, elle pouvait attendre.

– Je pense que nous pouvons nous servir de cette bague, dit Henri, en désignant l'anneau de mariage que portait Mme Arb, dont la main reposait sur le bureau, comme le trésor sans défense d'une ville prise.

Malgré un incident récent, Mme Arb tressaillit à cette remarque faite sur un ton si aisé, si bienveillant, de constatation. L'incident récent avait été l'ultimatum, posé doucement par M. Earlforward, après une discussion où Mme Arb avait, de façon joliment féminine, indiqué sa préférence pour une cérémonie religieuse : ils se marieraient civilement, parce que c'était, en somme, meilleur marché. Sur ce point, elle avait pris plaisir à lui céder. Du moment qu'on était réellement marié, la façon n'avait qu'une importance secondaire. Elle reconnaissait – en elle-même – qu'en désirant l'église, elle montrait peut-être une superstition conventionnelle. Elle était avide de céder, comme certaines femmes d'être battues : morbidité, bien entendu, mais pas uniquement. Il y avait là aussi un désir de se défendre et aussi un instinct de volupté. La personnalité de M. Earlforward l'effrayait tout en l'enchantant. Elle trouvait qu'elle pourrait se guérir de sa frayeur par une intense condescendance. Et pourquoi ne pas acquiescer ? Il était son destin. Elle allait le saisir à deux mains.

Et puis il y avait ceci : s'il était son destin à elle, elle était le sien ; elle avait déjà été mariée une fois, tandis que lui était, à ce point de vue, un débutant, il avait tout à apprendre. Elle voyait là un avantage pour elle. Son heure était venue, du moins elle se le persuadait.

Ainsi, la question de la cérémonie avait été résolue de la façon la plus satisfaisante, et si bien que Mme Arb, maintenant, n'avait que mépris pour le mariage à l'église. Mais la question de la bague touchait de plus près, elle touchait en plein cœur, la femme primitive qui était en elle. Il faut savoir qu'elle avait vaguement soupçonné que l'achat d'une alliance n'était pas dans son programme à lui. Soupçon absurde, inadmissible ! Comment pourrait-il l'épouser sans une bague ? Mais ce soupçon avait été en elle.

Elle aurait dû être révoltée à l'idée du second mari l'épousant avec la bague du premier, et pourtant elle ne l'était pas. Le ton naturel, indifférent de M. Earlforward ne le permettait pas. Elle répondit tranquillement, comme hypnotisée, avec un sourire :

– Nous ne pouvons pas nous servir de celle-ci : je ne peux pas l'ôter.

Elle tendit son doigt : en effet, la bague ne pouvait passer sur la jointure. Mme Arb était mince, mais elle l'avait été davantage.

– Mais, dit-il, vous ne pouvez vous marier avec celle-ci au doigt. Et vous ne pouvez en porter deux. (Il y avait en lui aussi quelque chose de l'homme primitif.)

– Je le sais. Mais je comptais la faire limer demain. Nous n'aurions pas le temps de la faire élargir.

Il prit la main tendue et la caressa.

– Je vais vous dire, fit-il ; c'est de l'or à combien de carats ?

– Dix-huit.

– Pas bien dur, murmura-t-il. J'ai une lime, je vais la couper. Je ne suis pas trop maladroit pour ces petites besognes. Oh ! non, je ne vous ferai pas mal. Pour rien au monde, je ne voudrais vous faire mal.

Après quelques recherches, il trouva la lime dans un tiroir de son bureau.

– Cela doit faire le même effet quand on confie ses doigts à la manucure, dit-elle avec un petit rire nerveux, quand il lui reprit la main dans la sienne et se mit à travailler avec son outil.

Il ne s'était pas vanté : il était assez adroit pour ces petits travaux. Qu'il avait des mouvements menus, délicats ! Et quelle patience ! Il se tenait debout, la dominant, elle était sa prisonnière, et le rayon de la lampe tombait sur la main craintive qu'elle lui abandonnait. Quand ce fut fini, ce fut à peine si on pouvait voir une éraillure sur la peau. Il écarta les deux extrémités de l'anneau et l'enleva.

– Tendre comme du beurre ! dit-il en souriant. Maintenant, prêtez-moi votre autre bague, voulez-vous ? pour la mesure. Et je vais aller, d'un saut, chez Joas, dans Farrington Road ; je ne serai pas longtemps. Voulez-vous garder la boutique pendant mon absence ? Si quelqu'un vient et qu'il y ait la moindre difficulté, priez-le d'attendre. Mais tous les prix sont marqués. Je laisserai allumé dans le magasin ; vous ne vous sentirez pas seule.

– Oh ! mais..., protesta-t-elle. La laisser toute seule chez lui – et sans la protection de sa bague ! Et avant le mariage ! Qu'allait-on penser ?

– D'ailleurs Elsie sera là dans une minute, il n'y a donc pas à vous inquiéter.

Il parlait d'un ton apaisant, comme on fait à un enfant déraisonnable.

– Il vaut mieux que je m'en occupe dès ce soir, et ils ferment à six heures, comme moi, excepté pour les prêts sur gage. Pas de temps à perdre...

Il était parti

L'entrée d'Elsie évita à Mme Arb de faire trop de réflexions. A la vue d'Elsie, elle revint immédiatement à son état normal, c'est-à-dire que l'étrange enchantement qui s'était emparé d'elle se dissipa, s'évanouit. Elle n'avait plus en elle rien de morbide, de soumis. Son corps retrouva l'activité de ses petits mouvements, son regard, son autorité, sa gaieté, sa vivacité et toutes ses nuances. Elle se leva de son siège, aplatit sa robe et fut prête à tenir tête à l'univers.

– Ah ! vous voilà, Elsie. M. Earlforward vous attendait. Il vient de sortir pour une affaire urgente, il n'en a pas pour cinq minutes, et il m'a dit que vous seriez là pour répondre aux clients, et je dois dire que cela ne m'allait pas beaucoup de rester ici toute seule, parce que vous comprenez... mais, bien entendu, les affaires avant tout : nous savons tous cela, n'est-ce pas ?

Et elle secoua les tristes braises du poêle qui chauffait la boutique en hiver : M. Earlforward le regarnissait rarement après quatre heures, il aimait qu'il s'éteignît juste à l'heure de la fermeture.

– Oui, madame.

Elsie, bien qu'elle eût mis sa jaquette et son chapeau les plus neufs et qu'elle eût son aspect des dimanches, avait apporté, non sans peine, dans la boutique, une malle en zinc de bonne taille avec de minces poignées qui coupaient cruellement les mains. Cette malle contenait les médailles de feu de son mari et tout ce qu'elle possédait, y compris des objets bien étranges. La femme du vernisseur, tout à fait habituée maintenant à avoir trois enfants au lieu de deux, s'était accordé une agréable diversion à la monotonie des travaux domestiques en aidant Elsie à transporter cette malle de Riceyman Square jusqu'à la porte de M. Earlforward. Le fait de déposer cette malle toute bossuée sur le parquet inégal de la boutique représentait « l'emménagement » d'Elsie.

– Je vais monter mes affaires là-haut, madame, si vous permettez ? suggéra Elsie assez timidement, parce qu'elle commençait une nouvelle vie et ne savait trop où elle en était.

– Il ne faut certainement pas que M. Earlforward trouve cela ici en rentrant, dit gravement Mme Arb.

Elsie acquiesça pleinement. Il ne convient pas que les maîtres soient offensés par la vue presque choquante des effets particuliers de leurs serviteurs.

– Non ! Vous ne pouvez pas la monter à vous seule, vous pourriez vous faire mal, on ne sait jamais. Allons, Elsie, allons, fit-elle comme celle-ci protestait. Vous figurez-vous que je n'aie encore jamais aidé à monter une malle ? Prenez l'autre poignée. Allons ! Où est votre parapluie ? Vous en avez un, je le sais.

– On me l'apportera demain, madame, je l'ai prêté.

Mme Arb se montra pleine d'entrain, de bonté et d'énergie dans cette affaire de la malle, et Elsie pleine de confusion.

– Maintenant, mettez vite un tablier et descendez aussi rapidement que possible : il pourrait venir un client. N'oubliez pas que je ne serai la maîtresse ici qu'à partir de demain : j'y suis en visite pour le moment.

Ainsi parlait Mme Arb, gaie et un peu oppressée, à la porte de la petite chambre à coucher qu'Elsie devait partager avec une collection de sermons variés en quatre-vingts tomes, vingt volumes de procès d'État et une foule d'autres ouvrages sensationnels.

Quand Elsie, encore impressionnée par le fait d'avoir une nouvelle demeure et par l'attitude si bienveillante de Mme Arb, descendit, assez pénétrée de son importance, avec un tablier tout neuf – acheté pour cette grande circonstance –, Mme Arb alla à sa rencontre au pied de l'escalier et lui dit, d'un ton confidentiel et plein de mystère :

– N'oubliez pas, n'est-ce pas, tout ce que je vous ai dit au sujet de ce nettoyage de demain.

– Oh ! non, madame, je pense que tout ira bien !

Et Elsie fronçait le sourcil, l'air préoccupé.

Mme Arb eut un sourire aimable :

– Que voulez-vous dire, ma fille, avec votre « tout ira bien » ? Rappelez-vous que quand je reviendrai demain, ce sera comme Mme Earlforward, et vous m'appellerez dès lors Mme Earlforward.

– J'aimerais mieux vous appeler « madame », madame, si ça ne vous faisait rien.

– Bien entendu, mais quand vous parlerez de moi.

– Il faudra bien que je m'y habitue, madame.

– Je pense que M. Earlforward a réglé avec vous la question de vos gages ?

– Non, madame.

– Il ne vous en a rien dit du tout ?

– Non, madame, mais on s'arrangera toujours.

Mme Arb était, une fois de plus, émerveillée de l'étonnante faculté qu'avait Henri de laisser aller les choses.

– Oh ! alors peut-être a-t-il voulu me laisser ce soin, bien que je n'aie rien à voir dans cette maison avant demain ? Voyons, quels gages demandez-vous, Elsie ?

– Je préfère vous laisser les fixer, madame, dit Elsie timidement.

– Eh bien ! naturellement, Elsie, une bonne à tout faire, c'est tout autre chose qu'une femme de ménage. Vous êtes bien logée et nourrie, vous avez un emploi fixe. Inutile d'aller d'une maison à l'autre, de vous entendre dire : « On n'a pas besoin de vous aujourd'hui ou demain, ou seulement une demi-journée demain », et ainsi de suite. Une place régulière, pas à vous tourmenter en vous disant : « Vais-je, aujourd'hui, gagner mon salaire quotidien ?... » Vous comprenez, n'est-ce pas ?

– Oh ! oui, madame.

– Je vais vous montrer ce que j'ai coupé hier dans l'*Observer*. – Elle tira sa bourse de sa poche, y prit une annonce d'un bureau de placement qui offrait d'innombrables places, et lut : « Bonnes à tout faire, de 20 à 25 livres par an. » Si nous commencions par 20 livres ? Ce sont des gages très élevés, bien entendu, mais ils le sont en ce moment, je ne sais pas pourquoi, mais c'est un fait, et il faut bien nous y conformer.

– Très bien, madame, acquiesça Elsie avec reconnaissance.

Vingt livres lui semblaient une grosse somme, qu'elle était incapable de diviser par 52 ; et puis, c'était imprimé dans le journal : il n'y avait pas à discuter cela. Et elles parlèrent de la lessive, de la cuisine, et des ustensiles de ménage que Mme Arb avait retirés de la liste des objets cédés à l'acquéreur de son commerce d'en face. Elsie vendit deux ou trois livres. Pendant ces transactions, Mme Arb s'était retirée dans le bureau et refusa ensuite de prendre l'argent qu'Elsie lui offrait humblement.

– Est-ce que je ne viens pas de vous dire, Elsie, que je ne suis encore rien ici ? Il faut donner cet argent à votre maître.

Alors, M. Earlforward rentra, et Mme Arb fit signe à Elsie de se retirer en haut. Celle-ci, après avoir posé l'argent sur le papier où elle avait inscrit les titres des volumes vendus, monta discrètement.

– J'ai pris sur moi de fixer les gages de cette femme, dit Mme Arb, pendant qu'Henri ôtait son pardessus dans son bureau. Elle m'a dit que vous ne lui en aviez pas parlé.

– Non, en effet.

– Eh bien ! je les ai fixés à vingt livres par an.

– Huit shillings par semaine, pas tout à fait. En tout cas, cela vaut mieux que deux shillings et demi tous les matins pour une demi-journée de travail.

– Vous la payiez deux shillings et demi ? Moi, deux seulement. Est-ce que vous lui donniez à manger ?

– Absolument pas.

– Moi non plus, à moins qu'elle ne restât tard.

Mme Arb sentit se poser sur elle un regard d'admiration passionnée, et retomba dans son enchantement. Elle était très contente, elle l'était jusqu'à l'absurde. En somme M. Earlforward avait l'illusion d'avoir fait une affaire unique avec Elsie en matière de salaire. Il savait, en effet, que le taux admis, et monstrueux, était de cinq shillings par jour, avec la nourriture. Et voilà que cette miraculeuse créature, si gentille, si soumise et qui avait quelque chose de si enfantin, l'avait battu de six pence par demi-journée. Quelle femme ! Quelle épouse ! Elle avait toutes les qualités. Il la couvait des yeux... Il était assis devant son bureau, près de sa chaise à elle, contemplant, comme un enfant, ses airs de jeune fille. Puis il interrompit le tête-à-tête pour aller éteindre dans le magasin, parce que la lampe du bureau éclairait suffisamment pour montrer que la boutique était ouverte. Et il appela Elsie.

– Elsie, descendez rentrer le casier à livres : ça devrait déjà être fait, voilà longtemps qu'il fait nuit... Oh ! elle ne regardera pas par ici, murmura-t-il en haussant les épaules, pour répondre à l'inquiétude enfantine de Mme Arb, et en se rasseyant près d'elle.

– Tenez, voici la bague que j'ai pour vous – et il tira de son gousset un cercle d'or brillant – et voici votre autre bague : vous voyez, elles sont exactement de la même taille. C'est un très bon anneau, il durera bien plus longtemps que l'ancien, il est plus dur : neuf carats. Et je le trouve d'ailleurs plus joli.

Mme Arb, tout en examinant la bague, gardait un silence souriant, un peu contraint. Les neuf carats, c'était un coup de patte à son adresse. Mais, bien entendu, il avait raison, tout à fait raison.

Il remit l'anneau neuf dans sa poche.

– Mais où est mon ancienne bague de mariage ?

– Oh ! je l'ai vendue à Joas. Il est très dur, mais je peux bien vous dire que je la lui ai vendue six shillings de plus que je n'ai payé celle-ci.

Il parlait très bas, à cause d'Elsie, avec un calme fier et satisfait, ses petits yeux fixés sur elle.

– Ces six shillings vous reviennent de droit. Les voici.

Et il lui tendit les pièces.

– Oh ! c'est très bien, dit faiblement Mme Arb, comme pour signifier qu'il pouvait garder cet argent.

– Oh ! non, dit-il, les bons comptes...

Elle mit les pièces dans sa bourse, puis dit qu'il était temps pour elle d'aller de l'autre côté.

Dans ses conventions avec son acquéreur, il était stipulé qu'il lui laisserait une chambre et lui fournirait ses repas jusqu'au jour du mariage.

– J'espère que vous reviendrez un moment, ce soir ? implora-t-il.

– Pas ce soir, Henri. *C'est la veille,* ce ne serait pas bien.

Il acquiesça. Ils discutèrent tous les détails pour le lendemain. Comme ils quittaient l'arrière-boutique, Henri éteignit la lumière. Elsie avait achevé sa besogne et était montée. Obscurité complète pour quelques instants. Mme Arb sentit les lèvres épaisses d'Henri sur les siennes. Elle était émue par le mystère de la boutique encombrée, qui s'étendait devant elle, à la vague lueur jaune qu'y répandait peu à peu le réverbère de l'Escalier de Riceyman. Elle s'abandonna, dans une extase qui était peut-être moins, peut-être plus, que ce qu'on appelle le bonheur, aux incertitudes troublantes de leur avenir commun. Inutile pour elle de se rappeler son âge, son expérience, son énergie, sa sagacité. Elle n'était sous son baiser qu'une femme novice, et c'était un baiser d'amour. Il adorait le sol même qu'elle foulait comme on dit. Un point pour elle !

Il tourna de nouveau le commutateur.

II

Le sanctuaire d'Elsie

La chambre d'Elsie était et avait toujours été une chambre de bonne, bien qu'elle n'eût pas, depuis bien des années, servi à cet usage. Son ameublement consistait en un étroit lit de fer, un petit lavabo jaune, une petite commode jaune avec un minuscule miroir, une chaise et rien d'autre, à moins que trois pommes de portemanteau derrière la porte puissent compter comme ameublement. Pas de tapis, pas d'appareil d'éclairage, sauf une bougie. Le papier de tenture à fleurs se séparait, par places, du mur. La corde qui soulevait la fenêtre ayant été cassée, il y avait bien des années, et jamais réparée, on ne pouvait tenir la fenêtre ouverte que par des moyens de fortune. Elle était en fait restée fermée depuis fort longtemps. Quand, ayant fini son travail de bonne heure, Elsie se retirait dans cette chambre avec un pouce et demi de bougie, et qu'elle avait fermé sa porte, elle pouvait à peine croire à sa chance. Heureuse, elle ne l'était pas, car elle avait un gros souci, dont peu de gens soupçonnaient l'intensité, que moins encore essayaient de comprendre et dont nul ne s'inquiétait ; mais elle était très reconnaissante au sort qui lui avait procuré cette chambre. Elle était très froide, mais Elsie n'avait jamais connu, jamais même imaginé une chambre chaude en hiver. Elle était nue, mais pas aux yeux d'Elsie, qui y trouvait tout le bien-être essentiel à sa vie nocturne. Elle était petite, mais non pas suivant l'échelle de dimensions d'Elsie. Elle était laide, mais il était impossible à Elsie de voir la laideur, pas plus qu'elle ne distinguait la beauté, sauf sur un visage d'enfant, une belle étoffe, une couleur brillante, un coucher de soleil rose, et autres choses de ce genre.

Elle regardait autour d'elle et voyait un lit pour y dormir ; elle voyait une commode qui tenait trois ou quatre fois autant d'affaires que sa malle, laquelle contenait tout ce qu'elle possédait, sauf son parapluie. Elle voyait un lavabo qui, une fois dûment garni d'eau, de savon et de serviettes, pourrait être utile quelque jour, en cas d'urgence. Elle voyait une chaise, qui était solide, elle voyait des patères, qui étaient utiles. Elle voyait une fenêtre, qui était faite pour regarder dehors. Elle savait que quantité de livres étaient empilés contre le mur entre la fenêtre et la porte, mais elle ne les voyait pas. Ils étaient là, et un jour on les descendrait. Elle y pensait comme à des objets mystérieux et de valeur. Bien qu'elle eût le don magique de déchiffrer leurs signes assez arbitraires, et ainsi d'introduire dans sa tête des idées troublantes, elle n'aurait jamais songé à le faire.

Mais ne vous figurez pas que la chambre n'avait pas pour Elsie une grande et émouvante qualité. Elle en avait une : elle était à elle seule. C'était la première chambre qu'elle eût jamais eue à elle seule. Bien plus, d'après son expérience personnelle, c'était la première chambre à coucher qui servît uniquement à cet usage. Elsie n'avait jamais couché seule dans une chambre, et bien rarement seule dans un lit. Elle n'avait jamais eu une retraite à elle. Elle jetait les yeux de tous les côtés et ce qu'elle voyait, ce qu'elle éprouvait, c'était de l'intimité : sensation de luxe, délicieuse et à peine croyable. Elle s'y abandonnait, comme Mme Arb s'était abandonnée au baiser d'Henri Earlforward. C'était un baume sur sa peine, c'était une retraite, où, sans être dérangée, elle pourrait jouir de son chagrin.

Pour défaire sa malle, elle allait et venait, marchait, se baissait, se relevait, ouvrait et fermait des tiroirs, avec les mouvements magnifiques d'un corps bien développé et vigoureux. L'expression de sa douce figure et de ses yeux bleu foncé dénotait une agréable et inconsciente résignation. Aucun égoïsme sur ces traits, aucun instinct de lutter pour ses droits et de tirer de l'univers tout ce qu'elle pourrait. Aucune crainte de l'injustice, aucun ressentiment contre elle ! Pas l'ombre d'un soupçon qu'elle était le sel de la terre. Elle se disait qu'elle était dans une bonne maison, confortable, tranquille et destinée à vivre avec de braves gens d'une supériorité remarquable. Elle était encore touchée par l'insistance qu'avait mise Mme Arb à l'aider à monter sa malle.

Elle regarda son livret d'épargne postal : elle avait une somme énorme à sa disposition, de quoi la faire vivre un mois si quelque chose devait lui arriver. Elle regarda les deux médailles d'argent, pendues à leur ruban, de feu son mari. Elles étaient ce qu'elle appelait magnifiques. Elles les mit au fond d'un des petits tiroirs du haut. Le sentiment qu'elle éprouvait à l'égard de feu son mari était pure pitié. Il avait perdu pour elle toute réalité. Elle tira une lettre d'une enveloppe salie et lut, en se penchant vers la bougie : « Elsie chérie, j'ai l'impression qu'il faut que je m'éloigne jusqu'à ce que j'aille mieux. Je sens qu'il ne vous est pas facile de me pardonner. Tout ce que vous dites est parfaitement vrai et il vaut mieux que vous ne sachiez pas où je serai. Je sais que je me guérirai et alors je vous écrirai et vous demanderai... » Elle se mit à pleurer. « Joe. » Cet homme, lui, était bien réel pour elle, bien plus que ne l'avait jamais été son mari. Elle le sentait là, debout à côté d'elle. Elle sentait son bras nerveux autour de sa taille, et la forme, la pression de ce bras lui étaient aussi familières qu'à un aveugle sa chaise accoutumée.

Elle avait un ardent désir de se martyriser pour Joe, de relâcher la domination qu'elle exerçait sur lui afin qu'il pût exulter en la maltraitant dans son affliction. Mais elle savait que cette domination seule pouvait le sauver, et elle l'avait exercée avec fermeté. Elle se disait : « Comme cela a dû être gênant pour le pauvre docteur Raste ! Il en a un autre maintenant, mais pas si bon, et il n'en aura jamais un pareil. »

La lettre datait de deux mois ou plus, elle l'avait relue au moins cinquante fois. C'était le plus cher, le plus amer, le plus miraculeux phénomène du monde. Ce n'était pas du tout une lettre : c'était un talisman, un fétiche.

Il y eut un heurt à la porte, qui fracassa le palais immatériel de son existence privée et ramena Elsie à n'être plus que l'ex-femme de ménage promue bonne à tout faire. Elle frissonna à ce bruit.

– Elsie, est-ce que vous allez brûler de la bougie toute la nuit ?

C'était la voix douce, aimable, autoritaire de M. Earlforward. Il avait dû voir une lueur passer sous la porte et il était grimpé en pantoufles.

– Non, monsieur, je vais la souffler.

Elle se sentait coupable.

– Est-ce que vous avez fini *tout* le pain ?

– Oui, monsieur, je vous demande pardon.

Elle avait des remords.

Elsie mit sa lettre sous son oreiller. Elle fut déshabillée en une minute. Elle n'avait pas de toilette à faire : elle ne pensait pas plus à se laver que n'y aurait songé une reine saxonne. Elle n'examina pas le lit pour voir s'il était confortable : elle dormait toujours bien, n'importe quel lit était un lit. Au moment où elle se glissait sous les couvertures, son sourcil se fronça. Elle eut une inquiétude. Pourrait-elle se réveiller à six heures dans cette maison silencieuse ? Il le fallait, il le fallait ! Elle éteignit la bougie. Quand elle sentit la fumée de flamme morte et que de ses membres vigoureux elle explora le vide du lit, une soudaine et surprenante sensation vint gâter la joie de son intimité solitaire. Le corps doux et chaud de l'enfant avec lequel elle avait si longtemps dormi chez le vernisseur lui manquait. Il y a des gens qui ne sont jamais contents.

III

Figures de cire

Quand Henri et Violette approchèrent du tourniquet, Henri murmura :

– Combien est-ce ? Combien est-ce ?

– Un shilling trois, taxe comprise, répondit-elle sur le même ton.

Une demi-couronne pour eux deux, c'était moins qu'il n'avait craint, mais en cherchant dans sa poche de pantalon il s'aperçut qu'il n'y avait pas cette somme et il tira lentement un vieux porte-billets. La dépense totale de la cérémonie matrimoniale au bureau d'enregistrement avait été considérable : il lui semblait qu'il n'avait fait que débourser depuis le moment où ils avaient quitté Clerkenwell pour le mariage et la lune de miel – qui, d'après leurs conventions, devait être limitée à un jour.

Le déjeuner – deux couverts – au magnifique établissement de Lyons dans Oxford Street – restaurant à nombreux étages, tout animé de musique et de foule – avait été relativement bon marché, il voulait bien le croire, il n'y avait pas eu de pourboires à donner, et tout était très bon et parfait ; mais vraiment l'addition montait à un total énorme, au jugement d'un homme qui, depuis des années, n'avait jamais dépensé plus de six pence pour un repas hors de chez lui, et que la seule apparence du luxe épouvantait. Pendant tout ce déjeuner de noce il avait été vraiment effarouché par les dorures et les sculptures, la profusion en apparence insouciante, le bruit et l'énorme affluence de gens qui jetaient l'argent avec une extravagance frivole ; il n'avait pu chasser l'idée troublante que l'Angleterre était en décadence, et que l'édifice de la société anglaise était menacé par un cancer semblable à celui qui avait détruit la Rome de Gibbon. Dix shillings sept pence pour un seul repas à deux ! C'était fantastique. Il avait résolu que ce serait leur dernière partie de plaisir dans le West End. Pour le moment il était en lune de miel et il devait se conduire et manier sa bourse de la façon chevaleresque à laquelle une femme aimée devait, naturellement bien que follement, s'attendre.

C'est après ce déjeuner que Violette, par un caprice bien féminin, avait brusquement suggéré qu'ils devraient aller voir les figures de cire de Mme Tussaud avant de se rendre dans un magnifique cinéma de Kingsway, ce qui était la pièce de résistance du programme de la journée. Elle n'avait jamais vu le musée Tussaud – lui non plus – et elle était sûre que ce devait être très intéressant : ils avaient d'ailleurs tout le temps. Toute sa vie elle avait eu envie d'aller chez Mme Tussaud, mais d'une façon ou de l'autre..., etc. Non qu'il eût grand besoin d'être persuadé. Il aimait, il adorait cet enthousiasme juvénile dans cette personne si vive, mais mûre et pleine de dignité, si sobrement habillée – en dehors des fleurs rouges de son chapeau, un peu provocantes. En consentant à satisfaire son caprice, il avait le sentiment d'être un jeune millionnaire jetant des colliers de perles autour du cou divin d'étoiles de théâtre. Après tout ce n'était que pour un jour. Et elle avait dit vrai en affirmant qu'ils avaient bien le temps. Leur programme ne devait être épuisé que tard. Avant de partir de l'Escalier de Riceyman pour leur journée de mariage, il avait vu Violette prendre à part Elsie – qui restait pour surveiller le magasin – et il ne doutait pas qu'elle lui eût donné l'ordre de monter se coucher avant leur retour : délicate attention de la part de Violette.

En tirant de son portefeuille un billet d'une livre il souffrait mort et passion, et elle l'examinait de son regard brillant. C'était un billet neuf. Le papier était blanc et solide, sans un pli. Les filigranes délicats attestaient son authenticité. Les dessins verts et bruns étaient plus beaux que n'importe quel tableau. L'image majestueuse du Palais du Parlement au verso donnait l'assurance que ce billet avait derrière lui toute la puissance du royaume. L'ensemble était aussi adorable et touchant qu'une jeune vierge. Pouvait-il l'abandonner à jamais dans ce monde rude et glacé ?

– Tenez, donnez-le moi – dit Violette d'un ton aimable, et elle le prit des mains. Qu'allait-elle en faire ? – J'ai de la monnaie, ajouta-t-elle avec un sourire, qui lui éclairait délicieusement la figure.

Il fut soulagé, ses tourments s'apaisaient. En tout cas le billet était sauvé pour le moment, il restait sous la sauvegarde de la famille. Il était plein de gratitude. Mais pourquoi lui avait-elle pris le billet ?

– Merci, madame, dit l'employé du tourniquet avec une politesse empressée, quand Violette déposa une demi-couronne. Ce fonctionnaire expérimenté avait immédiatement reconnu à quel genre de couple il avait affaire.

– C'est un endroit très intéressant, j'en suis sûre, remarqua Violette, bon juge, elle aussi. Henri dit comme elle.

L'intérieur était d'un ample style victorien, surtout l'escalier très orné, à double révolution, qui les charma tous les deux. Des foules circulaient çà et là, des foules de gens ordinaires, sans pose ni distinction de classe, des gens honorables, bien assis, pas de miséreux, de vagabonds, d'aventuriers, de gens sans consistance.

– C'est un endroit très bien, répéta Violette. Et le public est très supérieur à celui des cinémas, il faut le reconnaître.

Naturellement, il lui arriva, comme à tout le monde, de prendre une figure de cire pour une personne vivante et elle se traita de sotte. Brusquement, elle saisit le bras d'Henri. Ce geste lui donna la sensation neuve, délicieuse, de posséder et d'être dépossédée... et aussi d'être un protecteur.

– Oh ! mon Dieu, s'écria-t-elle, toute troublée. Cela m'a bouleversée.

– Quoi donc ?

– J'ai cru que c'était une figure de cire, ce jeune homme-là, près du canapé. Je l'ai regardé pendant un temps infini et il ne remuait pas, puis il a bougé. Je ne voudrais pas venir ici seule. Oh ! non, pour sûr, non. – Sur quoi, avec un regard plein de confiance, elle lâcha Henri.

Pendant peut-être une vingtaine d'années Henri ne s'était pas intéressé, même faiblement, à une femme quelconque, et depuis plus de dix ans, il n'y avait pas du tout songé : il était complètement absorbé par sa secrète passion. Et maintenant, après une sorte de sommeil à la Rip van Winkle, il était en sa lune de miel, et il avait pleine conscience de ce prodige qu'était son mariage. Il se sentait transporté dans un royaume féerique qui dépassait ses rêves. L'endroit même où il était avait quelque chose de romanesque qui le soulevait. Il fleurissait lentement, tardivement, mais il fleurissait. Et au milieu de la foule il était vraiment seul avec cette femme magique. Il n'éprouvait pas, en ce moment, le désir de l'embrasser, il mettrait de côté le baiser, il attendrait ; il était patient et prenait plaisir à exercer sa patience. Tout à fait impassible, il était convaincu, et avec raison, que nul, dans cette foule ingénue, ne soupçonnait leur situation à Violette et à lui, couple si posé, si calme, si ordinaire. Il goûtait avec une intense satisfaction l'idée qu'ils trompaient toutes les simples créatures qui les entouraient. Il se riait de la jeunesse, la méprisait. Puis ses yeux aperçurent une affiche : « Salle du cinématographe ». Ah ! était-ce une ruse pour escamoter d'autres shillings aux naïfs ? Il semblait se blottir, plein d'angoisse, comme un lièvre poursuivi.

Mais l'entrée du cinéma était large et sans barrières, elle était libre. Ils pénétrèrent dans la salle. Une pancarte sur les sièges vides indiquait : « La prochaine représentation à quatre heures ».

– Il faudra y assister, dit-il à Violette d'un ton pressant.

Elle répondit qu'il le fallait certainement, sur quoi Henri regarda sa montre et ils entrèrent dans la salle des tableaux.

C'était chose reposante et, pourtant, impressionnante, que cette reconstitution d'épisodes dramatiques de l'histoire d'Angleterre.

Et il n'y avait aucun dédain troublant dans l'attitude des visiteurs qui ne se souciaient guère de ce que pouvait être

« l'art », à qui même il ne serait jamais venu à l'idée d'employer, fût-ce en pensée, un mot aussi étrange que celui d'art. Ils ne s'inquiétaient pas non plus de la composition, de l'éclairage, ou de la théorie du rapport nécessaire entre le sujet et la facture du tableau : ils ne faisaient aucune critique. Ils admettaient, et, s'ils ne pouvaient pas, ils épargnaient à leur cerveau l'excitation malsaine d'essayer de découvrir pourquoi. Ils se contentaient de passer à un autre. C'était une masse peu douée, qui n'avait pas la moindre envie d'entrer en lutte contre le défi de l'artiste. Mais en tout cas ils avaient l'intelligence de mettre l'art à sa place et de l'y laisser. Ce qui les intéressait, c'était l'histoire, racontée par les tableaux, et, dans l'histoire racontée, le côté humain, et non l'importance historique. Le roi Jean signant la Grande Charte sous la menace de ses hardis barons, et posant ainsi la pierre fondamentale des libertés anglaises ? Non. La peinture ne pouvait les émouvoir. Mais la mort de Nelson, la dernière résistance de Gordon, la jeune Victoria recevant la nouvelle de son avènement, l'exécution de Marie, reine d'Écosse ? Oui. Cent pour cent, succès pour tous. Violette versa une larme brillante à la vue de cette dernière scène, et dit :

– On prétend que voir c'est croire.

Elle était enfin pleinement convaincue que l'histoire d'Angleterre était une réalité. L'attitude d'Henri était plus réservée, un peu condescendante. Il dit aimablement que ces tableaux étaient très bons tels qu'ils étaient. Et il souriait en dedans de la simplicité féminine de Violette, et ne l'en aimait que davantage, parce qu'elle augmentait son charme et lui donnait, à lui, une secrète supériorité.

Mais surtout les visiteurs réagissaient complètement aux miroirs déformants, qui provoquaient tout l'après-midi d'incessants éclats de gros rires joyeux. Violette rit à se tenir les côtes aux affreuses images d'elle-même que lui renvoyaient les miroirs.

– Eh bien ! ricanait-elle, on dit qu'on ne se reconnaîtrait pas si on se rencontrait dans la rue : je le crois volontiers.

« C'est un peu subtil », pensa Henri, en souriant doucement de sa gaieté vraiment surprenante.

Il l'entraîna vivement au cinéma. La salle était pleine. Il n'avait encore jamais été dans un de ces établissements. Pourquoi y serait-il allé ? Il n'avait jamais eu le goût des « distractions ». Il savait tout juste ce qu'était le cinéma, et comment il fonctionnait, mais n'avait aucun désir d'y aller. Par une longue discipline, il avait rigoureusement limité le champ de ses curiosités. Mais maintenant que le cinéma était gratis à sa portée, il brûlait tout à coup du désir d'en juger. Il s'abstint d'avouer à Violette qu'il n'avait jamais été dans un de ces théâtres d'images mouvantes. Comme il avait décidé à l'avance que le cinéma était quelque chose d'enfantin, il ne trouva rien dans le spectacle qui modifiât ce jugement. Pendant que le film se déroulait, il expliqua le mécanisme à Violette et lui donna aussi quelques aperçus sur l'histoire du musée Tussaud, aperçus qu'il avait recueillis dans les livres sur Londres. Violette en fut impressionnée ; comme elle avait vu bien des films plus sensationnels que celui qu'on leur montrait, elle imita son indifférence. Néanmoins, Henri ne voulut pas partir avant la fin. Il avait dans la tête cette idée d'un illogisme singulier que, bien que n'ayant rien payé, il devait en avoir pour son argent.

Ce fut dans les galeries d'en haut, au milieu d'importants groupes de monarques, princes, princesses, hommes d'État, assassins, soldats, champions de football et de boxe (Violette préférait les reines et les princesses), qu'avec accompagnement de musique par un brillant orchestre en jaquettes rouges, Henri fut soumis à une nouvelle épreuve.

– Je me demande où est la chambre des horreurs ? fit Violette. Nous ne l'avons pas encore traversée, n'est-ce pas ?

Un gardien leur indiqua un tourniquet conduisant à des salles spéciales : entrée, huit pence, taxe comprise. Henri reçut un choc : Mme Tussaud tomba très bas dans son estime, malgré le cinéma gratuit. Tout était combiné pour vider les poches d'un public confiant.

– Oh ! s'exclama Violette, également saisie. Elle était dans une situation difficile. Elle désirait autant qu'Henri modérer les dépenses, mais en même temps elle voulait que son compagnon si admiré montrât la grandeur, l'insouciance qui convenaient aux circonstances.

Henri, qui vit son regard, hésita. Allait-on dépenser de l'argent sans fin ? Sa passion secrète luttait contre son amour. Il pâlit ; incapable de parler, il était lui-même stupéfait de la puissance de sa passion. Plein de nobles intentions, il n'osait affronter le monstre. Enfin, la gorge sèche et contractée, il dit doucement, avec un geste à peine visible d'héroïsme, magnifique et extravagant :

– Il me semble que nous ne devons pas considérer la dépense en un jour comme celui-ci.

Le monstre recula et Henri s'essuya le front. Violette donna un shilling et quatre pence. Ils pénétrèrent dans un monde nouveau et plus mystérieux. Les reliques de Napoléon ne les arrêtèrent pas, mais une pancarte en haut d'un escalier portait cette inscription : « Descendez à la Chambre des horreurs ». Les marches de pierre avaient un aspect affreux et terrifiant : on eût dit l'escalier conduisant en enfer. Violette frissonna et se cramponna au bras d'Henri.

– Non, non, murmura-t-elle tout agitée, je ne pourrai pas supporter cela, je ne pourrai pas.

– Mais nous avons payé, ma chère, protesta doucement Henri.

Et lui, le mâle énergique, dominant la femme à l'émotion maladive qui s'accrochait à lui, lui fit descendre les marches. Son bras semblait lui dire : « Je me confie à vous. Nul autre que vous n'aurait pu me persuader de me lancer dans cette aventure... » Des cellules pleines de criminels les plus noirs, les bancs authentiques du jury, provenant de l'ancien Old Bailey, des formes étendues en d'effroyables fumeries d'opium ; reconstitutions de scènes de meurtre fameuses, avec verres de champagne et paquets de cartes sur les tables et femmes fatales sur les chaises. Merveilles des merveilles ! Violette était empoignée. Elle se calma rapidement, mais sans jamais relâcher son étreinte. Les souvenirs de crimes incroyables, sans qu'on puisse expliquer comment, avivaient les sentiments d'Henri pour sa femme et allumaient en lui une flamme romanesque. Il se rappelait avec une souffrance délicieuse à quel point son désir de cette incomparable Violette l'avait rendu incomparable. Violette l'avait rendu malheureux, jours et nuits pendant des semaines, comme il lui avait paru impossible que pût jamais être à lui cette incarnation même de la vivacité, de l'éclat, de l'énergie, de la domination... et maintenant, c'était lui qui la dominait. Elle s'attachait à lui, elle s'enroulait autour de lui, lierre autour d'un chêne. Elle n'était plus jeune, Dieu merci ! C'eût été un joli spectacle de le voir faire le galant et courir après les jupes courtes d'une jeunesse ! Elle était idéale, et elle était à lui. Cette pensée enivrante ne cessait de lui trotter dans la tête.

– De quel meurtre peut-il s'agir ? demanda-t-elle devant un intérieur de cuisine. Elle avait reconnu les autres.

Une dame, près d'eux, tenait un catalogue.

– Auriez-vous l'obligeance de me dire quel crime ceci représente ? demanda poliment Henri en soulevant son chapeau.

La dame le regarda avec une expression mauvaise :

– Vous ne pouvez donc pas acheter un catalogue ?

– Quelle odieuse et vulgaire personne ! marmotta Violette.

Henri ne répliqua rien, ne fit pas un geste. Ils s'éloignèrent. Il se dit qu'il aurait dû acheter un catalogue en entrant, mais il ne l'avait pas fait, et maintenant il ne pouvait plus. Non, il ne pouvait pas. La situation était terrible, mais Violette arrangea les choses d'une manière enchanteresse.

– Il devrait y avoir partout des notices, dit-elle. Pourtant...

Et elle se remit à bavarder avec entrain, comme si rien ne s'était passé.

Ils suivirent un corridor, franchirent un tourniquet et se retrouvèrent dans la salle moins émouvante des tableaux, et ils entendirent des rires, sonores, déchaînés, de femmes qui se regardaient dans les miroirs déformants. Henri boitait de façon marquée. Violette, allant devant, se dirigea, à travers le restaurant, vers le hall principal. Le thé était servi sur des tables immaculées, avec des confitures dans des soucoupes, par de jolies serveuses, pimpantes et souriantes.

– Je prendrais bien une tasse de thé, s'écria Violette. Oh ! il y a des confitures.

Henri fut choqué. Encore une dépense ! Allaient-ils passer leur journée à manger ? Néanmoins ils s'assirent.

– Je suis à bout, j'en ai peur, dit tristement Henri, découragé. Mon genou...

Son genou ne lui faisait aucun mal, mais une idée désespérée venait de s'emparer de lui pour couper court à la lune de miel et rentrer chez lui. Il avait décidé que le seul remède pour lui était d'être chez lui, seul avec elle. Il en avait assez, plus qu'assez des excès du West End. Il avait besoin de tranquillité, besoin de savoir où il en était.

– Votre genou ? Oh ! Henri, je suis désolée. Que faire ?

– Nous pouvons rentrer, dit-il brièvement.

– Mais... le grand cinéma, et tout le reste ?...

– Mais nous en avons vu un. J'éprouve le désir d'être chez moi.

– Oh ! mais...

Violette était singulièrement troublée. Elle ne pouvait comprendre son agitation. Ils pourraient bien aller au grand cinéma un autre soir. Il était décidé : il se dit qu'il fallait qu'il rentrât chez lui ou qu'il deviendrait fou. Le monstre s'était de nouveau jeté sur lui avec une puissance formidable : pour l'apaiser il fallait, à toux prix, écraser Violette. Il l'écrasa, en effet, et elle se soumit avec une amabilité déférente qui la lui rendit plus chère encore. Ils prirent du thé et de la confiture, elle régla la note, et ils partirent.

– Je ne veux pas me laisser ennuyer par ma boiterie le jour de mon mariage, dit-il avec un sourire pensif, en sortant dans la rue.

IV

Par le vide

Pour de puissantes raisons municipales ou administratives, le tramway qui portait Henri et sa femme refusa de s'arrêter à l'Escalier de Riceyman, et ne le fit que cinquante mètres plus loin. Tandis qu'Henri était emporté avec un bruit de tonnerre au-delà de son home et du futur nid de ses amours, il aperçut sur l'Escalier un spectacle qui lui fit mettre en doute ce que voyaient ses yeux. Très rares sont les occasions où les hommes refusent d'en croire leurs yeux : il y a bien plus de chances pour qu'ils se laissent abuser par leurs sens décevants. La vision n'avait duré qu'un moment, et Henri, qui avait grande confiance en ses yeux, accepta en fait, quoique avec difficulté, leur témoignage, qui consistait à lui montrer une foule amassée devant sa maison, celle-ci étincelante de lumière, et des objets ressemblant à des machines, avec des tuyaux qui en sortaient comme des serpents, placés entre la porte de sa boutique et la multitude des spectateurs.

– Vous avez vu ? demanda-t-il d'un ton tranchant, mais calme.

– Vu quoi, mon chéri ?

– La maison est en feu.

– Oh ! non. Elle ne peut pas être en feu.

Étrange colloque ! Il lui semblait irréel, et le plus étrange était qu'il ne croyait pas sincèrement que la maison fût en flammes. Il ne savait que penser, mais il soupçonnait son ange de quelque machination céleste contre lui, et il considérait qu'elle commençait vraiment un peu tôt, que sa première tâche à lui devait être de la remettre dans la bonne voie conjugale. Le soupçon excelle à rassembler les témoignages pour se fortifier lui-même. Il se rappela l'agitation qu'elle avait manifestée quand il avait décidé de ne pas suivre leur programme et de rentrer plus tôt ; cette agitation s'était dissipée, mais pendant le retour à Clerkenwell, elle était revenue, s'accroissant quelque peu à mesure qu'ils approchaient de leur destination. Il se rappela aussi l'entretien qu'elle avait eu en particulier avec Elsie, avant de partir le matin. Sur le moment il n'avait attaché aucune signification à ces chuchotements, mais maintenant ils prenaient soudain un aspect sinistre.

Henri était un homme étonnant. Tout en se hâtant, sans un mot, du tramway à la maison, il continuait soigneusement à boiter et, en se frayant un chemin à travers la foule, il prenait garde à ne laisser voir ni étonnement ni inquiétude. En tout cas, les deux machines, toutes deux haletantes, étaient trop petites pour être des pompes à incendie, il n'y avait là ni casques ni cuivre ni agents de police, et la maison n'était pas en flammes. Ce qui le désolait, c'était la folle dépense d'électricité qu'il constatait. Et pourquoi la boutique était-elle ouverte ? Puisque c'était un samedi, elle aurait dû être fermée depuis des heures.

Il entra chez lui en enjambant un tuyau. Tout un côté de la boutique semblait avoir été récemment peint et tendu de papier, et les livres brillaient comme s'ils avaient été époussetés et astiqués avec soin tous les jours depuis des mois ; la plus grande partie du plafond était presque blanche et le reste s'éclaircissait de façon magique sous un large bec de cuivre que promenait un ouvrier monté sur un escabeau. Henri perçut une sorte de sifflement, comme celui du vent. Il pénétra machinalement dans son bureau qui, chose incroyable, était propre, comme une épingle neuve. Plus de saleté, plus de poussière nulle part. Et pas un livre déplacé. Ceux qui, d'habitude, gisaient sur le plancher, y étaient toujours, et les lames du parquet elles-mêmes semblaient avoir été rabotées ou passées au papier de verre. Il se laissa tomber sur une chaise.

– Comme vous êtes pâle, mon chéri ! murmura Violette en se penchant vers lui. *C'est mon présent de noce pour vous. Je voulais vous faire une surprise, mais vous avez tout fait manquer en rentrant si tôt.* Et je n'ai pas pu vous en empêcher.

Il ne se rendit compte qu'au bout de plusieurs semaines de la grandeur d'âme de sa femme, qui avait, par cette opération, étouffé en elle un instinct d'économie presque aussi fort que le sien. Mais il remarqua immédiatement l'initiative et le talent d'organisation et d'exécution qui avaient fait réussir son plan. Comment s'y était-elle prise pour faire faire ce nettoyage sans lui laisser soupçonner le moins du monde ce qui l'occupait ? Prodigieux ! Et elle avait aussi suborné la fidèle Elsie !

Cette propreté ne pouvait lui plaire : on lui avait dérobé quelque chose. Et son intérieur avait perdu son aspect intime : il était nu, inhospitalier, et il s'y sentait un étranger.

– Combien cela va-t-il coûter ? murmura-t-il dans un souffle.

– Mon Dieu, répondit Violette avec hésitation, naturellement le nettoyage par le vide n'est pas ce qu'on peut appeler bon marché. Mais cela épargne tant de travail, de tracas et d'ennuis qu'on ne regrette pas son argent. Et puis, vous le savez, je ne peux supporter la saleté. Et quand il faut qu'une chose soit faite, je suis de celles qui veulent s'en débarrasser. Et c'est mon cadeau. Voulez-vous que je vous frictionne le genou ? j'ai du baume.

– Combien cela coûtera-t-il ? répéta-t-il.

– Eh bien ! en principe, cela ne devrait me coûter que dix livres.

– Dix livres !

– Oui. Seulement comme je voulais que cela fût fait très vite, j'ai bien compris qu'il fallait deux machines au lieu d'une ; en outre les hommes demandent un salaire supplémentaire les samedis après-midi ; je crains que ça ne monte à treize ou quatorze livres. Mais songez comme ça va être délicieux, regardez cette pièce : on ne la reconnaît pas.

– Quatorze livres !

Les gages d'une femme de ménage pour la matinée, pendant plus de trois mois, gaspillés en quelques heures ! Les possibilités du cerveau énergique de Violette l'épouvantaient.

– Vous n'êtes pas vexé, j'espère ? dit Violette.

– Certainement non, répliqua-t-il doucement, reconnaissant la noblesse de ses motifs et la remarquable efficacité de ses méthodes.

– J'aurais peut-être dû vous prévenir ?

– Oui.

– C'est que, vous comprenez, je voulais vous faire une surprise.

Il retourna dans la boutique et de là dans la rue.

– Que faites-vous de la saleté ? demanda-t-il à l'un des ouvriers.

– Oh ! nous l'emportons, monsieur. Nous ne laisserons aucune trace.

– Est-ce que vous la vendez ? Est-ce que vous en tirez quelque chose.

V

La prêtresse

Pendant qu'Henri s'enquérait de la valeur marchande de la crasse qu'il avait lui-même amassée, la nouvelle Mme Earlforward monta inspecter la chambre à coucher. Elle était vide, mais l'électricité brûlait de manière à justifier les critiques de son mari. La pièce était d'une propreté incroyable et avait un brillant aspect de fraîcheur et de gaieté qui enchanta Violette. Elle se dit : « Ce nettoyage par le vide a été une fameuse idée ; c'était dangereux, mais tout s'est bien passé. » Elle sentait déjà, mais pas encore pleinement, qu'elle était passée sous la domination de son doux Henri. C'était comme si elle était entrée dans une forteresse et qu'elle eût entendu les grilles se refermer d'elles-mêmes derrière elle. Plus d'évasion possible. Mais dans la forteresse elle était à l'abri, en sécurité.

Suivant leurs conventions, à l'avance on avait pris certaines dispositions dans la chambre. Sur le lit s'étalait un luxueux et brillant couvre-pieds en édredon, propriété de Violette, la seule à peu près qu'elle possédât en dehors de ses vêtements, d'un peu d'argent liquide et de ses valeurs. Ses trois malles étaient dans un coin. L'armoire avait été débarrassée de ses livres et une commode vidée des effets d'Earlforward, et Violette, après avoir ôté sa toilette de ville, se mit à déballer dans le froid, qu'elle ne sentait pas.

Elle espérait qu'Henri lui donnerait le temps de s'installer, de se sentir chez elle dans la chambre – elle en était même sûre, car il était capable de la plus extrême délicatesse. Avant de décider quelle catégorie d'affaires elle serrerait dans tel ou tel tiroir, elle déposa certains vêtements sur le lit, et cet acte parut la tranquilliser. Alors elle remarqua qu'on avait, à l'aide d'un ruban rose, attaché une vieille pantoufle à la tête du lit. C'était un soulier de satin blanc très usé, qui avait jadis emprisonné le petit pied de quelque femme élégante. Une idée d'Elsie ! Un présent d'Elsie. Cela ne pouvait venir que d'elle. C'est Elsie qui avait dû l'acheter chez le fripier de King's Cross Road, après le bureau de police. C'est Elsie aussi qui avait dû acheter le ruban rose.

Violette fut touchée. Elle avait envie de courir dire quelque chose de gentil à Elsie, où qu'elle fût, mais elle avait encore un plus grand désir de rester dans la chambre et de réfléchir. Il lui était agréable d'être seule dans cette pièce. Elle jeta les yeux avec plaisir sur la porte fermée, sur le store baissé, sur la solidité des murs et de l'ameublement. Et elle songea à sa première lune de miel. Une semaine à Southend, semaine violente, extravagante, passionnée. Quelles excursions ! Quelles distractions ! Quelles pêches ! Quel mal de mer tragi-comique ! Quels repas ! Quelles promenades, à pied ou à cheval, sur la digue ! Quelles plaisanteries ! Quels accès de fou rire ! Quelles grasses matinées ! Quelles robes et quels chapeaux ! Quelles séances de coiffure ! Quels agrafages de robes ! Quelle confiance arrogante dans son teint ! Quelle émancipation ! Quel grand, quel libre et insouciant abandon au charme de la vie ! Quelle soudaine tendresse ! Quelle inépuisable énergie ! Quelle jeunesse !... Puis c'était le brusque changement dans les manières de feu M. Arb, quand ils montèrent dans le train pour Londres. La révélation alors que cet homme, qui était capable de jouer, de dépenser sans compter, avec magnificence, était aussi capable de travailler et de faire des économies, magnifiquement. Un homme, vraiment, que feu M. Arb, et sans cesse d'une humeur terrible, comme personne. Un véritable diable quelquefois, surtout par moments, pendant les quelques jours qu'il mettait à se décider à couper ses cors.

Elle ne jetait pas un regard en arrière sur cette lune de miel avec des regrets cuisants, non, elle n'était pas femme à cela. A mesure qu'elle avançait d'une saison de la vie à l'autre, elle avait le bon sens de chaque âge. Elle ne pleurait pas la fiancée juvénile de Southend qui ne savait rien. Elle avait maintenant une situation, à la fois morale et matérielle. Elle pouvait voir les lunes de miel sous leur angle véritable. Celle au milieu de laquelle elle se trouvait en ce moment avait certainement un caractère remarquable. C'est-à-dire que c'était une lune de miel d'un drôle de genre. Mais qu'importait ? Elle était heureuse – non pas comme l'avait été la fiancée de Southend, mais heureuse tout de même. Elle savait qu'elle pourrait comprendre Henri tout aussi bien qu'elle avait compris feu M. Arb. En ce qui concerne les hommes, elle était catholique. Elle pouvait se soumettre d'une manière à l'un, d'une autre à un autre – et pour les mener il en était de même. Que n'avait-elle pas accompli à force d'audace dans les premières heures de ce second mariage ! La propreté ! Les brillants résultats du nettoyage scientifique l'étonnaient elle-même : ils surpassaient de beaucoup son attente.

Et puis elle subissait l'influence du vieux soulier de satin. Il y avait dans ce soulier quelque chose d'absurde, de charmant, de romanesque, quelque chose qui inspirait. Il rappelait à Violette que la sécurité, la sagesse et une constance affectueuse ne pouvaient être les seuls éléments d'une existence satisfaisante : il y fallait aussi de la grâce, de la fantaisie, des impulsions, un peu de folie. Elle considérait le mari, la maison, et même les affaires, comme des matériaux sur lesquels elle avait à travailler, de façon à construire, avec adoration, mais aussi avec obstination, peut-être même avec un peu de malice. Que peut-on imaginer de plus ridicule qu'un vieux soulier attaché à un lit respectable ? Et pourtant il avait changé l'humeur de Violette : pour elle il avait, de façon mystérieuse, modifié l'atmosphère de tout Clerkenwell ; il aidait Violette à aimer Clerkenwell, quartier, à son avis, haïssable.

Au bout d'un certain temps, et à contrecœur, elle redescendit. Personne ne l'avait dérangée, ni son mari, ni Elsie, ni les ouvriers. Elle avait entendu divers mouvements en dehors de la forteresse de sa chambre – montées, descentes, chocs – et elle trouvait maintenant les étages supérieurs dans l'obscurité : ils étaient finis. La boutique également semblait finie, à l'exception de la montre principale. Elle s'arrêta au tournant de l'escalier et examina son mari qui surveillait attentivement l'opération sur les livres qui la garnissaient. Deux ouvriers y travaillaient. L'un tendait les livres en piles de dix ou douze, l'autre maniait le bec aspirant : tous deux semblaient experts, laborieux et consciencieux. Les volumes étaient ensuite replacés exactement comme avant. M. Henri Earlforward, d'humeur bougonne, comme il sied à un négociant au sujet d'une affaire importante qui le touche de très près, mais sur laquelle il n'a été en aucune façon consulté, se tenait prêt à fondre sur la moindre erreur ou la plus petite négligence. Eh bien ! il n'eut pas l'occasion de bondir. Le démon plein de douceur qui reposait en lui fut arrêté dans son élan. Il s'éloigna donc, désappointé, plein d'admiration, et aperçut Violette : sa figure exprima la joie de la contempler. A n'en pas douter, il était satisfait et impressionné par ses talents, outre qu'il était amoureux d'elle. Modestement, elle baissa les yeux, troublée par l'ardeur de son regard.

– Vous avez rangé dans ma chambre ? murmura-t-il en s'approchant d'elle.

Elle fit signe que oui. Il posa la main sur son épaule et l'y laissa un moment. Elle désirait passionnément que cette interminable besogne fût achevée et qu'ils pussent circuler, seuls tous deux, dans la boutique métamorphosée.

– Écoutez, murmura-t-il... (Les ouvriers, près de la montre, ne pouvaient certainement pas distinguer ce qu'il disait.)

– Oui.

Il la conduisit dans un coin. Un des sacs qui servaient à livrer les volumes aux acquéreurs cachait un objet cubique, assez gros. Il enleva ce sac et découvrit un vieux coffre-fort qu'elle n'avait jamais vu.

– Je l'ai acheté hier, dit-il, et on l'a apporté ce matin, je suppose. – Et, se penchant, il sortit une clef de sa poche, ouvrit le coffre et tira la porte massive : – Vous voyez, deux tiroirs et deux compartiments.

– C'est très bien.

Il referma le coffre et lui tendit la clef, qui était très brillante.

– C'est pour vous, dit-il, un petit présent de noce. Il faut que vous décidiez où vous voulez le mettre. Si vous le désirez en haut, je pourrais demander à ces hommes de le monter avant de s'en aller : ce serait moins coûteux que de faire venir des gens exprès. Et ça pèse, un coffre-fort comme ça !

Violette était si stupéfaite qu'elle en perdait la tête. Elle tenait la clef comme si elle ne savait qu'en faire. Elle avait un sourire mécanique, très différent de celui dont la vivacité creusait des plis sinueux de tous les points de sa figure jusqu'aux coins de ses yeux et de sa bouche. Ce cadeau était tout à fait inattendu. Il n'avait pas dit un mot de présents : en tout cas, il ne lui avait pas demandé ses préférences, il n'avait, même indirectement, montré aucune curiosité à ce sujet. Elle avait compris qu'il ne désirait ni offrir, ni recevoir, et elle s'accommodait parfaitement de ce tempérament. Après tout, ne portait-elle pas, en ce moment même, sans ressentiment et sans gêne, l'alliance qu'il avait payée en vendant celle de son prédécesseur ? Et pourtant, il avait formé le projet de lui faire un cadeau et exécuté sa résolution en secret, comme cela doit se faire en de telles occasions, et il était évidemment satisfait et fier de son idée.

Combien de maris auraient-ils offert à leur femme un coffre-fort, de sorte que ces chères créatures pussent réellement et en toute indépendance y garder leurs trésors personnels ? Bien peu. N'importe quel époux aurait compté que sa femme lui confierait dans son coffre-fort à lui tout ce qu'elle possédait – non pour qu'il en fît usage –, mais elle aurait dû lui demander ce qui lui appartenait à elle, et en le lui remettant il aurait eu l'air de lui faire une faveur. Henri n'était pas de ceux-là.

Henri, elle le savait, l'admirait pour ses biens autant que pour sa personne, et il avait voulu y insister pour les mettre en évidence. Elle était touchée... oui, elle était touchée, parce qu'elle comprenait ses motifs, qu'elle voyait ce qu'il y avait là de délicat, de chevaleresque.

Après l'avoir remercié, elle dit :

– Je crois que je le mettrai dans la salle de bains, sous la fenêtre, il y a bien la place.

Sa sagacité pratique ne lui avait pas manqué. Dans la salle de bains elle pourrait se servir de son coffre, en étudier le contenu et y ajouter ou en retrancher, sans être surveillée, à sa guise. Tandis que si son coffre était dans la chambre à coucher, ou dans la salle à manger, ou à côté de celui d'Henri dans le bureau... ma foi, on ne sait jamais ! Il approuva aussitôt son idée.

– A votre place, dit-il, je retirerais immédiatement mes valeurs des coffres de cette banque Cornhill.

Feu M. Arb avait toujours été partisan, pour les valeurs et objets précieux, de louer un coffre dans une banque. Cet arrangement était, sans aucun doute, celui qui convenait le mieux à un nomade comme lui, mais en outre, avec son tempérament de cabotin, il adorait cet apparat un peu théâtral de triple sécurité avec lequel les sociétés de crédit cherchent à impressionner leurs clients. Il était ravi de descendre sous des voûtes d'acier illuminées, du bruit très doux de serrures bien huilées et des signatures et contre-signatures, et de la surveillance, et des précautions minutieuses. Violette aussi avait été folle de tout cela. Cela amplifiait la richesse et procurait des sensations délicieuses.

Mais M. Henri Earlforward avait d'autres opinions. Il estimait que le prix d'une location d'un coffre était excessif, que le payer c'était purement gaspiller son argent à seule fin de le conserver, et donc parfaitement déraisonnable, parfaitement ridicule, qu'en somme il y avait contradiction dans les termes. Le fait que Mme Arb favorisât une société de crédit avait semblé l'offenser ; cette conduite de sa femme lui était une véritable souffrance. Songez donc : avoir à prendre un autobus ou un tram, perdre de l'argent et une demi-journée chaque fois que l'on a besoin d'ouvrir son coffre ! Violette avait fini par se laisser convaincre sur ce point.

Elle était maintenant agréablement touchée, mais en même temps cela renouvelait sa terreur. Debout tout contre lui dans la demi-obscurité dans ce coin, balançant la clef au bout de sa ficelle, et regardant la bonne figure fraîche de son mari, aux lèvres pleines, à la barbe grise, et ses petits yeux doux qui se posaient sur elle avec amour, elle était effrayée et même épouvantée. Elle lui avait offert un nettoyage scientifique par le vide, et il lui avait donné un coffre-fort le jour de leur mariage. C'était terrible, c'était affreux ! Pourquoi ? C'était à coup sûr deux cadeaux éminemment raisonnables : pas plus prosaïques que ceux, qui sont si habituels et si bien reçus, d'un couvert à poisson, d'un balai mécanique, d'un seau à charbon en cuivre... Non, peut-être pas plus terre à terre que ceux-là... et pourtant, terribles ! Elle ne les aurait certainement pas jugés si affreux si elle n'avait pas trouvé ce soulier de satin fané pendu par un ruban rose à la tête de son lit. Elle savait que l'excellent, le loyal et si épris mari, qui était le coffre de sûreté où elle s'était déposée elle-même, ne soupçonnait pas la nature de ses pensées. Et son innocence, sa simplicité, son aveuglement – employez le mot qui vous plaira – ne faisaient qu'accentuer son trouble à elle. Il s'éloigna pour parler aux ouvriers du transport du coffre.

Un peu plus tard, bientôt après que les ouvriers et leurs machines, le tuyau et tous les appareils de nettoyage eurent disparu de l'Escalier de Riceyman, au grand regret de la foule tenace qui avait joui de sensations absolument neuves, M. et Mme Henri Earlforward, qui étaient seuls et assez embarrassés de savoir que faire dans la magnifique boutique maintenant close, entendirent des pas sur l'escalier. Elsie ! Ils avaient oublié Elsie ! Ce n'était pas le moment pour eux de songer à autrui. Elsie apparut bientôt et s'offrit à la vue étonnée de ses maîtres. Car Elsie était revêtue de ses plus beaux vêtements, et il leur était prouvé qu'elle en avait de beaux. Ni Henri, ni Violette n'avaient jamais vu la robe que portait Elsie. Pourtant ce n'était évidemment pas une robe neuve : elle était serré dans sa malle depuis des jours plus brillants pour elle. Peut-être Joe l'avait-il vue, cette robe, par quelque soir radieux, mais aucune autre créature vivante. Elle était brune et sa façon n'avait et n'avait jamais eu aucun rapport avec la mode du jour. Mais c'était incontestablement une robe de gala. Par-dessus, Elsie déployait une parure encore plus surprenante, un tablier blanc.

Or, à Clerkenwell, les tabliers blancs n'étaient blancs qu'une fois dans le cours de leur existence, et encore pas toujours. Les tabliers blancs, à Clerkenwell, étaient blancs (à moins d'être achetés défraîchis et en solde) à peu près pendant leur première heure de service. Ils étaient bien entendu lavés, rincés et repassés, quelquefois même légèrement empesés, mais ils ne retrouvaient plus jamais leur blancheur, et il était impossible qu'ils le fissent. Un gris blanchâtre était tout ce à quoi ils pouvaient aspirer après la première lessive. Elsie, par conséquent, portait un tablier neuf et, en fait, elle l'avait payé de sa poche, poussée par le léger orgueil qu'elle éprouvait à faire partie comme élément régulier du ménage d'un monsieur et d'une dame nouvellement mariés. Elle s'était aussi acheté un chapeau ; mais, au dernier moment, après l'avoir essayé, elle n'avait pas eu le courage de le garder, tant elle se sentait bizarre avec. Elle portait un paquet dans sa main gauche et tenait la droite derrière son dos. Mme Earlforward, à sa vue, devina une partie de ce qui s'annonçait, mais non le plus intéressant.

– Oh ! Elsie, cria Mme Earlforward, vous voilà ! Je me figurais que vous étiez sortie.

– Non, madame, répondit Elsie de sa voix douce et ferme, je n'attendait pas monsieur et madame de si bonne heure et, dès que vous êtes arrivés, je suis bien vite montée me changer.

Sur quoi, Elsie, du haut de trois marches, montra brusquement sa main droite et, tirant une grosse poignée de riz d'un sac en papier, la lança sur le couple des mariés un peu mûrs. Elle exécuta ce geste de l'air d'une prêtresse bienveillante accomplissant un rite nécessaire et d'importance capitale. Quelques grains atteignirent le but, mais la plupart tombèrent par terre et roulèrent sans bruit de tous côtés. Ce fut vraiment un beau gâchis sur le plancher, et le plus fâcheux était, semblait-il, que les nettoyeurs par le vide fussent déjà partis.

Violette fut la première à se remettre de l'ébahissement stupide où cette attaque délibérée avait plongé le mari et la femme : elle rit cordialement, très cordialement. Son humeur redevint en un instant pleine de gaieté, de bonheur et d'aisance naturelle. On eût dit qu'un charme sinistre venait d'être miraculeusement détruit. Henri se décida peu à peu à sourire, tout en considérant avec regret ce gaspillage insensé d'un aliment sain, qui constituait l'unique nourriture de tant de millions de semblables, en de lointaines contrées. En brossant ses vêtements de la main, d'un air penaud, il avait l'impression de gâcher un bon gâteau de riz. Mais son humeur, à lui aussi, changea.

– Il fallait bien faire cela, parce que ça porte bonheur, expliqua gracieusement Elsie, non sans dignité.

Elle était évidemment bien décidée à célébrer le mariage dans toutes les formes, malgré le dédain du couple pour les conventions.

– C'est tout à fait aimable à vous, dit Mme Earlforward.

– Oui, tout à fait, acquiesça M. Earlforward.

– Et voici un petit cadeau, continua Elsie ; et elle présenta son paquet en rougissant.

– Je vous suis très reconnaissante, dit Violette en le prenant. Venez dans le bureau, Elsie, je vais le défaire. C'est très lourd, il vaut mieux ne pas le tenir par la ficelle.

Et, quand la ficelle fut coupée, le papier brun enlevé, ainsi qu'un papier de soie, la boîte qu'il contenait ouverte, on vit paraître un gâteau de mariage, pas bien gros, à vrai dire, mais authentique. Mais, pour le soulier, le riz et le gâteau, Elsie, dans la noble générosité de son cœur, devait avoir dépensé une fortune pour le mariage, montré la munificence d'un Rothschild, et tout cela parce qu'elle avait foi en la vertu des anciennes traditions de la cérémonie matrimoniale. Seule, elle avait considéré Mme Earlforward comme une fiancée et Monsieur comme un fiancé, et, par la magie de sa conviction, eux aussi étaient contraints de se considérer comme tels.

– Eh bien, Elsie ! s'exclama Violette – elle était profondément touchée –, je ne sais vraiment que dire. C'est tout à fait inattendu et je ne trouve pas de mots pour vous remercier. Courez vite chercher un couteau, nous allons le couper.

– Il faut en effet le couper, dit Elsie, redevenue la prêtresse. Et elle courut docilement chercher un couteau.

– Eh bien, eh bien, eh bien ! murmura Henri, abasourdi et rougissant encore plus que sa femme.

Le couple était si troublé qu'ils n'osaient pas se regarder.

– C'est à vous de couper, madame, dit Elsie, en revenant avec le couteau demandé et un plat.

Et Mme Earlforward, ayant mis le gâteau sur le plat, entreprit de le scier en tranches. Elle dut faire appel à toute sa vigueur pour entamer la partie brune ; quant au dessus glacé, il se fendit aisément et quelques fragments volèrent sur le bureau.

– Tenez, Elsie, voici votre part, dit Violette en soulevant le plat.

– Merci, madame, mais il faut que je la garde : j'ai une petite boîte en haut pour la mettre.

– Est-ce que vous n'allez pas en manger ?

– Non, madame (son ton était solennel), mais vous, il faut que vous en mangiez... Moi je prendrai juste ce petit morceau de blanc ; et elle ramassa sur le bureau un débris du dessus glacé.

Les mariés mangèrent chacun une tranche.

– Maintenant, je vais me retirer, madame, si vous le voulez bien, dit Elsie ; mais, avant, je vais balayer la boutique.

Elle se tenait sur le pas de porte.

Ils l'entendirent qui, avec sa brosse et sa pelle, ramassait les grains de riz épars. Elle passa de nouveau sa tête par la porte entrebâillée.

– Bonne nuit, madame et monsieur.

Et elle les salua avec une grimace bienveillante où se lisait une étonnante petite nuance de malice. Ils entendirent ses pas qui s'éloignaient tandis qu'elle gravissait avec précaution les étages dans l'obscurité et regagnait, tout en haut, l'asile inviolable de sa vie privée.

– Ce n'aurait pas été gentil de ne pas manger de ce gâteau, dit Violette.

– Non, acquiesça Henri.

– C'est une merveille que cette fille-là. On m'aurait renversée en me touchant avec une plume.

– Oui.

– Je me demande où elle l'a acheté ?

– Elle a dû aller jusqu'à King's Cross... ou à Holborn ; plus probablement à King's Cross, hier, à l'heure de son dîner.

– J'ai faim, dit Violette (c'était un fait qu'ils n'avaient pas dîné, étant donné qu'ils avaient formellement exprimé l'intention de « manger dehors » pour ce grand jour), et vous devez avoir faim, vous aussi, mon chéri.

Ils étaient là, seuls tous deux, au rez-de-chaussée, une lampe électrique allumée dans le bureau, et une autre éclairant sans nécessité le milieu de la boutique nettoyée et avenante. Ils pouvaient se permettre d'être jeunes et de vivre dangereusement, follement, absurdement. Ils perdirent toute maîtrise d'eux-mêmes et en éprouvèrent une sorte de gloriole. Le gâteau était un péril pour l'existence. Il avait la consistance du marbre, la richesse de la mélasse, et portait en lui la mystérieuse énigme de l'univers : il semblait imprenable, plus fatal qu'un poignard ou de la mélinite. Pourtant, ils l'attaquèrent. Heureusement, ils ignoraient, l'un et l'autre, la signification intime de l'indigestion. Quand Henri eut pris la dernière tranche, Violette s'écria comme une enfant :

– Oh ! encore un tout petit morceau !

Et, avec un regard brûlant, elle se pencha et mordit une bouchée dans la tranche qu'Henri tenait à la main.

– Je vis ! cria dans l'âme d'Henri une voix jamais encore entendue.

VI

Le lendemain

Le lendemain matin, avant que les cloches des églises eussent commencé à tinter pour les communions matinales, avant que le soleil eût décidé s'il luirait ou non, ce jour-là, sur le square et l'Escalier de Riceyman, Violette, silencieusement, sortit de la chambre et ferma la porte sans le moindre bruit, sans laisser même claquer le pène dans la serrure. Elle portait sa robe si nette à petits carreaux, la robe de travail, et tenait à la main un grand tablier bleu, tout propre et encore plié, et une vieille paire de gants. Ses cheveux, sous un bonnet, étaient aussi cachés que ceux d'une religieuse. Sa figure avait l'expression, et tout son corps vivace, l'allure d'une personne qui est dominée par un projet grandiose et absolument décidée à l'exécuter. Elle monta, dans la demi-lueur de l'aube fraîche, jusqu'à l'étroit cabinet situé au-dessus de la salle de bains que, dans son esprit, elle appelait la cuisine, non que ce fût une cuisine, mais parce c'était la seule pièce de la maison qui pût en tenir lieu.

Elsie, les cheveux encore épars, était déjà là et faisait chauffer de l'eau sur le gaz. Les jets de flamme bleue éclairaient le réduit et le chauffaient, si bien qu'il faisait bon. Violette salua la servante d'un sourire aimable, qui avait quelque chose d'absolument positif, comme si ce matin-là était semblable à tous les autres matins.

– Votre maître dort profondément, chuchota-t-elle avec solennité.

Son ton indiquait qu'elle aurait aussi bien dit « notre maître ».

– Oui, madame, répondit Elsie, avec non moins de solennité.

Et il fut instantanément bien établi que l'événement essentiel du ménage était le sommeil lourd et sacré de leur maître.

– Je prendrai du thé, moi aussi, dit Violette. Qu'y a-t-il pour déjeuner ?

Elle s'abstenait soigneusement de montrer la moindre curiosité au sujet des arrangements domestiques, jusqu'à ce qu'elle eût acquis la situation l'autorisant à en prendre la direction : personne n'était plus discret que Violette dans les occasions importantes.

– Il m'a dit d'acheter ce morceau de mouton, répondit Elsie, en désignant un bout de viande sur une assiette, et puis il y a des pommes de terre et du fromage.

– Mais comment allez-vous cuire cette viande ?

– Je vais la faire bouillir, madame. Il ne mange jamais de viande, pas souvent, je veux dire, mais quand cela arrive, je la fais toujours bouillir.

– Eh bien ! ce sera parfait. Naturellement, je vais avoir à organiser tout ici, Elsie, et autant régler tout de suite notre manière de faire.

– Oui, madame.

– D'ailleurs, vous connaissez mes habitudes, n'est-ce pas ? C'est une chance.

– Oui, madame.

Tout en buvant leur thé et en mangeant du pain, et tandis que Violette prétendait gentiment être l'égale d'Elsie au regard de Dieu, et qu'Elsie soutenait avec une gracieuse fermeté qu'un abîme les séparait au point de vue social, Violette dit :

– Je suis sûre que nous nous entendrons toutes les deux, Elsie. Évidemment, vous êtes ici depuis longtemps, vous y avez vos petites habitudes, c'est tout naturel, et ce sont, je n'en doute pas, de très bonnes habitudes ; car vous êtes, j'en suis persuadée, très consciencieuse dans votre travail, sinon, je ne vous aurais pas gardée ; mais il faut que nous repartions, dans cette maison, sur un nouveau pied, n'est-ce pas ?

– Oh ! oui, madame, acquiesça Elsie avec empressement.

– Oui, et la première chose à faire, c'est de mettre tout en ordre. Je sais bien que c'est dimanche et je suis autant que personne pour le repos et pour l'église, et j'espère bien vous irez régulièrement à l'office tous les dimanches soir. Mais les commerçants ne sont pas, ne peuvent pas être comme les autres. Il y a certaines choses qui ne peuvent se faire que le dimanche dans une maison de commerce – de même qu'on est bien obligé, n'est-ce pas, de travailler aux voies de chemin de fer le dimanche. Et puis, qui plus est, je suis de celles qui n'ont pas de repos tant que ce qui doit être fait ne l'est pas. On dit, n'est-ce pas, que plus on a agi, meilleur est le jour. Eh bien ! tous ces livres qui gisent un peu partout sur le plancher... il faut qu'ils soient mis en place.

– C'est ce que monsieur disait toujours, madame, mais d'une façon ou d'une autre...

– Oui, interrompit Violette, qui prévoyait quelque critique du maître. Oui, mais, naturellement, il n'a tout simplement pas pu le faire. Il a été, en fait, terriblement surmené. Pour commencer, il y a tous ces livres de la salle de bains. Je m'en vais les transporter en haut, dans la chambre du devant, à côté de la vôtre, vous savez... Je voudrais bien qu'il y eût quelques rayons disponibles, mais nous serons obligées, je suppose, de les empiler sur le plancher.

– Il y a une quantité de plancher dans l'escalier de la cave, madame, dit Elsie avec la joie d'une personne qui apporte d'heureuses nouvelles.

– Oh ! je ne savais pas que nous avions une cave.

– Mais si, madame, il y en a une.

Violette s'enveloppa dans son tablier et mit ses gants. La nouvelle mariée, en pleine lune de miel, et la servante descendirent à pas de loup et, une par une, en réussissant miraculeusement à éviter le moindre bruit, montèrent les planches – car ce n'était pas autre chose – du sous-sol au sommet de la maison. Elles ne purent découvrir aucun support pour ces pseudo-rayons, mais Violette, dont l'ingéniosité naturelle était aiguisée par la force irrésistible de son idée grandiose, en improvisa avec de vieux volumes dégoûtants du *London News* illustré. Elle posa une planche sur trois de ces gros tomes mis debout – un à chaque bout et un au milieu – puis trois autres furent installés de même sur la première planche qu'en recouvrit une seconde, et ainsi de suite, jusqu'à ce que tout le mur nu de la pièce du devant formât une bibliothèque prête à recevoir des volumes. Violette était enchantée et Elsie émerveillée du magique pouvoir créateur de Violette.

La maison était comme scellée et hors du monde. Pas une porte ouverte, pas une fenêtre ! Les heures passaient. Un froid soleil brillait. Le léger tintement des cloches d'église était le seul son qui pénétrât dans cette demeure où les deux dévotes travaillaient en silence, montant et descendant sur la pointe des pieds, tandis que le maître reposait, inconscient. Violette remplissait de livres le solide tablier d'Elsie, puis, les mains pleines elle-même, la suivait jusqu'en haut, et, les volumes rangés, les dévotes redescendaient.

L'ouvrage était simplifié du fait que, la veille, les nettoyeurs par le vide avaient remédié au pire désordre : ils avaient, par exemple, vidé la baignoire de toute sa science. De temps à autre, Violette écoutait anxieusement à la porte de la chambre à coucher ; une fois même, elle y jeta un coup d'œil : aucun signe de vie. Et les dévotes furent heureuses, parce que, dans leur fureur d'énergie constructrice, elles s'étaient arrangées pour ne pas éveiller le maître. La salle de bains fut débarrassée, les principaux obstacles qui encombraient l'escalier furent enlevés, et il y avait encore de la place disponible sur les étagères improvisées.

– Nous allons aller maintenant dans ce coin sombre de la boutique, près de l'escalier, dit Violette, de plus en plus triomphante.

Cette décision signifiait qu'on allait continuer à grimper des étages. Quand Elsie, hors d'haleine, eut monté le premier paquet de la boutique tout en haut, Violette dit pensivement, tout en vidant le tablier :

– J'imagine que votre maître dort encore. Est-ce qu'il sonne ? Est-ce qu'il y a une sonnette ?

– Oui, il y en a une, madame, mais elle est détraquée depuis que je viens ici, et je ne sais pas où elle sonnerait si elle était en bon état. Il n'a encore jamais dormi comme ça, madame.

L'anxiété passa sur leurs visages tendus. Un pareil sommeil n'était pas naturel. Puis elles entendirent son pas sur l'escalier... Il était descendu dans la boutique, dans son bureau, probablement.

– Il faudrait aller faire du thé, dit Violette, d'un ton grave.

– Oui, madame.

Et la femme descendit devant la servante. Elle se sentait soudain coupable d'avoir voulu trop bien faire. « Suis-je un ange bienfaisant, se demandait-elle, ou un criminel ? » Henri était là debout, dans la boutique propre, brillante, les yeux fixés sur le coin bouleversé d'où on avait enlevé des livres.

– Ma chère amie, dit-il avec douceur, vous êtes en train de ruiner mon commerce.

– Henri ! – Elle s'arrêta près du pied de l'escalier, foudroyée, semblait-il, par une révélation.

– Vous ne comprenez pas que ce commerce dépend en grande partie de ce que j'ai des quantités de livres dispersés un peu partout, comme des objets sans aucune valeur. C'est précisément ce qui plaît aux collectionneurs. Si tout était bien aligné, ils n'entreraient pas deux fois dans mon magasin. Chaque fois qu'ils aperçoivent une pile de livres dans l'obscurité, ils se persuadent qu'ils vont y trouver des occasions.

Il ne dit pas qu'il était certain qu'elle avait eu une excellente intention, il ne loua pas son esprit d'initiative, son activité. Il se borna à constater sèchement, simplement, tranquillement, impartialement et sans passion, un fait psychologique. Et il ne posa pas une question.

– Oh ! Henri, je n'ai pas du tout pensé à cela. Je suis désolée.

De son côté, elle n'essaya pas de se justifier. Dans son ignorance présomptueuse, elle avait péché. Le calme parfait d'Henri l'intimidait. Et il était si inébranlablement sûr de son fait. Il se tenait là, dans son joli costume bleu des dimanches, avec sa cravate qui cachait tout le plastron de la chemise, ses poignets complètement invisibles, ses souliers de cuir noir, sa barbe soignée et grisonnante, ses lèvres lourdes, pleines, vermeilles, et ses petits yeux, un peu fatigués, et il la mettait en face de la vérité toute nue, sans l'accuser ni l'excuser. Elle voyait qu'elle avait sottement compromis la sécurité de leur commun avenir. Elle sentait qu'elle avait bien failli réellement ruiner leur commerce. Malgré sa vivacité et son allure fringante, elle était humiliée. Elle s'avança et lui prit la main.

– Comme vous avez la main froide, mon chéri ! (Elle n'avait jamais appelé feu M. Arb « mon chéri », elle l'appelait « mon vieux bonze » et autres noms de ce genre.)

– C'est l'effet de l'eau froide, dit-il.

– Vous devriez faire votre toilette à l'eau chaude.

Il eut un vilain rire : elle savait bien que, tant qu'il y aurait des compteurs à gaz, il ne lui permettrait pas de lui faire chauffer de l'eau. Il se pencha et lui mit sur les lèvres un interminable baiser. Ils étaient heureux ensemble, ils étaient obligés de l'être. Quant à elle, elle serait heureuse en soumettant sa volonté à la sienne, en adoptant toutes ses idées, en étant même plus royaliste que le roi. Sa fierté tomba. Elle éprouvait un plaisir sensuel à prendre la résolution passionnée de n'être que son disciple et son lieutenant. Quand Elsie, comme une messagère céleste, parut sur l'escalier, un plateau dans les mains, Violette prit le bras de son mari pour le conduire dans le bureau. Et, ce faisant, elle se rengorgeait, balançait légèrement son corps et jetait un regard oblique à Elsie comme pour dire : « Je suis son esclave, mais je le possède, et il n'appartient à nulle autre que moi. »

– Elsie, dit-elle d'un ton sévère, il vaudra mieux redescendre cette dernière série de livres. M. Earlforward est d'avis qu'il faut qu'ils restent où ils étaient.

L'ordre indiscutable du Sultan proclamé par son grand vizir.

– Oui, madame.

Elle fit asseoir Henri dans son fauteuil de bureau, et en lui servant son thé, elle s'agitait autour de lui comme tout un vol de pigeons.

– Voyons, dit-il d'un ton aimablement détaché, m'avez-vous rendu la monnaie de cette livre que vous aviez à dépenser hier ?

Au-dehors, Londres sortait peu à peu du coma du dimanche matin. Mais, à l'intérieur de cette maison scellée, Londres n'existait pas. Ce fut la fin de leur lune de miel, ou, si vous préférez, leur vie ne fut qu'une longue lune de miel.

TROISIÈME PARTIE

I

De bon matin

C'était Elsie qui, chaque matin, insufflait le premier souffle de vie à la maison morte et nocturne, la ranimait et la transformait de nouveau, d'abri sombre, insignifiant et sentant la mort, en habitation humaine. L'aurore y avait bien sa part, mais c'était Elsie le principal agent.

Ce matin-là – c'était un lundi – elle se leva beaucoup plus tôt que d'habitude et même avant l'aube. Elle se leva avec son chagrin, qui ne la quittait que pendant son sommeil et qui, patient et impitoyable, l'attendait à son réveil. Peu de gens, sauf certains malades et certaines victimes de l'argent, savent de quelle infernale, de quelle incessante persévérance est capable la souffrance physique et morale. Et pourtant la douleur d'Elsie s'éclairait d'espoir. Presque un an s'était écoulé depuis le départ de Joe, et elle avait créé de toutes pièces une idée purement superstitieuse, presque une foi, qu'il reparaîtrait au jour anniversaire de sa disparition. Cette idée ne reposait absolument sur rien, et, tout en traversant son chagrin d'une sorte de rayonnement, elle la terrifiait... Si ç'allait être une erreur ? Si c'en était une, sa douleur l'envelopperait comme un tombeau.

Elle releva le store de sa fenêtre et s'habilla : ce fut fait en trois minutes. Elle laissa la fenêtre ouverte à l'air glacé, alluma la bougie, descendit dans la salle de bains, et, à mesure qu'elle avançait, la maison semblait reprendre vie sous son pas. Il n'y avait rien dans la salle de bains, que le coffre-fort de Mme Earlforward sous la fenêtre, un chevalet à vêtements, une ou deux cordes à linge tendues de la fenêtre à la porte, une caisse d'oranges et un tub ovale en zinc galvanisé, ces deux derniers objets dans la baignoire. La lessive de la semaine était dans la caisse à oranges et dans le tub : il n'y avait pas une seule grande pièce, ni draps, ni nappes ; uniquement du linge de corps (une chemise de flanelle grise et deux cols à Henri), quelques serviettes, tabliers, torchons et deux taies d'oreillers. Elsie alluma craintivement l'ancien « geyser » à explosions, cria « Oh ! » et se précipita sur la fenêtre parce qu'elle n'avait pas eu la précaution de l'ouvrir, mit à peu près tout le linge dans le tub, posa celui-ci sur la caisse dans la baignoire, sortit de la pièce et y revint avec un second « Oh ! » pour souffler la bougie qu'elle avait oubliée. Il faisait maintenant petit jour.

Dans la chambre du devant, au premier, que Mme Earlforward appelait la salle à manger, et Elsie le salon, tous les objets apparurent nettement aussitôt qu'Elsie eut relevé les deux stores. Sur la moitié de la grande table, les livres s'empilaient sur plusieurs pieds de haut ; l'autre moitié était couverte d'une plaque de verre, un peu trop petite pour son usage. Elsie commença par essuyer ce verre puis l'épousseta encore quand elle eut nettoyé la pièce : pas bien long ce nettoyage, elle fit le tour de la pièce à la vitesse d'un train express. Quand elle ouvrit une des fenêtres pour secouer son torchon, le soleil touchait le clocher de Saint-André, la cour de Daphut était ouverte, et les trams et les camions circulaient dans King's Cross Road.

Quelle magnifique matinée d'octobre ! – pensa Elsie en flânant dix secondes à la fenêtre au lieu de poursuivre son travail. L'air vif et frais qui soufflait à travers l'Escalier de Riceyman lui faisait du bien. Mais sa conscience la rappela au devoir, elle ferma la fenêtre. Prenant tous les ustensiles dans le buffet, elle mit vivement le couvert pour deux sur la plaque de verre. Le salon prenait maintenant figure humaine, encore que le poêle à gaz ne fût pas allumé. Après un coup d'œil à la pendule, qui rivalisait pour l'exactitude avec Greenwich, mais qui avait la mystérieuse et déconcertante habitude d'avancer quand Elsie souhaitait qu'elle retardât, celle-ci se hâta de retourner dans la salle de bains et frappa en passant à la porte de la chambre à coucher. Dans la salle de bains, il faisait une chaleur délicieuse. Elle releva ses manches, mit un tablier de grosse toile, et poussa le tub ovale sous le mince jet d'eau bouillante qui jaillissait du « geyser » brûlant.

Elle était complètement absorbée dans la grande besogne de sa vie et par le problème d'en faire tenir les diverses parties en des espaces de temps trop petits pour les recevoir. Elle avait la conviction des vrais dévots que quelque chose de très grave, quelque chose qui serait un désastre pour le monde entier, arriverait si elle n'était pas à la hauteur de son idéal de travail. Tout en se penchant sur le linge dans son tub, elle se fredonnait « Dieu sauve le roi ! ».

Dans la chambre à coucher encore sombre, Violette se pencha sur Henri et posa ses lèvres sur les siennes en un long, un consciencieux baiser d'amour, et sentit en réponse la pression des riches et indolentes lèvres de son mari. Ils étaient heureux ensemble, tous les deux, autant que le permettent les terribles risques de l'existence. Jamais un mot entre eux, jamais une divergence de vues.

– Comment allez-vous ? murmura-t-elle.

– Très bien, Vi.

– Vous avez une rude journée devant vous.

– Oui assez. Mais ça va très bien.

– Mon chéri, je veux que vous fassiez quelque chose pour moi, pour me faire plaisir, et je suis sûre que vous le ferez.

– C'est bien probable.

– Je veux que vous preniez un bon déjeuner avant de partir. Je n'aime pas penser que...

– Oh ! c'est ça ! interrompit-il négligemment. Je mange toujours à mon appétit. Ça n'a pas beaucoup d'importance pour moi.

– Non, bien entendu, mais ça m'ennuie que...

– Dites-moi, fit-il l'interrompant encore, j'ai déchiré le fond de mon pantalon gris samedi. Je voudrais que vous me le raccommodiez, maintenant. Ça ne se verra pas, d'ailleurs. Vous en aurez pour une ou deux minutes.

– Vous ne m'en aviez rien dit.

Le fait est qu'il lui disait rarement quelque chose avant d'y être obligé. Et ce don extraordinaire qu'il avait de laisser aller les choses n'avait nullement été affaibli par le mariage.

Violette avait toujours la figure contre la sienne.

– Vous ne m'en aviez rien dit, répéta-t-elle.

Puis elle se leva et enfila un vieux manteau par-dessus sa chemise de nuit.

– Oh ! Henri, cria-t-elle, près de la fenêtre, en examinant le pantalon, il m'est impossible de raccommoder ça maintenant. Ça me prendrait la moitié de la matinée. Il faut mettre votre costume bleu.

– Pour aller à une vente ? Non, impossible. Vous arrangerez bien ça.

– Mais vous avez sept costumes, dont six tout neufs.

Quelques années plus tôt il avait acheté, pour un morceau de pain, un lot de costumes bleus qui lui allaient admirablement. Oui, pour une bouchée de pain. Au train dont il allait à les mettre, certains de ces costumes passeraient tout neufs à ses héritiers. Il avait eu la même aubaine avec un lot de chemises de flanelle. D'un autre côté, le prix et la fragilité des chaussettes étaient pour lui un gros souci.

– Je ne crois pas que je mettrai un costume bleu – il insistait tout doucement. – Ils sont trop beaux, ces costumes, trop neufs.

– Eh bien, je vais raccommoder le gris dans mon lit, dit Violette, cédant gaiement. Il a dû geler cette nuit.

Et elle se remit au lit, avec le pantalon et sa boîte à ouvrage, et alluma la bougie, pour éviter la dépense fantastique de la lampe électrique. A peine eut-elle fait cela que M. Earlforward sauta en bas du lit et leva le store.

– Je crois que vous n'aurez pas besoin de ça, dit-il en désignant la bougie.

– Non, c'est vrai ; et elle éteignit.

– Vous êtes une fameuse couturière, fit-il remarquer avec un enthousiasme affectueux, et j'aime à vous voir travailler.

Violette sourit, heureuse et flattée. Ames simples, qui touchaient en quelque sorte aux racines du bonheur, mais de quelle façon précaire...

II

Après le petit déjeuner

Violette descendit dans la boutique, par hasard, juste après l'arrivée du premier courrier et un peu avant Henri. Elle arrivait toujours plus tard dans la boutique le lundi que les autres jours, parce que ce jour-là elle préparait elle-même le petit déjeuner et s'occupait aussi personnellement de « certains petits soins », comme elle disait. Henri était déjà venu dans le magasin, car plusieurs stores avaient été relevés et il avait rempli le casier à livres, mais c'était avant la distribution des lettres. Elle remarqua comme la saleté s'accumulait, de façon graduelle mais irrésistible. Les deux femmes avaient beau nettoyer le magasin, et même toute la maison, section par section, de la façon la plus périodiquement régulière, elles ne pouvaient pas aller assez vite pour lutter contre la poussière qui se déposait sans cesse. Et elles ne pouvaient pas du tout, par exemple, venir à bout du noir sur le plafond : si on le brossait, le résultat était pire. Aux yeux d'Henri, néanmoins, la boutique était aussi propre que le jour du mariage, et il en était tout aussi satisfait : il protestait contre les lamentations de sa femme à ce sujet. Personne, à coup sûr, ne pouvait contester que la maison était plus propre qu'avant l'arrivée de celle-ci, et, en tout cas, il n'aurait plus jamais toléré un autre nettoyage par le vide et son absurde dépense : il connaissait les limites de sa faculté de souffrir.

Violette ouvrit la porte, laissa pénétrer l'air du matin et frissonna sous cette douche tonique. Cette action d'ouvrir la porte – encore qu'elle l'eût refermée aussitôt après avoir pris le lait – semblait marquer une nouvelle phase dans la marche des opérations commencées deux heures plus tôt par Elsie : elle brisait le charme de la nuit en laissant pénétrer non seulement le matin, mais le jour. Elle rassembla les enveloppes, qui avaient été glissées sous la porte, en remarqua une timbrée à un demi-penny, qu'elle décacheta aussitôt, furtivement. Oui, c'était la note du gaz pour le trimestre de septembre, celui qui aurait dû être le moins lourd de l'année. Et il ne l'était pas, oh non ! Elle déchiffra le total redouté : cela la frappa comme une accusation de crime, comme une inculpation de trahison. Elle se sentait coupable, et pourtant elle avait fait tout son possible pour ne pas « faire monter le gaz ». Qu'allait dire Henri ? Elle n'osait pas lui laisser voir cette note... Et celle de l'électricité qui allait venir dans quelques jours !... Incontestablement, Elsie était une gâcheuse. Elles étaient toutes pareilles, ces domestiques, et Elsie n'était pas une exception.

A ce moment Henri descendit l'escalier en boitillant. Violette cacha note et enveloppe dans la poche de son tablier.

– Voici des lettres, dit-elle en saisissant la petite boîte à lait et en allant à lui. Mettez une allumette sous le poêle, voulez-vous ? Je suis en retard.

Elle se dirigeait vers l'escalier.

– Nous n'aurons sûrement pas besoin du poêle aujourd'hui, fit-il en l'arrêtant, nous ne l'avons pas encore allumé, et il va faire une journée magnifique.

Elle avait fait garnir le poêle depuis plus d'une semaine, comprenant, avec sa connaissance de la nature humaine, qu'un feu préparé est déjà à moitié allumé.

– C'est très joli pour vous de dire cela, dit-elle en riant, cachant son trouble, avec une duplicité diabolique, sous un ton de raillerie affectueuse, vous allez sortir pendant que je garderai la boutique.

Il fut stupéfait.

– Eh bien, vous verrez plus tard. Je ne l'allumerai en tout cas pas maintenant... plus tard vous verrez. Il faut naturellement faire à votre guise, ma chère, ajouta-t-il avec courtoisie, judicieux et magnifiquement loyal.

– Elsie, dit Violette, en jetant un coup d'œil dans la salle de bains, en montant, avez-vous vraiment besoin d'avoir constamment ce « geyser » plein ?

Elle parlait avec une exaspération nerveuse.

– Mais, madame...

– Je me demande ce que va dire votre maître quand il verra la note de gaz qui vient d'arriver... Je n'en sais vraiment rien. Je n'ose pas la lui montrer... – Et elle fit voir, en manière d'avertissement, l'acte d'accusation.

– Mais, madame, il faut bien faire chauffer l'eau.

– Oui, je le sais. Mais je vous en prie, faites aussi attention que possible.

– Bien, madame ; j'ai presque fini. – Et Elsie, d'un geste dramatique, ferma le robinet à gaz du « geyser ».

Dans le demi-jour de la salle de bains, il faisait une chaleur tropicale et très humide. Le linge, qui avait bouilli, pendait lourdement sur la corde. Les vitres de la fenêtre, pourtant ouverte, étaient obscurcies par la buée, qui se condensait également et coulait sur les murs. Et la figure, les bras d'Elsie étaient couleur de betterave. Mais Violette trouvait cet excès de chaleur très agréable.

– Vous n'avez pas eu de thé, ce matin, dit-elle, car elle avait remarqué que personne n'était allé dans la cuisine avant elle.

– Non, madame, ce n'est pas la peine. Pour venir à bout de mon ouvrage, le lundi matin, il ne faut pas que je perde mon temps à prendre du thé, voilà tout, madame.

Elsie, le sourcil froncé, semblait accuser sa maîtresse de vouloir l'entraîner hors du sentier de la vertu. Le contrat entre employeur et employé dans cette maison avait depuis longtemps, en ce qui concerne l'employé, dépassé les limites des conditions commerciales. Les employeurs donnaient 20 livres par an, l'employée donnait toute son existence, ses facultés, son énergie, et elle les donnait avec passion, sans réserve ouverte ou secrète, sans raison, d'une manière sublime.

– C'est son affaire, marmotta Violette en montant à la cuisine pour achever de préparer le déjeuner, c'est son affaire. S'il lui plaît de travailler deux heures, l'estomac vide le lundi matin, je n'y peux rien.

Et alors lui vint une honteuse petite pensée : « Cela économise du gaz ».

Quand le plateau du déjeuner fut prêt, elle ôta son tablier bleu. A la porte de la chambre, elle posa le plateau par terre et entra mettre le manteau dont elle s'était déjà enveloppée ce matin-là pour faire la couturière. Et avant de reprendre le plateau, elle cria à Elsie :

– Votre déjeuner est tout prêt, Elsie.

M. Earlforward l'attendait devant la table de la salle à manger. Il avait son pardessus. De cette façon, à son instigation, ils prouvaient, par les matinées fraîches, qu'ils pouvaient ignorer les exactions révoltantes des trusts du charbon et des mineurs en grève.

– Qu'est-ce que c'est que ça ? demanda Henri avec une indifférence bien jouée en remarquant sur le plateau un objet inaccoutumé.

– C'est un œuf à la coque pour vous.

– Mais je n'ai pas besoin d'œuf. Je n'en mange jamais.

– Mais je veux que vous preniez celui-ci.

Elle avait un sourire enjôleur.

Peine perdue. C'était trop demander. Il ne le mangerait pas.

– Il sera perdu, si vous le laissez.

Possible, mais ce ne serait pas lui qui l'aurait perdu. Il avala tranquillement son pain et sa margarine et but son thé.

– Ce n'est vraiment pas gentil à vous, Henri, vous gâchez la nourriture, protesta-t-elle d'une voix à demi brisée, et elle ajouta, avec plus d'émotion encore, d'un ton de défi, hardiment : – Et à quoi peut être bon un mari qui ne mange pas suffisamment, je voudrais bien le savoir ?

Un redoutable silence. Le tonnerre semblait gronder menaçant à l'horizon : la nature elle-même se blottissait. Henri rougit très légèrement en tiraillant sa barbe. Puis sa voix se fit entendre, calme, paisible, apaisante, douce, inexorable :

– Jusqu'à trente ans, mangez autant que vous pouvez. Après la trentaine, autant que vous voulez. Après cinquante ans, juste le nécessaire.

– Mais vous n'avez pas cinquante ans !

– Non. Mais je mange autant que je veux : je suis seul juge de ce qu'il me faut. Chacun a son tempérament. Ma santé est parfaite.

– Vous maigrissez.

– Je commençais à engraisser.

– Je vous aime mieux un peu fort – très, même. C'est bon signe chez un homme.

– Affaire de goût.

Et il lui jeta un regard enjoué, affectueux.

– Oh ! Henri, s'écria-t-elle avec force, quel drôle de corps vous faites !

Et elle se mit à rire.

L'orage s'était dissipé, sauf dans le cœur de Violette. Elle savait d'instinct, par intuition, sans doute possible, qu'Henri se privait pour diminuer les dépenses du ménage, et cela bien qu'en vertu de leurs arrangements, elle payât la moitié des frais sur ses revenus personnels. Le fait était qu'Henri était aussi jaloux de ses revenus à elle que des siens propres. Elle tremblait pour l'avenir. Alors, pour sa sécurité, pour son soulagement, elle s'en remit à lui dans son cœur, elle eut confiance : elle mettait son espoir dans l'extraordinaire force de caractère de son mari.

M. Earlforward mangeait peu, mais il était rare qu'il se pressât pour finir son repas. Au petit déjeuner, il buvait plusieurs tasses de thé, en faisant toujours succéder à la précédente une plus faible et moins chaude, et s'attardait assez longtemps à chacune. Il n'était pas paresseux et ne manquait pas de conscience dans son travail : tout ce qu'on pouvait lui reprocher, c'était d'aimer la flânerie et d'être long à se mettre en train ; l'affaire la plus urgente ne le décidait pas à se presser, parce qu'il était profondément convaincu qu'il arriverait toujours, et, en général, cette conviction était justifiée ; il arrivait en effet très bien, et, même quand il ne le faisait pas, il ne semblait en résulter rien de grave. Il adorait se curer les dents, même après un repas qui n'en était pas un. Une des élégances de la table était un petit verre, contenant des cure-dents qu'il façonnait lui-même avec de vieilles allumettes. Il était capable de se curer les dents avec calme et réflexion pendant que des trains quittaient la station sans lui et que des occasions lui échappaient. Violette, poussée à la fois par son devoir et par son désir, restait assise avec lui au repas jusqu'à ce qu'il prît enfin, avec effort, la grande décision de se lever de table et de passer à l'occupation suivante, mais comme elle ne se curait jamais les dents devant son public à elle, qui était son mari, elle finissait parfois par s'agacer visiblement ; pas ce matin-là, néanmoins. Non, ce matin, elle ne disait pas : « Je sais que vous n'êtes jamais en retard, chéri, mais... »

Quand ils arrivèrent dans la boutique, Elsie, qui avait déjeuné et changé de tablier, avait déjà ouvert le magasin dans les formes et placé le casier à livres devant la montre. Ce casier, remarquons-le, une seule personne pouvait maintenant le déplacer aisément, car l'ingénieuse Violette avait eu l'idée d'enlever les roulettes des pieds de derrière d'un vieux fauteuil et de les visser à deux des pieds du casier, si bien qu'on n'avait qu'à soulever un bout de l'appareil et qu'il roulait aussi facilement qu'une voiture d'enfant. Ne méprisez pas de telles manifestations de l'intelligence humaine : elles constituaient d'importants événements dans l'histoire intime de la firme T.T. Riceyman ; celle-ci remplissait Violette d'une joie débordante, Henri de fierté pour sa femme et Elsie d'une admiration stupéfaite ; jamais Elsie ne remuait le casier sans une joyeuse reconnaissance pour cette invention efficace.

Violette, en dépit de la fraîcheur, avait ôté son manteau. Il était impossible qu'elle le portât dans la boutique : c'eût été reconnaître devant les clients qu'il y faisait froid. Elle ne voulait pas non plus donner l'ordre d'allumer le poêle, ni le faire une fois le maître parti à ses affaires : après la scène contenue du déjeuner, il fallait agir délicatement. En outre, elle avait en vue une autre attaque dangereuse, désespérée, qui pourrait être compromise si elle se prévalait de l'autorisation, donnée par Henri, de faire à sa guise au sujet du poêle. Elle se réchauffa donc en aidant Elsie à nettoyer et à arranger le magasin pour la journée. L'ouvrage fut rapidement fait... Les clients pouvaient maintenant venir, on n'aurait pas à rougir de l'organisation. Il s'était écoulé une éternité depuis qu'Elsie, précédant l'aube, s'était levée pour transformer la nuit en jour. En regardant la boutique, personne ne pouvait supposer qu'elle avait jamais été enveloppée et endormie, ou qu'une petite boîte à lait était, il n'y avait qu'un moment, blottie au pied de sa porte verrouillée. Mystérieuse magie d'un rituel quotidien, non perçu par le prêtre et la prêtresse.

M. Earlforward était en train d'écrire dans son bureau la fin d'une longue facture. Il ne pouvait employer pour les notes son antique machine à écrire, incapable d'aligner convenablement les chiffres. Il portait son nouveau lorgnon, souvenir de l'unique victoire remportée sur lui par Violette. Elle avait été forcée de lui offrir le lorgnon, c'est vrai, mais il s'en servait.

– Ma chère, dit-il, l'appelant sans élever la voix – et elle s'empressa de venir, son lorgnon à la main –, voici cette note pour M. Bauersch : 18 livres 18 shillings. – Et il sécha la note avec un vieux morceau de buvard qui répandait plus d'encre qu'il n'en absorbait. – Voici le timbre : je ne l'ai pas collé pour le cas où il y aurait quelque chose qui cloche. Je lui ai demandé s'il voulait bien payer comptant. Bien entendu, c'est un gros négociant, mais on ne sait jamais, avec ces gens de New York ; il part demain et je n'ai encore jamais fait affaire avec lui. Il m'a dit que cela lui était tout à fait égal.

– J'espère bien qu'il n'y aura aucune difficulté, dit Violette, qui savait fort bien néanmoins que le maître avait demandé de l'argent comptant, non par manque de confiance à l'égard du grand Bauersch, mais parce qu'il avait une préférence très marquée pour le comptant : la vue d'un chèque ne parlait pas à son imagination.

– Tout est prêt, dit Henri, en indiquant deux caisses pleines posées devant son bureau.

– Mais est-ce qu'il faut les clouer, ou quoi ?

– Je ne les ai pas fermées. Il pourrait se faire qu'il voulût examiner le contenu la note à la main.

– Oui, acquiesça Violette, sachant pourtant que le maître ne les avait pas fermées, parce qu'il avait remis l'opération jusqu'à ce qu'il fût trop tard.

– Il les emportera dans un taxi et fera probablement réemballer les livres avec ses autres achats. On m'a dit qu'il a acheté pour plus de vingt mille livres de marchandises à Londres en ces trois dernières semaines.

– Grand Dieu !

– Vous pourrez mettre l'argent dans votre coffre-fort jusqu'à mon retour.

Henri se leva, prit son chapeau sur le pignon de l'horloge du grand-père, et boutonna son pardessus. Il allait à une vente de livres aux enchères dans la salle historique de Chingby, à Fetter Lane. Il y avait des années qu'il n'avait assisté à une vente aux enchères, car il ne pouvait quitter sa boutique dans le plein du jour, il devait se contenter de brèves visites chez des misérables revendeurs de Whitechapel et de Shoreditch, et des offres de « lots » qui lui venaient sans qu'il les eût sollicités. Il achetait toujours bon marché, ou alors pas du tout, mais il vendait aussi bon marché, à de rares exceptions près. S'il attrapait pour deux shillings une première édition qui valait une livre, il la revendait cinq shillings. C'est ainsi qu'il avait acquis la réputation précieuse d'avoir des occasions. Il était assez malin – plus malin que la plupart – et prêt à donner de l'argent pour avoir le stock. En fait, sa tendance était de trop bourrer son magasin. L'instinct d'ordre et de propreté qu'avait Violette avait combattu cette tendance, dont il reconnaissait les dangers avec candeur. Il avait mis un frein à ses achats. L'escalier n'était plus encombré de jeunes filles héroïques et parfaites en cache-poussière de papier. Et, sauf dans la boutique et le bureau, tous les planchers avaient été débarrassés de livres. Quelques centaines de volumes, dans un désordre voulu et admiré, couvraient encore le palier et les premières marches de l'escalier, dans le dessein que le maître avait expliqué à sa femme le matin de leur lune de miel. Le stock commençait à baisser un peu, et le maître allait à certaines ventes, pleinement encouragé par sa femme. C'était un autocrate, mais où est l'autocrate qui ne subit pas une influence ?

– Et puis, soignez-vous bien, mon chéri, murmura Violette dans un chuchotement à peine perceptible. Et si vous allez dans le restaurant A.B.C., ne manquez pas de prendre du bœuf froid. Qu'importe que vous manquiez quelques lots !

– Je verrai.

Ils se séparèrent sur le seuil de la boutique avec un ton d'indifférence heureuse – ton qu'ils accordaient aux bienséances d'une maison d'affaires – et entièrement faux. Car Henri aimait sa femme de s'inquiéter pour lui, et l'âme de Violette était lourde d'appréhensions. Elle se sentait impuissante devant une situation qui devenait de plus en plus formidable.

III

International

Violette servait un autre client quand M. Bauersch entra dans la boutique. Elle parut ignorer sa présence jusqu'à ce qu'elle eût expédié le premier client qui se trouvait être aussi « de la partie ». Suivant le code de Violette, tous les clients étaient égaux aux yeux du marchand et, bien que le premier fût sale et râpé et portât pour y mettre ses achats un sac noir qu'il jetait sur son épaule, Violette ne voulait pas déplacer une virgule de son code. Néanmoins, tout en ne semblant pas faire attention à lui, elle évaluait M. Bauersch qu'elle n'avait aperçu qu'une fois, lors de ses précédentes visites. Elle se confirmait dans sa première et rapide impression qu'il avait une certaine ressemblance avec Henri. Il avait à peu près même âge et même stature ; il avait la même sorte de barbe en pointe et le même air doux, et son complet était du même genre d'étoffe, de la même couleur que celui qu'Henri portait le dimanche. Mais quelle différence entre les deux costumes : le veston de celui-ci était à taille, et Violette n'aimait pas cela. Ignorant que M. Bauersch s'habillait à Londres, elle attribuait cette taille au mauvais goût excentrique de New York. Elle n'aimait pas non plus la largeur exagérée du ruban noir qui tenait le pince-nez de M. Bauersch, ni la chemise rayée qui s'étalait hardiment (personne, en dehors de Violette et d'Elsie, ne voyait seulement les poignets de la chemise de M. Earlforward, pour ne pas parler de son plastron), ni le nœud soigneusement étudié de sa cravate élégante. Bref, M. Bauersch n'avait aucun rapport avec l'idéal que se faisait Violette d'un homme d'affaires.

Elle se tourna enfin vers lui, tandis qu'il regardait curieusement partout, et lui adressa le sourire dur, faussement accueillant, horrible, de la femme soupçonneuse qui ne va pas se laisser rouler en affaires. Ce n'était pas du tout l'aimable Violette de la pâtisserie. La raison de cette transformation était qu'elle avait un mari à protéger, que le prestige et les gros achats du grand Bauersch la rendaient nerveuse, et que ledit Bauersch était de New York. Violette, j'ai le regret de le dire, avait à l'égard des étrangers des sentiments peu charitables. M. Bauersch répondit à son accueil avec une extrême courtoisie et sans aucune condescendance.

– Je suis M. Bauersch, madame Earlforward, dit-il.

Pourquoi admettait-il avec tant d'assurance qu'elle était Mme Earlforward ?

– Ah ! oui, fit-elle avec un sourire niais. Vous venez pour les livres, sans doute ?

Son ton indiquait qu'il aurait aussi bien pu venir pour le gaz, ou pour voir quel temps il faisait.

– Oui. Sont-ils tout prêts à être embarqués ?

Qu'entendait-il par « embarqués » ? Ils étaient prêts pour qu'il les emporte, prêts à expédier.

Elle fit un vague signe de tête.

– Voilà les caisses, sans doute, fit M. Bauersch en indiquant le bureau, où il entra, sans y être invité.

– Le public n'est pas admis ici, dit Violette en l'y suivant, avec un sourire aigre.

Il examina assez négligemment l'emballage des caisses, puis se tourna vers les rayons en ajustant son pince-nez.

– M. Earlforward a laissé la facture... Vous désirez peut-être contrôler les volumes ?

M. Bauersch semblait être peu loquace. La minute d'après, il avait versé le montant de son achat en billets de banque. Violette les compta et mit provisoirement la somme dans un tiroir du bureau. Chose singulière, cet épisode rassurant n'adoucit pas son attitude.

– Puis-je aller un peu explorer là-haut ? demanda M. Bauersch pendant qu'elle préparait le reçu.

Évidemment, Henri, comme il le faisait pour certains clients, avait, en l'absence de Violette, donné à M. Bauersch toute liberté de circuler dans la maison. Celle-ci était encore toute pleine de livres et la libre circulation était bonne pour le commerce, mais Violette, comme maîtresse de maison, y était opposée.

– Il me serait difficile de monter avec vous, répondit-elle, je suis seule au magasin...

– Je comprends.

M. Bauersch accepta le refus avec bonne grâce et se remit à examiner les rayons, puis les piles de livres qui étaient par terre.

Une fois la note acquittée, Violette toussa pour avertir M. Bauersch, qui n'entendit pas ce signal. Deux jeunes femmes entrèrent alors et Violette résolut de punir M. Bauersch en s'occupant d'elles. Elles voulaient des brochures à sept pence ; il n'y en avait pas et Violette passa au moins cinq minutes avec elles pour faire un bénéfice d'un penny sur la vente d'un exemplaire taché du *Bouc émissaire*. Elle ne montrait aucune impatience et continua, la vente finie, à bavarder : elle parut même ne se séparer des acheteuses qu'à grand regret.

– Combien ceci ? demanda M. Bauersch d'un ton assez pressant en rentrant dans la boutique, un volume à la main.

C'était un exemplaire d'une édition illustrée hollandaise des *Contes* de La Fontaine, format in-octavo. Violette examina le livre : elle ne savait pas ce que c'était. Mais Henri lui avait enseigné quelques principes généraux, par exemple que tout ouvrage imprimé avant 1600 a de la valeur, que tout volume de vers antérieur à 1700 en a également et que la plupart des livres illustrés parus avant 1800 en ont aussi. Elle avait également appris à lire les dates en chiffres romains. Dans la course au savoir, elle avait vraiment laissé Elsie en arrière. Le prix du volume était marqué en chiffres convenus à l'intérieur de la couverture : dix shillings. Pendant la vice-royauté d'Elsie – et surtout pour sa convenance – tous les prix avaient été marqués en chiffres connus, mais sous le règne de Violette les chiffres en clair disparaissaient graduellement : on n'en avait plus besoin et ils auraient pu gêner la liberté d'action de Violette pour fixer un prix en rapport avec l'extérieur et l'air du client.

– Une livre, répondit-elle.

– Joignez-le aux autres, s'il vous plaît. – Et M. Bauersch tira un billet de banque. – Nous n'allons pas marchander. Maintenant, il faut m'envoyer ces caisses à la Compagnie Express Américaine, sur-le-champ, s'il vous plaît, sur-le-champ. J'y ferai contrôler les volumes. J'y ai rassemblé une quantité de marchandises et il faut qu'elles quittent Londres ce soir, sans faute.

– M. Earlforward m'a dit que vous emporteriez ces caisses avec vous, dans votre voiture.

– Moi, que je les emporte avec moi !... Mais d'abord je suis venu en taxi, et ensuite je ne pourrais pas mettre ces caisses dans une auto : elles ne tiendraient pas non plus dans un taxi. Vous me ferez plaisir en les envoyant.

– Je suis désolée, mais je ne vois pas le moyen. Je n'ai personne ici, comme je vous l'ai dit.

Elle était incapable de l'aider, inébranlable.

– C'est M. Earlforward qui le fera, n'est-ce pas ?

Le ton de M. Bauersch commençait à exprimer l'impatience.

– Oh ! non. – Elle repoussait une idée aussi évidemment absurde. – Il avait compris que vous les emporteriez. (Elle se rendait compte pourtant qu'Henri l'avait lancée dans cette difficulté en vue d'éviter les frais de la livraison.)

– Savez-vous où il est ?

– Je ne saurais vous le dire exactement, probablement à une vente chez Ghingby.

– Eh bien, voudriez-vous lui téléphoner ou lui dire...

– Nous n'avons pas le téléphone, répondit-elle d'un air froidement triomphant, se rappelant la phrase d'Henri : « Ces gens de New York. »

– Alors, pouvez-vous envoyer quelqu'un dans un garage et me procurer une camionnette ou quelque chose ?

– Il faudrait que j'y aille moi-même.

– Alors, où est le garage le plus proche ?

– Je ne pourrais vous le dire.

Criant alors des mots, dans un sens que Violette ne leur avait jamais entendu donner, M. Bauersch sortit en courant de la boutique pour parler au chauffeur de son taxi. Il revint au bout de dix minutes. Entre-temps, Violette avait cloué les couvercles sur les caisses. Comme elle avait à la fois les livres et l'argent, elle était restée parfaitement tranquille. M. Bauersch ramenait avec son taxi une camionnette Ford. Il fit entrer les deux chauffeurs dans le bureau et leur donna ses instructions pour enlever les caisses.

– Le reçu, je vous prie, dit-il sèchement à Violette, qui le lui tendit sans rien montrer de la clémence que doit un triomphateur au vaincu.

M. Bauersch faisait *in petto* ses réflexions sur les méthodes anglaises : « Pourquoi la vue d'un client leur fait-elle horreur ? » se demandait-il, intrigué. « Jamais je ne remettrai les pieds dans cette maudite boîte. »

Mais il savait bien qu'à son prochain voyage il reviendrait dans cette maudite boîte, parce qu'il trouvait ce qu'il voulait et qu'on ne s'y souciait pas de le lui vendre. S'il avait pu faire disparaître la boutique en n'y revenant jamais, peut-être l'aurait-il fait. Mais c'était cette sacrée indifférence qui, spirituellement, avait l'avantage sur lui et assurait le succès de cet étonnant système.

IV

L'après-midi

Quand Henri, dans l'après-midi, rentra, boitant, taciturne et absorbé, Violette l'examina soigneusement du regard et, sans poser une seule question, lui donna la liste écrite des transactions de la journée, qu'il demandait toujours, et qui était, cette fois, très satisfaisante. Lui, de son côté, ne fit aucune question, ne dit pas un mot, même sur la visite de M. Bauersch : le nom et la somme marqués sur la liste contentaient, pour le moment, sa curiosité. Par compassion pour sa fatigue, Violette ne fit aucune allusion à sa petite fourberie au sujet du transport des livres de M. Bauersch. Après une vente, il avait l'habitude de s'asseoir à son bureau et d'étudier le catalogue où il avait marqué ses acquisitions, puis il transcrivait les détails sur un registre spécial. Il avait cela à faire avant tout. Violette monta au premier, le laissant seul dans son bureau pour garder la boutique.

Elle monta à la cuisine pour s'adonner à ses conspirations et à la moitié secrète de la double vie qu'elle menait depuis quelque temps. Bien qu'elle eût fait très peu, en apparence, pour modifier la routine quotidienne de la maison et du ménage, ce peu était, moralement, considérable. Et elle l'avait réalisé sans presque augmenter les dépenses, si ce n'est pour le gaz. Ses transformations étaient, en somme, symbolisées et figurées par la suppression de la bouteille Thermos dans laquelle Henri avait l'habitude de conserver son thé, fait plusieurs heures d'avance, quand le gaz marchait. Cette suppression avait été un événement dans les annales domestiques – Henri, par la suite, avait revendu l'instrument deux shillings et demi. Violette voulait que le thé fût servi sur la table de la salle à manger, et elle voulait du thé qui vînt d'être fait, elle refusait de boire du thé conservé dans une Thermos, elle voulait des assiettes, du pain et de la margarine sur la table. Si l'on considère que le thé, servi maintenant immédiatement après la fermeture de la boutique, était le dernier repas de la journée dans cet intérieur, on ne peut vraiment pas l'accuser d'avoir fait des innovations extravagantes. Pourtant, la disparition de la Thermos fut regardée par tout le monde dans la maison comme le couronnement d'une sorte de révolution. Telle était la puissance de la personnalité de M. Earlforward, qui s'était à peine plaint, avait à peine discuté, à peine protesté. Il s'était contenté d'opposer sa tranquille douceur et avait cédé – et la révolutionnaire s'émerveillait maintenant de son courage et de son succès, et avait l'impression d'être hors d'haleine.

Elle n'avait jamais été capable de réorganiser de fond en comble la cuisine : le problème était insoluble. Dans le jeune temps de la maison, le bureau actuel avait été un salon-cuisine-office. On y voyait encore des traces d'un petit fourneau. L'oncle d'Henri, vieux garçon, avait transporté la cuisine à l'étage supérieur ; impossible de la redescendre, il n'y avait en bas aucune autre pièce pouvant servir à cet usage. Mais Violette avait un peu amélioré le long et étroit cabinet, grâce à des ustensiles brillants et à du bois blanc, et elle avait suspendu en dehors de la fenêtre un petit garde-manger en fil de fer, pour l'exaspération de tous les chats déçus. Le trou à gaz demeurait, cuisinier solitaire. Elle n'avait pas osé suggérer un petit fourneau à gaz ou même à pétrole, et deux simples trous n'auraient pas, à son avis, valu beaucoup mieux qu'un seul. Il y avait des choses qu'elle pouvait, d'autres qu'elle ne pouvait oser. Autre exemple : elle n'osait faire venir un plombier pour réparer le robinet qui continuait à fuir sans arrêt sur l'évier. Mais, avec tous ses défauts, la cuisine avait une grande qualité – elle était délicieusement chaude dans la saison froide. Violette y rentra, après des heures passées dans le froid obsédant de la boutique, avec un sentiment de profond soulagement. Elsie se tenait, chaude et indolente, le dos à la fenêtre. Les deux femmes suffisaient à emplir la pièce. Violette en était arrivée peu à peu à trouver du plaisir – pure inconscience sans doute – dans la seule présence et le voisinage d'Elsie. Elle était si jeune, si solide, si douce, si honnête, si calme, cette Elsie ! Elle pouvait bien être un peu désordonnée dans ses façons de faire, et oublieuse, mais Violette était extrêmement contente d'elle. Et Elsie, tout en aimant moins Violette, l'aimait bien. Elles se soupçonnaient mutuellement de manquer à l'occasion de sincérité et d'user de ruse, et, pour le goût d'Elsie, Violette était un peu trop sucrée quand elle voulait obtenir quelque chose, mais leur commun dévouement au bien-être d'Henri les rapprochait aussi vite que le soupçon les éloignait l'une de l'autre.

– Est-ce que ça marche bien ? demanda Violette en désignant une marmite brillante posée sur le trou à gaz et d'où s'exhalaient les premiers fumets d'une délicieuse odeur.

Cette marmite, nouvelle pour Elsie, et qu'elle considérait avec méfiance, était un important article dans la double vie de Violette, qui l'avait achetée sur son argent personnel et dont, bien loin de la faire figurer sur les comptes du ménage qu'Henri attendait d'elle comme une chose qui va de soi, elle ne lui avait même pas parlé. Henri maintenant n'entrait plus guère, autant dire jamais, dans la cuisine, se rendant bien compte que c'est un endroit où les femmes ne voient pas volontiers venir les hommes.

– Oh ! oui, madame, répondit gaiement Elsie.

Elle n'avait pas tout à fait saisi le fin mot de cette marmite. Elle savait qu'elle était divisée en deux compartiments l'un au-dessus de l'autre, mais pourquoi était-elle ainsi séparée, elle ne l'avait pas très bien compris, en dépit des explications qui lui avaient été fournies.

Et Violette se disait :

« Comme c'est agréable ici ! Comme il fait chaud ! Quelle aide que cette Elsie ! Quel homme délicieux qu'Henri ! Et j'en ferai à ma tête avec lui et nous n'en serons que plus heureux tous les deux. Et nous sommes très heureux, à n'en pas douter, bien plus que la plupart des gens ; nous avons une telle sécurité, et largement de quoi, en cas de besoin. Comme il fait bon et chaud ici !... et quelle odeur exquise !... J'espère qu'il ne la sentira pas avant que je ne sois prête à le servir. » Elle s'assura que la porte était fermée et la fenêtre entrouverte.

Ainsi allaient les pensées de Violette. Et voilà que, par hasard semble-t-il, elle remarqua qu'un petit morceau d'elle ne savait quoi se détachait du fond de la marmite et tombait sur la tablette de bois où était posé le fourneau à gaz... puis un autre morceau... et encore un autre. Elle resta un moment comme ensorcelée.

– Elsie ! cria-t-elle consternée, désespérée, en enlevant la marmite de dessus le gaz.

– Quoi, madame ?

– Vous n'avez pas mis d'eau dans le compartiment du dessous et la soudure fond. La marmite est perdue... perdue ! Comment peut-on être aussi stupide, aussi stupide, après toute la peine que je me suis donnée pour vous expliquer... C'est inimaginable ! Je ne peux pas comprendre, non je ne peux pas !

Et elle ne pouvait pas, en effet. Elle savait qu'Elsie était stupide. En deux jours, Violette en avait plus appris sur ce que contenait la boutique qu'Elsie n'en avait jamais appris et n'en apprendrait jamais. Elle savait qu'Elsie était routinière, entêtée dans ses façons de faire et opposée à toute innovation. Mais elle n'avait pas deviné qu'Elsie elle-même pourrait être assez stupide pour laisser sans eau la partie inférieure de la marmite et mettre celle-ci sur un fourneau à gaz. Ce phénomène dépassait sa compréhension.

– Ôtez-vous de là ! s'écria-t-elle, comme Elsie, morne et soucieuse, voulait s'approcher du désastre. Il faudra que je la fasse réparer, et impossible maintenant de faire cuire cette viande comme je voulais. Tout est à recommencer. Votre maître rentre épuisé de fatigue et voilà tout ce que vous trouvez le moyen de faire !

Elsie, si cruellement qu'elle eût conscience de sa faute, se confirmait dans son opinion que ces nouvelles inventions ne valaient rien ; on ne savait jamais où on en était avec ces trucs-là. Elle rompit enfin le silence.

– Je demande à payer la réparation, madame.

– Bien sûr ! Je pense bien que vous demandez à la payer, ma fille, et vous la paierez, en effet, que cela vous plaise ou non. Mais que dirait votre maître, s'il le savait, de voir de l'argent ainsi gâché par négligence ? – Et Violette, le cœur brisé, entreprit de sauver la situation.

– Passez-moi cette soucoupe, allons.

Elsie la passa. Violette regarda fixement la soucoupe : une pensée soudaine l'empêchait de la prendre.

– Qu'est-ce que vous avez fait de l'œuf ?

– Quel œuf, madame ?

– Vous savez bien ! l'œuf que votre maître n'a pu manger ce matin à son premier déjeuner. Je l'avais mis dans cette soucoupe, j'en suis parfaitement sûre.

Violette regardait Elsie d'un air formidable. Celle-ci baissa les yeux, fit une moue et devint cramoisie.

– Est-ce que vous l'avez mis dans le garde-manger ? – Pas de réponse. – Vous n'allez pas me dire que vous l'avez mangé ?

– Mon Dieu, madame... l'œuf était là tout le temps, et je me sentais si faible... comme cet après-midi... je ne sais pas à quoi j'ai pensé...

– Elsie, votre maître a toujours dit que vous étiez gourmande... vous allez probablement me dire que je vous laisse mourir de faim, que je ne vous donne pas assez à manger.

Et Violette fondit en larmes, à sa grande surprise et à sa grande honte. Depuis quelque temps, elle était moins gaie, moins vive et plus nerveuse qu'au début de l'année. Elle n'avait pas besoin de cet œuf pour elle-même, mais elle avait projeté de le manger réchauffé, pour tenir compagnie à Henri pendant qu'il mangerait le plat que la négligence d'Elsie avait presque complètement gâché.

Et voilà qu'Elsie avait gloutonnement avalé cet œuf ! Personne ne peut rien comprendre aux domestiques. Ils peuvent être très fidèles et tout ce qu'on voudra, mais il y a toujours quelque chose, toujours quelque chose. – Oui, cria-t-elle à haute voix. – Elle était courbée en deux. Et Elsie, voyant le fier esprit d'autorité abaissé, fondit à son tour en larmes. Elles étaient tout l'une contre l'autre dans un étroit espace, et rapprochées par cette tragédie, et le contraste entre la femme mûre, mince et déjà ridée et la solide, vigoureuse et ingénue jeune veuve était pour l'une et l'autre singulièrement touchant. Le crépuscule tombait déjà et le gaz paraissait plus brillant.

Elsie, d'ailleurs, ne pensait ni à la marmite percée ni à l'œuf. Elle pleurait, sans logique aucune, à cause de son éternel chagrin, et parce que, à force de plier et déplier la lettre de Joe, qu'elle lisait toutes les nuits, celle-ci se déchirait dans les plis. Sa gourmandise, et l'accident dû à sa négligence, et le désespoir de Mme Earlforward, avaient, de façon mystique, ravivé son impérissable chagrin et aboli son cher, son absurde espoir de voir reparaître Joe au jour anniversaire, alors tout proche, de sa disparition.

V

Le thé

Il était tard, vraiment très tard pour prendre le thé. Mais M. Earlforward, en bas, dans son bureau, ne donnait aucun signe de faim ou même d'impatience. Il fallut l'appeler pour le goûter, et il répondit sans empressement. Le mari et la femme, lui en pardessus, et elle enveloppée d'un manteau, prirent place devant la table couverte d'un verre dans la pièce sans feu ; la théière était là, ainsi que le pain et la margarine, et tout paraissait être comme d'habitude, sauf en un point : on avait mis un couteau et une fourchette pour M. Earlforward et autant pour madame. En fait, l'apparition de ces instruments sur la table à thé était le phénomène le plus extraordinaire qui se fût encore produit dans l'histoire du ménage Earlforward. Violette s'en rendait compte et, sous un calme superficiel et joyeux, elle était, en réalité, très nerveuse et très émue. En outre, elle avait, depuis le premier déjeuner, subi des épreuves à mettre ses nerfs à vif. Aussi surveillait-elle avec anxiété la manière dont Henri allait réagir à la vue des couteaux et fourchettes. Mais elle ne put rien remarquer, à moins que la façon, un peu exagérée, qu'il eut d'examiner les hautes piles de livres qui couvraient la moitié de la table non revêtue de verre ne pût être interprétée comme une réaction.

Les stores, les rideaux étaient baissés ; la lumière électrique brillait, à défaut du gaz, et bien que le foyer fût noir, la pièce avait un air, ou un demi-air de confort domestique. Violette servit le thé, opération que simplifiait la complète absence de sucre.

– Allons ! Allons ! murmura Violette comme à elle-même, d'un ton irrité, et Henri lui jeta un regard.

Alors Elsie entra.

– Approchez, Elsie, approchez, dit Violette. Qu'est-ce que vous avez fait ?

Elle posait cette question en partie pour bien prouver à M. Earlforward que, s'il s'imaginait qu'elle se souciait de lui le moins du monde, ou qu'elle redoutait l'innovation de ce plat couvert d'un autre qu'Elsie apportait, ou qu'elle n'était pas parfaitement maîtresse d'elle-même, s'il s'imaginait quoi que ce fût de ce genre, eh bien, il se trompait.

Mais Violette, qui avait espéré étonner Henri, fut elle-même fortement surprise. Elsie portait un bonnet ! Or, elle n'en mettait jamais. La vue d'Elsie avec un bonnet était tout aussi troublante que l'eût été dans les quartiers ouest de Londres l'aspect impossible, incroyable d'une servante sans bonnet. En un mot, c'était choquant. Violette n'en revenait pas. Où cette fille s'était-elle procuré ce bonnet ? Et pourquoi, au nom du ciel, pourquoi avait-elle choisi ce jour entre les jours, cette soirée où le bonheur domestique était en périlleux équilibre sur une lame de couteau, pour arborer ce bonnet ? Violette ignorait qu'Elsie avait acheté ce bonnet avant le mariage, mais n'avait pas osé le mettre. Et Violette ne savait pas qu'Elsie le portait maintenant en signe de repentir pour son péché et lui donner de la solennité et de l'importance à ce thé si peu habituel. Elsie avait, à n'en pas douter, l'instinct dramatique, mais elle le manifestait d'une manière intempestive.

– Mettez cela ici, mettez-le ici, dit-elle en indiquant l'espace compris entre son couteau et sa fourchette et en arrêtant d'un geste l'élan d'Elsie vers le maître de la maison. Quand Elsie fut partie, Violette découvrit le contenu du plat et montra que les nez ne s'étaient pas trompés en supposant que c'était un bifteck. Il était cuit à l'étuvée, très appétissant, très séduisant, promettant une nourriture saine : on l'aurait cru irrésistible. Violette se leva et posa le plat devant Henri qui ne dit rien. Puis elle se pencha sur lui et, avec sa fourchette et son couteau, coupa un petit coin de la viande.

– Vous allez donner ce morceau à votre petite femme – murmura-t-elle d'un ton caressant en l'embrassant, puis elle se rassit et se mit aussitôt à manger une bouchée. – Il est très tendre, dit-elle, faisant comme si ce bifteck était une chose tout ordinaire et non pas unique, saisissante, dans les annales du thé, à l'Escalier de Riceyman.

– Je ne crois pas que je pourrai en manger, dit Henri d'un ton aimable.

– Pour me faire plaisir, continua Violette, cajoleuse comme au petit déjeuner, en nuançant sa voix de tout le charme féminin qu'elle avait à sa disposition.

– Je n'ai réellement pas faim.

– Je ne finirai pas le mien avant que vous ne commenciez à manger le vôtre.

Sa voix était maintenant changée.

Elle attendit qu'il commençât. Il n'en fit rien. Le grave était, pour Henri, non pas qu'il n'aimait pas le bifteck, mais que, pour des raisons de discipline domestique, il était absolument décidé à ne pas en manger. De la viande avec le thé ! Quelle invention insensée ! Sa femme s'en mettait des idées dans la tête ! Il vit dans ce bifteck la fine pointe d'un coin. Il sentit que le moment était décisif. Il était marié depuis un peu moins d'un an et il connaissait les femmes. Placidement, il continua à manger son pain et sa margarine.

– Henri..., lui dit-elle sur un ton de remontrance.

– J'ai déjà une indigestion, dit-il.

Il est étrange qu'une aussi simple remarque ait fait éclater la crise, mais c'est ce qui arriva.

– Oui, c'est ça ! s'écria Violette d'un ton aigre et pointu, c'est ça ! dites-moi que vous avez une indigestion. Vous n'en avez jamais, vous n'en avez jamais eu. Et vous savez parfaitement que ce n'est qu'un prétexte, mais vous pensez que n'importe quel prétexte est assez bon pour votre femme. Elle n'est qu'une imbécile, une aveugle. Elle croira tout ce vous voudrez, pourvu que ce soit *vous* qui le disiez... Un dieu tout-puissant, voilà ce que vous êtes pour votre femme.

Comme un passager, sur mer, après avoir goûté le charme d'un ciel absolument clair et doux, peut, s'il est descendu quelques instants, trouver en remontant sur le pont tout le firmament caché d'un bout à l'autre par des nuages sombres, menaçants, inexplicablement sortis de rien, ainsi Henri trouvait le ciel de sa vie conjugale terriblement transformé en un moment. Tout allait bien, et maintenant tout allait mal. La tartine de margarine s'arrêtait dans son gosier. Les traits de Violette étaient complètement transformés, tandis qu'elle fixait sur son assiette un regard vitreux. Henri y voyait la figure de l'écolière révoltée que Violette avait dû être, il y avait beau temps. Il comprit, pour la première fois, que sa vivacité et son énergie avaient une autre face sinistre ; il se sentit environné de dangers formidables : c'était un homme très courageux et, comme presque tous les hommes courageux en danger, il avait peur.

– Ah ! je suis traitée d'une belle manière, continuait Violette avec fureur. Je ne pense qu'à vous, je ne veux que votre bonheur, et, regardez, je suis toujours rabrouée, toujours ! Tant que vous faites tout ce que vous voulez, et que moi aussi je fais tout ce que vous voulez, tout va bien. Mais que je suggère quelque chose, alors... vous voilà ! Il faut que je mette mon manteau pour prendre mes repas parce que vous me refusez un brin de feu. Ce n'est pourtant pas que je ne paie pas ma part de tout. Je la paie bien exactement, et au-delà... vous y veillez, on peut se fier à vous pour ça ! Mais il faut que j'attrape la mort à me geler tous les jours, tant nous sommes pauvres, probablement. Oh ! oui, nous n'avons pas un sou vaillant pour jouir de la vie !

Henri chercha dans ses poches, puis sortit en silence de la pièce. Restée seule, Violette se reput avidement de son furieux ressentiment. Elle était en rage, savait qu'elle y était, et cette rage lui était chère. Elle ne se souciait de rien que de sa rage, et elle était prête à le payer de tout son bonheur futur... et de tout le bonheur futur de son mari. Henri rentra avec une boîte d'allumettes et alluma le radiateur.

Pas un mot, pas un son, sinon le « plouf » du gaz qui s'allume.

Violette bondit comme une furie, se précipita sur le poêle et l'éteignit d'un geste véhément, mauvais.

– Non, je ne pouvais pas avoir de feu avant et maintenant je n'en veux pas !... – Elle enleva son manteau et le jeta par terre. – Puisqu'il faut que j'aie froid, j'aurai froid. J'ai passé ma journée à grelotter dans la boutique. Pourquoi ? Combien de femmes en feraient autant ? Il n'y en a pas une, je le jure, dans cet odieux Clerkenwell que vous aimez tant. Vous êtes l'homme le plus pingre de Londres, ne vous y trompez pas. Et vous croyez que je ne vous ai pas percé à jour, vous et vos prétextes... Ah !... – Et elle se mit à marcher de long en large dans la pièce. – Je suis une esclave, absolument comme Elsie en est une – et plus qu'elle. Elle a un après-midi de liberté, elle ! Mais moi ? Quand ? Nuit et jour, moi, nuit et jour ! L'amour ? Ah ! vous en savez lourd là-dessus ! Froid le jour et froid la nuit. Maintenant, vous savez ! J'ai souvent voulu vous dire tout cela, mais j'hésitais, parce que je pensais que c'était mon devoir de lutter. Et puis, je ne voulais pas vous bouleverser, mais maintenant, c'est mon plus vif désir !... Et pourquoi n'avez-vous pas voulu manger de ce bifteck ? Je vais vous le dire : parce que c'est moi qui vous l'ai demandé.

– Vous savez que tout cela est bien injuste, murmura Henri.

– Injuste vraiment ? Injuste ? Un joli mot dans votre bouche. Alors je sais que c'est injuste, n'est-ce pas ? Je suis injuste, pas vrai ? – Elle le regarda droit dans les yeux ; les siens flamboyaient, et elle ajouta avec solennité : – Henri, vous devriez avoir *honte* de la façon dont vous agissez. Que croyez-vous que pense Elsie ? Le surprenant, c'est qu'elle reste ici. Supposez qu'elle nous quitte et se mette à parler ? Vous devriez avoir *honte* de vous.

Elle se rejeta en arrière sur sa chaise et sanglota bruyamment. Qu'importait qu'Elsie l'entendît ? Dans sa fureur, elle avait traduit les faits en paroles et leur avait ainsi donné la vie, une vie dévastatrice. En deux minutes, elle avait transformé leur intérieur, fait du ciel un enfer. Elle avait fait une chose irréparable. Des mots avaient créé ce que des mots ne pourraient plus détruire. Et c'est lui qui l'y avait amenée. Elle le regarda de nouveau à travers les ruines de leur ancienne et austère félicité.

– Vous abrégez votre vie, voilà ce que vous faites, dit-elle avec une férocité froide... pour ne pas parler de la mienne. Qu'est-ce que la mienne ? Qu'avez-vous mangé aujourd'hui, à votre déjeuner au-dehors ? Vous n'osez pas me le dire, parce que vous ne vous êtes pas nourri. Je vous défie de me le dire.

Elle posa sa tête sur la table, exactement comme une pensionnaire qui s'abandonne complètement à quelque chagrin enfantin, et continua à pleurer, mais non plus des larmes de colère et de rébellion, des larmes de tristesse, de pitié sur elle-même, des larmes tragiques. Puis, elle se redressa brusquement et darda de nouveaux éclairs de ses yeux humides sur le monstre tyrannique.

– Oui, et ne vous figurez pas non plus que j'ai dépensé de l'argent pour un bonnet de servante, parce que je n'en ai rien fait. Je n'en sais pas plus que vous-même sur ce bonnet d'Elsie. Dieu seul sait où elle se l'est procuré et pourquoi elle le porte. Mais je renonce aux domestiques. – Ici Henri eut une absurde lueur d'espoir qu'elle avait l'intention de renoncer à Elsie, de se passer de bonne et d'économiser les gages et la nourriture. Mais l'instant d'après il s'aperçut qu'il s'était mépris. – J'en ai assez des domestiques, oh ! oui, assez ! Seulement, bien entendu, vous croyez que j'ai acheté un bonnet pour cette fille !

Ce fut le dernier flamboiement de sa furieuse colère. Au lieu de répliquer, Henri sortit doucement de la pièce. Les sanglots de Violette s'apaisèrent et la compassion qu'elle avait d'elle-même se fit silencieuse, du moment qu'il n'y avait plus besoin de l'exprimer. Elle fit tous ses efforts pour concentrer sa pensée sur les cruautés de son sort, mais elle le ne put. Une autre idée s'empara avec insistance de son esprit, et, comparées à cette idée, les tristesses de son sort n'étaient que bagatelles.

« J'ai perdu mon pouvoir sur lui. »

Si seulement il avait répondu à ses cajoleries et reconnu de quelque façon formelle son pouvoir ! Si seulement il l'avait caressée et l'avait suppliée de ne pas exercer son autorité sur lui trop durement ! Si seulement il avait dit : « Vi, laissez-moi tranquille. Je vais en manger juste une bouchée, pour vous faire plaisir, mais je ne peux vraiment pas tout manger. Vous savez que vous pouvez faire de moi ce que vous voulez, mais laissez-moi », ç'aurait été merveilleux, délicieux, parfaitement satisfaisant.

Mais elle avait perdu tout son pouvoir. Et pourtant, tout en le déplorant, elle savait très bien qu'elle n'en avait jamais eu aucun. Il était épris d'elle, mais il l'était encore plus de sa grande passion, de son vice, qui seul avait de l'ascendant sur lui et dont lui, le doux tyran de tout le reste, était esclave. Elle s'était persuadée qu'elle avait du pouvoir, et elle avait pu soutenir cette prétention parce que jamais, jusqu'à ce jour, elle n'avait vraiment mis à l'épreuve son pouvoir imaginaire. Deux fois elle venait de l'essayer, et deux fois elle avait échoué. Sotte ! Elle n'était qu'une sotte ! Elle avait gâché son prestige de façon irréparable. Elle n'avait plus qu'un refuge : la soumission. « Il faut que je me soumette, il faut céder », se répétait-elle passionnément. Et le plaisir voluptueux de la soumission s'offrait à elle, plein de tentations. Il fallait se soumettre, s'attacher encore plus étroitement à lui, être un reflet fidèle de sa personnalité, s'abîmer en lui. Il n'y avait rien d'autre.

Elsie entra pour desservir. Violette bondit, saisit le manteau qu'elle avait rejeté et le mit. Elle n'était pas assez jeune pour mépriser le froid inclément de la pièce. Détournant la tête de la fille en bonnet, elle s'éloigna. Mais à la porte, une autre idée lui vint.

– Elsie, dit-elle, je vous laisse le soin de veiller à tout ce soir. Je vais m'étendre.

Elle parlait d'une voix dure, sèche, sans tourner le visage du côté d'Elsie. Quelques minutes après, elle se glissait dans le lit vide et sans draps de la chambre obscure. Il fallait se soumettre... se soumettre.

Elsie avait l'expérience de son bref mariage, et elle avait vu le ménage de bien des gens. Les efforts de Mme Earlforward pour la tromper échouèrent complètement. Elle avait immédiatement vu, en entrant dans la salle à manger, qu'il avait dû y avoir du grabuge. M. Earlforward allant dans son bureau pendant le thé, c'était anormal. Et puis ce singulier spectacle de Mme Earlforward mettant son manteau à la fin du repas. Pourquoi l'avait-elle ôté ? La seule explication que pouvait imaginer Elsie, c'est que Mme Earlforward avait ôté son manteau pour un « règlement de compte » avec son mari. C'était l'explication naturelle, mais Elsie était persuadée que ce ne pouvait être la vraie. Puis il y avait la figure de Mme Earlforward et le fait qu'en parlant à Elsie elle s'était départie de son habitude de la regarder bien en face. Et puis il y avait encore ce morceau de bifteck intact dans l'assiette de M. Earlforward, et cet autre resté dans l'assiette de Madame. Enfin, il y avait ce fait déconcertant de Mme Earlforward allant se mettre au lit. Elsie ne pouvait concevoir à propos de quoi il y avait eu querelle. Mais elle en vint à penser que les deux adversaires devaient avoir raison, et à en avoir de la peine pour tous les deux, au point que ses yeux s'emplirent de larmes.

Quand elle arriva dans sa cuisine avec les restes du thé, le bifteck était pour elle un objet sacro-saint. Le fragment lui-même était sacro-saint ; elle le mit, avec ses doigts, dans la même assiette que le bifteck, puis se lécha les doigts – action plus sage – et commença à faire la vaisselle. Elle était toujours pleine de remords pour le vol – oui, c'était bien un vol – de l'œuf. Il fallait que cet incident lui servît de leçon, qu'il lui enseignât la faiblesse lamentable de son caractère. Jamais plus elle ne retomberait dans le péché. Quelle absurdité de se figurer qu'elle n'avait pas assez à manger à l'Escalier de Riceyman, et qu'elle avait toujours faim. Elle avait plus à manger, et plus régulièrement, que bien des personnes de sa connaissance. L'appétit était un signe de bonne santé, et elle devait être reconnaissante d'avoir une bonne santé :

c'était une bénédiction... Elle ne devait pas chercher de fausses excuses à sa gourmandise dans son appétit et dans le manque de nourriture. Et elle continuait tranquillement à faire sa vaisselle.

Le bifteck, pendant qu'elle le cuisait, lui avait causé toute sorte d'ennuis : son odeur avait éveillé en elle des désirs auxquels il lui avait été difficile de résister, cela lui avait abondamment fait venir l'eau à la bouche, et elle avait été reconnaissante d'avoir réussi à apporter ce morceau de viande dans la salle à manger sans qu'il lui arrivât aucun accident. Mais maintenant le bifteck ne défiait plus sa faiblesse : sa résolution avait remporté la victoire. Son esprit, trop actif et trop ingénieux, restait pourtant comme empêtré dans l'idée du petit morceau posé à côté du bifteck lui-même. Elle l'examina : une bouchée tout juste. Demain matin, il serait desséché et réduit à rien. Autant de perdu. Elle prit ce petit morceau, par simple curiosité, juste pour voir à quoi cela ressemblait, et en un instant le morceau avait disparu. Mais cette bouchée ne sembla pas pénétrer dans son estomac ; elle se divisa en mille parcelles, qui se répandirent dans ses veines comme un feu, plus puissant que de l'alcool, plus terriblement excitant que du champagne.

A partir de ce moment, le bifteck se métamorphosa en basilic, exerçant sur elle une diabolique et sinistre fascination. Elle cessa de laver la vaisselle. Elle était attristée par le malheur domestique de ses patrons, elle était abattue et avait besoin d'un tonique. Elle sentait que, sans un « coup de fouet », elle serait incapable de supporter la vaste affliction du monde. Elle passa par toutes les agonies de l'ivrogne qui lutte, attiré par un cruel désir de plus en plus près du bord du fatal précipice. Ses patrons mangeraient-ils eux-mêmes ce bifteck demain ? Très probablement non. Il y avait bien des chances pour que, demain, Mme Earlforward l'autorise, elle, Elsie, à manger le bifteck. Si elle pouvait le manger demain, elle pouvait aussi bien ce soir. Quelle différence cela ferait-il pour ses maîtres ? D'ailleurs, si Mme Earlforward n'avait pas été bouleversée, il était bien possible qu'elle eût donné à Elsie la permission formelle de manger ce bifteck. Elsie commença à sentir que son respect d'elle-même, que son honneur, que toute sa droiture lui échappaient sous le regard de basilic du bifteck. Quelques minutes plus tard, elle frappait à la porte de la chambre à coucher, et, ne recevant pas de réponse, elle entrait. La pièce était noire, mais elle pouvait distinguer la forme de Mme Earlforward dans le lit.

– Qu'est-ce que c'est ? Qu'est-ce que c'est ? demanda une voix faible, plaintive, lugubre.

Mme Earlforward étendit vaguement la main et toucha un objet que pendant plusieurs secondes elle ne put identifier : c'était le bonnet d'Elsie. Elle était tombée à genoux à côté du lit. Elle fondit en larmes.

– Oh ! madame, sanglotait-elle, oh ! madame, j'ai mangé le bifteck. Je ne sais pas ce qui m'a poussée, madame, mais je l'ai mangé, et je suis aussitôt accourue vous le dire.

VI

Le soir

Violette se mit à rire dans l'obscurité, un rire peu habituel, ni vif ni franc, mais un rire tout de même.

– Je suis enchantée, Elsie, dit-elle en retirant sa main, comme si le bonnet d'Elsie eût été brûlant.

Elsie, congédiée, se sentit soulagée, mais en même temps désappointée, privée de sa riche pénitence, pleine de larmes, et avec le sentiment que le monde était un séjour incompréhensible et décevant. Violette sortit de son lit, tourna le commutateur, et la lumière guérit en quelque sorte sa vision d'une étrange altération. Quoi ! faire un drame parce qu'un homme préférait ne pas manger du bifteck en prenant son thé ! Absurde, enfantin. A coup sûr il avait bien le droit de refuser du bifteck sans être insulté, sans être menacé de voir son bonheur détruit. Ce n'était pas comme s'il avait interdit à sa femme d'en manger. Ainsi Violette s'efforçait d'annuler pour elle-même l'effet de ses paroles violentes dans la salle à manger et de recréer ce qu'elles avaient détruit. Heureusement, Henri ne savait pas qu'elle s'était mise au lit et ainsi elle pouvait se relever sans dommage pour sa dignité. Elle était tout d'abord pleine de courage, mais, quand elle eut fini de s'habiller et fut prête à descendre pour affronter de nouveau Henri, elle n'était plus qu'une fillette craintive, sans défense et tremblante.

Quant à Henri, il travaillait, et sérieusement, dans son bureau ; mais, tout en travaillant, l'idée qui l'obsédait c'était qu'il avait reçu un choc sérieux. Il l'avait emporté... mais était-ce bien sûr ?

Il s'était estimé en sécurité sur son trône, et voilà que le trône chancelait, s'écroulait. Il s'était trompé sur Violette, il avait sous-estimé les possibilités de l'état de mariage. Il comprenait, pour la première fois, que certains problèmes conjugaux ne peuvent se résoudre par la raison et que, s'il désirait survivre aux orages d'un tempérament de femme, il fallait renoncer à la raison et à la rectitude intellectuelle.

Bref, la lutte devait être évidemment du genre « empoigne-le comme tu pourras ».

Ah ! Il était déçu par Violette. Parce qu'elle ne voulait pas donner plus de six pence pour un livre dont elle avait besoin, et parce qu'elle l'avait battu dans l'art de faire « rendre » une femme de ménage, il avait été assez bête pour croire qu'elle était digne d'être son associée dans la grande passion de sa vie.

Eh bien ! il s'était trompé. Il devait, à l'avenir, voir en elle une ennemie de sa passion et combiner en conséquence.

Alors, enfin, la faible créature, le roseau brisé sur lequel il avait compté, reparut sur le seuil de son bureau, et elle n'avait pas son manteau. Henri eut aussitôt une inspiration magnifique. Allant, toujours boitant, de sa chaise au pupitre, il mit une allumette sous le feu tout préparé – préparé depuis des mois. Le charbon sembla avide de rendre service et s'enflamma vivement. Violette fut touchée de cette attention, dont elle comprit et apprécia le sens. Toute chaude encore et fondante de son lit et de ses larmes, elle le laissa la prendre en maître dans son étreinte.

Il sentit son acquiescement, et ce moment fut le plus délicieux de sa vie.

Sa fragilité, sa faiblesse ne faisaient que la parer, la rehausser ; elles étaient précieuses, elles étaient le meilleur de son charme. La raison n'y était pour rien. Mais était-ce lui, ou elle, qui avait eu l'avantage ? Il ne pouvait pas se prononcer, il pouvait uniquement espérer que tout serait pour le mieux. Pas un mot ne fut articulé. Ils se tenaient enlacés près de la chaleur du feu qui commençait à se répandre dans le bureau, avec, comme fond, la boutique obscure.

Et Violette se souvenait que, naguère, elle s'était dit avec présomption qu'elle avait, en tout cas, un avantage sur lui – sa longue expérience du mariage contre son inexpérience à lui – et elle voyait que cet avantage était parfaitement illusoire, et elle était humiliée, pleine d'un délicieux repentir. Il dit :

– Vous avez la clef de mon pupitre, je crois ?

Elle fit signe que oui, eut un vague sourire, et lui tendit la clef avec empressement. L'instant d'après, il avait pris les recettes de la journée, sauf l'argent versé par M. Bauersch, dans la boîte en zinc qui était leur place fixe dans le tiroir du milieu, et le mari et la femme les comptèrent ensemble, se contrôlant mutuellement et contrôlant le total avec la liste écrite des ventes déjà remise par Violette à Henri.

– Correct ! – fit-il, et il allait ouvrir son coffre-fort quand il s'arrêta et ajouta : – Mieux vaudrait prendre d'abord l'argent Bauersch. Vous l'avez mis, je suppose, dans votre coffre ?

– Oui, je vais monter le chercher.

Suivant les instructions reçues, elle avait, pour plus de sécurité, fait passer, durant la journée, cette somme importante du tiroir dans son coffre personnel.

– Je vais avec vous, dit-il, comme s'il était désireux de ne pas se priver de sa compagnie même pour une minute. En entrant dans la salle de bains, il aperçut Elsie dans l'ombre, à l'étage supérieur.

– Elsie, appela-t-il, courez me chercher l'*Evening Standard,* s'il vous plaît. Vous le trouverez en face de la maison Rowton, vous savez ? Voici un penny.

Son ton était d'une indifférence calculée, les deux femmes en furent étonnées, presque effrayées. Violette ne l'avait jamais vu acheter un journal, et Elsie presque jamais. La première était heureuse de cette preuve que, quand l'importance des circonstances l'exigeait, il était capable d'une sublime extravagance. Tout à l'heure, le feu ! Maintenant, ce journal ! Ce n'était pas croyable.

Dans la salle de bains, où personne ne prenait jamais un bain, mais dont la baignoire était du moins débarrassée de ses livres et très propre, Henri baissa la tête pour éviter les piles de linge et Violette s'agenouilla pour ouvrir le coffre. On eût dit un pique-nique, une petite partie de plaisir. C'était la première fois qu'Henri assistait à l'ouverture du vieux coffre tout usé de Violette. Elle fit pivoter la porte de fer ; l'ombre de sa tête demeura immobile, bien que la porte tournât, et tomba sur l'intérieur pâle du coffre avec une forme aussi altérée que l'avait été une heure plus tôt la vision de Violette. Une assez jolie pile de valeurs, nouée d'un ruban blanc, reposait sur la tablette, au-dessus du double tiroir. Violette tira celui de droite : il ne contenait que l'argent de M. Bauersch : billets de dix et de cinq livres, un bon du Trésor d'une livre, tous neufs et jolis à voir, avec un bon de dix shillings sale et quelques pièces d'argent enveloppées dans un morceau de papier brun.

Violette posa tout sur le coffre et Henri, assurant ses lunettes sur son nez, se mit à compter lentement, soigneusement, passionnément. Violette le regardait.

– Tiens ! s'écria-t-il avec un sourire satisfait, quand il eut compté deux fois, il vous a donné une livre en trop. Le compte des gros billets est bien exact, mais il y a neuf billets d'une livre au lieu de huit : un, deux, trois, quatre, cinq, six, sept, huit, neuf... Il ne devrait y en avoir que huit. Cela devrait faire en tout cent quarante-huit livres dix-huit shillings.

– Voilà qui me surprend, dit Violette, j'étais sûre d'avoir bien compté... Ah ! je sais ! Il y a une livre en plus pour un volume français que je lui ai vendu... j'ai oublié de le mettre sur la liste. Il était marqué dix shillings, mais je lui en ai demandé une livre et il l'a pris.

– Oh ! murmura Henri, désillusionné.

– Oui.

– Et il l'a pris pour une livre, dites-vous ? Alors, cette fois, vous avez gagné dix shillings pour vous, Vi.

Et il lui donna le billet de dix shillings, une nuance de gaieté dans la voix et dans le regard.

Quelle munificence princière ! Elle était délicieusement confondue. Elle l'avait mal jugé. Leur maison, si bien scellée, était redevenue un paradis. Elle le remercia d'une pression de bras, puis mit le billet dans le tiroir de gauche, qui en contenait déjà beaucoup d'autres.

– Alors, c'est votre réserve, en cas de besoin, dit Henri.

– C'est ma réserve, en cas de besoin, dit Violette, charmée du ton de fière approbation de son mari, et elle repoussa le tiroir dont la poignée de cuivre tinta.

– Et ceci, ce sont vos valeurs, je pense ?

– Vous voudriez les regarder, chéri ?

Elle était encore toute chaleur et toute tendresse.

Il fit signe que « oui ». Il dénoua le ruban et examina les valeurs une à une, les dépliant, lisant, scrutant avec respect, avec un immense respect. Sur chacune, on avait modifié son nom d'Arb en Earlforward, d'une écriture officielle, avec paraphe. Elle leva les yeux sur lui, comme un enfant heureux qui a mérité des bons points.

– Bien ! murmura-t-il enfin, en rattachant le ruban. Pour des valeurs dorées sur tranche, à revenus fixes...

Et il hocha plusieurs fois la tête, presque en extase. Oui, il était aussi fier de ce qu'elle possédait qu'il l'était d'elle-même. Violette était excessivement heureuse. Il examina alors les petits riens que contenait le coffre, tels que certains reçus, des coupons, l'acte de mariage et celui de naissance. Il eut un sourire bienveillant quand, dans une sorte de triomphe, elle referma son coffre. C'était un mari merveilleux. Aucune cupidité, aucune jalousie dans ses petits yeux. Ils sortirent de la salle de bains, laissant l'appareil magique à produire des revenus inviolé dans l'éternelle nuit de sa tombe.

Quand ils furent redescendus à tâtons, Violette s'écria, heureuse et insouciante :

– Je me demande ce qu'Elsie a pu faire tout ce temps-là ! Elle n'avait rien à faire en ce moment.

M. Earlforward, après avoir allumé dans le bureau, clopina à travers la boutique obscure jusqu'à la porte d'entrée.

– Tut ! tut ! – Sa langue claquait contre le derrière de ses dents. – Elle n'a pas fermé la porte à clef. Elle savait bien qu'elle aurait dû emporter la clef. Laisser la porte comme ça ! Un de ces soirs, n'importe qui pourra entrer.

Et il verrouilla vivement la porte.

– Oh ! Henri... – Violette riait franchement, mais une minute après elle s'écria de nouveau, une nuance d'appréhension dans la voix. – Je me demande ce qui est arrivé à cette fille.

Le mari et la femme ne purent se fixer à rien jusqu'à ce qu'Elsie fût revenue. Le miracle d'Henri envoyant chercher un journal revint s'imposer à Violette et elle commença à se figurer qu'il devait avoir eu pour ce faire un motif tout spécial. Elle se sentit envahie par les premières et subtiles affres de la peur sans nom.

– Enfin ! éclata-t-elle un peu plus tard et, allant à la porte, elle l'ouvrit, et regarda dans la direction de King's Cross Road. Pas d'Elsie. Elle rentra, referma solidement la porte, et retourna dans le bureau en fredonnant. Henri s'y tenait debout, le dos au feu, jouissant vivement de la chaleur et de sa splendide extravagance. Le regard qu'il lança à Violette semblait dire : « Voyez comme je prouve que je suis incapable de vous rien refuser. Voyez quelles folies je commets pour vous faire plaisir. »

Alors on secoua la porte de la boutique et, un instant après, on y cogna de façon respectueuse. Violette y courut, avec la vivacité d'une jeune fille.

– Elsie, vous saviez bien que vous auriez dû emporter la clef.

Celle-ci s'excusa : elle était hors d'haleine.

– Vous avez été bien longue, Elsie. Nous ne comprenions pas ce qui avait pu vous arriver ! ajouta Violette en refermant définitivement la porte pour la nuit.

– Je ne pouvais pas trouver de journal, madame, expliqua Elsie. J'ai dû descendre presque jusqu'au viaduc avant d'en avoir un. Et encore ce n'est pas l'*Evening Standard,* c'est le *Star*. Ils étaient tous vendus, madame.

Elle se dirigea vers le bureau et, dans ses mains pleines de déférence, la feuille blanche devenait le symbole de quelque mystérieux et solennel message pour son maître qui attendait. Son allure montrait vraiment qu'elle en avait conscience. Elle n'avait pas lu le journal – cela, à son idée, eût été de la curiosité, – mais en passant sous l'unique bec de gaz de l'Escalier de Riceyman, elle avait par hasard remarqué un mot sur la première page du *Star,* le mot « Clerkenwell ». Il avait dû se passer quelque chose de terrible à Clerkenwell.

M. Earlforward, dont elle connaissait bien les habitudes, avait dû voir une allusion à Clerkenwell sur le placard de l'*Evening Standard,* en rentrant chez lui, et après mûre réflexion avait décidé d'en acheter un numéro.

– Attendez un moment ! Un moment ! dit M. Earlforward à Elsie, qui se disposait à quitter le bureau. Elle s'arrêta. Violette était assise sur la chaise derrière le pupitre. M. Earlforward gardait sa position devant le feu et les tenait en suspens.

– « Nouvelle baisse du franc », lut-il d'un œil qui parcourait négligemment le journal.

Elsie n'avait pas la moindre idée de ce que cela pouvait signifier. Violette n'était pas du tout sûre de la portée de la nouvelle, mais elle savait nettement que c'en était une mauvaise pour d'honnêtes rentiers.

– « Le franc belge dégringole par sympathie... »

Elsie, fort heureusement, ne savait même pas ce qu'était un franc, mais, quoi que ce pût être, elle s'étonnait vaguement, dans la nuit presque primitive de son cerveau, que ses mouvements pussent être déterminés par un sentiment tel que la sympathie. Pour Violette la situation financière s'assombrissait.

– « Plus d'un million de personnes réduites à la famine dans la région de la Volga. » Ça, c'est le communisme, il faut que vous le sachiez, c'est le résultat du communisme, pas autre chose, remarqua M. Earlforward en jetant par-dessus son lorgnon un regard qui embrassa également les deux femmes. Voilà où mène le communisme, voilà à quoi il mènera partout où on en fera l'essai.

Il était brusquement devenu un oracle : les deux femmes étaient impressionnées. Il leur semblait qu'elles avaient fait quelque chose de mal, défendu le communisme peut-être, ou essayé de le pratiquer. Elsie ne pouvait croire qu'il eût acheté le journal pour connaître les derniers résultats du communisme. Elle attendait le mot « Clerkenwell », mais M. Earlforward n'était jamais pressé et on ne pouvait pas le presser. Comme d'habitude, il différait.

– « Rixe sanglante dans un club communiste à Clerkenwell », annonça-t-il enfin. Ah ! voila... Great Warner Street. Juste de l'autre côté de l'avenue, en face d'ici, à moins de cinq minutes. « Le club du Millenium. » Il hocha la tête à ce nom, d'un air de mépris. « Héroïsme d'une femme... » Et il y avait des femmes !... Oh ! c'était la serveuse. « Elle s'est jetée très courageusement contre les assaillants et a saisi le revolver que, néanmoins, Vicenza lui arracha pour ensuite faire feu et blesser Arthur Trankett au ventre. Quand la police fit son entrée, à minuit – c'était hier soir – Smith gisait mort devant le comptoir et Trankett inanimé à côté de lui... Vicenza fut arrêté par la suite dans une maison de Coldbath Square. »

M. Earlforward, d'un ton calme et intimidant, continua à lire le compte rendu du tribunal de simple police, puis poursuivit :

– Eh bien, voilà, vous voyez : à notre porte, peut-on dire. Mais ne vous figurez pas que ça ne se passe qu'à Clerkenwell : on voit ça partout où il y a du communisme. Demandez à Glasgow. Voilà où nous en arrivons, voilà où en arrive l'Europe entière. Vous pouvez être sûres que si cela va si mal en Angleterre, c'est encore bien pire sur le continent... Oh ! oui ! « Le commissaire a chaudement félicité la femme Pieta Spinelly pour son héroïsme et la chance qu'elle avait eue de s'en tirer indemne. » Oui, mais elle n'aura pas toujours une pareille chance... et qui de nous l'aura ?

Violette était en train de réfléchir que manger du bifteck quand le communisme est à la porte est un acte qui prouve bien de la légèreté d'esprit et qui est indéfendable, quand Elsie déclara, avec un calme surprenant :

– Pieta Spinelly... c'est ma cousine.

M. Earlforward, profondément agité, froissa le papier.

– Votre cousine ?

– Votre cousine, Elsie ?

Mme Earlforward se leva.

Le choc d'apprendre qu'Elsie avait des parents ou des relations d'un genre quelconque, qu'elle possédait quelque intérêt humain en dehors de l'Escalier de Riceyman, qu'elle n'était pas absolument séparée du monde et exclusivement consacrée à eux, cela seul aurait suffi à renverser ses maîtres qui, depuis qu'elle était entrée chez eux, comme une novice dans un couvent, n'avaient jamais songé à elle que comme à une « bonne à tout faire ». Mais qu'elle eût des liens de parenté avec des communistes et des étrangers ! Il semblait que les communistes eussent envahi la maison même et que la civilisation fût directement menacée.

– Oui, madame, c'est la fille de ma tante Maria, qui a épousé un Italien, un marchand de glaces, qui s'appelait Spinelly... mais je ne les ai jamais vus.

– Oh ! alors, vous ne voyez pas cette femme, cette... je ne sais pas comment ?

– Je ne la reconnaîtrais pas si je la rencontrais, madame. Mais je sais qu'elles ont toujours eu quelque chose à faire avec des clubs. Il y en a un tas par ici. Je suis bien contente qu'elle ne soit pas morte ni blessée. Vous comprenez, madame, puisqu'elle est à moitié italienne, je ne pouvais pas la voir !... Et voilà près de cinq ans que la tante Maria est morte. Ça doit être Pieta, pour sûr, il ne peut pas y en avoir deux. Et puis ça lui ressemble bien, parce que je me rappelle comme elle était à l'école. Oh ! elle avait un genre ! Mais que pouvait-on attendre d'elle, la pauvre fille ?

Je suis contente, tout de même, qu'elle ne soit pas morte ni blessée. Et dire qu'elle est dans le journal !

Elsie ne manifestait aucun trouble. Elle se sentait, malgré elle, assez fière de cette parenté étrangère et de se voir une cousine héroïque « mise dans le journal » ; mais ce qu'il y avait de sérieux en elle était un peu de honte de cette alliance. Mme Earlforward lui dit qu'elle pouvait monter se coucher, si elle avait laissé la cuisine bien en ordre et prête pour le lendemain matin.

Elle se retira, n'ayant nullement conscience d'avoir, en fait, introduit le communisme dans la maison.

Tout ce temps-là, les recettes de la journée étaient restées sur le pupitre, à découvert, sans protection ! Même pendant que la porte n'était pas fermée à clef, elles étaient restées là ! Les petits tas de billets et de pièces semblaient accuser quelqu'un de négligence criminelle, presque inviter le communisme à détruire l'organisation sociale. Le mari et la femme restaient sous la pénible impression du meurtre communiste (bien entendu, les communistes étaient des meurtriers – ils tuaient quiconque avait le malheur de ne pas être d'accord avec eux), meurtre commis si près de l'Escalier de Riceyman, et aussi sous le coup de la fâcheuse confidence d'Elsie. Quant à Violette, elle frémissait en outre de ce qu'il y avait de nettement dramatique dans le fait d'Henri se procurant un journal et leur annonçant les nouvelles, et du mystérieux pouvoir de cet homme à dominer son épouse, et de sa générosité à lui offrir du feu et de l'argent, et de son étreinte amoureuse, tout cela se développant sur les cendres du brûlant épisode du bifteck. Violette, cette femme sagace, brillante, énergique et entreprenante, était vraiment dans un état d'émotion palpitante et confuse, dont elle avait peine à concevoir l'intensité. Quand Henri sortit de sa poche sa clef de coffre-fort, elle fut singulièrement soulagée et ses yeux étincelants semblaient dire : « Cet argent est resté trop longtemps sur ce pupitre. Cachez-le vite, bien vite ! Mettez-le en surêté, au nom du ciel, sans perdre une seconde. »

Henri ouvrit son coffre – il était bien plus grand que celui de

Violette et contenait quatre tiroirs ; il en sortit deux et les posa sur le pupitre. L'un était plein de billets d'une livre, l'autre de billets d'une demi-livre, et tous étaient comme neufs. Il n'en gardait jamais un usagé plus de quelques jours et s'arrangeait généralement pour le changer contre un propre le jour même où il le recevait. Au fond du tiroir contenant les bons du Trésor, était une grande enveloppe de toile, qu'il avait reçue un jour par la poste, recommandée. Elle était gonflée de billets de banque. Il y introduisit avec effort la belle liasse de billets de M. Bauersch. Tandis qu'il serrait méthodiquement, avec lenteur et précision, le reste de l'argent, Violette se demandait quelle somme contenaient les tiroirs. Ce pouvait être des centaines, des milliers de livres, elle ne savait apprécier. C'était un spectacle merveilleux et réconfortant. Elle l'avait déjà vu, mais ni en de si solennelles circonstances ni si pleinement. Cela la rassurait contre le communisme. Quand on tenait solidement un pareil trésor, que pouvaient, après tout, vous faire les communistes ? Naturellement, conserver en caisse de pareilles sommes, c'était perdre des intérêts, mais impossible d'avoir les deux. Et cet argent était si beau à contempler... Des actions ? De la chair morte ! Désirs, appétits physiques !... Négligeable ! Cet adorable argent satisfait l'âme. Ah ! comme elle admirait Henri ! Comme elle partageait ses instincts les plus intimes ! Comme elle allait suivre son exemple ! Comme il avait raison... toujours !

Il dit soudain, mais avec un calme admirable :

– Bien entendu, si les choses en arrivent au pire, et cela sera certainement, à mon avis, tout ceci ne vaudra plus rien du tout. (« Tout ceci », c'était le contenu des deux tiroirs.) Rien, ou juste autant qu'un rouble. Si quelques-uns de ces gaillards, de l'autre côté de l'avenue, de la Great Warner Street, font à leur guise, un billet de cinq livres ne paiera plus un pain. Je ne plaisante pas. C'est arrivé dans d'autres pays et ça arrivera dans celui-ci. Le premier effet, ce sera la fermeture des banques. Et où en serez-vous alors, avec vos valeurs dorées sur tranche ? Où en serez-vous ? Mais je vais vous dire une chose que le communisme, le socialisme, le meurtre et tout ce qui s'ensuit, ne gâcheront pas, et qui aura toujours sa valeur.

Il sortit du coffre un troisième tiroir, qu'il souleva à deux mains à cause de son poids, et le mit sur la table. Il était plein de pièces d'or. Violette n'avait encore jamais vu cet or ni soupçonné son existence. Elle fut stupéfaite, étonnée, ravie. Il avait dû le garder pendant toute la guerre, narguant le gouvernement qui invitait les patriotes à ne pas thésauriser. C'était un surhomme, le plus mystérieux des surhommes. Et c'était une forteresse imprenable.

– Rien ne vaut cela ! dit-il doucement en plongeant ses doigts dans les pièces comme dans une eau où eût chanté la musique des Elfes.

A son tour, elle enfonca ses doigts dans l'or. Sensation unique ! Il la lui permettait en compensation de ses stupides souffrances au sujet du bifteck. Elle baissa les yeux, émue... Avec regret, elle le vit remettre les tiroirs et fermer le coffre-fort. Ils restèrent très longtemps dans le bureau. Henri avait des besognes d'écriture à faire et elle l'aida avec ardeur, en dépit de ses humbles capacités... Le journal chiffonné fut soigneusement plié, la lumière fut éteinte. Ils montèrent l'escalier dans le noir, laissant derrière eux la boutique qu'éclairait faiblement, près de la fenêtre, la lueur du réverbère. Elle glissa et lui saisit le bras. Il connaissait son escalier bien plus intimement qu'elle. Arrivée au premier palier, elle s'écria :

– Voyons, cette fille a-t-elle, oui ou non, bien assujetti les fenêtres de la salle à manger ?

Elle avait de nouvelles craintes pour la sécurité de la maison. Rien d'étonnant qu'il n'eût pas jusque-là soufflé mot de ce que son coffre-fort contenait d'or ! Quelle preuve de confiance il lui donnait en l'admettant à ce dangereux secret ! Si la vérité se faisait jour ? Les voleurs ! Les meurtriers ! (Mme Tussaud !) Elle enferma en elle ce qu'elle savait, à triple clef. Ils passèrent, toujours à tâtons, dans la salle à manger. Les fenêtres étaient dûment fermées. Une lumière abondante les traversait. Les fenêtres du haut de la pâtisserie, presque en face – son ancien domaine –, brillaient comme d'habitude d'une illumination insensée, extravagante. Voilà un commerce qui n'irait pas loin. Elle avait eu de la chance de toucher le dernier versement sur sa vente. Son acquéreur était un homme d'âge moyen, dont la femme était toute jeunette. Fatal assemblage ! Violette ne l'avait pas trouvé directement par son annonce dans les *Nouvelles du Monde,* mais par l'intermédiaire d'un agent d'affaires qui lui avait écrit au sujet de cette annonce. Comme Henri avait eu raison d'insister pour qu'elle ne paie pas la commission avant d'avoir reçu le dernier versement de l'acquéreur ! Henri lui avait dit que la plupart de ces agents pour cession de fonds de commerce étaient honnêtes, mais que certains ne l'étaient pas, parce que c'était une profession qu'on pouvait exercer sans capitaux et, par conséquent, spécialement tentante pour les aventuriers. Henri était au courant de tout.

Un tramway monta comme un tonnerre King's Cross Road, lançant des étincelles et tout brillant d'électricité. Il était bondé d'humanité – amateurs de plaisirs rentrant chez eux épuisés, après le théâtre, le music-hall, le cinéma, le restaurant. Émouvantes créatures, stupides, égarées, déçues, irréfléchies, imprévoyantes, qui n'avaient pas, elles, une solide forteresse pour s'abriter. Violette songeait à l'or magique.

– Venez, dit-elle, venez au lit. Il fait très froid ici en comparaison du bureau.

Il obéit.

QUATRIÈME PARTIE

I

A la fenêtre

Elsie était occupée à nettoyer les fenêtres d'en haut de la maison T. T. Riceyman, et elle était arrivée à la chambre de réserve du second étage, qui en avait deux, l'une sur King's Cross Road et l'autre sur l'Escalier de Riceyman. (Une troisième fenêtre sur l'Escalier avait été murée, à l'époque préhistorique de la maison.) Les deux tiers de son corps étaient dangereusement projetés au-dessus de King's Cross Road, du tonnerre des tramways et des camions automobiles et du bruit des fers de chevaux, tandis que le troisième se balançait dans la chambre. Elle s'accrochait d'un bras vigoureux au cadre de bois ou aux briques, et de l'autre elle frottait et essuyait les vitres ; sur le rebord de la fenêtre reposaient un broc en zinc, une peau et un chiffon de laine, tous objets qu'il fallait manipuler avec soin de peur que l'un d'eux, en tombant, baptisât ou blessât les passants absorbés, dont Elsie, quand elle regardait par hasard en bas, apercevait le dessus de la tête ou les épaules. Les fenêtres de la maison étaient toutes à guillotine : il était assez facile de nettoyer la moitié supérieure, mais on ne pouvait laver la moitié inférieure qu'en la soulevant peu à peu pour la faire passer à la place de l'autre qui redescendait sur les jambes d'Elsie. Opération difficile que ce nettoyage, outre qu'on y risquait, sinon sa vie, du moins de s'y casser un membre. Elsie l'exécutait avec la plus grande conscience sous le vent froid et poussiéreux qui soufflait à travers le couloir de King's Cross Road.

Elle voyait tout ce qui emplissait la pièce : les piles de livres, régulières, rangées sur le plancher, et cet arrangement de rayons provisoires que sa maîtresse et elles avaient organisé sur de vieux volumes – toujours invendus – du *London News* illustré. La planche du dessus, qui couvrait le tout, avait disparu : on l'avait, en l'absence du maître, enlevée en secret, sciée et fendue dans la cave pour faire des allume-feu, car le maître avait résolument désapprouvé l'achat de menu bois, prétendant que les femmes pouvaient s'arranger d'une façon ou d'une autre ; elles s'étaient arrangées. Elsie vit la porte s'ouvrir et sa maîtresse entrer, un pot de fleurs dans chaque main. Violette, en tablier et vêtue d'une robe à carreaux neuve, tressaillit à la vue des jambes d'Elsie.

– Ah ! vous voilà ! – Elsie entendit faiblement monter sa voix à travers les vitres, dans le fracas de la rue. – Je vous ai cherchée partout.

Le fait qu'Elsie était occupée à faire les fenêtres depuis trois bons quarts d'heure prouvait qu'une servante peut agir à sa guise sans attirer l'attention même d'une maîtresse qui se flatte de tout voir. Elsie ramena lentement son corps dans la chambre.

– Vous ne m'avez donc pas vue, madame, nettoyer l'extérieur des fenêtres du magasin ? demanda-t-elle posément. (Pour nettoyer l'intérieur de ces mêmes fenêtres, il fallait une entente spéciale avec le propriétaire.)

– Non, je ne vous ai pas vue. Il est vrai que j'ai eu, ce matin, à penser à bien autre chose. Oui, ma foi. Et pourquoi avez-vous choisi ce matin pour faire vos fenêtres ? Vous savez que c'est aujourd'hui votre après-midi de sortie et qu'il y a beaucoup à faire. Mais vous ne sortez peut-être pas, Elsie ?

– Mon Dieu, madame, je pensais sortir, répondit Elsie, en rentrant son broc. Mais je les trouvais si sales...

Ici, Elsie ne disait pas la vérité, ou tout au moins en cachait une partie. Mme Earlforward n'aurait pas deviné, le lui eût-on donné un million, la véritable raison qu'avait eue Elsie pour faire les fenêtres juste ce matin-là. La vraie raison, c'était que Joe, le disparu, avait été fameux pour sa façon de nettoyer les fenêtres. Or, ce jour était l'anniversaire de sa disparition. Elsie n'avait aucun motif précis pour attendre sa réapparition. L'idée qu'il reviendrait juste au bout d'un an était absurde, tout simplement. Elle le reconnaissait. Et pourtant il pourrait revenir ! Si oui, il la trouverait au bout d'une demi-heure de recherches, et s'il la trouvait, elle ne pouvait pas supporter l'idée qu'il verrait *« ses »* fenêtres sales. Il avait l'œil pour les fenêtres : pour lui, il fallait que ça reluise. C'est ainsi que de façon mystérieuse, poétique, passionnée, se manifestait la dévotion d'Elsie.

– Mais non, ne fermez pas la fenêtre ! lui dit Violette sèchement. Vous savez bien que je veux mettre ces plantes dehors.

Les yeux d'Elsie devinrent humides.

« Quelle sensitive que cette fille, ce matin ! pensa Violette. Si elle en avait autant que moi à supporter... »

Et peut-être faut-il excuser Violette. Comment pouvait-elle, avec tout son bon sens et son expérience des hommes, deviner que l'égalité d'âme de la pauvre Elsie était ce matin-là à la merci de la moindre bouffée de vent ?

Elle installa ses pots de fleurs sur le rebord de la fenêtre. Elle avait acheté des oignons avec les dix shillings que lui avait donnés son mari, dans un élan si extraordinaire, et après son approbation, donnée à contrecœur. Elle avait gratté les vieux pots, enlevé les saletés et planté des oignons dans la terre fraîche.

Elle sortait les pots pendant le jour et les rentrait la nuit, les arrosait, quand il le fallait, dans la salle de bains. Elle veillait sur eux comme sur des enfants. Sans qu'on s'en doutât, c'était le roman de son existence quotidienne, son refuge contre les soucis, un baume sur ses tourments. La vue de ces pots propres, disposés avec symétrie sur les rebords de fenêtre, aurait pu faire croire qu'une ère nouvelle venait de s'ouvrir pour « T. T. Riceyman », que la terreur que répandait le fléau de son vice avait été exorcisée par le travail secret qui se faisait dans ces pots rouges. Violette l'espérait. Mais il n'en était pas ainsi, et Elsie, grâce à son instinct d'être primitif, le savait bien. Les oignons ne germaient pas vers le bonheur, ils germaient pour des événements sinistres dont l'approche leur donnait quelque chose d'absurde... Et cela Elsie le sentait.

– Est-ce que madame avait besoin de moi pour quelque chose de particulier ? demanda Elsie, un peu contrite au sujet des fenêtres et désireuse d'apaisement.

– Je crois bien, que j'avais besoin de vous pour quelque chose ! Comment osez-vous me donner cet argent que vous avez mis sur ma table à coiffer ? – Elle parlait avec une nervosité exaspérée, et tira de sa poche des pièces de monnaie enveloppées dans le morceau de papier où Elsie les avait enfermées une heure ou deux plus tôt – le prix de la double marmite gâtée, et maintenant remplacée par Violette. – Reprenez-le. Vous auriez dû comprendre que je ne vous laisserais jamais payer cet objet.

Et cela après avoir nettement insisté pour qu'Elsie réparât à ses frais la conséquence de sa stupidité sans égale ! Le fait est que Violette, si peu sentimentale et si dure qu'elle pût être, et qu'elle fût en général pour toutes les choses pratiques, avait été quelque peu émue à la vue de ces pauvres petites pièces dans leur chiffon de papier malpropre, déposées en silence dans sa chambre, sans qu'un mot eût été écrit ou prononcé. Il se trouvait aussi qu'elle était, ce matin-là, dans une disposition d'esprit favorable à certains genres d'émotion. Elle renifla d'un air de mauvais augure en jetant un regard sur la figure d'Elsie, puis elle détourna les yeux. Elle ne pouvait supporter l'idée que cette aimable, cette loyale et sotte créature avait sérieusement l'intention de remplacer la marmite sur ses gages.

Elsie, étonnée et intimidée, reprit son argent aussi silencieusement qu'elle l'avait remis.

– Je suis si désolée, madame, murmura-t-elle simplement.

Ce petit épisode était terminé. Pourtant Violette renifla encore, puis sa figure grimaça peu à peu et elle se mit à pleurer. C'était une de ces femmes « qui ne pleurent jamais » et c'était la troisième fois que cela lui arrivait en une semaine ! En réalité ce n'était pas du tout à propos de cet argent qu'elle avait voulu parler à Elsie. Elle dit indistinctement, à travers ses larmes :

– Il n'est pas sorti ce matin, Elsie, et il ne sortira pas : il va manquer la vente. Il dit lui-même qu'il n'est pas assez bien, ce qui veut dire qu'il est trop faible. Et maintenant il est dans son bureau, essayant de taper à la machine, et il faut que les clients viennent le trouver là.

Le secret, qui n'en était pas un, venait brusquement de sortir. Il y avait dans les yeux ingénus et bleu foncé d'Elsie tant de dévouement, tant de confiance, une telle offre de doux réconfort, que Violette ne put y résister. La suspicion profondément enracinée qui sépare dans une certaine mesure toute femme d'une autre se dissipa, et avec elle l'orgueil que Violette éprouvait de sa situation supérieure et sa suffisance. Le fait caché, et pourtant notoire, que Violette était dans les alarmes au sujet de son mari, que tout n'allait pas pour le mieux dans le paisible ménage, était maintenant ouvertement admis. En un instant, Elsie, se soumettant amplement au malheur d'une autre, oublia complètement l'âpre rudesse de la récente attaque de Violette. Elle était profondément flattée. Et elle était pleine d'une gratitude déraisonnable parce que Violette lui avait assuré l'abri d'un intérieur sûr, respectable, qui ne connaissait ni les révolutions, ni les altercations, ni l'indigence, ni la débauche, ni les cris déchirants des mères et des enfants énervés.

– Le maître n'est pas lui-même, non, pour sûr, dit-elle gentiment.

– Que voulez-vous dire par « il n'est pas lui-même » ?

– Je veux dire qu'il n'est pas bien, madame.

– Il irait très bien, s'il mangeait davantage, vous le savez aussi bien que moi.

– Il n'a peut-être pas d'appétit, madame.

– Pourquoi n'en aurait-il pas ? Il n'a jamais de sa vie eu d'indigestion, il le dit lui-même.

– Oui, madame. Pas jusqu'à ces derniers temps.

– Et tant de paroles au sujet des économies !... dit Violette, en haussant les épaules et en s'essuyant les yeux.

C'était chose bizarre à dire, parce qu'on n'avait jamais parlé d'économies, et que, même s'il y avait eu des propos à ce sujet, Elsie n'avait évidemment pas dû les entendre. Elle n'en accueillit pas moins cette remarque comme l'évidence même, en hochant la tête.

– A quoi bon économiser, continua Violette impatiemment, si on se tue pour cela ?

Violette faisait allusion, Elsie le savait, à la sortie du maître sur le communisme, avec tout ce qu'elle impliquait, sans que ce fût formulé. Toutes deux, sur le moment avaient été impressionnées. M. Earlforward les avait convaincues de péché. Mais maintenant elles n'avaient, l'une et l'autre, qu'un mépris bien féminin pour le motif inexprimé de ce mâle illogique. A quoi bon, vraiment, s'imposer maintenant des privations nuisibles pour ne pas avoir à se priver plus tard ? Il y avait quelque chose de dérangé dans le mystérieux cerveau du maître.

– Si vous pouviez trouver quelqu'un qui lui parle, madame, quelqu'un *du dehors*.

Elsie appuya sur ces deux derniers mots, prouvant par là que sa simplicité l'avait conduite droit au cœur de la question. L'atmosphère de la maison scellée était infestée par la bizarrerie du maître qui, en retour, était lui-même sous son influence. De l'air frais, un souffle nouveau, un grand vent étaient nécessaires pour chasser cette corruption. La maison asphyxiait ses habitants. Sans qu'on s'en fût encore aperçu, elle s'était profondément détériorée. Violette avait peur, elle était consternée, elle constatait le changement, pas pleinement, mais assez pour s'effrayer. La gravité du péril sécha ses larmes.

– Oui, acquiesça-t-elle.

– Le docteur... le docteur Raste.

– Est-ce que vous vous figurez qu'il me permettrait d'appeler le docteur ? Et si je l'envoyais chercher, croyez-vous qu'il le verrait ? Il ne peut pas en être question.

– Vous pourriez faire demander le docteur pour vous, madame. Vous pourriez m'envoyer le chercher, et alors il verrait monsieur, comme par hasard.

– Mais je ne suis pas malade, ma fille, protesta Violette, bien qu'elle fût frappée des ressources qu'il y avait en cette bonne créature.

– Oh ! madame ! Voilà des semaines que vous êtes malade.

Violette rougit comme une coupable.

– De quoi parlez-vous là, bonté divine ! Bien entendu, je ne suis pas malade. Toutes les mêmes, ces domestiques ! Elles ne comprennent jamais qu'il ne faut pas répondre par de la familiarité à celle des maîtres.

– Pardon, madame ! dit Elsie faiblement, mais pourtant avec une légère et bienveillante obstination, comme quelqu'un qui ne veut pas céder.

Violette la regarda un moment, puis brusquement sortit de la pièce. Elle commençait à en avoir assez de cet entretien. Elle ne pouvait plus le supporter... pas entendre un mot de plus. Elle prévoyait un effondrement complet et humiliant si elle voulait aller trop loin. Quelques secondes après, elle passait la tête dans l'entrebâillement de la porte et disait d'un ton ferme, mais aimable :

– Écoutez, Elsie, vous feriez mieux de redescendre, à présent. Vous n'avez plus rien à faire ici.

En effet, Elsie flânait, plongée dans ses réflexions.

II

Le motif d'Elsie

Il n'y avait qu'une issue pour sortir de la maison T. T. Riceyman : par la boutique. Jadis, une porte donnait directement accès dans King's Cross Road, mais il y avait si longtemps, que les briques neuves qui l'avaient murée se distinguaient à peine des autres. Personne n'aurait pu deviner à première vue que la façade principale du bâtiment avait été transportée, pour une raison qui se perdait dans la nuit des temps, de King's Cross Road sur l'Escalier de Riceyman, ou que la petite bande de gazon ovale, entourée d'un grillage, qui n'était jamais coupée, ni tondue, ni foulée par un pied humain, avait été naguère un « jardin de devant ». Les derrières de la maison de T. T. Riceyman ne fournissaient aucune sortie, sinon à travers une petite cour, par-dessus de hauts murs de briques, dans les arrière-cours d'autres propriétés, habitées par des gens inconnus, et probablement désagréables, avec leurs enfants.

Comme il n'y avait que la sortie par la boutique de T. T. Riceyman, il ne pouvait être ignoré des puissances qu'Elsie s'en allait, cet après-midi-là, vêtue de ses plus beaux atours. Déploiement de luxe extraordinaire, car la brave fille commençait généralement sa demi-journée de congé par aller aider ses amis de Riceyman Square, auxquels elle était très fidèle, soit par d'habiles nettoyages de leur maison si malpropre, quand l'occasion le demandait, en emmenant les enfants en excursion dans les régions feuillues plus poétiques de Clerkenwell du côté du Nord-Est, telles que Myddelton Square, où il y avait de l'espace pour jouer et des chances de tomber dans l'agréable malpropreté du dehors. Mme Earlforward fit un signe de tête à Elsie quand elle partit, et celle-ci rougit en souriant. Mais Mme Earlforward ne posa aucune question curieuse, amicale ou indiscrète. Elle savait se tenir à sa place, comme Elsie à la sienne. Elle savait qu'il n'était pas sage de se mêler des affaires des autres. Les domestiques doivent faire ce qui leur plaît : par le temps qui court, ils sont, même les meilleurs d'entre eux, terriblement indépendants. Pas un mot, sinon sur des questions de ménage, n'avait été échangé entre les deux femmes depuis leur conversation du matin. M. Earlforward était toujours en affaires avec des clients dans son bureau ; sa voix, assez affaiblie, était plus douce que jamais.

– J'espère que vous allez bien vous amuser, cria Violette à Elsie quand celle-ci fut à la porte.

Merveilleux, tout ce qu'impliquait le ton de cet aimable souhait brièvement formulé. C'était comme si Violette eût dit : « Je sais que vous avez en vue quelque chose qui sort de l'ordinaire, je ne sais pas quoi et ne cherche pas à le savoir : je pense que chacun doit se mêler de ses affaires. Mais vous auriez pu me l'indiquer à demi-mot, et, en tout cas, je vois clair en vous, encore que vous ne vous en doutiez peut-être pas. Enfin, malgré le vent glacé et ces gros nuages mobiles, j'espère que le temps ne contrariera pas vos projets. »

Elsie comprit tout ce que n'avait pas exprimé Violette et la rougeur enflamma de nouveau ses joues.

A peine avait-elle tourné le coin de King's Cross Road qu'elle cessa d'être la bonne à tout faire de T. T. Riceyman pour devenir l'image de la femme d'un artisan de valeur, avec une expression maternelle révélant une petite famille laissée à la maison, le sentiment de graves responsabilités, l'aptitude à décider et à exécuter, et une grande dignité. Elle avait mis ses gants et portait son parapluie. Elle avait quelque chose d'important et paraissait plus que son âge : on lui eût donné près de trente ans. Si elle avait songé au mot de Violette, c'était à cause de la démarche qu'elle allait faire, démarche qui, si Violette l'avait sue, aurait amené de sérieux frottements. Elsie allait voir le docteur Raste au sujet de l'état de santé de la maison T. T. Riceyman. Démarche inadmissible, bien entendu ! Imagine-t-on une servante intervenant ainsi dans les affaires les plus intimes de ses maîtres ? Mais le bonheur de ses patrons était aussi cher à Elsie que le sien propre. Sa plus belle vertu était la bienveillance, et elle était toute prête, par bonté, à affronter le danger pour rendre service. Il faut admettre en même temps que le motif d'Elsie pour aller à Myddelton Square, sans une troupe d'enfants, voir le docteur Raste, n'était pas un motif simple. Un motif simple est chose qui n'existe probablement pas dans l'activité humaine. Pour Elsie, ce jour n'était pas principalement celui où Mme Earlforward s'était si pitoyablement effondrée devant elle à propos de l'état physique et mental de son mari, c'était surtout l'anniversaire de la disparition de Joe. L'idée de cet anniversaire emplissait tout l'horizon des pensées d'Elsie ; par moments, elle surgissait en elle de tous les points de cet horizon et la submergeait, puis elle disparaissait de nouveau. Joe avait été au service du docteur Raste, il avait habité chez lui : il était donc naturel, s'il devait reparaître, que ce fût d'abord chez le docteur Raste. Mais il ne reparaîtrait pas, c'était inconcevable. Cette croyance en l'anniversaire, ainsi qu'elle se l'était souvent dit à elle-même, était ridicule. Il était bien plus probable que Joe, à l'heure qu'il était, avait dû épouser quelque autre femme, car Elsie savait que c'était un homme incapable de se passer de femme. Il s'était probablement fixé quelque part. Où ? Où cela pouvait-il bien être ? Et pourtant, il se pourrait qu'il reparût. Cette foi en l'anniversaire pourrait bien, après tout, ne pas être si ridicule... On ne sait jamais. Et voilà quelle était une partie de son motif pour aller chez le docteur Raste.

La maison du docteur, ou plutôt celle dont il occupait le rez-de-chaussée, était une des plus grandes de ce Myddelton Square historique, et se trouvait au coin du square de New River Street. L'horloge de Saint-Marc ne marquait que l'heure moins deux, mais déjà des malades étaient rassemblés dans la salle d'attente de la clinique, sur la petite rue. Elsie, arrivée au coin, hésita. Par des conversations détaillées et passionnantes avec Joe, à propos de rien, elle connnaissait assez bien les habitudes du docteur. Il allait entrer à l'heure juste dans sa clinique pour la consultation de l'après-midi. Et le voilà – la chose tenait du miracle – qui arrivait, précisément. Une petite fille, tout en bras et en jambes grêles, trottait à côté de lui, et leur suite se composait d'un fox-terrier qui poursuivait joyeusement quelques feuilles choisies parmi les milliers que le vent turbulent chassait à travers le square. Le docteur et sa fille s'arrêtèrent devant leur porte.

– Très bien ! – dit le docteur, et Elsie l'entendait –, tu peux donner son bain à Jack, mais il faut d'abord changer de robe, et si tu fais un gâchis quelconque, je ne prendrai pas ta défense quand ta maman rentrera.

Le chien restait là, immobile, à écouter, et le docteur, se tournant vers lui, articula très haut et malicieusement :

– Le bain ! le bain !

Jack baissa la queue et, l'air boudeur, s'en fut vers la grille au milieu du square.

– Venez ici, monsieur ! ordonna le docteur sévèrement.

– Venez ici, monsieur ! cria la petite fille, imitant son père.

Jack obéit, complètement désillusionné sur l'intérêt qu'offraient les feuilles mortes et, prompt comme l'éclair, dégringola les marches qui menaient au sous-sol, l'enfant derrière lui. Le docteur se dirigea vers sa clinique et aperçut Elsie sur son chemin.

– Non, non ! – lui dit-il gentiment, avec bonté, car il n'avait pas encore eu le temps de perdre son humeur paternelle –, ça ne se peut pas, vous le savez. Il faut prendre la file, comme tout le monde. – Et il levait la main pour protester. Il connaissait toutes les ruses des malades pour passer indûment avant leur tour.

– Ce n'est pas pour moi, monsieur, dit Elsie très nerveuse, les sourcils froncés. C'est pour monsieur... ou du moins pour Mme Earlforward.

– Oh ! – Le docteur s'arrêta.

– Vous ne me reconnaissez pas, monsieur... Mme Sprickett, Elsie, monsieur.

– Mais si, voyons. – Il aurait dû continuer en disant : « A propos, Elsie, Joe est revenu aujourd'hui. » C'eût été trop merveilleux s'il avait dit cela. Mais il ne le dit pas. Il ajouta simplement : – Eh bien ! voyons, qu'est-ce qu'il y a ? avec une légère impatience, parce que l'horloge sonnait l'heure.

– C'est M. Earlforward qui ne va pas, monsieur. La nourriture le dégoûte. Et Mme Earlforward ne va pas non plus...

– Mme Earlforward ? Il est donc marié ?

– Oh ! oui, monsieur. Il a épousé Mme Arb, qui tenait cette boutique de pâtisserie, en face, sur l'Escalier. Mais elle l'a vendue, et maintenant je suis à leur service, monsieur, voilà bientôt un an.

– Ah ! oui, ah ! oui. Très bien ! J'y passerai, un peu avant six heures. Dites-le-leur.

– C'est que, monsieur, dit Elsie, avec hésitation et en rougissant beaucoup, madame ne m'a pas positivement envoyée, comme qui dirait. Elle dit que monsieur ne veut pas voir un docteur, qu'elle dit. Mais j'ai pensé que si vous pouviez...

– Vous voulez dire que vous êtes venue ici me parler de vos maîtres, sans en avoir reçu l'ordre ?

– Mon Dieu, monsieur...

– Mais, mais, mais... – bredouilla le docteur Raste, avec une extraordinaire rapidité, arraché pour une fois à son calme imperturbable et plus qu'humain par cette monstrueuse action d'Elsie. Il n'avait plus ni enfant, ni chien, maintenant : il était le médecin, chimiquement pur. – Est-ce que vous vous figurez que je peux venir comme ça, sans être appelé ? Je n'ai jamais entendu parler d'une chose pareille. Où allons-nous, je me le demande ?

– Mon maître est bien mal, monsieur, bien mal.

Le petit homme mince se dressa, menaçant, contre la puissante stature d'Elsie.

– Qu'est-ce que cela me fait ? Quand les gens ont besoin d'un docteur, ils n'ont qu'à l'envoyer chercher.

Et le docteur se mit à descendre New River Street ; mais au bout de quelques pas, il revint.

– Est-ce qu'ils n'ont pas d'amis à qui vous pourriez parler ? demanda-t-il, sur un ton encore dur, mais où passait une nuance de sympathie, nuance qui fit monter les larmes aux yeux de cette sotte d'Elsie.

– Non, monsieur.

– Pas d'amis ?

– Non, monsieur.

– Personne ne vient jamais les voir ?

– Non, monsieur.

– Et ils ne sortent jamais ?

– Non, monsieur.

– Pas même pour aller au cinéma ou autre chose de ce genre ?

– Oh ! jamais, monsieur.

– Eh bien, j'en suis désolé, mais je ne peux rien faire.

Il la quitta pour franchir en trois sauts les marches de sa clinique.

Pas un mot de Joe ! Pas même une question ! Et pourtant, il savait que Joe et elle « s'étaient fréquentés ». Et il aimait tant son Joe, il en pensait tout le bien du monde. Il aurait au moins pu dire : « Avez-vous vu un peu ce pauvre Joe, ces temps-ci ? » Mais rien, rien ! Joe aurait aussi bien pu n'avoir jamais existé pour l'intérêt que lui témoignait le docteur. C'était désolant. Elle n'était qu'une imbécile, oui, une imbécile, d'essayer de décider le docteur à venir sans qu'il en soit formellement prié, et elle n'était qu'une triple bête d'avoir espéré ou imaginé que Joe reviendrait le jour anniversaire de sa disparition ou tout autre jour. La réaction de ce fol espoir au désespoir fut terrible. Elle s'était doutée qu'elle le serait. Le ciel tout entier s'abattit sur elle et l'ensevelit dans les plis étouffants de sa nuit : pas une lueur d'aucun côté. Pas la moindre clarté non plus pour la maison T. T. Riceyman, pas la moindre pour elle-même... et puis elle découvrit un point lumineux : la journée n'était pas finie. Joe pourrait encore... Renouveau de pure folie !

III

Charité

Un événement dramatique se produisit ce même après-midi à la boutique. Violette et Henri étaient ensemble dans le bureau, où ils venaient juste d'allumer l'électricité ; la boutique, qui ne comptait encore que sur la lumière naturelle, était dans la demi-obscurité du crépuscule. Mari et femme étaient dans des dispositions affectueuses, car Violette avait été, comme d'habitude, battue par l'obstination extraordinairement douce de son mari. Elle avait eu avec lui plus d'une scène de désespoir au sujet de sa santé et de sa façon de se traiter, mais personne ne peut éternellement se battre contre un coussin mou. Henri l'avait insensiblement ramenée à la bonne humeur, il l'avait rassurée et mise même en état d'optimisme. Il l'avait, en somme, patiemment convaincue que son indisposition était passagère, de celles auxquelles personne ne peut espérer échapper, et qu'il avait, à n'en pas douter, une constitution de fer. L'absence d'Elsie favorisait une plus complète intimité du couple ; ils goûtaient le plaisir d'être seuls, non observés, libérés de la surveillance des yeux d'une tierce personne qui était ici, là, partout. L'ennui était qu'aussitôt que l'atmosphère affectueuse était établie, Violette voulait reprendre sa tactique et recommencer ses simagrées.

– Vous savez, mon chéri, dit-elle, mi-sérieuse, mi-plaisante, assise sur le bord du bureau, tout près de lui, dans une attitude qui n'avait rien d'une matrone, ou bien vous mangerez demain, ou bien je fais venir le docteur. Oh ! oui, je ferai appeler le docteur. A vous de décider ; moi, ma résolution est bien arrêtée. Vous admettrez bien...

Là-dessus, la porte de la boutique s'ouvrit et quelqu'un entra. Violette sauta à bas du bureau, comme projetée par un ressort, et vit le docteur Raste. Henri également.

Si parfaitement innocente que fût Violette, sa figure se changea instantanément en celle d'un conspirateur pris sur le fait. Elle avait beau s'appliquer, elle ne pouvait se débarrasser de cette attitude de coupable, et plus elle s'efforçait, moins elle y réussissait. Elle n'osait pas regarder Henri. Elle ne pouvait pas murmurer à Henri : « Je vous jure que je ne l'ai pas envoyé chercher. Sa visite me surprend tout autant que vous. » Elle se disait : « Ça, c'est un coup d'Elsie ! »

Et elle était fâchée contre Elsie, et pourtant à la fois joyeuse et inquiète de l'intervention d'Elsie. Et Henri, que pensait-il ? Nul ne pouvait le deviner. L'esprit d'Henri était pour lui un royaume, et un royaume jamais envahi. Tout ce que l'on put constater positivement, ce fut que, dès qu'il eut reconnu le docteur, Henri se leva vigoureusement en boitant, pour prouver qu'il n'était pas malade et n'avait aucun besoin d'un docteur. Et, chose étrange à dire, il se sentait réellement très bien. Le docteur Raste stupéfia Violette en lui tendant la main.

– Ah ! Comment allez-vous, madame ? dit-il de sa voix professionnelle, vive et haut perchée. Il y a bien longtemps que je ne vous ai vue.

Violette se rappela le dimanche matin, dans le square de Riceyman, quand il avait parlé à Henri sur le trottoir. Elle était heureuse alors et confiante dans le bonheur. Elle était en ce temps jeune, exubérante, dominatrice, volontaire, libre. Nul ne pouvait lui résister. Un an de cela ! Le changement accompli en douze mois se présenta brusquement à elle avec une signification sinistre, mais elle imaginait que ce changement se bornait aux circonstances et qu'une Violette identique avait survécu.

Le docteur, avec ses yeux frais, vit une femme amoindrie, sujette à quelque forme de névrose qu'il ne pouvait diagnostiquer. Il salua M. Earlforward qui survenait, et serra une main de parchemin. L'aspect de M. Earlforward l'étonna et il se dit qu'il avait peut-être bien fait de venir, et qu'en tout cas Elsie n'avait pas exagéré. M. Earlforward, lui, était pire qu'amoindri, il était émacié : ses joues s'étaient creusées, ses petits yeux enfoncés, son teint était grisâtre, ses lèvres pâles et sèches : l'inférieure avait perdu sa lourde plénitude, et ses oreilles étaient presque blanches. Et il était là à circuler nerveusement, bien déterminé à être en excellente santé en présence du docteur. Bien surprenant, pensait le docteur Raste, que Mme Earlforward n'ait pas, voilà des semaines, demandé l'assistance d'un médecin. Mais aussi elle voyait son mari tous les jours et presque toute la journée. Surprenant aussi qu'aucun client n'ait jeté le cri d'alarme. Mais les relations aimables et douces de M. Earlforward avec ses clients n'étaient pas de celles qui autorisent l'intimité. On s'avançait avec lui jusqu'à un certain point, mais on n'allait jamais plus loin.

– Vous vous souvenez que j'ai acheté un Shakespeare ici, l'année dernière ? commença le docteur Raste, sur un ton gai et assez élevé.

Il parlait souvent plus fort qu'il n'était nécessaire, afin d'en imposer à la résistance imbécile des prolétaires. Le soulagement se répandait dans la boutique comme un agréable parfum. Après tout, la visite du praticien était une pure coïncidence. Violette n'avait plus son air de coupable, Henri cessait de faire l'homme à la santé vigoureuse.

– Oui, oui, dit M. Earlforward, et s'adressant à sa femme : « Atteignez-moi donc ce *Shakespeare avec illustrations,* voulez-vous ? »

Shakespeare avec illustrations était pour la boutique le titre de cet ouvrage (l'édition Valpy), parce qu'il n'y avait que ces trois mots inscrits sur le dos de la reliure.

– Vous n'allez pas me dire, s'écria le docteur, que vous ne l'avez pas encore vendu ? Cela fait un an, n'est-ce pas ?

Et M. Earlforward se rappela une impression qu'il avait eue

à la première visite du docteur Raste : il avait tendance à être indiscret. Quel droit avait-il à se montrer surpris que l'ouvrage ne fût pas encore vendu ? M. Earlforward avait en stock des livres achetés depuis dix, quinze ans.

– J'aurais pu le vendre, dit-il, mais la vérité est que je l'ai gardé pous vous. J'étais sûr que vous viendriez faire un tour par ici un de ces jours. J'avais l'intention de vous envoyer une carte postale pour vous informer que je l'avais retrouvé, mais, je ne sais pas comment...

Tout cela était vrai. Pendant une dizaine de mois au moins, M. Earlforward avait songé à envoyer la carte postale, mais ne l'avait jamais fait. Pourtant, la conviction qu'il en écrirait une un jour était restée fraîche et forte tout ce temps-là.

– Là, il est là-haut, dans ce coin, dit-il, ma chère.

– Oui, je sais, je vais chercher l'escabeau.

– Où est-il ? Il devrait être ici.

– Je ne sais pas. Elsie a dû le prendre pour faire les fenêtres, et aura oublié de le rapporter.

– Tut ! Tut ! fit M. Earlforward doucement, d'un ton de reproche.

– Shakespeare a eu un grand succès chez moi, continua le docteur, quand les deux hommes furent seuls, en souriant finement de sa propre phrase. Vous ne le croiriez pas, mais ma petite fille le dévore, tout simplement. Et comme son anniversaire tombe la semaine prochaine, j'ai pensé que je lui donnerais pour elle seule mon édition du Globe, et que j'en achèterais une autre pour moi, en caractères un peu plus gros. Mes yeux ne sont plus ce qu'ils étaient... Oui, elle le dévore, tout simplement ! C'est à ne pas croire, n'est-ce pas ?

Le docteur redevenait un homme. Ses yeux étincelaient d'un naïf orgueil paternel. Puis il s'arrêta.

– Je remarque que votre vieille horloge ne va pas, fit-il sur un ton de conversation plus banal, et il jeta les yeux sur son poignet.

– Non.

M. Earlforward reconnaissait tranquillement le fait en se

disant : « Qu'est-ce que ça peut bien vous faire que ma vieille horloge ne marche pas ? » Elle était arrêtée depuis des mois.

Violette, qui, en sortant, avait donné plus de lumière dans la boutique, fut assez longue à revenir, en partie parce qu'elle avait dû chercher l'escabeau, en partie parce qu'elle avait jeté un coup d'œil dans la chambre à coucher pour voir si tout y était en ordre. Le docteur lui prit galamment les volumes des mains, alors qu'elle était au milieu de l'escabeau.

– Quinze volumes, c'est bien ça, dit M. Earlforward. Je vous avais dit qu'il y en avait huit, n'est-ce pas ?

– Vraiment ? dit le docteur, émerveillé de la mémoire du libraire.

– Oui, j'avais confondu avec une autre édition : erreur facile à commettre. Tenez, regardez-moi ça. Une biographie, des notes, des caractères magnifiques, bien nets. Jolie reliure sans prétention, de très bon goût. Léger et maniable. Propre comme un sou neuf. Près de deux cents illustrations d'après l'édition Boydell. Je vous ai dit qu'elles étaient de Flaxman, n'est-ce pas ? Oui, je vous l'ai dit. C'est une erreur. Je m'étais, je ne sais pas pourquoi, figuré qu'elles étaient de Flaxman parce que ce sont des esquisses au trait. Mais je vois qu'elles sont d'une sélection d'artistes.

Il examinait les noms, gravés sur chaque illustration en caractères microscopiques, et passait les volumes l'un après l'autre au futur client.

– Une bien jolie édition.

Un silence. Violette restait là, debout, comme une aide, une acolyte soumise, vigilante, pendant que Henri traitait l'affaire.

– Je crains que ce ne soit trop cher pour ma bourse, dit le docteur, épouvanté à la pensée de deux cents illustrations de Boydell.

– Vingt-cinq shillings.

– Allons, je les prends, dit le docteur, en levant son regard des livres pour le fixer sur les petits yeux de M. Earlforward.

Il était stupéfait d'un si bas prix, et, immédiatement, il compta la somme, deux billets et deux demi-couronnes neuves, sur lesquels M. Earlforward jeta un regard passionné, et que, par un exploit d'empire sur soi-même, il laissa sur son bureau.

– Faites-en deux paquets, voulez-vous, dit le docteur. Je les emporterai moi-même chez moi. Vous ne pourriez sans doute pas me les livrer ce soir ? Il est trop tard ?

– Oui, il est trop tard, je le crains, répondit avec calme M. Earlforward, sachant parfaitement qu'il avait depuis longtemps cessé de livrer aucune marchandise, en n'importe quelle circonstance.

– Un beau papier brun, ma chère, et une ficelle. Oh ! ici les ficelles, n'est-ce pas ?

Il se pencha pour ouvrir un tiroir du bureau et en tira un fouillis de ficelles de toute sorte.

Violette prenait maintenant une place importante dans la transaction et se chargea d'envelopper les volumes : sa mine montrait qu'elle était bien convaincue qu'elle savait faire un paquet aussi bien que son mari.

– Les hôpitaux ont bien des difficultés en ce moment, dit le docteur.

Et M. Earlforward se dit que c'était un de ces êtres malheureux qui, par nervosité, ne peuvent supporter le silence.

– Ah ?

– Oui. Vous n'avez pas su ce qu'on en disait dans les journaux ?

– Mon Dieu ! je dois avoir vu quelque chose à ce sujet, dit M. Earlforward.

Mais il n'avait rien vu et ne s'en souciait nullement. Il avait cette opinion, si répandue, que les hôpitaux sont entretenus de façon magique, ou sinon, par les chèques des millionnaires qui habitent des palais dans le West End et qui versent des souscriptions comme ils paient leurs contributions et leurs impôts.

– Oui, l'hôpital de Londres – le plus grand que nous ayons –, œuvre sans égale dans l'East End, vous le savez, eh bien, cet hôpital songe à supprimer une centaine de lits. C'est une calamité, mais il n'y a pas d'autre solution. Ma femme, qui s'intéresse beaucoup à l'effort de Lord Knutsford pour sauver ces lits, fait partie de son comité. Je me demandais si vous ne voudriez pas me donner quelque chose pour sa liste... J'ai pensé que je pouvais vous en parler, puisque je ne suis pas ici en visite professionnelle... en simple client, comme vous le voyez...

Et il eut un de ses petits rires nerveux.

M. Earlforward se rendit compte que le docteur n'avait pas simplement rompu le silence. Il comprit aussi que Violette, mystérieusement excitée par le nom du pair, légendaire par les souscriptions qu'il recueillait, et qui dirigeait l'hôpital de Londres, « voulait » qu'il pratiquât la charité en cette occasion. Il regrettait vivement, tandis que le docteur développait son sujet, d'avoir laissé le prix du Shakespeare sur son bureau. Il était là, attendant d'être offert, demandant à l'être – il était là et on ne pouvait pas ne pas y songer. Le docteur, bien entendu, se montrait encore indiscret, mais cet argent était là. Une demi-couronne ? Insuffisant. Deux demi-couronnes, ces adorables, ces brillantes pièces ? Insuffisant encore... du moins tant que les billets étaient posés à côté. Un billet ? Impossible, fantastique ! La situation était désespéré et M. Earlforward à l'agonie. Il ne pouvait pas décemment refuser, lui, un Londonien qui aimait Londres et ses institutions, lui, un commerçant établi, mais il ne pouvait pas non plus se séparer de son argent. Il allait pourtant s'infliger ce martyre : sa main, dont chaque doigt souffrait séparément, frôlait un des billets, quand la délivrance s'offrit à lui.

– Je vais vous dire ce que je peux faire, dit-il – et il ramassa un mince in-quarto en misérable état posé sur le bureau. – Je vais vous faire une offre sportive. Voici une des premières éditions complètes des poèmes de Gray.

– Gray ? Gray ? réfléchit le docteur, puis, à haute voix : *Élégie sur un cimetière de campagne* et autres machines de ce genre ?

– Oui. Ceci, c'est l'édition de Glasgow, et je ne peux pas me rappeler en ce moment si c'est celle-ci ou l'édition de Londres qui a été la première, je veux dire la première complète. Elles sont toutes deux datées de 1768. Je vous la donne pour votre hôpital. Portez-la chez Sotheran ou chez Bain et voyez ce qu'elle fera.

Le docteur ouvrit le livre et lut :

« Mainte fleur est née pour s'épanouir inaperçue et perdre son doux parfum dans l'air désert. »

– Mais voilà qui est très intéressant. « Mainte fleur est née... » Alors, c'est de Gray, n'est-ce pas ? Très intéressant.

Il était transporté par la vue de mots familiers dans un livre ancien.

– Et il est très propre à l'intérieur. J'imagine qu'il vaut une grosse somme. Vous êtes très généreux, je trouve, tout à fait généreux, vraiment.

Violette, en train de faire le second paquet, s'arrêta.

– Mon Dieu ! dit M. Earlforward, exalté à son tour par l'épithète de « généreux » qui lui était appliquée, je ne peux pas, sans faire de recherches, dire au juste ce que vaut ce volume. C'est en quoi mon offre est sportive.

– Je ne regarderais pas pour ma part à en donner deux livres. Il me serait agréable de l'avoir. « Loin de la foule affolante... » Bien, bien ! Et c'est une des premières éditions, dites-vous ?

– Pas la première de l'Élégie, la première des poésies complètes.

– C'est ça, c'est ça ! Deux livres, ce serait un bon prix ?

– Je crois qu'il vaut plus que ça pour le moins, dit M. Earlforward, soudain chagriné.

Il voyait à quel point il se montrait stupide, perdant des livres pour économiser dix shillings ! Ridicule ! Idiot ! Fou ! Il est vrai qu'il avait payé le volume précisément dix shillings, et il s'appliquait à considérer la transaction sous l'angle de ses propres débours, mais il ne pouvait nier qu'il était en train de perdre des livres... oui, des livres et des livres. Pourtant, il n'aurait pu laisser partir le billet de dix shilling. Un billet comme cela était un trésor, tandis qu'un volume n'est qu'un volume. C'était illogique, mais l'instinct était plus fort que la logique.

– Ah ! dit le docteur, s'il vaut plus de deux livres, il faudra que je le vende. Vous êtes généreux, monsieur Earlforward, très généreux. Merci.

Violette refit le second paquet en y introduisant le Gray, tandis que le docteur continuait à se confondre en remerciements.

– Voilà des caractères qui ne fatigueront les yeux de personne, fit remarquer M. Earlforward au sujet du Gray, comme il disparaissait dans le papier brun.

– Non.

– Je suis heureux de dire que ma vue ne me donne aucun souci pour le moment.

– Hem ! dit le docteur en regardant le libraire, et en saisissant l'occasion de tâter le terrain pour aborder le sujet qui l'avait fait venir. Je ne dirais pas que vous êtes *tout à fait* l'homme que vous étiez la dernière fois que je vous ai vu.

– Non, il n'est plus le même, intervint vivement Violette.

– Oh ! je vais très bien, dit M. Earlforward, se défendant une fois de plus contre un autre trait d'indiscrétion du docteur. Tout ce qu'il me faudrait, c'est un peu plus d'exercice, qui m'est impossible, à cause de mon genou, vous le savez.

– Oui, dit le docteur, j'ai bien remarqué que vous boitez. Vous devriez aller trouver Barbier. Je ne serais pas étonné qu'il pût vous remettre d'aplomb en dix minutes. Ce n'est pas un homme à titres et à diplômes, c'est entendu, mais il fait des cures merveilleuses !... Il pourrait se faire que vous ne boitiez plus jamais.

– Mais il se fait payer très cher, n'est-ce pas ? J'ai entendu parler de cinquante livres.

– Je ne sais pas, mais admettons que ce soit exact. Ça les vaut bien, n'est-il pas vrai, si l'on guérit. Qu'est-ce que l'argent !

M. Earlforward ne répondit pas à cette question stupide. Cinquante livres, ou quelque chose de ce genre, uniquement pour vous tirer sur le genou ! « Qu'est-ce que l'argent ! » Vraiment oui ! Il saisit le sien sur sa table. Le docteur comprit qu'il était définitivement éconduit. Étant philosophe, il se résignait. Il avait fait ce qu'il pouvait moyennant une dépense de vingt-cinq shillings. Il mit un des paquets sous son bras gauche, prit l'autre dans sa main gauche et affecta une contenance, obligatoire chez un gentleman, pour bien indiquer au monde entier que ces paquets n'étaient pas lourds du tout et qu'il les portait par pur caprice et non par nécessité.

– Tenez, docteur, s'écria Violette de la façon la plus inattendue, puisque vous êtes ici, je crois que je vais vous consulter.

– Pas à mon sujet ! pas à mon sujet ! protesta son mari d'un ton plaintif, suppliant et pourtant implacable.

Violette se pencha sur lui d'un air caressant.

– Non, mon chéri, pas à votre sujet, roucoula-t-elle, pour moi.

– Je ne savais pas qu'il y eût quelque chose qui n'allait pas.

– Vraiment vous l'ignoriez ? fit Violette sur un ton étrange, à la fois sec et affectueux. Voulez-vous monter, docteur ?

Ce n'était plus la femme qui fait les paquets. Elle avait de l'initiative, de l'autorité, de la domination. Soupçonnant terriblement de la duplicité de sa part, Henri la regardait sortir du bureau devant le docteur qui avait déposé ses paquets. Jamais, jamais il ne consulterait un docteur.

IV

Pas de verdict

– Que pensez-vous de la santé de M. Earlforward ? demanda Violette d'un ton péremptoire, une fois dans la chambre.

Tous ses traits respiraient la plus vive émotion. Elle intimidait presque le docteur.

– Ah ! répliqua-t-il, sur la défensive, avec un mouvement brusque, je ne l'ai pas examiné... je ne l'ai pas... examiné. Il me frappe comme devant être sous-alimenté.

– Et c'est le cas. Il refuse la nourriture

– Mais pourquoi la refuse-t-il ? Il doit y avoir une cause.

– C'est parce qu'il s'est mis en tête de faire des économies. Il a des tiroirs pleins d'argent, et moi aussi... du moins j'ai d'assez jolis revenus personnels. Mais voilà : il ne veut pas manger, il ne veut pas. J'ai beau faire, il ne mange pas assez.

– Est-ce l'unique motif ?

– Certainement. Il n'a de sa vie eu une indigestion.

– Hem ! Votre bonne... je ne sais plus son nom, semble en tout cas être assez bien nourrie.

– Est-ce que vous l'avez vue ? demanda vivement Violette, dont le soupçon relevait la tête.

Le docteur se rendit compte de sa grande indiscrétion, commise par mégarde, et répondit avec une indifférence admirablement jouée :

– Je l'ai aperçue la semaine dernière, qui passait ; du moins j'ai cru que c'était elle.

Violette n'approfondit pas la question.

La lumière de la lampe électrique tombait droit sur eux : elle n'avait pas d'abat-jour, aucune n'en avait dans la maison. Elle montrait brutalement, de façon réaliste, Violette à demi appuyée sur le pied du lit, et le docteur Raste dressé comme quand, vêtu de l'uniforme, en Palestine, il donnait ses ordres, debout sur un tapis en loques. L'énergie bafouée de Violette se déchaînait en elle. Elle avait sous la main tous les éléments d'un bonheur tranquille : affection, argent, caractère, sagacité, occupation agréable, et tout cela était anéanti par la mystérieuse, la morbide, l'absurde, l'inexcusable volonté de son mari affectionné. Au lieu du bonheur elle sentait une condamnation peser sur elle, sur lui, sur la maison, être sensible.

– Mon mari est un avare, et je l'y ai encouragé par amour de la paix. Maintenant vous savez tout, docteur.

Quelle étonnante confession à un étranger, à un homme auquel elle n'avait pour ainsi dire encore jamais parlé ! Mais cela la soulageait. Elle la faisait avec plaisir, avec passion. Elle avait déjà, le matin, adopté la sincérité avec Elsie, elle commençait à s'y habituer. L'atmosphère domestique elle-même avait changé, en l'espace de six heures. Ce qu'on avait nié tacitement depuis des mois, on l'admettait maintenant ouvertement. La vérité avait éclaté. Il y avait quelques minutes, vains bavardages sur les hôpitaux, insignifiantes et inutiles transactions commerciales, faux-semblants, futilités incroyables, affreuses niaiseries. Et maintenant la terrible réalité mise à nu. Et en cet instant précis, Henri, dans son bureau, pour sauver à ses propres yeux les effroyables apparences, était en train de gaspiller les restes de sa vitalité dans des détails d'affaires intolérablement mesquins.

– Eh bien ! dit le docteur Raste, non sans afféterie – dans tous ses actes, sa première loi était la défense personnelle –, il n'y a pas grand-chose a faire jusqu'à ce que vous ayez réussi à le persuader de prendre un avis professionnel... Mais vous ? Qu'est-ce que vous avez ? Vous ne paraissez pas en beaucoup meilleur état que votre mari.

– Oh ! docteur, cria Violette brusquement plaintive, je ne sais pas. Il faut que vous m'examiniez. J'aurais peut-être dû avoir recours à vous plus tôt.

Et là-dessus la lumière s'éteignit et ils furent plongés dans l'obscurité.

– Oh ! mon Dieu – il y avait maintenant une sorte de désespoir dans la voix de Violette –, je me doutais bien que cette lampe n'en avait plus pour longtemps. – Le fait est que dans toute la maison les lampes commençaient généralement à faiblir. Elles avaient toutes dépassé le millier d'heures qui leur était alloué : deux de celles de la boutique avaient claqué. Henri n'avait pas de lampes en réserve et ne voulait pas en acheter, et Violette n'avait pas encore pris sur elle de s'en procurer malgré lui. Une fois un plomb avait fondu. Pendant deux jours ils s'étaient contentés de bougies. Violette, irritée, était allée secrètement acheter du fil de plomb. En revenant, d'un geste mi-plaisant et mi-furieux, elle lui avait lancé ce fil presque à la figure : mais il se trouvait qu'en son absence, il avait introduit dans le coupe-circuit un nouveau fusible fait d'une double épaisseur de fil pris à une bouteille de soda, fil qu'il avait ramassé n'importe où. Ses reproches, quoique inexpimés, furent durs à entendre pour sa femme.

Le docteur eut vite fait de frotter une allumette, et Violette alluma la bougie sur la table de nuit.

– Je crains, dit le docteur, de ne pouvoir vous examiner avec cet éclairage-là.

– Ah ! mon Dieu ! – Elle pleurait presque, puis elle se ressaisit avec maîtrise. – Je sais ! – Elle se précipita dans la salle de bains, grimpa sur la caisse à oranges, dévissa la lampe et revint avec dans la chambre à coucher. – Tenez, ceci fera l'affaire.

Le docteur monta sur une chaise. Dès qu'il eut fixé la nouvelle lampe, Violette, en femme économe, souffla la bougie, puis, en frissonnant, elle abandonna son corps, dans le froid glacial de cette chambre, à l'examen et au verdict qui devait la rassurer ou la mettre au supplice.

Mais elle ne fut ni rassurée ni mise au supplice : il n'y eut pas de verdict.

Quand le docteur Raste redescendit l'escalier dans le noir, la boutique était dans l'obscurité et le libraire rentrait le casier extérieur. Le docteur pénétra dans le bureau encore éclairé, pour y prendre ses deux paquets, qu'il disposa exactement comme avant dans son bras et sa main gauches.

– Eh bien ? dit M. Earlforward en s'approchant de lui.

– Je préférerais ne rien dire pour le moment, déclara le docteur d'une voix forte, bien posée, en articulant nettement chaque syllabe. Il n'y a peut-être rien d'anormal, rien du tout. En tout cas il est impossible de se prononcer dans la situation actuelle. Je reviendrai dans huit ou dix jours, peut-être plus tôt. Aucun motif d'inquiétude immédiate.

Il n'avait guère été plus explicite avec Violette elle-même. Il cessait d'être un homme... avec ses clients. En lui-même pourtant s'allumait le désir de voir briller les yeux de sa fille, quand il lui donnerait, pour elle toute seule, le Shakespeare du Globe.

Ce soir-là, contrairement aux habitudes, Henri se mit au lit avant Violette. Il déclara qu'il se sentait décidément mieux, mais qu'il avait terminé toutes ses écritures et menues besognes, et qu'il serait dommage d'entretenir le feu pour rien. Violette, enveloppée de son manteau, avait à raccommoder un rideau dans la pièce du devant. Quand elle entra dans la chambre à coucher et qu'elle eut tourné le commutateur, elle le vit, le couvre-pieds monté jusqu'au menton, étendu sur le dos, les yeux fermés, mais ne dormant pas. Il avait la pâleur d'un cadavre, impression que renforçait la forme de son corps si mince, tout droit sous les couvertures. Elle resta penchée sur le bord du lit et le contempla passionnément, à ce qu'il semblait, mais essayant en vain, par l'intensité de son regard, d'arracher de profondeurs cachées le secret inaccessible de son esprit.

Tout en ne lui disant pas grand-chose des tourments qu'elle subissait, il s'était, toute la soirée, conduit avec elle de la façon la plus gracieuse et la plus attentive, la caressant de la voix. Sur ses inquiétudes, d'ailleurs, elle n'attendait pas qu'il lui parlât beaucoup. Il n'avait qu'une très faible idée des risques physiques que, par leur nature, les femmes sont condamnées à courir. Et elle ne lui avait jamais beaucoup parlé dans ce sens, car non seulement c'était un homme étrangement réservé, mais elle observait délibérément la même discrétion que lui. Elle objectait, non sans un sentiment un peu vindicatif : « Il ne me dit rien, je ne lui dirai rien. »

D'ailleurs, l'attitude calme et peu compromettante du docteur avait donné à Henri une occasion exceptionnelle d'exercer son grand penchant pour l'ajournement. Jamais Henri ne faisait la moitié du chemin pour aller au-devant d'une épreuve quelconque. Ces derniers temps, ses réactions étaient généralement lentes. La crainte, l'anxiété semblaient le prendre sur le tard.

Il ouvrit les yeux. Elle lui donna un de ces longs baisers qu'il aimait tant. Pouvait-il deviner – elle se le demanda – que son baiser était donné distraitement, ce soir-là, négligemment, un baiser qui lui venait, inattentif, des profondeurs sombres, virginales, de son être, que ni lui ni aucun autre ne pouvaient pénétrer. Avec intention, elle appuya ses lèvres sur les siennes.

– Mettez-vous au lit, murmura-t-il doucement, et éteignez cette lumière.

À moitié déshabillée, elle se contempla soigneusement dans la glace de l'armoire victorienne si bien construite, si solide, si durable. Oui, sa figure portait des symptômes de la maladie : cela l'effraya. Non, elle était simplement indisposée, elle se faisait peur à elle-même. Elle ne souffrait pas, ou si peu. Elle songeait, en se regardant dans la glace, combien elle était impénétrable, énigmatique, féminine, et à quel point il lui était impossible, à lui, de la comprendre. Elle se sentait supérieure à lui, comme l'est un esprit complexe à une âme simple. Elle pensait que, bien mieux que lui, elle pouvait apprécier la signification de cette terrible journée. Elle en était accablée. Les situations s'engendraient l'une l'autre. Rien n'était arrivé et pourtant tout était changé. Il s'était écoulé vingt ans entre cette nuit et la matinée.

– Savez-vous ce qu'a fait cette fille ? demanda-t-il avec une lassitude paisible, quand elle se fut glissée dans le lit et que la lumière fut éteinte.

– Non. Elsie ? Quoi donc ?

– Elle a pris les deux tiers du fromage qui était dans le garde-manger, au moins les deux tiers. Elle a dû les manger avant de sortir.

Henri s'était mis à faire acheter du fromage, parce que c'était aussi nourrissant que la viande et meilleur marché. Il avait « découvert » le fromage comme aliment – surtout pour les domestiques. Violette ne répondit rien : elle soupira. Elle était stupéfaite, profondément découragée par cette révélation de l'incroyable gourmandise, et de l'astuce d'Elsie : ce coup l'achevait.

– Oui, continua Henri – et sa voix douce, dans l'ombre, pénétrait dans l'oreille de Violette, produisant un effet inquiétant. – Il se trouve que je suis monté dans la cuisine juste avant de me coucher. (Et il ne s'était pas précipité pour annoncer ce malheur à Violette. Il l'avait gardé, chose caractéristique, pour le laisser mûrir dans son cerveau. Et comme c'était bien de lui encore d'aller fureter dans la cuisine ! Rien n'échappait à sa vigilance.) L'avez-vous vue quand elle est rentrée ?

Un silence.

– Il faudra faire quelque chose au sujet de cette fille, dit-il enfin.

« Que veut-il dire ? » pensa Violette, de nouveau alarmée. « Veut-il dire qu'il faut nous séparer d'elle ? Non, ce serait excessif. » Mais elle ne redoutait pas le surcroît de besogne qu'entraînerait pour elle le départ d'Elsie : elle avait peur de rester seule avec Henri. Cette perspective la faisait trembler.

V

Minuit

Elsie, à peine arrivée du dehors au second étage, s'assit sur le bord de son lit qui craqua, et regarda ses bottines les plus neuves qui avaient perdu leur brillant au cours de l'après-midi et étaient couvertes de poussière. Elle avait fait plusieurs brèves visites, et, dans son ancienne demeure de Riceyman Square, elle avait ôté sa jaquette, mis un grand tablier, et énergiquement aidé à achever les travaux domestiques en retard. Mais elle avait passé la plus grande partie de son temps à parcourir certaines rues. Elle aurait dû être fatiguée – rien d'étonnant après sa besogne du matin, ses visites, l'intermède en tablier, les longues marches – et pourtant elle ne sentait presque aucune lassitude physique. Son esprit néanmoins était épuisé par l'obsession d'une pensée importune qu'elle ne pouvait chasser, et dont, en réalité, elle ne désirait pas sincèrement se débarrasser.

Quand, en montant à sa chambre, elle avait parlé à Mme Earlforward à la porte de la salle à manger, elle avait espéré que sa maîtresse lui dirait : « Quelqu'un est venu s'informer de vous » ou bien : « Elsie, *cet homme* est encore venu nous assommer. » Mais non ! Rien qu'un « Bonne nuit ! » incolore, préoccupé. Espoir absurde, naturellement. Elle savait que c'était un espoir absurde, et pourtant elle ne voulait pas s'en défaire. Elle avait eu cette même espérance stupide en entrant dans chacune des maisons qu'elle avait visitées. Elle l'avait eue constamment en arpentant les rues, où elle examinait toutes les silhouettes masculines, du plus loin qu'elle les apercevait. Le silence du docteur Raste avait presque tué son espoir, mais il ne pouvait pas mourir ; il avait plus de vie qu'un chat.

Elle était assise depuis un siècle quand une horloge d'église sonna. Onze coups. Encore une heure ! Pourquoi une heure exactement. Mon Dieu, minuit, c'est minuit. Il fallait lui donner jusque-là. Une heure c'est un énorme espace de temps, rempli de chances. Brusquement elle se pencha pour ôter ses bottines. Elle n'y était pas, n'y avait jamais été à l'aise, mais c'est pour une autre raison qu'elle les enlevait : pour pouvoir circuler sans bruit. Elle souffla sa bougie et passa dans la chambre vide du devant, où, après avoir un peu lutté contre la fenêtre sur la façade, elle se posta à celle qui était sur le côté. Ce n'était pas de chance que la fenêtre qui donnait sur l'Escalier de Riceyman ne voulût justement pas s'ouvrir ce soir-là, car si Joe venait, ce serait probablement par l'Escalier, après être passé à la maison du square pour avoir de ses nouvelles. Néanmoins il pouvait arriver par King's Cross Road, en route pour le square.

King's Cross Road se préparait à s'endormir pour la nuit. Plus de camions, pas un taxi – même en plein jour ceux-ci étaient rares, dans cette avenue ; un, deux tramways, bondés de voyageurs. Quelques piétons, des couples surtout. La taverne de Nell Gwyns était sombre, sauf une fenêtre, à l'étage supérieur où dormaient les serveuses. En bas, sur la gauche, une froide et vague lueur révélait le local où le grand bureau de poste chargeait ses voitures. Elsie ne pouvait voir le trottoir sous la fenêtre, ainsi elle risquait de le manquer. Avec précaution, sans bruit, elle ouvrit la fenêtre plus grande. Les pots à oignons étaient sur le rebord ; Mme Earlforward avait oublié de les rentrer, Elsie s'en chargea. (Une pensée fugitive et sympathique pour Mme Earlforward au milieu de ses soucis.) Elle se pencha en dehors de la fenêtre et sentit l'humble plume de son chapeau frotter le cadre de celle-ci. Maintenant elle pouvait parfaitement tout voir, au nord et au sud. Pas un passant ne lui échapperait. Par instants, pas la moindre trace d'un véhicule ou d'un piéton. L'avenue était absolument déserte et les réverbères semblaient brûler pour rien.

Puis un agent de police : il ne leva pas les yeux, il ne soupçonna pas qu'Elsie avait l'œil sur lui ; puis un tram presque vide, à peine quelques pitoyables silhouettes, une vaste voiture inutile.

Elle crut voir approcher Joe, arrivant du côté du poste de police. Non, cela ne lui ressemblait pas du tout. Elle s'imagina entendre du bruit dans la chambre, derrière elle. Sa première idée, chose incroyable, fut que Joe avait dû, par un moyen quelconque, entrer dans la maison et s'apprêtait à la surprendre par une longue étreinte, et, chose non moins étrange, elle ne songea qu'ensuite à l'explication bien plus probable que c'était M. ou Mme Earlforward qui venait la surprendre, mais ce fut ainsi ; ni l'un ni l'autre d'ailleurs n'était exact. La tension de ses nerfs surexcités lui avait simplement fait imaginer ce bruit. Cette désillusion fit qu'elle eut honte de cette folle veillée. Elle s'était retirée dans la chambre, mais au bout d'un moment, en dépit de sa honte, elle reprit son poste.

La nuit était calme et pas très froide, mais eût-elle été glaciale, elle ne se serait pas décidée à rentrer. D'épais nuages couvraient le ciel, elle ne levait pas les yeux sur eux : le temps qu'il faisait n'existait pas pour elle. Un autre tram passa avec fracas, elle ne l'entendit pas, et ne fit que le voir. En fait, personne dans la maison n'entendait les tramways ou ne sentait les vibrations qu'ils causaient. Elsie, maintenant profondément enfoncée dans sa folie, était pourtant de minute en minute plus lucide. Elle se sentait dans les bras de Joe, s'entendait lui murmurer des paroles tendres – lui muet et passionné –, et en même temps elle se rendait compte qu'elle se laissait simplement aller à de folles illusions. Elle était heureuse de l'attente du bonheur, et misérable par la certitude de son impossibilité.

L'horloge de l'église se mit à tinter. Était-il possible qu'une heure entière se fût écoulée ? Cela lui avait semblé un quart d'heure. Elle éprouvait un grand chagrin, et, s'ajoutant à lui, un regret enfantin que cette surveillance, cette attente fussent finies : sa veille lui avait fait du bien, et il était évident maintenant qu'aucun baume ne lui restait plus. A contrecœur elle se retira de la fenêtre, qu'elle ferma doucement, anéantissant le dernier vestige d'espoir, et emportant avec elle, en rentrant à pas de loup dans sa chambre, la pleine conviction de son incroyable sottise. Son esprit retourna à l'angoisse de Mme Earlforward, son cœur débordait de sympathie pour sa maîtresse et d'une détermination sublime de l'assister dans toutes les crises qui pourraient surgir. Elle s'oublia elle-même un moment et redevint tranquille, contente et transportée.

Alors elle sentit la faim. Elle n'avait guère mangé depuis midi, ayant refusé les repas qu'on lui offrait dans les maisons amies où elle était allée, n'acceptant que des morceaux sur le pouce, dans la crainte de vider des garde-manger déjà insuffisants. Elle prit la bougie dans la cuisine, avec précaution, mais aussi avec une certaine autorité, car, la nuit, tout le second étage était son domaine. Elle ouvrit la fenêtre de la cuisine, prit encore dans le garde-manger un peu de fromage déjà diminué, ainsi qu'une ou deux pommes de terre froides et un croûton de pain. Puis elle arrangea sur la cage en fil de fer le morceau de toile à sac qui la protégeait contre la pluie éventuelle. Elle mangea lentement, jouissant résolument de chaque bouchée. Après tout, elle n'avait dans la vie qu'un plaisir positif. Elle savait que c'était mal, qu'elle était une voleuse et ne cherchait pas, pour se défendre, des arguments subtils. En ces derniers temps elle avait chipé de plus en plus et n'avait reçu aucun reproche. Elle pensait qu'« *Ils* » avaient renoncé à surveiller le garde-manger. Elle commençait à s'endurcir dans le crime.

VI

Le plan d'Henri

Quand Violette, le lendemain matin, se réveilla à l'heure habituelle et qu'elle entendit les bruits familiers et assourdis de l'activité d'Elsie, elle fut tentée de rester au lit : elle n'avait pas eu une bonne nuit et se sentait tout à fait mal à l'aise : vraiment, ses sensations physiques, bien que ce ne fussent pas des douleurs aiguës, l'alarmaient par un certain caractère fondamental qui touchait à la base même de sa vitalité. Mais elle résista à cette tentation, redoutant les résultats, sur elle-même et sur tout l'organisme domestique, d'un changement d'habitudes. Le bouleversement serait terrible si elle manquait à remplir son rôle quotidien ; Henri garderait son calme, mais, sous ce calme apparent, « dans quel état il serait » ! « Je le connais, se disait-elle ; je serai mieux debout et je me tourmenterai moins. » Elle se leva donc dans la chambre froide, et pour se laver à l'eau froide. Henri était d'humeur douce et excellente, et dit qu'il avait bien dormi. Son habitude était de se lever aussitôt que Violette avait fini sa toilette : il ne le fit pas.

– Est-ce que vous ne vous levez pas ? J'ai fini, moi, ici. Elle était en train de plier la serviette.

– Je crois, annonça-t-il tranquillement, que je vais rester un peu où je suis.

Ce fut comme s'il l'avait frappée d'un coup qui l'eût étourdie. Alors, ça, c'était le commencement de la fin. Elle traversa la chambre pour s'approcher du lit et le regarda avec stupeur.

– Voyons, Vi ! lui lança-t-il d'un ton de reproche, en tirant sur sa courte barbe. Voyons, Vi !

Il y avait tant d'affection, tant d'amoureuse goguenardise dans son ton bizarre, que son regard à elle baissa devant le sien, comme il n'avait pas fait depuis des mois. Elle couvrit sa gorge nue de ses mains froides et humides.

– Je vais envoyer sur-le-champ chercher le docteur, déclara-t-elle avec vivacité, et tout son corps vibrait d'une soudaine énergie.

– Vous n'en ferez rien, dit-il. Je vous ai dit que je suis très bien. Mais je vous promets une chose. La première fois que l'homme de l'art viendra vous voir, il m'examinera aussi, si vous voulez. Maintenant – son ton changea et fut celui de l'homme d'affaires – vous pouvez vous occuper de tout dans la boutique. Sûrement elle pourra se passer de moi pendant un jour ou deux.

« Un jour *ou deux*, pensa-t-elle. Est-il au lit pour ne plus se relever ? Est-ce cela ? »

– Et cela m'économisera une chemise propre, fit-il, à la réflexion.

– Mais, mon chéri, si vous êtes tout à fait bien, pourquoi faut-il que vous restiez au lit ? De grâce, de grâce, soyez franc avec moi, vous ne l'êtes jamais, si vous comprenez dans quel sens je le dis.

Elle parlait sur un ton de prière, ardent et plaintif, un ton de petite fille, en quelque sorte. Son visage, par une mobilité qu'il avait presque oubliée, laissait voir de moment en moment les nuances variables de son émotion, des larmes étaient au bord de ses yeux, et elle n'était pas même à moitié habillée. On eût cru, à la voir, qu'elle allait sangloter, crier et se rouler par terre dans une crise d'hystérie.

– Il faut faire quelque chose pour cette voleuse d'Elsie, expliqua Henri avec le plus grand calme. Je pourrais, bien entendu, mettre un cadenas au garde-manger, mais cela risquerait de paraître mesquin, digne d'un avare, et je serais désolé que l'on nous crût tels. D'autre part, elle n'est pas mauvaise, à certains points de vue. Seulement, il faut lui faire peur, lui en imposer. Envoyez-la-moi. Vous pourrez lui dire tout ce que vous voudrez ensuite, mais envoyez-la-moi d'abord. Je veux lui donner une leçon.

– Comment ? Qu'allez-vous lui dire ?

– Je lui dirai que nous avons vu le docteur, et je lui ferai comprendre que je suis très malade. Nous verrons bien si cela ne la secoue pas ! Nous verrons si elle continue, après ça, à chiper et à voler ! Ça devrait la calmer, et ça la calmera. Il faut absolument faire quelque chose.

Violette était stupéfaite de la révélation de cette mentalité. Elle avait maintenant une nouvelle source d'inquiétudes. Nul doute que ce plan ne dût réussir, mais quel plan ! Qu'il était drôle ! (Elle voulait dire morbide.) Pouvait-elle se mettre en travers ? Pouvait-elle se moquer de ce plan ? Elle n'osait pas... elle n'osait pas se jouer d'un homme dans son état. Et le pire était qu'il pouvait, après tout, faire simplement semblant de feindre qu'il était très malade : il pouvait l'être réellement.

– Elsie, dit-elle brièvement une fois dans la cuisine, allez trouver Monsieur : il est dans son lit. Mais courez vite, allons.

– Est-ce qu'il est déjà dans son bureau, madame ?

– Non, pas encore : il a à vous parler.

Aussitôt qu'Elsie fut partie, Violette examina le garde-manger suspendu à la fenêtre. Les dommages étaient épouvantables. Au nom du ciel, où cette fille pouvait-elle mettre toute cette nourriture ? Le docteur pouvait justement dire qu'elle était bien nourrie ! Ce serait une bonne chose si elle avait vraiment peur ! Elle le méritait ! Ah ! Violette ne savait plus où donner de la tête dans ce tracas : la maladie d'Henri, sa mentalité morbide, sa propre maladie non définie et le vice incroyable et répugnant d'Elsie.

Elsie pénétra dans la chambre avec une extrême appréhension, comme pour une solennité affligeante. Elle remercia Dieu d'avoir eu le bon esprit d'ôter son tablier de cuisine. M. Earlforward avait les yeux fixés sur le plafond. Rien en lui ne remuait que ses paupières, et il ne semblait pas s'apercevoir de sa présence. Elle attendit, en frottant ses grosses mains rouges. Violette avait eu l'air d'une petite fille devant lui. Mais c'était cette fois une vraie petite fille : la rude expérience qu'avait Elsie de la vie et du malheur l'abandonna. Elle était humble et intimidée. La jeunesse était son caractère principal, tandis qu'elle se tenait là, attendant piteusement. Et cette jeunesse candide faisait ressortir l'âge, le délabrement et le désordre de la pièce.

– Elsie, Mme Earlforward vous a-t-elle dit quelque chose ?

– Non, monsieur.

– Écoutez. – Il ne détournait toujours pas ses yeux du plafond. – Nous avons eu la visite du docteur, hier après-midi.

Le cœur d'Elsie se mit à battre. Le docteur avait-il révélé son intervention ?

– Il est venu acheter un livre et nous l'avons retenu. – Elsie pensa que le pire était passé. – Je suis très malade, Elsie, et je ne me relèverai sans doute jamais. Croyez-vous que ce soit bien à vous de continuer à voler de la nourriture comme vous le faites, tandis qu'il y a un mourant dans la maison ?

Il parlait sans aucune rudesse. Elsie eut un sanglot. Elle était complètement abattue.

– Maintenant, allez-vous-en. Je ne suis pas en état de supporter des histoires, Elsie. – Quand elle fut à la porte, il la rappela. – Est-ce que nous vous donnons assez à manger ? Dites-le-moi, sur-le-champ.

– Oui, oui, bien assez, jeta Elsie dans un cri de désespoir, en se cachant la figure dans les mains. – Elle était dans un tel état d'anéantissement qu'elle en avait omis le cérémonieux « Monsieur ».

Ses larmes, qui débordaient, lui coulaient entre les doigts, tandis qu'elle se sauvait. Elle resta longtemps assise dans sa cuisine, à sangloter sur sa conduite et de chagrin pour le sort de son maître.

VII

La visite noctune

– Tenez, dit froidement Mme Earlforward à Elsie, en lui tendant deux pièces de monnaie, sortez vite pour acheter une demi-livre de lard et la même quantité de fromage que la dernière fois. Et dépêchez-vous de revenir, s'il vous plaît, pour prendre la garde à votre tour dans la boutique. Non que vous soyez en état de surveiller une boutique quelconque. Vous êtes à faire peur. On dit pourtant que c'est un mauvais vent que celui qui n'apporte rien de bon à personne.

Mme Earlforward disait qu'Elsie était à faire peur à cause de son aspect, bouffie qu'elle était et marbrée à force de pleurer. Elle n'avait pas daigné faire partager à Elsie ses terribles angoisses : cette fille n'en était pas digne. Elle n'avait, en fait, pas dit un mot à Elsie de l'état du malade. Elle faisait rarement des confidences à une domestique ; les domestiques ne savaient pas apprécier une confidence, ne pouvaient ou ne voulaient pas comprendre que c'était un honneur... Ça ferait du bien à Elsie de croire un peu que son maître était en train de mourir. Elle n'avait que ce qu'elle méritait ! (Et si Henri mourait pour de bon !) Néanmoins, Mme Earlforward ne pouvait pas, ne désirait pas être trop dure avec une fille de l'admirable caractère d'Elsie. Meme convaincue de vol, elle inspirait un certain respect, volontaire ou involontaire. Elle n'avait jamais lu le Sermon sur la Montagne, mais, sans savoir ce qu'elle faisait, elle en pratiquait les préceptes. Il n'y avait pas, bien entendu, à lui en faire honneur, elle ne raisonnait pas sa conduite, c'était instinctif chez elle. Elle n'avait guère conscience d'être vertueuse et avait grande conscience d'être une pécheresse : l'idée de se conduire, de telle ou telle manière, pour obtenir le ciel ne lui était tout simplement pas venue.

Il était humiliant pour elle d'aller faire le marché avec cette figure décomposée. Elle y alla pourtant, et ce fut une partie de sa pénitence. Les boutiquiers du voisinage, tout en ayant du mépris pour M. et Mme Earlforward, tout en ne parlant d'eux qu'en termes outrageants, et même haineux, étaient bien disposés en général envers Elsie et, en leur particulier, avaient de la sympathie pour elle, parce qu'elle avait à faire les honteuses petites commissions de ses maîtres. Non qu'Elsie montrât jamais la moindre déloyauté envers eux. Bien au contraire, sa droiture allait jusqu'à l'excès.

– Quelque chose qui ne va pas ? lui murmura le commis du crémier, d'un ton compatissant, tout en lui coupant son lard.

Elsie ne prit pas la question en mauvaise part. Malheureusement, quand elle répondit en rougissant, ce ne fut pas avec une parfaite honnêteté. Elle aurait dû dire : « J'ai pleuré, en partie parce que je suis une voleuse, en partie parce que M. Earlforward est très sérieusement malade. » Mais en supprimant, par honte, une moitié de la vérité, elle répliqua :

– Il n'est pas si malade que ça, monsieur !

Et ses larmes coulèrent de plus belle.

En moins d'une heure, tout le quartier avait appris que ce fameux vieux grigou d'Earlforward était enfin en train de mourir.

Elsie ne dîna pas. Elle essaya de manger, sans y réussir. Ce fut alors qu'elle combina son plan d'expiation : elle jeûnerait jusqu'à ce qu'elle eût compensé tous ses vols. Elle avait reconnu devant M. Earlforward qu'elle avait assez à manger. Elle ne pouvait vraiment pas nier que ses maîtres lui octroyaient plus de nourriture, en tout cas une nourriture plus régulière, que celle qui suffirait à beaucoup de ses connaissances pour exister au jour le jour. L'estomac vide et la gorge serrée, elle besogna consciencieusement, suivant sa routine, plus que consciencieusement même, parce qu'elle se sentait en présence de la calamité finale. Pour elle, la maison et la boutique étaient devenues « *la pâle cour de la royale mort* », bien qu'elle fût aussi ignorante de cette forte expression que du Sermon sur la Montagne, et encore moins capable de la comprendre. La chambre à coucher, pour elle, était scellée. Mme Earlforward sortit elle-même chercher quelques aliments spéciaux et légers. Ensuite, elle en fit cuire un peu elle-même, le porta dans la chambre et l'en rapporta intact. Ce ne fut que vers le soir que Mme Earlforward quitta la terrible et mystérieuse chambre en emportant une cuvette vide. Elsie ne pouvait pas s'expliquer pourquoi le docteur n'était pas venu, ou pourquoi, s'il ne venait pas de lui-même, on ne l'avait pas envoyé chercher. Et elle n'osait rien demander, non, pas même comment allait M. Earlforward.

Quant à Madame, elle ne daignait rien dire. Ce silence, c'était la punition que Violette infligeait à Elsie : elle avait mis un masque, qui montrait sans cesse à sa servante qu'elle était pour le moment en dehors de l'humanité. Celle-ci avait un désir intense de partager pleinement les épreuves de Violette, de souffrir ouvertement avec elle, mais elle admettait qu'elle avait bien mérité d'être privée de cette satisfaction.

A cinq heures, revêtue d'un tablier propre, elle fut préposée au magasin. Le poêle était éteint et la boutique toute pleine de la présence intimidante de la mort. Les clients semblaient l'éviter ce jour-là, comme s'ils avaient été avertis par quelque magie de se tenir à l'écart. Les affaires avaient été insignifiantes, et Elsie espérait bien que personne ne viendrait pendant cette dernière heure. Elle avait perdu l'habitude de servir les acheteurs et n'était pas sûre d'être capable de répondre au plus modeste client, sans se montrer ridicule. Soudain, un vieux monsieur entra et, sans rien dire, examina d'un œil critique Elsie et la boutique.

– Monsieur, que puis-je...

Le vieux monsieur vit une grosse figure assez expressive et des yeux jeunes, doux, timides qui l'attirèrent et l'adoucirent quelque peu, mais il ne permit au regard d'Elsie que de calmer bien peu son mécontentement légitime de voir une femme de ménage en tablier, tout au plus une bonne à tout faire, préposée à une librairie.

– Vous ne pouvez rien, dit-il sèchement, en remuant lentement sa vieille tête de droite à gauche, en signe de dénégation énergique. Il faut que je voie M. Earlforward.

– Mon maître n'est pas très bien, monsieur.

– Oh ! Alors Mme Earlforward.

– Madame soigne Monsieur.

– Vous ne voulez pas dire qu'il est malade ?

– Si, monsieur.

– Malade au lit ?

– Oui, monsieur.

– Grand Dieu ! Il y a vingt ans que je le connais et je ne l'ai encore jamais vu malade. Qu'y a-t-il ? Qu'est-ce qu'il a ?

– Je ne saurais le dire exactement, monsieur.

– Comment... vous ne sauriez exatement dire... ?

– Il est vraiment très malade, monsieur.

– Mais pas sérieusement ?

Elle baissa la tête et fut sur le point de pleurer.

– Pas en danger ?

– Il ne se relèvera jamais, répliqua Elsie dans un sanglot.

– Grand Dieu ! Grand Dieu ! Que faire ? Que faire ? Heu... je... heu... je suis désolé de ce que j'apprends... je suis... heu... dites-lui, dites à Mme Earlforward que je...

Et tout en marmottant des mots indistincts, il sortit bien vite de la boutique sombre. Il était à un âge où l'approche et le bruit de la mort peuvent positivement faire peur. Il avait vu instantanément la folie, la futilité de collectionner des livres. On ne peut pas emporter ses premières éditions avec soi quand... quand on s'en va. La mort planait sur lui, énorme, comme tout un firmament qui menacerait de s'écrouler.

Elsie entendit un pas dans l'escalier, et Mme Earlforward surgit devant elle telle une apparition, et ses yeux brillaient, lançaient des éclairs sur l'humble pécheresse en disgrâce. Elsie se tenait tremblante sous ce regard formidable. Elle avait peine à croire que ce fussent les mêmes yeux qui s'étaient fondus en confidences, la veille au matin. En fait, ce n'étaient plus les mêmes. C'étaient ceux d'une veille femme, aux traits durs, implacables, pétrifiés et immobiles.

– Que disiez-vous à ce monsieur ?

– Je lui disais simplement qu'il ne pouvait voir ni madame ni monsieur, parce que monsieur est malade, madame.

– Mais est-ce que je ne vous ai pas entendue dire que votre maître ne se relèverait jamais ?

Elsie frissonna sans rien répondre, sans se défendre.

– Que voulez-vous dire en affirmant une chose pareille ? Comment osez-vous déclarer une chose pareille ? Ce n'est pas vrai, ce n'est pas vrai ! Et quand ça le serait, vous figurez-vous que je veuille mettre tout le monde au courant de nos affaires personnelles ? Il faut que vous ayez perdu la tête !

Elle attendit une réponse d'Elsie. Il n'y en eut pas : Elsie ne pouvait articuler une syllabe. Alors, Mme Earlforward conclut, brusque et impérieuse :

– Fermez la boutique.

Elsie retrouva la parole :

– Il n'est que six heures moins un quart, madame, il y a encore un quart d'heure.

Elle disait cela faiblement, mais avec bravoure.

– Fermez la boutique ! vous dis-je.

Elsie sortit et commença à rentrer le casier. La vision de Joe surgit brusquement dans son esprit et elle regarda à droite et à gauche pour voir s'il n'arrivait pas par hasard en ce moment, avec un jour de retard. Puis la vision de Joe s'effaça. Elle se disait : « C'est la dernière fois que j'aurai roulé ce casier. » Et, par habitude, elle secoua les cendres du poêle.

– A quoi bon secouer le poêle, lui cria Mme Earlforward, puisque vous savez qu'il est éteint. Pas de danger que rien ne brûle : tout est fini. Où avez-vous la tête de perdre votre temps à ça ?

Et Mme Earlforward, traversant le magasin à grands pas, claqua la porte et la verrouilla violemment, de façon définitive. Et Elsie se disait : « Cette porte, je ne l'ouvrirai plus jamais pour les clients de monsieur. »

– Montez ! ordonna Mme Earlforward.

En dix secondes, la boutique et le bureau furent plongés dans l'obscurité.

Ce soir-là, Elsie n'eut avec Mme Earlforward que des rapports strictement officiels, et celle-ci n'ôta jamais son masque, ne fit pas un signe pour inviter Elsie à rentrer dans le sein tiède de l'humanité. La pauvre fille ne savait même pas si elle était libre d'aller se mettre au lit ou si, dans ces circonstances exceptionnelles, elle devait rester debout pour le cas où on aurait besoin d'elle. Enfin, dans la maison silencieuse, son bon sens lui dit de se retirer dans sa chambre. Si on demandait ses services, elle serait habillée en une minute et il serait tout aussi facile à sa maîtresse de l'appeler dans sa chambre que dans la cuisine. Elle n'avait certainement aucune intention précise, en fermant la porte de sa chambre, de remuer les cendres de sa passion pour Joe, et ce fut de façon presque machinale ou subconsciente qu'elle tira la lettre de sa cachette dans un tiroir. Elle ne l'avait pas relue si souvent, ces derniers temps. Depuis longtemps, l'enveloppe n'en était plus une : c'étaient simplement deux feuilles de papier que ne retenait plus que l'habitude d'être ensemble. La lettre elle-même était très sale, usée à tous les plis, dont certains n'étaient plus que des fentes. Comme elle la tenait délicatement dans sa main, un des carrés, en lesquels la divisaient les plis, se détacha du corps principal et tomba par terre en voltigeant. Depuis des semaines, elle redoutait ce malheur. Elle y vit naturellement un présage. Il fallait faire immédiatement quelque chose pour essayer de contrebalancer le destin. Sa pensée se précipita vers le bureau pour y trouver de l'aide. Mais il y avait deux étages à descendre, et la nuit, en dehors de son service, elle n'avait pas le droit de quitter l'étage supérieur. Encore moins avait-elle le droit de le quitter pour commettre un vol. Et l'oreille fine, exaspérée de sa maîtresse pourrait l'entendre, et elle serait prise. Mais la lettre était si pathétique qu'elle ne put résister à son appel. Elle prit sa bougie, et marchant sur ses bas, lentement, avec toutes les précautions imaginables pour ne pas faire de bruit, elle descendit l'escalier, comme une voleuse qu'elle était.

Sur la table, dans le bureau, était une petite boîte de carton dans laquelle quelqu'un, à un moment de l'histoire, avait reçu d'un dentiste un râtelier : elle contenait du papier gommé. Dans le bureau, plein d'ombre, de reproche et de menace, Elsie ouvrit la boîte et y déroba quinze bons centimètres de papier gommé. Le remords de la faute n'existait plus pour elle. Elle était la pécheresse endurcie. L'expérience ne lui avait rien appris. Il lui semblait qu'elle péchait maintenant toutes les nuits. Son maître était mourant, sa maîtresse malade et dans l'angoisse, et elle volait du papier gommé ! Elle regagna son étage, sans avoir été surprise. Elle avait les nerfs aussi secoués que si elle avait traversé les chutes du Niagara sur une corde raide.

M. Earlforward savait faire de merveilleuses réparations avec du papier gommé, mais Elsie n'avait pas son adresse. En travaillant sur sa table de toilette, qu'elle avait débarrassée, elle faillit coller la lettre sur le dessus de la table. Sur quoi, par un mouvement trop brusque, elle déchira sérieusement la lettre, et pas dans le sens d'un pli. Le papier, élimé par l'usage, n'avait plus aucune solidité. C'était trop pour qu'Elsie pût se dominer. Elle avait tout supporté, mais elle ne pouvait résister à cet accident insignifiant. Elle froissa violemment le papier dans sa main vigoureuse. Pourquoi le conserver ? Elle n'était qu'une imbécile de garder cette lettre qui ravivait sans cesse ses souvenirs... Elle leva la boule de papier vers la bougie et la boule s'alluma, lentement, mais s'alluma. La chaleur déplia un peu le papier. Elle put lire : « Je sais que je guérirai. » Elle laissa tomber la lettre qui flamba et qui noircit, fuma et se tordit par terre, et rien n'en subsista, si ce n'est des coins carbonisés, une quantité de fumée et une forte odeur de brûlé.

Elsie avait maintenant la sensation d'être seule au monde. La réaction fut la faim, qui s'abattit sur elle comme une visitation. Depuis vingt-quatre heures, elle n'avait pas mangé de quoi satisfaire un chat, pour ne rien dire d'une jeune femme active et robuste. Elle goûtait en imagination la délicieuse saveur du lard. Elle songeait à toutes les autres saveurs délectables, et il y en avait beaucoup. Elle pensait obscurément, sans le formuler peut-être en termes précis : « Manger, c'est maintenant ma seule joie. Tout le reste est vain, manger seul est réel. » Et elle se rappelait le garde-manger et son contenu. Mais M. Earlforward était mourant et madame dans les tourments. La mort attendait, pour surgir de quelque coin sombre de la maison, toute peuplée de ses mystérieux signes avant-coureurs. Et pourtant, l'idée du lard l'ensorcelait.

Elle reprit sa bougie et, sortant de la chambre, se dirigea, coupable et terrifiée, vers la cuisine. Elle comprenait toute l'énormité de sa faute, elle ne pourrait jamais, plus tard, donner comme excuse qu'elle ne s'en était pas rendu compte. D'un autre côté, elle était impuissante, sous l'étreinte de l'appétit tyrannique qui l'entraînait. Sur le seuil de l'étroite cuisine, elle écouta attentivement, jetant un regard effrayé de coupable sur l'escalier plein d'ombre, essayant de voir ce qui n'y était pas. Pas un son, pas une vibration : le dernier tramway et le dernier train souterrain étaient passés. Elle entra dans la cuisine, repoussa la porte doucement et s'enferma avec son péché. « Je ne le ferai pas, je ne peux pas faire ça », se disait-elle, mais elle savait qu'elle le ferait, qu'elle était destinée à le faire. L'eau lui venait à la bouche : son estomac était comme un tigre dévorant.

Dix minutes plus tard, la porte s'ouvrit brusquement. Mme Earlforward, un manteau sur sa chemise de nuit, se tenait sur le seuil. A la lueur tremblotante de la bougie, elle surprit sur le visage d'Elsie l'expression gloutonne, extatique, et la courbe de ses jolies lèvres, avant d'en voir les coins tomber et trahir l'épouvante, et l'air de ravissement se changer en celui de désespoir et de crime. Le bluff magistral de M. Earlforward était, en somme, un échec. Évidemment, l'atmosphère de la mort elle-même ne pouvait guérir Elsie de son vice. Mme Earlforward, au paroxysme de sa douleur déchirante, fut horrifiée de voir Elsie non seulement manger du lard, mais du lard cru. Sur ce point particulier, d'ailleurs, elle n'était pas raisonnable : cette fille ne pouvait faire cuire son lard. C'eût été répandre dans toute la maison une odeur à réveiller le mort lui-même. Elle n'avait pas d'autre alternative que de manger le lard cru. Mme Earlforward essaya, sans y réussir, de parler du lard. Elsie, la bouche pleine et incapable d'avaler, ne pouvait non plus prononcer un mot. Seul, le robinet, qui coulait maintenant beaucoup plus fort qu'avant, se faisait entendre. Enfin, Mme Earlforward prononça :

– Vous êtes habillée : courez chercher le docteur.

VIII

Sur le palier

Durant la journée, Henri avait demandé à plusieurs reprises des bulletins de nouvelles sur la consommation de nourriture d'Elsie et les avait reçus avec satisfaction, mais aussi avec un certain air sardonique que ne lui connaissait pas encore sa femme. Cette attitude était une des choses qui inquiétaient Violette.

Une autre était que, contrairement à ses habitudes de sollicitude pour elle, il ne s'enquit pas du tout de sa santé alors qu'il aurait sûrement dû en éprouver quelque inquiétude. Une troisième enfin était qu'il ne montrait plus le plaisir tranquille qu'il prenait d'ordinaire à se tourmenter pour elle. Après avoir avalé un peu d'aliments liquides, il demanda un cure-dents avec lequel il s'occupa de la façon la plus absurde pendant une bonne heure. En réponse aux questions de sa femme, il ne cessa de répondre doucement qu'il allait très bien. Peu après la tombée de la nuit, il insista pour qu'elle éteignît l'électricité. Violette refusa, décidée qu'elle était à le veiller attentivement. Il prétendit que la lumière lui faisait mal aux yeux. Elle prit le papier qui garnissait une des tablettes de son armoire et en confectionna un abat-jour – le premier que l'on eût connu dans la maison.

A dix heures, glacée et se sentant souffrante, elle se mit au lit, mais en gardant la lampe allumée. Henri était parfaitement calme. Les tramways faisaient un fracas épouvantable. Elle ne pouvait dormir, mais Henri parut sommeiller par intervalles. Puis elle fut rudement secouée. Il eut de violentes nausées.

– Qu'est-ce que cela veut dire ? Qu'est-ce que c'est ? dit-il faiblement et tristement.

Il ne savait pas ce que c'était, mais Violette, qui, pendant ses pérégrinations avec le directeur des travaux, avait assisté à bien des maladies, le savait. C'était ce que les relations variées de Violette appelaient communément, sur un ton de frayeur à cause de leur gravité, des « vomissements de marc de café ». C'était un phénomène vraiment sinistre.

Henri était retombé dans son lit, épuisé. Il avait le front mouillé, les cheveux humides de transpiration. Et il semblait terrorisé, lui qui n'avait jamais peur que des heures ou des jours après l'événement ! C'est là-dessus que Violette était sortie de la chambre pour envoyer Elsie chercher le docteur.

Aussitôt Elsie partie, Violette s'habilla. Elle se sentait toujours glacée et mal à l'aise. Les minutes se traînaient : Henri gisait inerte. Son aspect avait considérablement empiré. L'émaciation de sa figure s'était accentuée, ainsi que la pâleur de ses oreilles et de ses lèvres ; ses cheveux même et sa barbe étaient flasques, comme s'ils étaient épuisés. La gourmandise d'Elsie n'était plus maintenant qu'un détail infime et l'importance qu'on y avait attachée frappait Violette comme parfaitement absurde. Elle éprouvait pourtant un étrange, un cruel désir (qu'elle réprima) de crier à Henri : « Votre bluff a manqué son effet, il a manqué son effet, et regardez où vous en êtes ! » Elle songeait à la Noël qui approchait et pour laquelle elle avait fait en secret des préparatifs de réjouissances. Elle avait pensé s'assurer l'aide d'Elsie, parce qu'elle savait que celle-ci avait en elle des instincts de fantaisie et de romanesque. Pathétique ! Elle songeait à sa colère contre l'indiscrétion d'Elsie, disant à un client que son maître ne se relèverait plus jamais. Colère ridicule ! Il ne se lèverait plus jamais, et qu'importait que tout Clerkenwell le sût à l'avance ? L'idée qu'Henri pût dépenser de l'argent pour guérir son genou malade semblait péniblement risible. Sa frayeur, sincère ou simulée, du communisme, paraissait simplement grotesque. Elle voyait un cortège funèbre, composé d'un corbillard et d'une seule voiture, quittant l'Escalier de Riceyman. Il faudrait porter le cercueil à bras, de la porte de la boutique à l'avenue, puisque aucun véhicule ne pouvait venir jusqu'à cette porte. Et la foule, la foule des badauds !...

Puis elle entendit du bruit en bas. Elsie, qui avait couru tout du long jusqu'à Myddelton Square et retour, frappait à la porte avec une ardeur fébrile. Elle était haletante.

– Il vient, madame !

Le docteur Raste arriva, mais au bout d'une demi-heure seulement, qui sembla à Violette une demi-nuit. Le fait est qu'en dépit d'une grande habitude, il ne pouvait guère s'habiller en moins de vingt minutes et qu'il n'avait pas coutume de courir pour venir chez ses malades, quel que fût leur état. Il arriva, le collet de son gros pardessus relevé. Violette vint au-devant de lui sur le palier, après avoir fermé la porte de la chambre derrière elle. Il était calme, il bâillait, et son attitude tenait le milieu entre une indifférence et une hostilité polies. Il répondit quelque chose de vague, mais sur son ton élevé, au chuchotement de Violette : « J'avais peur que vous ne vinssiez pas, docteur. »

Violette avait, pour le moment, perdu tout sentiment des proportions. Elle était incapable de se mettre dans la tête que le docteur vivait nuit et jour au milieu des maladies et de la mort et qu'il était plus accoutumé aux malades qu'aux gens bien portants. Elle ne soupçonnait pas que, dans la réalité de son cœur, il regardait les malades et leur famille, dans l'ensemble, comme des gens excessifs dans leurs appréhensions, inhumains dans leur égoïsme et cruels dans leurs exigences à son égard. Elle ne concevait pas que, pour lui, une visite de nuit était d'abord une corvée et ensuite seulement une occasion de sauver une vie ou de calmer la souffrance. Elle aurait pu se figurer que cinquante pour cent de ses visites de nuit étaient sans nécessité, mais elle n'aurait jamais pu deviner qu'il avait déjà classé cette visite à l'Escalier de Riceyman comme la conséquence probable d'une fausse et déraisonnable angoisse féminine. Elle se mit à lui expliquer longuement la psychologie singulière du patient, comme si le docteur n'avait encore jamais eu affaire à un malade obstiné et mal disposé.

– Oui, c'est bien cela, c'est tout à fait cela. Il vaut mieux que j'entre le voir.

– Je n'ai pas osé lui dire que je vous ai fait demander, dit Violette piteusement, avec une nuance de blâme pour le manque d'humanité du docteur.

– Tut, tut ! fit le docteur ; et il ouvrit la porte de la chambre.

Il renifla en entrant, regarda placidement Henri, puis la cheminée, et enfin, allant à la fenêtre, il écarta les rideaux et releva la jalousie.

– Je vous engagerais à faire immédiatement allumer du feu et alors nous ouvririons un peu la fenêtre.

Il posa soigneusement son chapeau sur la commode, mais ne déboutonna pas son pardessus et ne baissa même pas le col. Puis il ôta ses gants et se frotta les mains. Enfin, s'adressant à Henri :

– Eh bien, monsieur Earlforward, qu'est-ce que j'apprends ?

Aucune diplomatie avec le malade, aucune excuse ingénieuse pour expliquer sa présence. Le malade n'avait qu'à l'accepter, et c'est ce qu'il fit, n'ayant pas d'autre alternative.

– Dois-je allumer le feu maintenant, madame ? demanda timidement Elsie de la porte.

– Oui, dit sèchement le docteur, avec un regard aux deux femmes.

– Mais, suggéra Violette avec anxiété, est-ce qu'elle ne va pas vous déranger pendant que vous...

Elle craignait que cet acte sans précédent ne bouleversât terriblement Henri et, par suite, ne lui fît du mal.

– Pas du tout.

– Je ne crois pas que nous ayons jamais fait du feu ici, dit Violette, à laquelle le docteur ne daigna pas répondre. Courez vite, Elsie, dépêchez-vous d'ôter votre manteau : le docteur veut du feu immédiatement.

Avant que le docteur, redevenu, maintenant, d'homme agacé qu'il était, le professeur scrupuleusement consciencieux, eût fini son examen, la chambre était à moitié pleine de fumée. Violette ne put s'empêcher de jeter à Elsie un regard de reproche qui semblait dire : « Vraiment, Elsie, vous devriez être capable de faire marcher cette cheminée mieux que ça, quand votre maître est si malade. »

Le patient toussait énormément, mais tout le monde comprenait que c'était uniquement pour protester contre la folie d'allumer le feu.

– J'ai trop chaud, murmurait-il, j'ai trop chaud !

Et telle était sa faculté d'autosuggestion qu'il avait réellement trop chaud, bien que le feu n'eût pas commencé à répandre une chaleur appréciable. Il résolut à part lui de faire éteindre ce feu aussitôt que le docteur serait parti : il faut bien, après tout, une limite aux folies. Cependant Henri eut immédiatement à affronter une nouvelle et grave crise, qui réduisit la question du feu à n'être plus qu'un détail.

– Je ne peux arriver à une conclusion précise sans faire un lavage d'estomac, dit le docteur en se tournant vers Violette.

Puis, revenant vivement à Henri :

– Vous dites que vous ne sentez pas de douleur là ? vous êtes bien sûr ?

Et il touchait un certain point de la poitrine.

– Aucune, répondit Henri.

« Ce bonhomme-là ment, pensa le docteur. C'est inouï ce qu'ils peuvent mentir. Je parierais n'importe quoi qu'il ment. Pourquoi ment-il comme ça ? »

Néanmoins, le docteur ne pouvait en être complètement certain. Et il préférait en général ne pas être tout à fait sûr. Il aimait à différer son diagnostic.

– Je veux bien qu'on me lave l'estomac, murmura doucement Henri.

– Bien entendu. Je téléphonerai à l'hôpital à la première heure demain matin, et Mme Earlforward vous y conduira en taxi.

Et à Violette :

– Vous veillerez à ce qu'il soit bien couvert, n'est-ce pas ?

– Comptez sur moi, acquiesça faiblement Violette.

– Mais je ne veux pas aller à l'hôpital. – Ce fut la seconde protestation d'Henri. – Pourquoi ne feriez-vous pas cela ici ?

– Impossible dans une maison particulière, affirma le docteur. On ne peut faire ces choses-là que si on a tous les appareils et toutes les commodités nécessaires. Mais j'arrangerai tout pour le mieux.

– Oh ! non. Oh ! non. Pas à l'hôpital !

Le docteur prit le ton du praticien endurci :

– Je me demande, mon ami, si vous vous rendez compte à quel point vous êtes malade ?

– Je ne suis pas malade à ce point-là. Quand en sortirai-je ?

– Dès que vous irez mieux.

– Oh ! non. Pas d'hôpital pour moi ! Elles sont deux ici qui peuvent me soigner.

– Votre femme n'est pas en état de vous soigner. N'oubliez pas cela, je vous prie... Le mieux sera de l'amener vers onze heures... J'y serai probablement avant vous. Je vais vous donner un permis d'admission.

Henri cessa de tousser, cessa d'avoir chaud. Son état s'améliora brusquement de façon merveilleuse. Il *avait été* malade. Il reconnaissait maintenant qu'il avait eu une maladie chronique. (Il avait commencé à se sentir malade, soit tout de suite avant, ou bientôt après l'absorption du gâteau de mariage, le soir de ses noces.) Mais, maintenant, il allait mieux, beaucoup mieux. Il éprouvait une amélioration merveilleuse qui le surprenait lui-même. En tout cas, il n'irait pas dans un hôpital. C'était une entreprise trop considérable, trop périlleuse. Une fois entré là, quand en ressortirait-il ? Et puis, les infirmières sont terriblement rudes. Il serait abandonné dans un hôpital. Et ses affaires ? Ce serait leur ruine. Tout s'en irait à vau-l'eau. Et le ménage ? On commettrait des folies extraordinaires dans la maison s'il n'y tenait plus la main. Il pouvait diriger son commerce et mener son ménage, et personne d'autre n'en était capable. En outre, il n'y avait aucun motif raisonnable pour aller à l'hôpital. Quant au lavage d'estomac, si c'était tout, qu'on lui donne de la moutarde et de l'eau chaude, et le tour serait joué en deux minutes. Le docteur, c'était évident, avait envie de faire quelque chose de rien. Tous les mêmes ! Et les femmes aussi, toutes les mêmes ! Il s'était figuré que Violette ne ressemblait pas aux autres, mais il s'était trompé. Elle avait perdu la tête, autrement elle n'aurait jamais envoyé chercher le docteur au milieu de la nuit. Le docteur ne manquerait pas de faire payer double pour une visite de nuit. Et ce feu qui l'étouffait et le rôtissait ! Il se voyait au milieu d'une vaste démence et d'une conspiration universelle, tandis que lui seul représentait le sens commun et l'honnêteté moyenne. Il sentait le monde entier contre lui, mais il saurait bien combattre le monde entier. Il avait pleine confiance dans la solide vigueur de sa nature.

Alors, il remarqua que les deux autres avaient quitté sa chambre. Pourtant, il ne se rappelait pas les avoir vus partir. Elsie revint, la figure barbouillée, pour surveiller la marche du feu qui ne fumait plus.

– Où est votre maîtresse, ma fille ?

– Elle parle au docteur sur le palier, monsieur.

– Vous comprenez, disait le docteur à Violette en baissant la voix, cela peut être un cancer à la pointe de l'estomac, au cardia. Je ne dis pas c'en soit un, mais cela peut être. Cela expliquerait le manque d'appétit et d'autres symptômes. – À la clarté de la lune il vit Violette s'essuyer les yeux. – Allons, allons, madame, il ne faut pas vous laisser aller.

– Ce n'est pas cela ! bredouilla Violette, qui pleurait à la pensée qu'elle avait par conséquent méconnu Henri depuis des mois. Ce n'était pas par avarice, mais par l'effet de son mal qu'il avait refusé de manger. Il ne *pouvait* pas se nourrir normalement. C'était un homme atteint, et en elle-même elle l'avait accusé de la plus vile avarice et de la plus basse stupidité. Maintenant, dans un éclair, elle l'acquittait sur tous les chefs et le déclarait parfait.

Son mutisme stupéfiant sur son état, elle essayait de l'attribuer aux égards qu'il avait pour ses sentiments à elle.

– Que devons-nous faire ? Que dois-je faire ?

– Oh ! dit le docteur Raste, ne vous tourmentez pas de ça. Nous l'emmènerons très facilement demain matin. Je viendrai le chercher moi-même.

Au même instant ils virent la porte de la chambre s'ouvrir et paraître la silhouette efflanquée du malade, dans sa chemise de nuit gris-bleu. La lumière était derrière lui et projetait son ombre sur eux. Elsie se tenait, épouvantée, à l'arrière-plan.

– Il n'y a aucune raison pour que vous restiez là à bavarder tous les deux, murmura Henri avec amertume. Je n'irai pas à l'hôpital, autant que vous le sachiez.

– Oh ! Henri !

– Vous ferez mieux de retourner dans votre lit, dit le docteur d'un ton assez froid et menaçant.

– Je vais m'y remettre. Je n'ai besoin de personne pour me dire que je ne devrais pas être ici. Je vais au lit.

Et il s'éloigna, clopinant et triomphant.

Le docteur Raste, qui croyait n'avoir plus rien à apprendre sur les étranges possibilités de la conduite des hommes, découvrit qu'il se trompait. Il ne put pas cacher qu'il était légèrement impressionné. Il affirma de nouveau à Violette que tout irait bien le lendemain matin, mais il n'était pas très convaincant. Quant à Violette, puisque le docteur Raste était un petit homme, elle considérait qu'il n'avait pas, moralement, beaucoup de chances contre son mari, qui ne ressemblait à personne et qui était vraiment l'homme le plus formidable du monde.

IX

La victoire de Violette

– Comment vous sentez-vous, ma petite ? demanda Henri.

Ils étaient, de nouveau, étendus dans leur lit, côte à côte. Avant de se retirer, le docteur avait donné, d'un air indifférent, certaines instructions apparemment peu importantes, que Violette avait exécutées, ayant compris qu'il n'y avait pas de danger immédiat pour son mari, et aussi qu'il n'y avait rien à faire pour le moment.

Les recommandations finales du docteur, au moment de son départ, furent faites sur un ton sardonique, presque cynique, qui avait d'abord froissé la sensibilité de Violette, mais, plus tard, elle s'était dit : « Après tout, avec un malade comme Henri, que peut-on espérer que fasse un docteur ? » Et elle avait accepté et commencé à partager la façon d'être du docteur. Un homme pouvait être très sérieusement malade, il pouvait être en train de mourir d'un cancer et pourtant par son obstination stupide et endurcie s'aliéner la sympathie. Les sympathies humaines sont si précaires ! Elle l'admettait. Quelques minutes auparavant elle avait juché Henri sur un piédestal de perfection. Maintenant elle l'en renversait. « Je sais bien que je ne devrais pas penser ce que je pense, mais je le pense tout de même. » Et elle se confirmait dans sa sévérité. Elle avait envoyé Elsie se coucher pour le peu d'heures qui restaient. Et, se déshabillant une fois de plus, elle s'était remise au lit.

La lueur du feu jouait légèrement, par intervalles, sur le plafond étonné, et parfois on pouvait apercevoir des rayons de lune, par une ouverture dans les épais rideaux qu'on avait refermés.

Derrière les rideaux on entendait de temps à autre la jalousie répondre incessamment à la brise du nord. La chambre était si chaude qu'il n'était plus nécessaire de garder les couvertures sur les épaules et jusqu'au menton. Violette avait une étrange sensation de luxe. « Pourquoi n'aurions-nous pas de feu tous les soirs ? » se disait-elle, et elle ajoutait, un peu effrayée de l'extravagance de cette hypothèse : « Enfin, en tout cas, certains soirs, quand il fait très froid ». Elle ne répondit pas à la question d'Henri sur sa santé.

Henri se trouvait beaucoup mieux. Il ne sentait presque aucune douleur au point qu'avait indiqué le docteur : il était de plus en plus convaincu qu'il avait eu raison en refusant d'entrer à l'hôpital, et plus résolu que jamais à ne pas y aller. Il n'en était pas moins troublé, et un peu effrayé de ce qui se passait dans le lit. Il avait remarqué la figure de sa femme avant qu'elle n'éteignît la bougie et y avait noté des symptômes rares, sur lesquels il n'y avait pas à se tromper. Sa maladie à lui n'était plus la question importante, ni celle de Violette. Le point capital c'était leurs relations sentimentales. Il comprenait qu'il se l'était aliénée. Convaincu de la justice de sa propre cause et de la folie des docteurs et des épouses, il n'en avait pas moins de l'appréhension et, de façon tout à fait illogique, se sentait en quelque sorte coupable. Violette avait voulu agir contre ses plus chers intérêts et pourtant il devait essayer de l'apaiser. Il était plus essentiel de la calmer que de se guérir.

Le docteur Raste, ou toute autre personne, regardant le couple étendu sous le splendide édredon de Violette – qui par contraste exagérait encore la pauvreté et l'aspect misérable du reste de la chambre – aurait vu uniquement un homme et une femme entre deux âges, aux figures hagardes, usées par la maladie, la fatigue, les privations et la peur. Mais ce n'est pas ainsi qu'Henri se représentait Violette et lui-même, ni Violette Henri et elle-même. Henri ne se trouvait pas entre deux âges, il ne se sentait d'aucun âge en particulier. Son intérêt pour la vie et pour sa propre existence n'avait pas diminué pendant la longue durée qui s'était écoulée depuis qu'il était arrivé jeune homme à l'Escalier de Riceyman. Du fond du cœur il ne se sentait pas plus vieux que ce premier soir-là. Il n'avait pas l'impression de correspondre le moins du monde à l'idée qu'il se faisait en sa jeunesse d'un homme mûr. Il ne se trouvait pas aussi vieux que d'autres qu'il savait être à peu près de son âge. Il pensait que seul il était, de façon mystérieuse, resté jeune parmi ceux de sa génération. Pour lui ses cheveux gris n'avaient aucune signification : c'était un accident. Puis venait l'idée qu'il se faisait de Violette. Il savait que toutes les femmes se ressemblent, à une exception près : Violette. Il savait que toutes les femmes se ressemblent, et Violette était trois fois femme. Il n'ignorait pas son âge exact, puisqu'il avait vu son extrait de naissance, mais, en fait, c'était une jeune fille... enfin peut-être un peu plus, mais pas beaucoup. Et elle avait pour lui quelque chose de romanesque qu'il ne percevait en aucune autre. Il admirait en elle un certain air de santé, mais il n'aurait su dire pourquoi elle avait tant d'importance pour lui, ni pourquoi il avait vaguement peur de son froncement de sourcils, pourquoi il était si important pour lui d'être bien avec elle. Il aurait pu la vaincre dans une lutte.

Il avait plus de sens commun qu'elle, plus d'autorité, une conception plus sûre des choses ; il voyait plus loin qu'elle, il allait plus droit au but, en somme il lui était supérieur. Et elle l'avait contrecarré, elle s'était rangée aux côtés du docteur contre lui, lui avait donné de la rancune. Par conséquent, s'il y avait une justice, c'est elle qui aurait dû chercher à l'apaiser, et au lieu de cela, c'est lui qui était anxieux de la ramener.

De son côté Violette voyait en son mari un homme sans âge précis, simplement un homme, un égoïste, cruel, puéril, méchant, illogique, sur qui l'on ne pouvait compter, le suprême tourment de sa vie, un destructeur du bonheur, un homme indéfendable pour ses méfaits, mais très puissant, inexpliquablement romanesque, différent de n'importe quel autre. Elle le haïssait, son ressentiment contre lui était très vif, et pourtant elle désirait le dorloter physiquement et moralement, et ce besoin persistait non sans succès, en dépit de tous ses griefs, et comparées à lui, ses souffrances à elle et celles d'Henri étaient de moindre conséquence.

– Eh bien, comment vous sentez-vous ? répéta-t-il.

Cette insistance donna du courage à Violette. Elle prit un temps avant de répondre et, dans cet intervalle, elle mûrit un magnifique, un sublime moyen d'attaque. Elle avait une sensibilité qui touchait à l'inspiration. Elle se moquait de la maladie d'Henri, de son terrible pouvoir, de sa propre faiblesse et de sa souffrance. Peu lui importait ce qui arriverait : aucun risque ne l'arrêterait.

– Vous ne vous souciez pas de mon état, commença-t-elle, avec une amertume tranquille. Est-ce que vous avez montré la moindre sollicitude à mon égard toute la journée d'hier ? Aucune, vous n'avez pensé qu'à vous. Vous prétendiez être malade : si vous ne l'étiez pas, qu'est-ce qui vous empêchait de penser à moi ? Mais vous étiez, en effet, malade. Non que ce soit une excuse ! Si malade que je fusse, je penserais à vous tout le temps. Mais j'affirme et je répète que vous étiez malade. Vous n'avez fait que me mentir sur vous-même, mensonge sur mensonge. Pourquoi vous gardez-vous ainsi à vous-même ? C'est un outrage pour moi, toutes ces cachotteries, et vous le savez bien. Vous trouvez, je suppose, que je ne suis pas digne de vos confidences ! Je peux vous dire une chose, je l'ai déjà dite, et voici la dernière fois que je la dirai jamais : vous m'avez appris à rester bouche cousue, moi aussi, voilà ce que vous avez fait avec votre éternel silence. J'ai toujours dit que vous êtes l'homme le plus égoïste et le plus cruel qui ait jamais existé. Vous êtes malade, le docteur déclare qu'il faut que vous entriez à l'hôpital, et vous ne voulez pas. Pourquoi ? Est-ce que tout le monde ne va pas à l'hôpital un jour ou l'autre ? L'hôpital n'est pas assez bon pour vous, voilà tout. Cela vous convient mieux de rester ici, à vous faire soigner jour et nuit par votre femme. Si je suis malade, ça ne fait rien ! Il faut que je vous soigne et en même temps que je surveille la boutique. Ça me tuera, mais c'est le cadet de vos soucis. Si vous ne m'aviez pas trompée, si vous ne m'aviez pas raconté un tas de mensonges, vous vous porteriez très bien maintenant, car j'aurais fait venir le docteur plus tôt, et alors nous aurions su que faire. Mais comment pouvais-je savoir à quel point vous étiez malade ? Comment pouvais-je savoir que j'avais épousé un menteur en même temps qu'un avare ?

Henri l'interrompit tranquillement :

– Je vous ai dit il y a longtemps que, si je ne mangeais pas, c'était parce que je ne digérais pas. Mais vous n'avez pas voulu me croire.

Violette éleva la voix :

– Ah ! oui, vraiment, vous me l'avez dit ? Oui, vous me l'avez dit une fois. Ne vous figurez pas que je l'aie oublié. C'était le soir où je vous avais fait cuire un superbe morceau de bifteck auquel vous n'avez pas voulu toucher. Oui, vous me l'avez dit, et c'était la vérité, et je ne l'ai pas crue. Et vous avez été content que je ne la croie pas, vous ne vouliez pas que je la croie. Vous êtes très intelligent, Henri, n'est-ce pas ? Vous dites une chose une fois, et c'est dit une fois pour toutes. Et alors, après vous pouvez toujours affirmer : « Mais je vous l'ai dit. » Vous êtes toujours si poli ! Comme si ça y faisait quelque chose ! Je prie souvent Dieu de vous rendre un peu moins poli. Mon premier mari ne l'était guère, et j'ai connu le temps où il a porté la main sur moi, où il m'a frappée, oui, et cela plus qu'une fois. J'étais jeune alors. C'est dégoûtant, direz-vous. Je ne l'ai jamais encore avoué à âme qui vive, pas de danger. Mais ce que je dis c'est que j'aimerais mieux être battue un peu et savoir ce que mon mari pense réellement que de vivre avec un coffre-fort en fer verrouillé comme vous. Oui, cent fois mieux. Il y a pire que des coups, toutes les femmes le savent bien. Enfin, vous n'irez pas à l'hôpital, c'est bon. Vous ne voulez pas y aller et vous n'irez pas, mais moi j'irai à l'hôpital. Le docteur me dira d'y aller et il n'aura pas fini sa phrase que je serai partie. Je sens bien ce qui m'attend ici. Oui, j'irai, et je vous laisserai avec votre Elsie qui vous mange tout, jusqu'à la dernière bouchée. Elle était ici avant moi, je ne suis qu'une étrangère. Vous avez la prétention d'être très sévère avec elle et tout ce qui s'ensuit, mais vous et elle vous vous comprenez, et je ne suis qu'une étrangère qui est venue se mettre entre vous. Vous dormez ?

– Non.

Violette se redressa et sauta à bas du lit. Henri entendit le bruit de ses larmes. Elle se précipita sur le feu et le tisonna furieusement, non qu'il eût besoin d'être secoué, mais parce qu'elle avait besoin de se détendre les nerfs.

– Revenez au lit, Vi, dit Henri tendrement.

Elle laissa tomber le tisonnier avec fracas sur le garde-feu, et Henri la vit, forme blanche, qui se dirigeait vers lui de son côté du lit. Elle se pencha sur lui.

– Pourquoi reviendrais-je au lit ? demanda-t-elle avec colère, la voix épaisse et voilée de sanglots. Pourquoi y reviendrais-je ? Vous êtes malade, vous n'avez aucune force et n'en avez pas eu depuis des semaines. Pourquoi voulez-vous que je revienne au lit ?

Il sentit les doigts de Violette s'enfoncer sous ses aisselles, il sentit son visage près du sien. Elle se domina.

– Écoutez-moi, Henri Earlforward, dit-elle d'une voix basse, contenue, tremblante, vous irez à cet hôpital demain matin, vous irez à cet hôpital, vous irez quand le docteur viendra vous chercher. Ou sinon, je vous... je vous... je vous...

Il sentit ses lèvres se poser sur les siennes dans un baiser sauvage, empoisonné, passionné. Elle était héroïque, lui un pygmée écrasé sous sa puissance. Il était terrifié et enchanté. « Non, se disait-il, il n'y en a jamais eu une autre comme elle. »

– Voulez-vous ? voulez-vous ? voulez-vous ? voulez-vous ? insista-t-elle, impitoyable, et sa voix s'étouffait sur la bouche d'Henri.

– Très bien, j'irai.

Le corps de Violette tomba mollement sur le sien. Elle ne

sanglotait plus maintenant, elle pleurait faiblement, doucement. D'un brusque sursaut elle se redressa, courut à la porte, telle qu'elle était, tâtonna dans l'obscurité pour trouver le bouton, et se précipita dehors, en claquant la porte derrière elle avec un bruit qui retentit, formidable, à travers toute la maison. Sa victoire était plus qu'elle n'en pouvait supporter.

X

Départ

Dans la matinée, le docteur Raste, auquel le côté psychologique de l'affaire Earlforward inspirait un intérêt inaccoutumé, arriva vers dix heures en taxi, préparé et bien décidé à tenir la parole donnée à Violette. Il se rappelait nettement sa phrase quelque peu fanfaronne : « Nous l'emmènerons très facilement demain. » Il était fatigué, les nerfs surtendus, et par conséquent enclin à se montrer violent et à précipiter le mouvement. Il avait ses appréhensions toutes personnelles. Il dit à son chauffeur d'attendre, comptant tenir Henri captif et en bas en cinq minutes au plus. Sa tactique était d'emporter le malade dans un ouragan. Il avait désorganisé sa journée de travail afin de conclure cette affaire, et le respect qu'il se devait à lui-même exigeait qu'il la conclût en effet. D'ailleurs, il avait, par téléphone, retenu un lit à l'hôpital.

La façade de la boutique le surprit, car on ne l'avait pas ouverte. On n'avait pas pris la boîte à lait. Elle était là, choquante, déplacée, à dix heures du matin, preuve suffisante qu'il s'était passé ou se passait quelque chose d'étrange dans la maison T.T Riceyman. Il essaya d'ouvrir la porte : fermée à clef. Alors il la secoua bruyamment et se décida à adopter la façon la plus ordinaire de heurter : il frappa et frappa fort. Le petit M. Belrose, propriétaire de la pâtisserie en face, sortit pour surveiller avec intérêt ce qui se passait, et deux autres personnes des maisons plus éloignées, le long de l'Escalier, guettèrent également.

Évidemment, l'Escalier de Riceyman était avide d'événements étranges et sensationnels. Le docteur Raste prit conscience de sa situation sous le regard de Clerkenwell. On ne pouvait rien voir de l'intérieur de la boutique à travers les vitrines garnies de livres, et seule une étroite fente permettait de jeter un regard entre le volet de la porte et son chambranle. Le docteur y colla un œil et jura à mi-voix. Enfin, il vit approcher Elsie.

– Est-ce qu'il n'est pas grand temps de rentrer votre lait ? lui dit-il avec calme en guise de bonjour, et en lui présentant la boîte, quand elle ouvrit la porte.

Elsie la prit sans rien dire, le docteur pénétra dans la boutique, et elle referma la porte. Le courrier du matin restait dédaigné à ses pieds, sur le seuil non encore balayé. Le docteur eut l'impression d'être emprisonné avec elle dans la boutique sombre et glaciale. Un sentiment de calamité pesait sur lui. L'escalier, dans l'ombre épaisse du fond, semblait mener vers de terribles situations. Il songea au compteur du taxi, égrenant ses trois pence successifs.

– Eh bien ! demanda-t-il avec impatience à la toujours silencieuse Elsie. Eh bien ! comment va-t-il ?

– Madame a dû se trouver moins bien dans la nuit, monsieur, répondit Elsie. Quand je suis descendue ce matin, elle était étendue sur le canapé dans le salon, et j'ai cru qu'elle était morte. Oui, monsieur, je l'ai cru. Elle était froide, que c'était à ne pas croire. Rien sur elle que sa chemise de nuit. Aussi, elle l'était, dans un état !

– J'espère que vous l'avez aussitôt remise au lit ?

– Je l'ai fait monter dans mon lit, monsieur, en la portant à moitié. Elle ne voulait pas aller dans leur chambre, de peur d'effrayer monsieur, lui qui est si mal aussi.

– Naturellement, vous ne pouviez pas me faire prévenir parce que vous n'aviez personne à envoyer, n'est-ce pas ?

Et le docteur se dirigeait vers l'escalier.

– Oh ! j'aurais pu envoyer quelqu'un, monsieur. Il y en a plus d'un par ici qui aurait pu y aller. Mais je savais que vous deviez venir, et je me suis dit qu'une demi-heure de plus ou de moins, n'est-ce pas, ça ne pouvait pas faire grande différence. Et puis, madame non plus ne voulait pas que j'envoie quelqu'un, elle ne tenait pas à ce que le bruit se répandît trop, monsieur. Ça n'est pas que ça m'aurait arrêtée. Sitôt que je l'ai vue vraiment malade, je me suis dit : « Te voilà responsable maintenant », que je me suis dit, après vous, monsieur, comme de juste, et je ne l'aurais pas écoutée, non monsieur.

Le docteur était très fortement impressionné et soulagé par la dignité d'Elsie, son calme et son énergie. Un impassible bon sens s'était éveillé dans la maison scellée. Elsie était nette sur elle, d'ailleurs : aucune trace d'une nuit et d'une matinée mouvementées : elle portait même un tablier tout propre. Pas d'ennuyeuse lamentation sur l'impossibilité d'ouvrir la boutique. D'instinct, Elsie avait mis le magasin à sa place, celle d'une parfaite insignifiance.

Comme ils passaient devant la porte close de la chambre à coucher principale, le docteur, levant les sourcils, eut un geste vif d'interrogation.

– J'ai frappé, monsieur ; on ne m'a pas répondu ; alors, j'ai pris la liberté de regarder. Il semblait dormir.

– Vous êtes bien sûre qu'il était *endormi* ?

– Ma foi, monsieur, dit Elsie lourdement et pourtant avec force, il n'était pas mort, ça, je peux le dire.

Ils gagnèrent le second étage. Là gisait la maîtresse sur l'étroite couchette de sa servante, couverte des vêtements de gala d'Elsie par-dessus les couvertures. Que Violette fût extrêmement malade et souffrît, son teint et l'expression dure, épuisée, angoissée de sa physionomie le révélaient jusqu'à l'évidence. Le docteur vit Elsie sourire à sa maîtresse, d'un sourire où rayonnaient le secours et la pure bonté, et qui amena un instant une sorte de souriante réponse sur le tragique visage de la malade : ce fut une des choses les plus merveilleuses que le docteur eût jamais vues. Personne n'aurait pu deviner que, trente-six heures plus tôt, Elsie n'était qu'une voleuse, convaincue de dérober et de manger du lard cru. Et, en fait, le souvenir de ce déplorable épisode était aussi complètement effacé de l'esprit d'Elsie que de celui de sa maîtresse.

– Je vais vous emmener immédiatement à l'hôpital, madame Earlforward, dit le docteur de son ton poli, aimable, après un très bref examen.

Il ajouta un peu brusquement :

– J'ai un taxi qui m'attend... Je trouve que vous avez merveilleusement supporté cela.

En quelques instants, il avait modifié son plan pour le conformer à la nouvelle marche des choses, et il se demandait maintenant s'il n'aurait pas quelque difficulté à trouver un lit pour Mme Earlforward.

– Je veillerai bien sur monsieur, madame, dit à son tour Elsie ; je peux dire s'il ne va pas lui-même à l'hôpital.

Violette acquiesça de la tête. Elle ne voulait pas dépenser ses forces à parler, sinon elle aurait pu leur dire la promesse que lui avait faite Henri d'aller à l'hôpital. D'ailleurs, elle souffrait de façon trop aiguë pour prendre grand intérêt à Henri ou à n'importe qui.

– Nous allons vous porter jusqu'au taxi, dit le docteur. – Et à Elsie : – Il faut l'habiller, n'importe comment.

– J'aimerais mieux, murmura Violette, marcher jusqu'à la voiture, docteur, si vous voulez bien ; je pourrai.

– Eh bien ! si vous le pouvez...

Il cédait pour ne pas la troubler.

Quand la toilette sommaire fut achevée, Elsie fit un troisième voyage à la chambre de sa maîtresse pour y chercher des vêtements et un chapeau ; le docteur lui dit en confidence :

– Nous aurons besoin d'argent. En avez-vous ? Où serre-t-on l'argent ?

L'expérience lui avait appris à ne jamais débourser d'argent pour les malades et il avait la vision très nette des tranches de trois pence qui continuaient à tomber au compteur, dans King's Cross Road.

– Ma bourse, sur la commode..., chuchota Violette, qui avait entendu.

Elsie fit un troisième voyage à la chambre. Oubliant les convenances, elle n'avait pas frappé les premières fois et ne le fit pas davantage celle-ci. Aux visites précédentes, M. Earlforward l'avait simplement suivie d'un œil en apparence hébété, indifférent. Mais lorsqu'elle prit la bourse, sur la commode, il s'écria :

– Eh bien ! où allez-vous avec cette bourse ?

– Madame me l'envoie chercher.

Par prudence, elle ne voulait pas lui donner d'autre nouvelle : on ne savait pas ce qu'il pourrait vouloir faire s'il était complètement au courant.

Violette fut portée jusqu'en bas et à travers la boutique, à la porte on la mit sur ses pieds peu solides, et le docteur Raste la soutint pendant qu'Elsie tirait le verrou. Elle trouva le moyen de marcher, sous les regards curieux de quelques badauds assemblés, le long de l'Escalier, jusqu'au taxi, entre le docteur Raste et Elsie. Elle avait annoncé qu'à l'instant où le docteur lui prescrirait d'aller à l'hôpital, elle irait. Elle avait dit vrai : elle partait.

Le taxi ronronna et se mit en mouvement : elle était partie.

– Je passerai cet après-midi, cria le docteur, de la voiture qui s'éloignait.

Revenue dans la boutique, le sourire encourageant avec lequel elle avait expédié sa maîtresse n'étant pas encore complètement effacé sur sa grosse figure ronde, Elsie ramassa la boîte à lait. Elle ne fit pas attention aux lettres. Elle songea à son pressentiment de l'avant-veille au soir : « Voici la dernière fois que je roule ce casier à livres. » Et elle eut la ferme conviction que, par ce pressentiment, elle avait, grâce à quelque pouvoir magique, jeté un regard pénétrant dans l'avenir.

CINQUIÈME PARTIE

I

La promesse

Elsie oubliait de verrouiller la porte de la boutique. Un peu émue de sa négligence, elle ferma à clef et mit le verrou. Elle pensa soudain à l'époque – il n'y avait qu'un an : que c'était loin pourtant, bien loin dans les profondeurs décevantes du temps ! – où M. Earlforward et elle-même avaient la maison à eux tout seuls. Mme Earlforward était venue, puis elle était partie, et maintenant Elsie supportait toute la charge à elle seule, avec bien plus de responsabilité et plus d'autorité qu'elle n'en avait jamais eu jusque-là. L'étrangeté d'événements tout simples l'épouvantait. Le froid de la mince poignée de cuivre de la boîte à lait dans sa main ne la défendait pas contre ce qu'il y a de magique dans l'énigme de la vie.

Elle « savait » que la boutique ne s'ouvrirait plus sous le nom de T. T. Riceyman. Elle « savait » que M. ou Mme Earlforward allaient mourir, peut-être tous les deux, et elle était très triste, parce qu'elle s'en affligeait pour eux, non pour elle-même. A l'époque qui avait précédé la surprenante entrée en scène de Mme Earlforward, Elsie avait Joe, qui depuis avait définitivement disparu de son existence. Rien d'autre dans sa vie n'avait beaucoup d'importance pour elle. Elle perdrait probablement une bonne place, mais elle était bien sûre, malgré sa défiance d'elle-même et sa modestie, que, grâce aux connaissances acquises avec Mme Earlforward, elle en trouverait très aisément une autre, et, au point de vue matériel, une meilleure. Professionnellement, elle avait une ambition secrète : pouvoir dire à un futur maître qu'elle savait « servir à table ». Il y aurait là quelque chose de grandiose, mais elle ne voyait aucune chance d'acquérir une science si compliquée et si rare. Elle n'avait jamais vu personne servir à table. Dans les petits restaurants où Joe l'avait emmenée une ou deux fois, ou bien où elle l'avait emmené, la patronne ou une servante vous apportait les plats et vous ôtait votre assiette, faisait tomber les mies sur le plancher et vous demandait ce que vous désiriez ensuite, mais elle était certaine que ce n'était pas cela servir à table, que cela n'y ressemblait pas... Ainsi les idées lui traversaient l'esprit, des quantités, les unes après les autres, en quelques secondes, jusqu'à ce qu'elle en arrêtât le torrent en murmurant : « Eh bien ! c'est du joli, oui, vraiment ! » La figure démoniaque et solitaire de M. Earlforward, cloué dans son lit, l'attirait en haut, et la boutique la retenait en bas, et le triste état de Mme Earlforward l'entraînait loin de là, vers l'hôpital de Saint-Bartholomé. Et elle restait là, comme une vraie imbécile, au visage dur, à penser à l'art de servir à table. Il fallait monter immédiatement près de M. Earlforward et lui dire ce qui était arrivé.

Quand elle fut au premier étage, elle se dit qu'elle ferait aussi bien de porter d'abord le lait à la cuisine, et quand elle fut là, elle se rappela les précieux oignons de Mme Earlforward : on les avait négligés. Par gentillesse pour Mme Earlforward, elle alla aussitôt arroser la terre dans laquelle ils étaient enfouis et mit les pots dehors sur le rebord de la fenêtre. C'était un acte de piété, non de foi, car Elsie ne croyait pas à l'avenir de ces oignons. En fait, elle les considérait comme un des inexplicables caprices des maîtres. Quand on voulait une plante, pourquoi ne pas en acheter une qu'on pût voir, au lieu d'enterrer un oignon dans un tas de saleté ? Néanmoins, pour l'amour de Mme Earlforward, elle se donna beaucoup de peine en vue du bien-être supposé des oignons. Et pourtant – il faut bien le dire, quoique à contrecœur –, son motif pour chérir si méticuleusement ces oignons n'était pas du tout pur. Elle redoutait l'entrevue imminente avec M. Earlforward, et la différait. Si elle avait été sûre d'elle-même à l'égard de son maître, elle n'aurait pas donné une seconde aux oignons, elle n'aurait eu pour eux qu'un profond dédain.

M. Earlforward était quelque peu remonté.

– Je n'ai pas beaucoup dormi la première partie de la nuit, dit-il, mais j'ai dû faire de bons sommes ce matin.

Elsie le trouva un peu mieux, mais il avait encore l'air bien malade. Sa pâleur était effrayante et ses yeux avouaient qu'il se savait très atteint. Il était perdu dans son lit malpropre et en désordre, et la pièce mal tenue, avec ses débris de feu mourant, était sinistre.

– Eh bien ! dit Elsie nerveusement, sur le ton dont elle aurait répété un fait qui leur eût été familier à tous deux, eh bien ! alors, madame est partie pour l'hôpital.

Elle lui avait dit la chose. Elle tremblait dans l'attente de ses explications et de ses questions. Il ne proféra pas un son, ne fit pas un mouvement. Elsie se sentit extrêmement mal à l'aise. Elle aurait préféré n'importe quelle réponse à ce silence. Elle était obligée de continuer.

– Oui, madame était si malade quand le docteur est venu pour vous que c'est elle qu'il a emmenée à votre place. Je lui ai dit que je veillerais bien sur vous, jusqu'à ce qu'on vienne vous chercher aussi, monsieur. Ah ! je suis bien désolée !

Elle ne donna pas d'autres précisions.

M. Earlforward continuait à se taire. Il ne paraissait pas désirer de détails. Il restait étendu sur le dos, les yeux fixés au plafond. L'expression de sa figure creusée, figure maintenant d'un homme de soixante-dix ans, fit monter les larmes aux yeux d'Elsie, qui supposait avec horreur qu'« ils » devaient être en train de charcuter le corps de sa maîtresse, jadis si vive, si impulsive. Pour dissiper l'émotion qui l'accablait, Elsie se mit à redresser l'édredon tout froissé.

– Je vais courir vous faire de cette bouillie, monsieur, dit-elle. Il faut que vous preniez quelque chose, ce n'est donc pas la peine de...

M. Earlforward ne dit rien, puis sa tête tomba sur le côté et ses yeux rencontrèrent ceux d'Elsie.

– Elsie, murmura-t-il plaintivement, vous ne m'abandonnerez pas ?

– Certainement non, monsieur. Mais le docteur va venir pour vous.

– Jamais ? insista M. Earlforward, sans tenir compte de cette dernière phrase, vous ne m'abandonnerez jamais ?

– Bien entendu que non, monsieur.

La faiblesse de son maître lui donnait de l'énergie.

Afin de continuer son activité, elle alla arranger le feu.

– Laissez-le s'éteindre, dit-il, j'ai trop chaud.

Elle y renonça, sachant bien qu'il n'avait pas trop chaud, mais qu'il lui était odieux de voir du bon charbon se consumer dans une grille où on n'en avait jamais mis auparavant. Par pitié, il fallait se plier à ses caprices. Qu'importait que le feu s'éteignît ou pas ! Le docteur allait bientôt arriver. Puis une lueur de pensée pour elle-même : après le départ de M. Earlforward, devrait-elle rester et surveiller la maison jusqu'à ce qu'autre chose se produisît, ou lui dirait-on de s'en aller et de laisser la maison se diriger toute seule ? Très probablement on lui dirait de rester. Elle ouvrit la porte.

– Où allez-vous ?

– J'allais vous faire votre bouillie, monsieur. C'est celle que madame vous donnait : ça m'a l'air d'être de l'« arrow-root ».

– Approchez, je veux vous parler. Avez-vous ouvert la boutique ?

Un long silence.

– Non, monsieur.

– Montrez-moi les lettres et donnez-moi mon lorgnon.

Il avait accepté, avec sa philosophie pratique, arrangeante, ce fait impressionnant que le magasin n'était pas, ne serait pas ouvert.

Sans rien dire, Elsie descendit dans la boutique obscure. Une douzaine de lettres environ gisaient sur le plancher. « Je vais lui en donner deux ou trois pour le contenter », se dit-elle, le considérant maintenant comme un enfant. Elle ramassa trois enveloppes au hasard. « Il vaut mieux qu'il ne les ait pas toutes », se dit-elle. Elle laissa les autres par terre. Elle ne se préoccupait pas du tout de l'importance possible, pour les affaires, d'une de ces lettres. Son seul souci, en dehors de la chambre du malade, c'était l'état de la boutique. Devait-elle la nettoyer, ou laisser aller les choses ? Elle avait envie de la balayer parce qu'elle retournait évidemment très vite à sa saleté originelle. D'un autre côté, pendant qu'elle la nettoierait, il se pourrait qu'elle négligeât son maître. Personne qu'elle n'avait le pouvoir de décider quelle résolution il fallait prendre. Elle se rendait compte qu'elle était la maîtresse. Elle jouissait naïvement de cette étrange sensation d'autorité, mais la responsabilité que donne celle-ci l'épouvantait.

– C'est tout ? demanda M. Earlforward avec indifférence, quand Elsie mit les trois lettres dans sa main frêle et transparente.

– Oui, monsieur, dit-elle, sans remords.

Il laissa glisser les lettres de sa main sur l'édredon. Elle éprouvait seulement une légère frayeur d'être seule avec lui.

II

Le refus

Au moment où commençait le crépuscule, vers quatre heures, on entendit des coups frappés à la porte de la boutique, et le bref aboiement d'un chien qui évidemment se considérait comme qualifié pour se mêler de l'affaire, quelle qu'elle fut, qui allait se traiter. Elsie était en haut. Pendant la matinée, plusieurs personnes, incapables de comprendre que quand une boutique est fermée, elle est fermée, avaient frappé à la porte, et Elsie avait fini par clouer sur un panneau avec deux petits clous – sans rien dire à son maître – une vieille carte malpropre sur laquelle elle avait griffonné au crayon, en gros caractères, ce simple mot : « Fermé. » Cela avait mis fin aux heurts. Et voilà que cela recommençait !

– Le docteur ! s'écria Elsie, et elle descendit en courant.

Ce n'était pas le docteur, mais une petite fille, mince et élégante, qui se tenait devant la porte, accompagnée d'un fox-terrier. Dès que, la porte ouverte, la petite fille aperçut Elsie, elle rougit. Le fait était que c'était sa première entrée dans le monde des affaires, et elle se sentait à la fois très nerveuse et très anxieuse de cacher cette nervosité à une domestique. Le chien, naturellement, grognait.

– Tenez-vous tranquille, monsieur, dit-elle sévèrement à cet être agité, en s'adressant à lui comme à un gentleman, et en lui donnant, une minute après, une claque sur la tête. Papa ne peut pas venir et il m'a chargé de vous dire...

– Voulez-vous entrer, je vous prie, mademoiselle Raste, suggéra Elsie.

Avec l'esprit d'imitation propre à une servante, Elsie avait pris la manie de sa maîtresse de garder secrètes les affaires privées. La petite fille, rassurée par cette réception en règle, entra non sans dignité, et le chien, qui la suivit trop tardivement, fut pris dans la porte qui se refermait et poussa des gémissements.

– C'est bien fait ! dit Mlle Raste, et à Elsie qui s'excusait : Oh ! pas du tout, c'est bien de sa faute... Papa dit qu'il a tant à faire qu'il ne peut pas venir lui-même, mais il faut que vous teniez M. Earlforward tout prêt à partir pour l'hôpital et que vous l'enveloppiez bien ; et, pendant ce temps-là, j'irai du côté de King's Cross vous chercher un taxi. J'aurai peut-être à faire tout King's Cross, ajouta-t-elle avec fierté et empressement, mais cela ne fait rien. J'ai déjà été chercher un taxi pour papa hier ; il se dirigeait vers votre square, mais je l'ai arrêté, je suis montée dedans et j'ai dit au chauffeur de me conduire à la maison... ce n'était pas bien loin, naturellement. Papa dit qu'il faut que je sache tout faire, et il m'apprend à me tirer d'affaire et ainsi de suite. – Sur quoi Mlle Raste, avec un petit rire, cria : – Jack ! oh le méchant garçon !

Jack était en train d'examiner la correspondance qu'Elsie avait laissé traîner et au sujet de laquelle elle avait menti. A cette admonestation de sa maîtresse, il se sauva dans l'hinterland obscur de la boutique pour risquer de là une protestation.

– Et quand je vous aurai amené le taxi, il faudra que je rentre à pied. Oh ! et puis papa m'a dit de vous prévenir de faire savoir à M. Earlforward qu'on opérera Mme Earlforward demain matin.

Mlle Raste était encouragée à être absolument confiante, à ne rien dissimuler même sur elle par la si bonne et si rassurante figure d'Elsie. Elle se disait avec une sorte d'extase : « Comme ce serait gentil de l'avoir pour domestique ! Elle est bien plus agréable que Clara. » Seulement, elle avait des doutes sur la correction d'Elsie en matière de tabliers.

– Mon Dieu ! Mon Dieu ! murmura Elsie.

– Et on attendra M. Earlforward chez Bart. Tout est convenu.

S'étant ainsi momentanément frottée à une basse tragédie de Clerkenwell, et fortement entichée d'Elsie, et après une impérieuse remontrance à son chien, Mlle Raste, qu'on élevait pour lui faire quitter un jour Clerkenwell et le mépriser, partit pour remplir sa mission, avec une allure où il y avait de la princesse et de la coquette.

– Qu'y a-t-il ? Pourquoi avez-vous allumé ? demanda M. Earlforward quand Elsie entra, très agitée, dans sa chambre. Qu'est-ce que c'est ?

Elsie s'appliqua à composer son visage.

– Comment vous sentez-vous maintenant, monsieur ? dit-elle, perfide en dépit de sa simplicité et de sa nervosité.

– Je me sens décidément mieux. En somme, je songeais presque à me lever.

– Oh ! tant mieux, parce que le docteur vous envoie un taxi et je dois vous conduire sur-le-champ à l'hôpital. Voici vos affaires. – Elle désignait une chaise. – Pendant que vous vous habillez, je cours chercher les miennes là-haut.

– Est-ce que le docteur est là ? demanda Henri avec précaution.

– Non, monsieur, il est trop occupé, qu'il dit, mais il a envoyé sa petite fille.

– Eh bien, je n'irai pas à l'hôpital. Pourquoi irais-je ? s'écria-t-il, avec une obstination revêche et d'un ton aigre.

Elle savait d'avance qu'il refuserait d'aller à l'hôpital. Elle était battue au départ.

– Mais vous aviez dit que vous iriez, monsieur.

– Quand ai-je dit cela ?

– Vous l'avez dit à madame, monsieur.

– Et qui vous l'a dit, à vous ?

– Madame, monsieur.

– Oui, mais je ne savais pas à ce moment-là que votre

maîtresse aurait à y aller. Nous ne pouvons pas quitter la maison tous les deux à la fois. Vous ne comptez pas que je vais vous la confier à vous seule. En outre, je ne suis pas vraiment malade. L'hôpital ! Je n'ai jamais entendu parler d'une chose pareille. Je voudrais bien savoir ce que j'ai pour qu'on m'expédie à l'hôpital. J'aurais l'air d'un imbécile là-bas. Je n'irai pas, et vous pouvez affirmer à tout le monde que je n'irai pas.

Il se retourna et cacha sa figure à Elsie, continuant à marmotter avec une sourde violence. Il n'avait pas d'autre arme défensive que son entêtement stupide, mais cela suffisait, et il le savait, contre le monde entier et son organisation. S'il avait eu une maladie infectieuse, l'autorité aurait eu le droit de l'emmener de force ; mais il n'en avait pas et était, par conséquent, insaisissable.

– Inutile que vous restiez là, Elsie : je n'irai pas. Vous vous figurez que parce que je suis malade, vous pouvez faire ce que vous voulez, n'est-ce pas ? Je vais vous le montrer, moi !

Elsie voyait des gouttes de sueur sur son front. Il était désespéré. C'était un enfant, un malade, un trésor gâté, un martyr de l'angoisse et de la douleur, un tigre chassé qui fait tête, féroce, aux poursuivants. Il avait l'esprit aussi empoisonné que le corps.

– Madame sera opérée demain matin, monsieur, dit tranquillement Elsie.

Un silence. Puis, d'un ton furieux :

– Vraiment ? Alors, elle est encore plus folle !

Elsie éteignit la lampe, ferma la porte et descendit l'escalier en se demandant ce que des gens éclairés, des gens intelligents, de tête et de ressource, auraient fait à sa place.

Quand Mlle Raste revint avec le taxi, à la nuit close, après avoir accompli une odyssée merveilleuse, tout en prétendant noblement que ce qu'elle avait fait n'était rien du tout, ce fut Elsie qui rougit de confusion.

– Je ne peux pas le décider à aller à l'hôpital, mademoiselle, impossible !

– Oh ! fit la petite, un peu hésitante. Faudra-t-il dire cela à papa ?

– Oui, s'il vous plaît... Quoi que je fasse !

– Il va falloir, je crois, payer le taxi. J'ai laissé Jack dedans, il est trop vilain. Un shilling, j'ai vu sur le cadran. Mais naturellement, il y a aussi le pourboire.

Elsie monta bien vite à sa chambre et rapporta un shilling deux pence de son argent à elle. Une minute après elle s'était enfermée, seule encore une fois, avec son maître.

III

Le message à Violette

« Je rage en dedans ! Je rage en dedans ! se disait Elsie ; cela me fait grincer des dents. » Et, en effet, elle grinçait des dents, toute seule dans la boutique qui s'assombrissait de plus en plus. « Ce que j'ai honte ! » dit-elle tout haut.

La cause de cette exclamation, c'était l'entêtement de M. Earlforward. Elle était humiliée pour lui de sa stupidité, et pour elle de n'avoir pas réussi à l'emmener à l'hôpital. L'incident serait inévitablement connu de tout le monde, et la maison de T. T. Riceyman serait couverte d'ignominie. Ce qui la préoccupait, c'était moins le danger que courait la santé de son maître, sa vie peut-être, que le côté moral et social de la chose. Elle aurait aimé secouer son maître une bonne fois. Elle avait perdu toute crainte du redouté M. Earlforward ; elle le critiquait, le condamnait librement ; elle était vraiment presque prête à l'exécuter, elle qui, sous la continuelle suggestion de Mme Earlforward, avait jusque-là accepté avec fatalisme et sans protester ses décrets et décisions, comme ceux mêmes d'un Dieu tout-puissant. Il avait discuté avec elle, il s'était défendu contre elle ; il avait montré de vagues symptômes de crainte comme si elle pouvait en quelque façon être capable de le forcer à aller à l'hôpital malgré lui. Il l'avait presque élevée à son niveau à lui. Les relations entre eux ne pourraient plus jamais redevenir ce qu'elles étaient avant. Elsie en était comme étourdie.

– Enfin, en tout cas, il faut faire quelque chose, dit-elle, avec un geste violent.

Elle se rua sur ses instruments, trouva un gros tablier et l'attacha sur le blanc qu'elle portait, d'un nœud solide et tiré tout de travers, et se mit à nettoyer la boutique. Si personne d'autre ne la voyait, elle la voyait, elle, et ne pouvait plus supporter sa saleté. Elle courait çà et là comme une bête de proie. Elle ramassa les lettres sur le parquet, se rua avec elles dans le bureau et les lança sur la table. Au même moment, un facteur, du dehors, en glissa inconsidérément plusieurs autres par la fente à cet usage. « J'en étais sûre ! » protesta-t-elle avec fureur, puis elle les ramassa, retourna dans le bureau et les jeta sur la table.

– Oh ! Ça ne fait rien de bon ! murmura-t-elle, quand elle eut balayé une minute ou deux dans le noir, et elle tourna les commutateurs. Il ne restait plus que deux lampes en bon état dans la boutique et une dans le bureau. Elle les alluma toutes – celle du bureau par pure malice. « Je vais veiller sur sa lumière électrique ! se dit-elle en dedans. Je vais lui en brûler, moi, de l'électricité, on va voir ça ! » Elle le punissait et elle nettoyait la boutique avec une énergie et une conscience dont il n'y a pas d'exemple dans l'histoire des femmes de ménage. Et c'était la même créature qui, peu auparavant, avait tremblé pour avoir mangé un morceau de lard cru sans autorisation. Et quand, la boutique terminée, elle attaqua le bureau, elle noya le plancher sous des flots d'eau poussiéreuse et frotta la table, et surtout le coffre-fort avec une férocité calculée pour les mettre à vif. Car il n'y avait pas seulement son obstination et sa stupidité, il y avait sa brutalité. « Alors, elle est encore plus folle ! » s'était-il écrié en parlant de sa femme, qui allait être martyrisée par une opération – et rien d'autre.

Ensuite, Elsie se mit à penser au docteur Raste. Elle s'était naturellement trompée sur son compte. Sur le trottoir devant chez lui il s'était montré très dur, avec ses règles sur ce qu'il devait ou ne devait pas faire. Et avant, déjà, bien avant, quand il l'avait regardée négligemment dans la maison de Riceyman Square, à la suite du coup que lui avait donné Joe, eh bien, il ne s'était pas montré très bon. Un genre d'homme maniéré, c'est ainsi qu'elle le qualifiait, distant, dur... et pourtant il s'était levé au milieu de la nuit pour le vieil avare, et il devait bien savoir qu'il ne tirerait jamais de lui beaucoup d'argent. Penser, en outre, que le docteur était venu lui-même en taxi chercher monsieur ! Elsie n'avait jamais entendu parler d'une chose pareille. Et à la place il avait emmené madame ! C'était prodigieux. Plus prodigieux encore l'arrivée de sa fille – une vraie petite princesse, qui savait se tirer d'affaire. Sans compter qu'il avait tout arrangé à l'hôpital aussi. (Oh ! cette réflexion accentua son humiliation de n'avoir pas réussi à « manœuvrer » M. Earlforward. Cette pensée lui était insupportable.) Non, il n'y avait aucun doute : elle s'était trompée sur le docteur. Joe avait toujours fait l'éloge du docteur, et, certes, elle avait toujours pris Joe pour un nigaud, qu'il était, mais, sur ce point-là, c'est lui qui avait eu raison et elle tort. Par repentir, ou en punition, elle éteignit les deux lampes de la boutique, dont elle n'avait pas besoin ; son esprit travaillait de façon bizarre, mais il avait sa logique. Le nettoyage fini, elle ôta le gros tablier.

Elle était un peu essoufflée et elle s'assit sur la chaise de son maître devant son bureau. C'était bien audacieux, mais qui pouvait le lui interdire ? Elle regardait fixement devant elle, de ce siège sacré, en posant un regard absent sur ce bureau également sacré. Le seul fait que personne ne pût le lui défendre la remplissait de tristesse. Le drame pesait sur elle. La vie était incompréhensible et nulle part au monde elle ne voyait de soulagement. Cet homme, là-haut, pouvait être, était probablement en train de mourir. Et personne ne savait quelle était sa maladie, personne ne pouvait lui venir en aide sans sa permission. Il était étendu là, au-dessus de la boutique, et il n'y avait rien à faire. Quant à sa maîtresse... le cas de sa maîtresse la touchait encore de plus près, car sa maîtresse était une femme, comme elle. Elle avait connu une douzaine de cas de ce genre. Les femmes luttaient quelque temps contre leur invisible ennemi, puis elles tombaient, on les emportait dans un hôpital et bientôt on apprenait qu'elles étaient mortes... Mme Earlforward seule dans un hôpital... discipline et règlements ! Et son mari malade chez lui, dans son lit ! Personne pour dire un mot à Mme Earlforward de son intérieur, et elle le cœur battant à s'user au sujet de son mari, et avec cela l'opération demain matin ! Il était très malade et les gens sont parfois bizarres dans ce cas-là. Ils ne sont pas tout à fait responsables et on ne peut pas les blâmer, n'est-ce pas ? Il doit être terriblement tourmenté de tout. C'est bien dommage qu'il soit si entêté, mais... il est comme ça, voilà. Elsie était accablée de tristesse, de misère, d'angoisse. Ses traits, sous la lampe, étaient affreusement décomposés.

Mais quand M. Earlforward, répondant au coup qu'elle frappait à sa porte, se redressa, pour se défendre à nouveau, et plus désespérément, contre un adversaire puissant, déterminé à le contraindre à agir contre son gré et son opinion, il vit, aussitôt que ses yeux se furent remis de l'éblouissement de la lumière soudaine, une bonne figure souriante et accommodante. Il en éprouva un soulagement intense, qui s'épanouit en gratitude. « Elle a promis de ne jamais m'abandonner, se dit-il, et elle ne me quittera pas. » Il était affaibli par sa maladie et par le manque de nourriture, il souffrait, il s'était persuadé qu'il allait mieux, mais il ne pouvait nier qu'il était encore très mal, et Elsie, c'était tout ce qui lui restait. Elle pouvait faire de son existence un paradis ou un enfer, et il se rendit compte qu'elle avait l'intention d'en faire, autant que possible, un paradis. Elle n'allait pas le bousculer, ni discuter sa décision au sujet de cet hôpital. Elle avait accepté son échec moral, et cela sans réserve ni mauvaise volonté. Elle lui apportait un potage, dans un bol blanc, très appétissant. Il n'avait, comme d'habitude, que bien peu d'appétit, mais la vue de ce bol et de la cuiller qui brillait sur le vieux plateau de laque le tentait, et il réfléchit qu'une tentative, même sans succès, pour manger un peu ferait une diversion dans l'affreuse monotonie de sa journée. En outre, il voulait lui faire plaisir.

Lorsque, avec un sourire angélique, elle fit le tour du lit pour venir se mettre tout près de lui, un voile lui tomba des yeux et, pour la première fois, il vit en elle, non pas une femme de ménage promue domestique, mais une femme pleine de vie et d'énergie, que sa bonté rendait magnifique. Il envia sa saine vigueur, il compta sur elle. Ce fut un moment délicieux dans cette maison maudite et silencieuse.

– Je vais essayer, dit-il aimablement, en se soulevant et en la regardant.

– Comment, s'écria-t-elle, voilà que vous avez fait votre lit !

Aucune désapprobation dans le ton, aucun avertissement quant aux fâcheuses conséquences possibles d'une si folle escapade.

– Y a-t-il d'autres lettres ? demanda-t-il, après avoir avalé une cuillerée.

– Je crois qu'il y en a une, répondit-elle vivement. Voulez-vous que je descende vous la chercher ?

En bas, elle courut ramasser, au petit bonheur, une des lettres posées sur le bureau. Elle rapporta aussi une feuille de papier à lettre et une enveloppe, un sous-main et un crayon.

– Qu'est-ce que c'est que tout ça ? demanda-t-il doucement, tout en ouvrant la lettre.

– Eh bien, vous désirez écrire à madame, n'est-il pas vrai ?

– Hum ! murmurma-t-il, lisant sa lettre et faisant semblant de n'avoir pas entendu. Il avait honte de n'avoir pas eu de lui-même l'idée d'écrire à Violette.

– Vous allez envoyer un mot à madame, à l'hôpital. Ça la remontera joliment d'avoir de vos nouvelles.

– Oui, dit-il, j'allais vous demander de quoi écrire.

– Parfait, je porterai la lettre. Il faut prendre un peu de ce potage, je ne voudrais pas que vous le laissiez refroidir.

Elle se tenait près de lui, une main sous un coin du plateau peu stable.

– Vous ne pouvez pas en avaler davantage ? Très bien !

Elle ôta le plateau et le remplaça par le sous-main qui devait faire office de pupitre à écrire sur le lit. C'était toujours un étonnement pour Elsie de voir avec quelle aisance écrivait son maître. Elle l'admirait. Et elle était presque heureuse, parce qu'elle avait résolu de sourire gaiement, de lui complaire, de faire tout ce qu'elle pourrait pour lui, bref, d'être un ange.

– Voulez-vous que je vous lise ce que j'ai écrit ? suggéra-t-il en levant brusquement les yeux.

– Oh ! Monsieur !

Cette étonnante, cette incroyable flatterie la renversait complètement.

Il voulait lui lire ce qu'il avait écrit à Madame, pour avoir son approbation sans aucun doute. Elle rougit.

« Ma chère femme, je suis, vous vous en doutez, torturé par l'angoisse à votre sujet. J'ai reçu un coup cruel quand Elsie m'a appris que le docteur vous avait emmenée à l'hôpital sans perdre une minute. Néanmoins, je sais que vous êtes très brave et que vous avez une excellente constitution, et je suis persuadé qu'avant une semaine vous serez mieux portante que vous ne l'avez été depuis des mois. D'ailleurs, l'hôpital est certainement très bon, c'est un des meilleurs, sinon le meilleur de Londres. Il a été fondé il y a près de huit cents ans. Quand ce n'aurait été que pour être sous le même toit que vous, je serais allé, moi aussi, à l'hôpital aujourd'hui, mais je me sens tellement mieux que ce n'est vraiment pas nécessaire, et je suis sûr que si vous étiez ici pour me voir vous seriez de mon avis. Il faut bien songer aux affaires. Je suis heureux de dire qu'Elsie me soigne admirablement, mais, bien entendu, cela ne me surprend pas. Maintenant, ma chère Violette, il faut vous remettre rapidement, pour moi aussi bien que pour vous. Ayez bon courage et ne vous tourmentez pas pour moi. Ma petite indisposition n'est rien : c'est votre maladie qui me l'a fait comprendre. Votre mari affectionné : H. Earlforward. »

Il lut sa lettre d'une voix calme et égale, mais faible, mit l'adresse sur l'enveloppe et se renversa sur les oreillers. (Il se servait, depuis qu'il avait fait le lit, de celui de Violette aussi bien que du sien.) Il ne finit pas son potage. Il laissa Elsie plier la lettre et la glisser dans l'enveloppe qu'elle colla, toutes choses qu'elle fit avec un sentiment net de l'honneur qui lui était accordé. C'était une lettre merveilleuse et il l'avait écrite d'un trait, sans une hésitation. Que de gentillesse, que de réflexion, et comme elle expliquait bien tout ! Elle fut forcée de croire un moment que son maître allait réellement mieux. Ce qu'il disait d'elle la touchait profondément, et pourtant elle aurait, en un sens, préféré que ce passage n'y fût pas. Ce qui pourtant l'émouvait le plus, c'était de penser que, naguère, et il n'y avait pas si longtemps, son maître était un célibataire, solitaire, qui ne s'inquiétait jamais des femmes et ne songeait pas que cela pût lui arriver : et voila qu'il était maintenant absorbé par l'une d'elles, et que tout se passait de façon si convenable, si charmante... Mais il était bien malade. Ses lèvres, ses joues étaient affreuses à voir : Elsie se rappelait nettement les lèvres rouges et pleines qu'il avait autrefois.

Elle s'était éloignée du lit, emportant le bol qu'elle avait mis sur la commode. Le contenu des poches de son maître y était déjà, car il l'y posait tous les soirs, pour mieux plier ses vêtements fripés.

– Il me semble que je n'ai pas d'argent, dit-elle avec hésitation au bout d'un moment.

– Mais ce n'est pas la date de vos gages... Vous ne voulez pas... ?

– Oh ! non, monsieur.

Elle avait déposé à peu près tout son argent liquide à la Caisse d'épargne, son après-midi de congé, et le peu qu'elle avait gardé était parti pour payer le taxi qui n'avait pas servi.

– Comment, Elsie ! vous devez être riche, dit M. Earlforward. Voyons, avec vos gages et votre pension.

Il parlait sans la regarder, un peu comme dans un rêve, mais avec un intérêt évident.

– C'est que, monsieur, voilà ce qui en est : je donne ma pension à ma mère. Elle est veuve comme moi et elle ne peut pas se tirer d'affaire toute seule.

– Toute votre pension, à votre mère ?

– Oui, monsieur.
– Combien est-ce votre pension ?
– Vingt-huit shillings onze pence par semaine, monsieur.
– Bien, bien...

M. Earlforward n'ajouta rien. Il avait souvent pensé à sa pension de veuve de guerre, mais jamais à une mère ou à un parent quelconque. « Comme c'est étrange, se disait-il, que, depuis des années, elle ait fait l'abandon de toute une pension, sans que personne l'ait su à l'Escalier de Riceyman ! »

– Pourriez-vous me donner six pence, monsieur ? demanda humblement Elsie, revenant à ce qu'elle avait dit au sujet de l'argent.

– Six pence ? Quel besoin avez-vous de six pence ? Vous ne pensez certes pas à acheter à manger ce soir ? – Et M. Earlforward, qui était couché sur le côté droit, se remit d'un mouvement nerveux sur le dos et regarda Elsie, le sourcil froncé.

– Je les voudrais pour les donner au garçon de Mme Perkins, du square, pour qu'il porte votre lettre à madame, jusqu'à l'hôpital.

Malgré elle, elle se sentait coupable de trahir les intérêts de M. Earlforward.

– Et puis quoi encore ? dit-il avec force. Il faut y courir vous-même. Ça ne vous prendra pas longtemps. Je n'aurai besoin de rien.

– Je n'aimerais pas vous quitter, monsieur, voilà tout.

– Partez vite avec la lettre, ma fille.

Elle était réduite de nouveau au rôle d'une servante, elle qui venait d'être élevée au rang de confidente. Le malade se remit sur le côté droit, enfonça son nez dans l'oreiller, et ferma les yeux pour indiquer qu'il avait assez parlé et désirait dormir. Ses clefs étaient sur la commode, avec divers autres objets, dont trois cure-dents, mais pas un sou. Il était rare qu'il montât se coucher avec de l'argent dans ses poches.

Elsie, d'un geste prompt, ramassa sans rien dire le trousseau de clefs et sortit de la chambre, comme une criminelle : elle n'avait aucune intention de porter elle-même la lettre à l'hôpital. Elle descendit, pleine d'entrain : elle était d'autant plus heureuse, qu'elle avait été souriante et bonne, qu'elle avait cédé, après ses velléités de révolte, et parce que la lettre à Mme Earlforward c'était son idée à elle. Dans le bureau, elle s'agenouilla devant le coffre-fort de M. Earlforward. Aucune crainte n'accompagnait le sentiment de pouvoir qu'elle éprouvait. Il n'y avait personne pour l'épier, pour lui ordonner une chose ou lui en défendre une autre. On ne pouvait lui contester son omnipotence en dehors de la chambre à coucher.

Bien qu'elle maniât pour la première fois le trousseau de clefs, elle sut immédiatement laquelle était celle du coffre-fort et comment on l'ouvrait, pour l'avoir vu faire à M. Earlforward. Il aurait été bien stupéfait d'apprendre l'étendue de ses connaissances, non seulement en matière de coffre-fort, mais encore au sujet de bien des détails privés de la vie de son intérieur, car Elsie, comme tous les domestiques, était riche en renseignements secrets, dont elle ne faisait nul usage, mais tout prêts à servir à la première occasion.

Elle ouvrit le coffre, fit pivoter l'énorme porte, atteignit un tiroir et recula, alarmée, presque aveuglée. Le tiroir était plein de pièces d'or, tout plein. Cet amas éblouissant n'était pas compris dans ses renseignements domestiques. Elsie n'avait guère vu, de sa vie, une pièce d'or. Des années auparavant, au début de la guerre, elle avait, de loin en loin, aperçu un demi-souverain. Elle referma vivement le tiroir. Puis, elle regarda autour d'elle, effrayée à l'idée d'espions possibles, après tout. Il lui sembla entendre des craquements dans l'escalier et quelque chose remuer dans les coins sombres de la boutique mystérieuse. Même le jour où elle avait été prise sur le fait à manger du lard cru, elle n'avait pas eu un sentiment de culpabilité aussi épouvantable. Son premier mouvement fut de refermer le coffre à double, à triple tour, et de tâcher d'effacer de sa mémoire la vision de l'or. Elle n'aurait à aucun prix touché à un autre tiroir.

Mais elle aperçut, posé sur le rebord, au-dessus des tiroirs, un sac de toile. Ce sac lui était familier : il contenait de l'argent. Elle détacha le cordon et y prit six pence. Puis, se levant, elle déchira la bande d'une circulaire prise parmi la correspondance sur la table, écrivit dessus : « Six pence » et la mit dans le sac. Telle était sa pauvre, son insuffisante précaution, la seule possible, contre la formidable fureur qui la menaçait. Elle avait accompli une action inouïe, et elle imaginait très bien quelles en pourraient être les conséquences.

Elle était encore haletante quand elle tira le verrou de la porte de la boutique. Comme il pleuvait, elle remonta chercher son parapluie, placé sous son lit, enveloppé dans des journaux. Elle dut le chercher en tâtonnant dans l'obscurité, et déchira le papier. Revenue en bas, elle ne put trouver immédiatement la clef de la porte et se décida à la laisser fermée au pène seulement. Elle serait de retour du square en une minute et personne n'aurait l'idée de s'introduire dans la maison. Et elle monta les marches en courant, se dirigeant vers le square.

IV

A l'abri de la pluie

Le « garçon » de Mme Perkins, qui habitait avec sa mère dans la maison mitoyenne de l'ancienne demeure d'Elsie, à Riceyman Square, et qui avait pour Elsie des attentions chevaleresques, était, par une heureuse chance, dehors, dans le square. Il était, dans l'obscurité, fort engagé dans une conversation amoureuse avec une fille de son âge – quatorze ou quinze ans – et ils s'abritaient imparfaitement sous l'auvent d'une remise dépendant de l'église, au coin du jardin. Ils élevaient la voix de temps à autre, et Elsie reconnut celle du garçon en approchant de la maison. Le « garçon » de Mme Perkins avait sur la tête un sac emprunté, sans permission, pour la soirée, à la Compagnie des Colis Express, dans les camions de laquelle il passait environ douze heures par jour en se balançant sur une corde accrochée au toit de la voiture. Qu'il lui restât assez de force, le soir, pour avoir, sous la pluie, de secrets entretiens d'une sentimentalité à la fois rude et délicate, cela prouvait suffisamment d'assez brillantes qualités.

Elsie l'avait choisi pour sa mission parce qu'il était entraîné au contact du monde et bien accoutumé à affronter les antichambres et à se faire écouter de leurs gardiens. Elle l'appela à travers la chaussée d'un ton de commandement assuré, indiquant qu'elle le savait son esclave et que, en dépit de son âge avancé, elle pouvait plus que tenir tête auprès de lui à n'importe quelle gamine du square. Il y avait un côté de la personne d'Elsie que nul au monde, en dehors du « garçon » de Mme Perkins, ne connaissait. Il accourut vers elle.

– Il faut que tu galopes jusqu'à l'hôpital avec cette lettre, et ne manque pas de dire au portier qu'il doit la remettre ce soir à Mme Earlforward. Elle est là-bas. Voilà six pence pour toi, et je vais te prêter mon parapluie ; je le reprendrai chez ta maman demain matin ; seulement il faut que tu reviennes d'abord avec moi jusqu'à l'Escalier, parce que je n'ai pas envie de me faire mouiller.

– Ça va, Elsie ! acquiesça-t-il d'une grosse voix qui muait, et criant plus fort : « A tout à l'heure, Nell ! »

– Mets-la dans ta poche, dit Elsie en lui tendant la lettre. Non, pas les clefs. – Elle avait encore à la main le trousseau de son maître.

Le garçon insista pour tenir le parapluie qui lui faisait presque autant de plaisir que les six pence. Jamais encore il n'avait eu l'occasion de se montrer avec un parapluie. Mais il voulait se débarrasser de son sac, qui n'allait pas du tout avec la magnificience du parapluie.

– Attends un peu. – Et l'arrêtant, il jeta le sac par-dessus la grille dans la courette de sa mère, puis ils continuèrent à se diriger vers l'Escalier.

– Ton Joe t'a demandée ce soir, fit-il brusquement.

– Mon Joe !

Elle s'arrêta, puis s'appuya contre la grille.

– Allons, viens ! lui demanda-t-il, ricanant nerveusement avec impudence, pour cacher l'émotion que lui causait celle d'Elsie.

Elle obéit.

– Comment le sais-tu ?

– C'est Nell qui vient de me le dire. Tout le monde le sait.

– Où m'a-t-il demandée ?

– Chez Hockett.

– Qu'est-ce qu'on lui a dit ?

– Où tu habites maintenant, je suppose.

– Sais-tu quand il s'est informé ?

– Oh ! ce soir, je crois.

– Maintenant, dépêche-toi de porter cette lettre, Jerry, dit-elle, à la porte de la boutique. Et le « garçon » de Mme Perkins s'élança en tournant le coin de King's Cross Road, le parapluie haut levé.

Elsie avait l'impression de n'avoir pas du tout parlé elle-même à Jerry, mais d'avoir entendu quelqu'un d'autre lui parler avec sa voix. Et la tête lui tournait complètement, prise entre la crainte et le bonheur. Elle avait les mains et les pieds glacés. Toutes sortes de souvenirs et d'espoirs, qu'elle avait, de sang-froid, massacrés et profondément enterrés, s'élançaient en foule pressée hors de leur tombe et accablaient son esprit.

Son bouleversement était tel qu'elle dut réfléchir péniblement avant de pouvoir seulement commander à ses doigts d'ouvrir la porte de la boutique.

En venant de la rue, il fallait traverser toute la longueur du magasin jusqu'à la cloison qui le séparait du bureau pour tourner le commutateur électrique. Quand Elsie passa à tâtons entre les embrasures pleines de tablettes, elle crut entendre remuer quelque chose, et alors une question vint la frapper et l'agiter : « La porte était-elle fermée à clef ou non, quand je l'ai ouverte ? » Elle n'en était pas sûre, tant ses mains avaient été tremblantes et maladroites. Elle n'osa, pendant un bon moment, éclairer la boutique, de crainte d'y découvrir quelque chose de sinistre, ou quelqu'un qu'elle ne désirait que trop voir.

Tournant enfin le bouton, elle explora d'un œil craintif tout ce qu'on pouvait, de la porte du bureau, voir de la boutique. Rien. Mais les renfoncements garnis de livres, les plus proches de la façade, elle ne pouvait les voir. Elle écouta. Pas un bruit à l'intérieur et, au-dehors, uniquement ceux, si familiers qu'elle ne les remarquait jamais, à moins de prêter attentivement l'oreille. Elle allait monter... éteindre, et puis monter. Non ! Elle ne pouvait absolument pas quitter la boutique : il fallait attendre. Il fallait ouvrir la porte et, à intervalles rapprochés, regarder dehors si Joe arrivait. Il fallait même lui laisser la porte grande ouverte.

Il ne pouvait pas ne pas venir tôt ou tard. Il savait où elle était, il était donc impossible qu'il ne vînt pas.

Elle perçut un très léger bruit qui retentit à travers la boutique et dans ses oreilles comme un coup de canon ou l'annonce d'un tremblement de terre. Puis un silence non moins terrifiant ! Le léger bruit paraissait venir du renfoncement à l'extrémité duquel se trouvait la fenêtre qui donnait sur King's Cross Road. Elle pouvait apercevoir à peu près la moitié, un peu plus peut-être, de ce renfoncement, mais pas tout. Il fallait y aller voir. Sa peau la brûlait. La boutique était maintenant, pour elle, peuplée de menaces invisibles. M. Earlforward était aussi oublié que s'il fût mort cent ans plus tôt. Il fallait aller voir, et elle s'y décida. Le cœur lui battait horriblement. Il y avait, en effet, un tas de quelque chose gisant au pied de cette fenêtre.

– Joe ! appela-t-elle, mais d'une voix étouffée, de peur que, par quelque infernale magie, M. Earlforward, là-haut, dans sa chambre, ne pût l'entendre.

Joe était une masse à peine vivante, enveloppée de vêtements lâches et trempés. Son chapeau, tombé sur le plancher, l'avait mouillé. Il avait laissé pousser une barbe légère. Elsie s'agenouilla près de lui, prit sa tête dans ses bras et baisa son pâle visage, ses lèvres magnifiques trouvèrent celles de Joe, qui étaient sèches et ratatinées. Il la reconnut sans la regarder : elle s'en aperçut à la réponse de ses lèvres à lui.

– J'ai très soif, murmura-t-il de sa voix profonde, qui la fit tressaillir.

Chose étrange que, mouillé jusqu'aux os, il eût soif.

Tout en le sachant malade, et peut-être très malade, elle se sentit plus heureuse à ce moment-là qu'elle ne l'avait jamais été. Un bonheur exultant, extatique, s'abattait sur elle, en elle, la pénétrait et l'enveloppait. Elle ne se souciait plus de rien, sinon de ce qu'elle l'avait. Elle n'éprouvait aucune curiosité de savoir ce qu'il avait fait, quelles souffrances il avait endurées, comment sa maladie lui était venue et quelle elle était : elle vivait exclusivement la minute présente. Elle ne s'occupait même pas de sa soif. Puis, peu à peu, un remords poignant, et pourtant doux, grandit en elle, parce qu'une année auparavant, avant sa disparition, elle l'avait traité durement. Elle avait agi pour le mieux, dans l'intérêt de son bien à lui, mais était-il louable d'être implacable, comme elle l'avait été, à l'égard de la victime qu'il était incontestablement ? N'aurait-il pas mieux valu le perdre, le tuer à force de bontés et de concessions ? Pour Elsie, la bonté était une qualité qui se justifiait par elle-même, quelles que pussent en être les conséquences. Et alors elle se mit à regretter vivement d'avoir détruit la lettre de Joe : elle aurait aimé pouvoir la lui montrer pour prouver sa constance. Et s'il lui demandait si elle l'avait reçue, et ce qu'elle en avait fait ? Pourrait-elle supporter la honte d'avoir à répondre : « Je l'ai brûlée » ?

– J'ai si soif, répéta-t-il.

C'était l'homme d'une seule idée.

– Reste là, chuchota-t-elle doucement, le serrant contre elle et mouillant sa robe et ses joues, avant de se séparer de lui.

Elle monta en courant, sans bruit, et revint, rapportant de la cuisine un petit pot d'eau froide. Comme il ne paraissait pas pouvoir tenir l'anse, elle souleva le pot jusqu'à ses lèvres. Il avalait par grandes gorgées avides.

– Attends un peu maintenant, dit-elle, quand il eut bu la moitié du pot – et elle le lui retira. Au bout de vingt ou trente secondes, il but le reste et poussa un soupir.

– Peux-tu marcher, Joe ? Peux-tu te tenir debout ?

Il secoua la tête lentement.

– Je suis tombé étourdi... la porte n'était pas fermée à clef. Je suis entré pour éviter la pluie, et je suis tombé étourdi.

Elle remonta, toujours en courant, alluma sa bougie et la posa par terre, à côté de sa porte. Quand elle fut encore une fois redescendue, elle constata que la bougie répandait une très vague lueur sur les deux étages de marches au fond de la boutique. Elle prit Joe dans ses bras – son continuel et rude travail manuel l'avait rendue très forte, et il était très mince – et le porta jusqu'à sa chambre, où, comme il était mouillé, elle le déposa par terre.

Hors d'haleine pour une minute, elle rentra la bougie dans sa chambre puis ferma sa porte à clef – elle ne la fermait à personne, mais elle la ferma quand même.

Elle était désormais garde-malade et lui était son malade. Elle commença à le déshabiller, puis s'arrêta et se précipita dans la salle de bains où la chemise de flanelle grise que M. Earlforward avait portée la semaine précédente reposait, fraîchement repassée. Elle la prit. Puis, ayant de nouveau bien fermé sa porte, elle acheva de déshabiller le malade, lui ôtant tout ce qu'il avait sur lui, le séchant avec sa serviette, lui frictionnant même la tête, lui passa la chemise, arrangea le lit, l'y installa et le couvrit, jetant par-dessus les couvertures ces mêmes vêtements que le matin de bonne heure elle y avait mis pour réchauffer Mme Earlforward. Il reposait là, dans son lit à elle, et nul au monde, en dehors d'eux deux, ne savait qu'il était dans sa chambre, derrière la porte, fermée à clef pour le défendre contre la terre entière. C'était un merveilleux, un palpitant secret, le plus merveilleux qui eût jamais réjoui un cœur de femme dans l'histoire de l'amour. Agenouillée devant le lit, elle le couvrait de baisers incessants. Il sourit, puis un frisson douloureux contracta sa figure.

– Qu'est-ce qui t'arrive, Joe, mon chéri ? Qu'est-ce que tu as ? demanda-t-elle doucement, heureuse de son sourire, mais alarmée de son malaise évident.

– J'ai mal partout... j'ai froid.

Sa voix était extrêmement faible.

Elle repassa dans sa tête les noms de diverses maladies et songea à une fièvre rhumatismale. Elle n'avait pas la moindre idée de ce que cela pouvait être, mais elle avait toujours compris que c'était excessivement sérieux.

– Je vais allumer du feu, dit-elle, annonçant cette décision terrifiante comme si c'était chose toute naturelle pour une domestique, ayant installé dans sa chambre son amoureux, de brûler pour lui le précieux charbon de son maître.

En descendant pour voler un seau de charbon elle se dit : « Je ferais bien de m'assurer de ce que devient le patron », et, entrant dans sa chambre, elle alluma la lampe. M. Earlforward ne paraissait ni mieux ni plus mal. Elle fut rassurée sur son compte. Il la regarda attentivement, mais ne put voir à travers sa chair le secret qu'elle enfermait dans son cœur.

– Vous êtes bien, monsieur ? demanda-t-elle

Il fit signe que oui.

– Vous allez vous coucher ? dit-il.

– Oh ! non, pas encore, fit-elle avec un sourire. Pas d'ici un bon moment.

– Pourquoi votre tablier est-il mouillé comme ça, Elsie ?

– Oh ! ce n'est rien, monsieur, dit-elle sans se décontenancer.

Et elle éteignit la lampe avant de sortir.

– Hep, Elsie... dites-moi...

– Impossible de rester maintenant, monsieur, j'ai trop à faire.

Elle lui parlait négligemment, comme un pouvoir supérieur à un plus faible – comme c'était drôle !... Et elle sortit en claquant vigoureusement la porte.

La grille et la cheminée de sa chambre n'avaient aucune habitude du feu : on conçoit qu'elles n'avaient jamais su ce que c'était. Mais elles mirent à remplir leur fonction une ardeur de néophytes, et bientôt le charbon de M. Earlforward flamba sérieusement dans le foyer, répandant une chaleur étouffante et délicieuse dans la chambre, pendant que M. Earlforward, qui ne soupçonnait rien d'une pareille infamie au-dessus de lui, se réchauffait uniquement sous des couvertures et par la fierté de l'économie. Un peu plus tard, Elsie offrait à Joe la nourriture achetée pour son maître malade. La liste de ses larcins s'allongeait d'heure en heure.

V

Les deux malades

Vers quatre heures du matin, Joe se réveilla après un court sommeil et se mit brusquement à poser des questions à Elsie au sujet de sa sécurité dans cette étrange maison, demandant aussi à qui était la couche où il reposait.

– Tu es dans mon lit, Joe, répondit-elle, agenouillée devant lui de manière à avoir la figure tout contre la sienne et à chuchoter plus intimement.

Et elle lui expliqua la situation du ménage, comment sa maîtresse avait été emmenée à l'hôpital pour y subir une opération, comment son maître était couché, avec une maladie mal définie, et comment, seule, elle avait tout pouvoir dans la maison.

Alors Joe se mit à raconter avec animation ses aventures des derniers douze mois, et elle se rendit compte que son état avait beaucoup empiré et qu'il était très malade. Sa voix et son regard révélaient l'un et l'autre les progrès de la maladie.

– Ne me raconte pas tout cela maintenant, mon chéri, dit-elle en l'interrompant, je veux tout savoir, mais pour le moment il faut te reposer... Demain, quand tu auras fait un autre bon somme... Il faut que j'aille une minute jeter un coup d'œil au patron.

Elle lui donna à boire de l'eau et le quitta, moins pour aller voir M. Earlforward que pour laisser Joe se calmer, si possible. Elle savait que, dans certains cas, la solitude était ce qui valait le mieux, qu'il fût bien ou mal portant. Et elle descendit par l'escalier obscur dans l'autre chambre, presque aussi froide que l'escalier glacial.

M. Earlforward aussi était moins bien. Il paraissait avoir la fièvre et avait pourtant l'air d'un cadavre. L'arrivée d'Elsie lui fut visiblement un soulagement ; il lui reprocha de le négliger, mais avec précaution et assez timidement, comme quelqu'un qui se sent exposé à des représailles auxquelles il ne pourrait résister. Elsie resta un quart d'heure à le soigner, puis alla dans la cuisine, où le fourneau à gaz extravagant répandait une douce tiédeur, tout en chauffant de l'eau et en essayant de sécher les misérables vêtements de Joe.

Elsie avait de quoi réfléchir. Les deux hommes dont elle avait la charge étaient sérieusement malades, et elle ne savait pas exactement ce qu'avait chacun d'eux. A supposer que l'un d'eux mourût entre ses mains avant le matin... ou tous les deux !... Tout le bonheur qu'elle avait éprouvé à voir reparaître Joe avait disparu. Elle avait d'horribles pensées, des pensées dont elle avait honte, mais qu'elle ne pouvait chasser. Si quelqu'un devait mourir, elle souhaitait que ce fût M. Earlforward. Bien plus, elle ne pouvait s'empêcher de désirer en tout cas de mort. Elle avait promis solennellement à M. Earlforward de ne jamais l'abandonner, et une promesse était une promesse. Qu'il vive et que « quelque chose arrive » à Mme Earlforward et la voilà prisonnière pour la vie. Et si Joe vivait, M. Earlforward ne lui permettrait jamais de l'épouser et de le garder chez lui avec elle, ce qui serait assurément nécessaire, étant donné la santé de Joe. Tandis qu'une fois débarrassée de M. Earlforward, elle serait sa maîtresse et pourrait aisément prendre Joe entièrement à sa charge. Il est étrange qu'une créature d'une bonté si angélique, si peu égoïste, puisse avoir de telles pensées, mais elle les avait.

En outre la double responsabilité qu'elle avait assumée de façon si impulsive pesait sur elle d'un poids écrasant. Jamais son front anxieux ne s'était plissé sous une telle angoisse que maintenant, et sous de telles hésitations. Fallait-il faire immédiatement appeler le docteur ? Mais elle ne pouvait aller le chercher elle-même ; elle n'osait même pas quitter ses malades le temps de courir jusqu'au square pour envoyer un de ses amis. Qui plus est, elle avait un singulier scrupule à déranger le docteur deux nuits de suite, et ce scrupule elle le mettait en quelque sorte en balance avec deux vies humaines ! En un mot, elle ne savait que faire. Elle avait un besoin désespéré de conseils, et ne pouvait en avoir. En somme, elle considérait qu'il fallait faire venir le docteur. Des quantités, des centaines de gens peut-être dormaient à quelques mètres d'elle. N'y en avait-il pas un parmi eux à qui elle pût faire appel ? Elle retourna près de Joe : il parla dans son sommeil. Elle alla à la fenêtre, l'ouvrit et regarda.

En longue file les arrière-cours des maisons de King's Cross Road s'étendaient devant elle : une série de murs noirs, un mur, une cour, et les bâtiments mitoyens deux par deux, qui faisaient saillie à intervalles réguliers par des chambres de derrière, qui s'ajoutaient aux rectangles des maisons. Le ciel était clair, la pleine lune avait éclipsé les étoiles, et ce beau temps qui aurait été si agréable en plein jour, était perdu dans cette nuit inconsciente. La lumière de la lune se reflétait çà et là sur des vitres. Chaque fenêtre des étages supérieurs représentait une chambre à coucher, et dans chacune de celles-ci, des êtres éveillés ou endormis. Pas une fenêtre éclairée, sauf une au bout de la perspective. Derrière celle-là quelqu'un souffrait peut-être, et quelqu'un veillait. Ou peut-être simplement quelqu'un se levait-il pour une interminable journée de travail.

La lourde nuit qui pesait sur la ville oppressait affreusement Elsie. Elle avait remarqué qu'un petit chien, dont la niche était dans la cour de la maison la plus proche de « T. T. Riceyman », gémissait et jappait avec agitation. Soudain, une lumière brilla fixement derrière une fenêtre de cette même maison, à moins de quatre mètres d'Elsie, qui en fut étrangement impressionnée. Puis, la lumière s'évanouit, et peu après, la porte de derrière s'ouvrit et la forme d'une jeune femme en peignoir, les cheveux défaits, se silhouetta à la lueur d'une bougie qui était dans la maison. A travers la petite cour, Elsie voyait nettement la femme, dont l'aspect ne lui était pas du tout familier. Un être qui vivait à côté d'elle depuis des mois, des années peut-être, et elle ne la connaissait ni d'Ève ni d'Adam ! Elsie avait envie de l'appeler, mais n'osait pas. Elle avait une jolie figure, cette femme, mais dure, exaspérée, furieuse. La femme s'avança d'un air menaçant vers le jeune chien enchaîné, et l'instant d'après on entendit un aboiement aigu, suivi d'une série d'autres qui allèrent en diminuant. « Voilà pour t'apprendre à empêcher les gens de dormir toute la nuit ! » cria une voix aiguë, hostile. Et la femme rentra chez elle.

Le chien se remit à japper et à gémir. La femme ressortit, furieuse, empoigna l'animal et le jeta avec violence dans sa niche : Elsie entendit le choc du petit corps mou contre le bois. Elle se rejeta en arrière, écœurée. La femme se retira, victorieuse, ferma sa porte à clef : la lumière parut encore une fois à la fenêtre de la chambre, puis s'éteignit ; et le petit chien, toujours aussi abandonné et glacé, et ne comprenant pas du tout le sens de la correction qu'il avait reçue, sortit de la niche et reprit ses jappements et ses plaintes.

– Pauvre petit ! murmura la candide Elsie en refermant la fenêtre.

Non ! Elle ne pouvait décidément envoyer personne chez le docteur. Le sens commun vint à son secours : il fallait attendre le jour. Quelques heures encore et ce serait le matin. Le risque d'un désastre en ces quelques heures était extrêmement minime. Elle ne devait pas se montrer une petite imbécile de peureuse. Joe parlait toujours dans son sommeil agité. Elle ranima vivement le feu, puis retourna voir M. Earlforward, qui parlait aussi en dormant. Au bout d'un moment, elle alla chercher un peigne, se rendit dans la cuisine, se lava la figure et les mains à l'eau chaude, défit ses cheveux noirs, se peigna et se coiffa. Puis elle mit un tablier propre. Il fallait être avenante et fraîche pour ses malades quand commencerait une nouvelle journée. Pour elle, il n'y avait plus de différence entre le jour et la nuit : son existence était désormais continue – aucun répit de conscience – et se déroulait uniforme. Elle ne se sentait pas fatiguée. Au contraire, elle se sentait vivre avec intensité, avec énergie et attention, et n'avait aucun désir de dormir. Et sa gourmandise semblait l'avoir quittée.

VI

Second refus

Elle montait en courant l'Escalier de Riceyman – pas aussi tôt qu'elle l'avait espéré, à cause d'une rapide série d'exigences de ses deux malades au dernier moment – afin de trouver dans le square un messager à envoyer chez le docteur, quand un : « Hep ! hep ! » énergique la fit retourner. L'appel venait du docteur Raste, qui tournait juste le coin de King's Cross Road. Elsie revint lui ouvrir bien vite la porte de la boutique. L'encre de son avis annonçant au public la fermeture du magasin s'était délayée tout à son aise sous la pluie des dernières vingt-quatre heures.

– Vous quittiez votre malade. Elsie, dit le docteur, d'une voix nette, impassible, qui n'exprimait ni désapprobation, ni approbation, ni quoi que ce soit, mais qui simplement signalait le fait à ses réflexions. Elle expliqua.

– Il est plus mal, naturellement, prononça le docteur d'un ton qui ne demandait pas confirmation – qui l'interdisait presque.

Il était impénétrable, ou, comme se le disait Elsie, « il n'y avait rien à tirer de lui ». Il pouvait être fatigué ou ne pas l'être, il pouvait avoir été tiré de son lit à deux heures du matin, ou avoir parfaitement dormi : on ne savait pas, on ne saurait jamais. Les secrets de la nuit étaient enfermés dans ce corps bien habillé.

Il était le docteur, et rien d'autre. Une seule chose prouvait qu'il était un homme : il avait encore une fois dérangé son programme de la journée pour venir à la maison T. T. Riceyman.

Ils traversèrent la boutique, sur le sol de laquelle gisaient d'autres lettres. A la porte de la chambre de M. Earlforward le docteur s'arrêta et murmura :

– Il vaudrait mieux que vous m'expliquiez ce que vous avez à me dire avant d'entrer.

Elle l'emmena dans la salle à manger où il s'assit sur une chaise poussiéreuse. De l'avis d'Elsie la salle à manger était dans un état épouvantable et, en réalité, bien que la boutique et le bureau n'eussent pas encore beaucoup perdu de leur terrible nettoyage de la veille, les seules pièces présentables de la maison étaient les deux chambres à coucher. Tout le reste était aussi négligé et en mauvais état qu'un animal favori oublié dans le trouble d'une crise grave et prolongée. Elsie, debout, fit son rapport que le docteur écouta comme l'eût fait un magistrat. Elle aurait voulu s'informer de Mme Earlforward, mais il n'était pas convenable qu'elle fit des questions. Elle ne pouvait pas non plus trouver une formule pour communiquer à l'inflexible petit docteur ce fait considérable : la présence de Joe dans la maison.

– Vous vous êtes couchée ? dit-il froidement.

– Oh ! non, monsieur.

– Vous avez dormi ?

– Oh ! non, monsieur.

– Pas depuis deux nuits, hein ?

– Non, monsieur, mais ça ne vaut pas la peine d'en parler.

Quand enfin ils passèrent dans la chambre. Elsie fut choquée de l'état du lit du malade. Elle l'avait laissé impeccablement net, lisse et régulier : il était maintenant bouleversé et dans un affreux désordre, comme s'il n'avait pas été fait depuis des jours, comme si le malade avait soutenu une lutte incessante contre un puissant ennemi. Au milieu gisait M. Earlforward (qu'elle venait juste de « redresser » et qui , à son sentiment, ne paraissait pas alors très malade), dépeigné, brûlant, les yeux fiévreux, la peau parcheminée, émacié, desséché, fripé, anxieux, aux abois, à peu près désespéré, et marmottant pour lui seul. Pourtant, dès qu'il aperçut le docteur, il modifia son attitude et devint calme, paisible et même un peu gaillard. Ce changement était émouvant, car il ne pouvait faire illusion et il avait quelque chose d'héroïque.

– Eh bien, mon ami, dit le docteur d'un ton saccadé, avec son vague rire nerveux, si caractéristique à la fin de ses phrases.

– Vous arrivez de bien bonne heure, docteur, dit-il posément, du moins il me semble qu'il est très tôt. – Il ne savait pas l'heure, Elsie non plus : pas une pendule qui marchât dans la maison, et la cloche de l'église était trop familière pour qu'on l'entendît, à moins de prêter l'oreille.

– J'ai pensé qu'il vous serait agréable d'avoir des nouvelles de votre femme, dit le docteur en élevant la voix. – Il ne fit aucune allusion au refus exaspérant d'Henri d'aller à l'hôpital la veille. – On m'a dit à l'hôpital que tout son mal venait d'un fibrome. Je m'en doutais.

– Un fibrome... où ?

– A la matrice. – Le docteur lança un coup d'œil à Elsie, comme pour dire : « Vous ne connaissez pas ce mot-là. » Elle l'ignorait, mais elle devinait bien d'où venait le mal de sa maîtresse. – Changement d'existence, pas d'enfant, continua le docteur de son air distingué, en hochant plusieurs fois la tête. – Le malade se contentait de le regarder de ses petits yeux brillants. – On va l'opérer ce matin : j'espère que tout ira bien, tout devrait se passer parfaitement bien. C'est un sujet très sain en dehors de ça. Oui. Tenez ceci dans votre bouche, s'il vous plaît.

Il inséra un thermomètre entre les lèvres blanches et fendillées de M. Earlforward, lui prit le poignet et tira sa montre.

– Il paraît que vous ne pouvez pas garder les aliments, dit-il après avoir remis sa montre dans son gousset. Ils remontent exactement tels qu'ils descendent. C'est mécanique ; vous êtes très fort. – Il retira le thermomètre, l'éleva vers la lumière, le lava et le replaça dans sa gaine.

– Eh bien ! nous savons ce qu'a votre femme, mais je ne me chargerais pas de dire... pas encore... ce que vous avez : je ne suis pas un spécialiste.

Il prononça cette phrase avec une intonation particulière qui ne condamnait pas absolument les spécialistes, mais les mettait à leur place, les considérant d'un point de vue critique et assez condescendant, comme il convenait à un médecin dont le champ d'action et la science comprenaient en son entier le domaine illimité de la pathologie humaine.

– Il va falloir vous mettre en observation, vous surveiller un peu et vous faire passer aux rayons X. Il est impossible que vous soyez soigné comme il faut ici, bien que je sois certain qu'Elsie fait de son mieux. Et puis, il y aura un autre grand avantage à ce que vous soyez à l'hôpital : vous serez tenu au courant de l'état de Mme Earlforward. Vous ne pouvez pas demander qu'ils envoient quelqu'un ici toutes les dix minutes pour vous donner des nouvelles, ni qu'ils vous télégraphient. On a autre chose à faire dans les hôpitaux ! – Encore un vague ricanement. – Si vous voulez venir maintenant, j'entends dans une demi-heure environ, j'ai tout combiné pour vous y conduire confortablement : tout est prêt. (Il ne dit pas comment.) J'apprends que vous pouvez circuler et que vous avez fait votre lit hier. Maintenant, Elsie, il faut...

– Je n'irai pas à l'hôpital, interrompit froidement M. Earlforward. Je veux bien avoir ici une garde particulière, mais je n'irai pas à l'hôpital.

Le docteur eut un rire franc.

– Oh ! mais il le faut. Une garde ne suffirait pas, il en faudrait deux. Et même ainsi cela ne servirait à rien. Par exemple, on ne peut pas vous passer aux rayons X ici. Inutile de me dire à quel degré vous êtes malade, car vous savez aussi bien que moi à quel point vous l'êtes.

La bataille était engagée. Le docteur Raste, sans parler de son exaspération, avait été piqué par tout ce qu'il avait appris de la singulière obstination de son malade, aussi était-il absolument déterminé à l'emmener à l'hôpital, et c'est cette résolution qui l'avait poussé à s'occuper tout spécialement du cas Earlforward et à désorganiser pour cela tout son travail de la journée. Il ne pouvait se permettre d'être battu par le caprice inexplicable d'un malade qui, à tous autres points de vue, l'avait frappé comme un homme d'un bon sens et d'une sagacité plus qu'ordinaires, malgré ses tendances à l'avarice. Ce caprice était, d'ailleurs, d'autant plus énigmatique qu'entrer à l'hôpital était pour lui le moyen de beaucoup le moins coûteux de se faire traiter.

L'entêtement de M. Earlforward était, d'autre part, exaspéré et fortifié par l'accueil dédaigneux fait à sa prodigieuse, à sa téméraire proposition de prendre une garde. Tous ces gens se préoccupaient de sa santé de façon ridicule : ils avaient leurs idées, lui les siennes. Il avait offert une combinaison extrêmement généreuse – une combinaison qui lui coûterait un argent fou – et on ne l'avait pas discutée, on n'avait nullement reconnu ce qu'elle avait de merveilleux. Enfin, il était heureux, en somme, que sa suggestion n'eût pas été approuvée : il la retirait. Il l'avait faite uniquement parce qu'il sentait – appréhension sans doute exagérée – qu'il n'était pas encore en voie de rétablissement. Il reconnaissait, par exemple, pour lui tout seul, que si la veille encore il s'intéressait à ses affaires, aujourd'hui, elles le laissaient indifférent. Ce n'était pas un bon signe, il le savait. Mais, demain, certainement, il constaterait un progrès. Le mal d'estomac – et il ne souffrait de rien d'autre, mais c'était à l'état aigu – cédait toujours à une diète sévère. Quant aux hôpitaux, il en avait toujours eu horreur, depuis le jour où, quand il était dans les assurances, il avait été faire une visite à un camarade enfermé dans une salle de fiévreux. La vision de l'énorme salle, longue, nue, avec ses rangées de lits et de malades par catégories, les courants d'air soufflant par les fenêtres ouvertes, le tonnerre, par moments renforcé, du trafic au dehors, l'allure semi-militaire des infirmières, l'aspect « d'affaire de gros » de l'ensemble, l'absence de toute intimité, la sujétion complète des malades impuissants, la rigueur des règlements, l'écrasement de l'individualité, cette affreuse vision avait fait sur son imagination une impression ineffaçable – car c'était l'imagination d'un homme individualiste à l'extrême qui tenait passionnément à vivre à sa guise, sans être obligé de justifier ou d'expliquer sa conduite. Il avait évoqué cette vision des centaines de fois, sans jamais en dire un mot à âme qui vive. Il ne voulait pas mourir de sa maladie, il savait qu'il n'en mourrait pas, mais il n'hésitait pas à préférer n'importe quoi, fût-ce la mort, à l'incarcération dans un grand hôpital. Si on le tirait de force de son lit, il se débattrait et lutterait jusqu'au bout et ses adversaires auraient peur de le tuer, en essayant de le sauver dans leur zèle maladroit. Il lisait nettement l'opiniâtreté sur la figure du docteur. Mais il n'en avait jamais rencontré une plus forte que la sienne, et la maladie ne l'avait pas affaiblie, plutôt au contraire : elle était devenue morbide.

– Je ne crois pas que j'irai à l'hôpital, docteur, dit-il tranquillement en détournant la tête.

Les paroles étaient douces, la résolution invincible. Le docteur alla de l'autre côté pour le regarder en face. Leurs yeux se rencontrèrent avec une hostilité farouche : le docteur eut le dessous.

– Très bien, dit-il avec calme, non sans amertume. Si vous ne voulez pas, vous ne voulez pas. Je n'ai plus rien à faire ici. Je me vois forcé de vous prier de vous adresser à un autre.

Et il transperça Elsie d'un regard sévère, comme si elle méritait un blâme.

– Et rappelez-vous, je vous prie, que si les choses en viennent au pire, je refuserai certainement de donner un certificat.

– Un certificat, monsieur ? balbutia Elsie.

– Oui, un certificat sur la cause de la mort. Il faudrait alors une enquête, ajouta-t-il avec une cruauté implacable et calculée.

Mais M. Earlforward se contenta de rire, d'un rire bref, sec, sardonique. Le soleil brillait dans la chambre silencieuse, et sur le lit bouleversé et sur le malade triomphant, et le rendait plus terrible à voir que ne l'eût fait la nuit. Le docteur, avec la pompeuse solennité d'un petit homme qui a conscience d'agir correctement, prit lentement son chapeau sur la commode.

– Mais que dois-je faire ? implora Elsie.

– Ma brave femme, je ne sais pas et je voudrais bien le savoir. Tout ce dont je suis sûr, c'est que j'ai fait tout ce que je pouvais ;

je ne peux pas me charger les épaules des affaires privées de tout Clerkenwell. J'ai à m'occuper d'autres cas urgents.

Il eut un vague sourire.

– Elsie fera bien l'affaire, murmura M. Earlforward. Elle ne m'abandonnera jamais, non, elle me l'a promis.

Et le docteur sortit majestueusement de la chambre, suivi d'Elsie.

VII

La malaria

– Il faudra, je pense, que je fasse pour le mieux, monsieur, dit Elsie une fois sur le palier.

Elle souriait timidement, d'un air doux, avec bonne humeur.

Le docteur la regarda, saisi. Il lui semblait que, d'une façon magique, elle avait surmonté les difficultés de la situation la plus formidable, en les regardant simplement en face et en les acceptant. Elle ne les discutait pas, elle ne s'en plaignait pas, elle ne s'étendait pas sur leur énormité. Elle était prête à continuer à vivre et à travailler, sans faire d'embarras, d'un moment presque impossible jusqu'au prochain. Pendant sa carrière à Clerkenwell, le docteur Raste était devenu connaisseur en exemples choisis de philosophie pratique, et il n'en pouvait que mieux apprécier l'attitude d'Elsie. Le fait qu'il en était surpris était un hommage qu'il lui rendait.

– Oui, c'est à peu près cela, dit-il nonchalamment, avec l'astuce d'un expert qui découvre dans une boutique d'antiquité une pièce unique qui n'est pas cotée à sa valeur. Eh bien ! bonjour, Elsie, bonjour.

Il était pressé, il avait trente-six choses urgentes sur sa conscience professionnelle. Que pouvait-il faire, sinon laisser Elsie seule avec son épreuve ? Il ne pouvait pas l'aider, et elle n'avait pas besoin d'aide dans ce travail particulier qui était, après tout, une partie de sa besogne à vingt livres par an, plus la nourriture donnée, et volée. Elle commençait à voir le dessus de son chapeau, tandis qu'il descendait l'escalier. Cette grosse et stupide « philosophe pratique » voulait le rappeler pour une affaire de la plus haute importance et ne pouvait ouvrir la bouche, parce que l'état désespéré de M. Earlforward l'empêchait en quelque façon de le faire.

– Docteur ! s'écria-t-elle d'une voix étrangement stridente, aussitôt qu'il eut diparu à ses yeux dans la boutique.

– Quoi encore ? demanda sèchement le docteur, craignant que sa perspicacité n'eût été en défaut et qu'Elsie ne prît la fuite.

Elle courut après lui. Le regard du docteur signifiait : danger. Il ne voulait pas de sottises.

– Vous ne pourriez pas voir Joe une minute ? balbutia-t-elle en rougissant. – Cette créature, qui maintenant bégayait, était, un moment auparavant, tout tranquillement disposée à faire de son mieux dans des circonstances qui supportaient à peine l'examen.

– Joe ? Quel Joe ?

– Votre vieux Joe. Il est ici, monsieur, là-haut, arrivé la nuit dernière. Il est très malade, je le soigne, lui aussi. Mon maître n'en sait rien.

– Que me racontez-vous là, au nom du ciel, ma fille ? dit le docteur arraché à son impassibilité.

Elle lui exposa les faits, comme elle eût confessé un péché mortel, dont elle ne pouvait espérer l'absolution.

– Je n'ai vraiment pas une minute à perdre, dit-il, et il monta avec elle au second étage. Quand ils y arrivèrent, Elsie avait repris possession d'elle-même.

Le docteur, avec toute sa froideur et ses airs détachés, était à l'occasion capable, comme presque tous les hommes, d'être aussi illogique qu'une femme. En cette circonstance, il était coupable d'une prévention parfaitement indéfendable à la fois contre Elsie et contre Joe. Contre Elsie, parce qu'il était convaincu que, n'eût été son histoire avec Joe, celui-ci aurait encore été à son service, et contre Joe parce qu'il avait eu beaucoup d'ennuis avec toute une série de ses successeurs. Pour le moment, il n'avait pas de Joe du tout. Il était aussi irrité contre Elsie, parce qu'elle gardait clandestinement un malade dans la maison – et que c'était Joe – et qu'elle lui demandait de façon si imprévue de s'occuper de lui, alors qu'il était pressé et surmené par les maladies des habitants de Clerkenwell. Il aurait justement blâmé de telles préventions chez un autre, et surtout, par exemple, chez sa femme ; et il faut reconnaître qu'il n'était pas le petit être semblable à un dieu qu'il se croyait. Heureusement, Joe était dans un état qui aplanissait tout devant lui.

– Oh ! mon Dieu ! Je souffre tant, et j'ai si soif ! grogna désespérément le second malade, sans montrer ni émotion, ni surprise, ni frayeur ou honte, à la vue du docteur et patron qu'il avait si cruellement mis dans l'embarras, en le quittant pour des raisons insuffisantes de pur sentiment. Il était resté seul une demi-heure et ne pouvait le supporter. Il voulait, et voulait voracement, quelque chose de tous ceux qu'il voyait. Le monde n'existait que pour venir à son secours. Il est bien vrai qu'il avait l'air très malade et malheureux, et plein d'une ardeur farouche dans le lit misérable de la misérable chambre de l'ex-femme de ménage. Il paraissait aussi mal en point que M. Earlforward, et même plus aux yeux d'Elsie.

– C'est la malaria, dit le docteur d'un ton indifférent, après avoir fait l'examen traditionnel. De la température, naturellement. Ça ira mieux dans quelques jours. Je suis persuadé qu'il a déjà eu ça en France, mais il ne me l'a jamais dit. Quand on a ramené des troupes d'Orient en France, elles ont rapporté des fièvres. Tout le Nord de la France est infesté de moustiques qui propagent la maladie. Je vous enverrai de la quinine. Vous ne lui donnerez que des aliments liquides : lait, tisane d'orge, lait coupé de soda, bouillon. De l'eau chaude à boire, rien de froid. Et il faudrait le laver à l'éponge des pieds à la tête, deux fois par jour.

Elsie, écoutant attentivement ce mélange de prescriptions et de renseignements, ne pouvait croire que le cas de Joe ne fût pas plus sérieux que ne l'impliquaient les manières du docteur. Solidement implantée en elle, demeurait la conviction, non sans fondement, que les docteurs avaient tendance à être bien plus sommaires avec les malades pauvres qu'avec les riches. Et son ancienne impression lui revenait aussi de l'indifférence rude de ce docteur-là. Il n'avait même pas dit bonjour à son ancien domestique, il l'avait considéré simplement comme il eût fait d'un numéro ordinaire sur une pancarte.

– Vous n'aurez pas grand-chose à faire en bas, en fait presque rien, ajouta le docteur, qui, apparemment, ne voyait rien d'excessif à laisser deux malades à la charge d'une femme seule, qui, sans aide, était en même temps maîtresse de maison, gardienne d'une boutique et bonne à tout faire. Bien entendu, vous pouvez envoyer Joe à l'hôpital si vous le désirez, dit le docteur légèrement, je pense qu'on le recevrait.

En fait, il ne se souciait pas d'insister sur le transport de Joe, ayant déjà suffisamment ennuyé les directeurs de l'hôpital au sujet des habitants de l'Escalier de Riceyman.

Envoyer Joe à l'hôpital, c'eût été soulager Elsie de la terrible responsabilité qu'elle avait encourue en l'amenant dans la maison sans permission. Mais elle ne voulait pas le rendre, l'idée de se séparer de lui lui faisait horreur. Et au fond d'elle-même, elle partageait les sentiments de M. Earlforward contre les hôpitaux. Elle craignait que Joe ne fût négligé à l'hôpital, qu'il n'eût à souffrir de quelque règlement. Elle n'avait confiance, en fait de soins, que dans les siens. Elle était persuadée que si elle pouvait le surveiller, elle le sauverait.

– Je crois que je me tirerai d'affaire avec lui ici, monsieur, dit-elle en souriant. Mais c'était un sourire plein de réserves, qui disait : « J'ai mes idées à moi sur ce sujet, et je n'avale pas tout ce qu'on me dit. »

Le docteur commença à mettre ses gants. Dans cette chambre de domestique, il n'avait pas ôté son chapeau, encore moins son pardessus. Elle le reconduisit jusqu'en bas. A la porte, il dit tout à coup :

– S'*il* veut un autre docteur, il y a M. Adhams, de l'autre côté de Myddelton Square. – Ses traits se détendirent. Ces mots exprimaient son repentir envers Elsie et lui étaient inspirés par son attitude pleine d'entrain et si intrépide en face de la destinée.

– Vous voulez dire pour mon maître, monsieur ?

– Oui. *Il pourra* peut-être en faire quelque chose. On ne sait jamais.

– Je vous suis vraiment bien reconnaissante, dit Elsie chaleureusement.

Sa bonté jaillissait de nouveau et allait à la rencontre de l'étincelle de sentiment montrée par le docteur. Il fit un signe de tête. Il n'avait pas dit s'il reviendrait voir Joe, et elle n'avait pas osé le lui suggérer. Elle poussa la porte et s'enferma dans la maison avec les deux hommes.

VIII

Gradation

M. Earlforward se réveilla après ce qui lui parut un très long sommeil et se sentit notablement mieux. Il souffrait moins, par moments même, plus du tout, et son esprit lui semblait étonnamment clair et vigoureux. Il avait des idées sur toute sorte de choses. La plupart des malades ont – il le savait – des conceptions baroques, mais les siennes demeuraient parfaitement vraies. Il se leva un moment et constata qu'il pouvait se tenir debout sans difficulté, autre preuve à l'appui de sa thèse que l'on mange en général beaucoup trop. Le docteur s'était complètement trompé sur lui, il avait fait un mystère d'une dyspepsie chronique très ordinaire. L'attaque actuelle allait cesser, comme il en avait toujours été convaincu. Ils en auraient fait de jolies complications, à l'hôpital ! Ou plus probablement on l'aurait outrageusement jeté dehors comme un maudit fraudeur ! Il redressa un peu le lit, puis, s'y fourrant de nouveau avec empressement, il se mit à combiner des plans pour réorganiser et reprendre sa vie.

Le jour commençait à baisser. Quatre heures, peut-être. Elsie ? Où était cette fille ? Elle aurait dû venir. N'avait-elle pas perdu un peu la tête ? Elle se croyait sans doute maîtresse de toute la maison et pensait pouvoir faire à sa guise ! Une excellente créature, digne de confiance, dévouée... pourtant, pour certaines choses, elles étaient toutes les mêmes. Donnez-leur un pied chez vous... Il fallait la surveiller. Qu'était-ce donc qu'il avait remarqué, ou cru remarquer, quand il était éveillé ? Ah ! oui, c'est cela, ses clefs. Il ne les avait pas vues sur la commode. Il regarda dans la demi-obscurité. Elles étaient bien là. Peut-être, avant, étaient-elles cachées par quelque objet. Elle avait mis de l'ordre dans la chambre, épousseté, pendant qu'il dormait. Il n'y tenait pas beaucoup, mais c'était probablement inévitable. En tout cas, cela prouvait qu'elle ne restait pas tout à fait oisive. Naturellement, cette fille n'avait pas ses nuits complètes, mais elle avait tout le temps de dormir. La boutique fermée, elle n'avait, en somme, rien à faire...

« Un fibrome. » Fibrome... comme des fibres, naturellement. Il ne comprenait guère comment une grosseur pouvait ressembler à des fibres, mais c'était un nom, une définition, par conséquent rassurant. Cela valait bien mieux qu'un cancer, à tout prendre. C'était bien différent. Mais il était terriblement préoccupé, effrayé pour Violette. Si elle mourait – c'était inconcevable – si elle mourait pourtant, quel vide ! Cette idée le rendait malade ! Non, il ne pouvait l'envisager. En même temps, néanmoins, se glissait dans son esprit une petite pensée qu'il chassait : devenu veuf, affranchi de la nécessité de se plier aux idées d'une autre, de révéler dans une certaine mesure à une autre ses pensées, ses intentions, ses projets... Quelle liberté ! Son ancienne liberté ! Et il s'y plongerait comme dans un exquis bain chaud, avec volupté. Il serait plus mystérieux, plus concentré sur lui-même, plus prudent, plus régulier dans ses habitudes que jamais. Un grand philosophe pratique, oui ! Dans n'importe quel incident il découvrirait des compensations. Et il y avait des profondeurs encore plus secrètes dans l'abîme sans fond de son esprit en travail, des profondeurs où lui-même osait à peine jeter un coup d'œil... avec effroi.

Elsie entra et vit un malade sinistre, pâle comme un mort, racorni par la faim, avec de petits yeux soupçonneux et luisants.

– Ah ! vous voilà enfin, mademoiselle.

Il regretta ce dernier mot. C'était une petite plaisanterie, en manière de reproche, mais trop familière. Un pied de plus qu'elle prenait chez lui.

– Comment ! s'écria-t-elle, vous avez refait votre lit !

Mais son exclamation était si gentille, si pleine de bonté qu'il ne pouvait s'en offenser. Et pourtant est-ce qu'elle ne devait pas se montrer condescendante avec lui ? D'ailleurs sa présence lui faisait plaisir. Sa jeunesse, sa confiance, sa beauté (il la trouvait plus jolie tous les jours : des yeux si noirs, de si beaux cheveux, un si beau dessin des lèvres) et puis sa vigueur physique, sa santé ! Rien que sa santé lui paraissait miraculeuse. Oh ! c'était un don de Dieu... Elle n'avait rien dit de Violette... mais si elle avait eu des nouvelles, elle les lui aurait données. Il hésita à prononcer ce nom. Il pouvait bien attendre qu'elle commençât.

– Je vais courir vous faire à manger, dit-elle.

Il l'arrêta :

– Attendez. Pas si vite, pas si vite !

Il allait lui donner un ordre, quand, pour la seconde fois, il remarqua que son tablier était mouillé en plusieurs endroits.

– Pourquoi votre tablier est-il tout mouillé ? demanda-t-il vivement.

– Il est mouillé ? balbutia-t-elle en baissant les yeux sur son tablier. C'est vrai. J'ai fait des choses... (Elle oubliait complètement de dire : « Monsieur ».)

Le fait est qu'elle avait frotté Joe à l'éponge.

M. Earlforward devint soupçonneux : elle devait gâcher de l'eau chaude.

– Pourquoi montez-vous sans cesse là-haut ?

Son ton était singulier.

– Je monte là-haut, monsieur ? (Ah ! « Monsieur ». Il reprenait son ascendant sur elle.)

Elle devint toute rouge. Elle avait quelque chose à cacher. Des flots de soupçon envahirent l'esprit du maître.

– Mais il faut bien que j'aille à la cuisine, monsieur.

– Je ne vous entends pas si souvent dans la cuisine, dit-il sèchement.

C'était vrai. Le moindre pas dans la cuisine s'entendait de la chambre, située juste au-dessous. Il soupçonnait qu'elle entretenait des conversations par la fenêtre de sa chambre à elle, avec de nouveaux amis, dans la cour de la maison voisine, ou de celle d'après, et qu'elle révélait les secrets de son ménage à lui. Mais il ne formula pas ce soupçon. Il le garda provisoirement pour lui. Oui, elles étaient toutes les mêmes.

– Vous ne me l'avez pas demandé, Elsie, mais je suis bien mieux.

– Oh ! je le vois bien, monsieur, répondit-elle avec entrain.

Le trouvait-elle vraiment, ou voulait-elle seulement lui faire plaisir ? Il n'aurait pu le dire.

– Oui. Et je vais me lever.

– Pas aujourd'hui, monsieur ! – Cela éclata comme un cri. – Vous ne ferez pas ça.

– Non, dit-il posément, demain matin. Et j'ai l'intention de mettre une de mes chemises et un de mes costumes neufs. Je trouve qu'il est bien temps. Je ne veux pas être trop râpé. Montrez-les-moi.

Elsie fut naturellement stupéfaite de cette idée. Lui-même ne savait pas pourquoi il avait dit cela. Mais, en tout cas, ce n'était pas une mauvaise idée. Il imaginait qu'il se sentirait peut-être mieux dans un costume flambant neuf. Il indiqua à Elsie le tiroir à ouvrir et elle dut étaler sur le lit, l'un après l'autre, les vêtements soigneusement conservés qu'il avait achetés pour une bouchée de pain, des années auparavant, et qu'il n'avait jamais pu se décider à mettre. Le lit était couvert d'effets neufs. Il se disait qu'il aurait à les porter un jour et qu'il ferait aussi bien de commencer sur-le-champ. Ce ne serait pas une économie de les perdre, et, usagés ou non, on s'en déferait après sa mort pour bien moins qu'un morceau de pain. Il fallait être raisonnable et songer à l'avenir. Il considérait cette décision de mettre en service un costume neuf comme un acte de sagacité vraiment considérable de la part d'un malade.

Elsie, avec un soin extrême, replaça tous les vêtements vierges dans leur tiroir, à l'exception d'un costume et d'une chemise que, pour plus de commodité, elle mit à part dans l'armoire de Mme Earlforward. Tous les costumes étant pareils, toutes les chemises aussi, peu importait celui et celle qui seraient portés, mais cela ne l'empêcha pas de choisir et d'hésiter.

Elsie paraissait inquiète de cette scène, il ne comprenait pas pourquoi.

– Naturellement, dit-il, comme ils sont neufs, ils seront un peu moins ajustés que mon vieux costume et feront des plis partout. Je ne suis pas tout à fait aussi fort qu'avant, n'est-ce pas ?

Elsie, de l'armoire, se retourna vers lui d'un mouvement nerveux, puis lui montra bien vite le dos. Le jour qui disparaissait brilla une seconde sur une larme qui roulait le long de sa joue. Cette larme ennuya M. Earlforward, il en fut agacé, loin d'en être touché. Il n'avait pas senti ce qu'il y avait de pathétique dans ces mots « pas tout à fait aussi fort » prononcés par un homme qui n'avait jamais été fort – ni d'ailleurs mince – et qui n'était plus qu'un échalas, un squelette ; il pensait qu'elle pleurait simplement parce qu'il avait maigri. Comme si les gens ne passaient pas leur temps à prendre ou à perdre de l'embonpoint !

En réalité, Elsie non plus n'avait pas senti le pathétique de la phrase et ses pleurs n'avaient aucun rapport avec la maigreur de son maître. Ils n'avaient pas jailli non plus du caractère encore plus tragique de son caprice au sujet d'un costume neuf. En mettant le vêtement choisi dans l'armoire de Mme Earlforward, Elsie avait aperçu le soulier de satin que, le soir du mariage, elle avait attaché à la tête de ce même lit où le mari était maintenant étendu seul. Elle songeait à ce mari gisant seul, dans un état désespéré et désespérément décidé à ne pas être malade, et à la femme bien loin là-bas, à l'hôpital, et à son impuissance à elle-même, et elle n'avait pu supporter de regarder ce vieux soulier râpé, qu'une femme inconnue avait jadis porté avec fierté. Toute l'énigme de l'univers était contenue dans ce soulier, avec son haut talon creusé, perché, sans vie, sur une planche en acajou de l'inusable armoire. Elsie n'avait jamais entendu parler de l'énigme de l'univers, mais elle lui était présente en bien des heures de son existence.

M. Earlforward dit brusquement :

– Est-ce que l'opération devait avoir lieu ce matin ou cet après-midi ?

Il savait que l'opération avait été fixée au matin, mais il fallait bien justifier auprès d'Elsie son manque apparent de curiosité.

– Ce matin, monsieur.

– Alors, nous devrions avoir bientôt des nouvelles.

– Eh bien, monsieur, c'est justement ce que je me demandais. Je ne pense pas qu'ils envoient quelqu'un, à moins d'urgence. Alors je suppose que tout s'est bien passé. – Un silence. – Mais il faudrait en être sûr, monsieur. Je me disais que je pourrais courir chercher quelqu'un pour aller là-bas s'informer... je veux dire quelqu'un qui fût capable de se renseigner et qui nous mettrait au courant... pas un gamin. Je crois qu'un ou deux shillings...

Avec son expérience, Elsie n'aurait pas dû parler d'argent, mais elle était un peu distraite. Le malade réagit instantanément. Il était évident pour lui qu'Elsie avait de vieux amis dans le square ou aux environs, auxquels elle voulait procurer des bénéfices aux dépens de son malheureux maître. Ils étaient toujours prêts à se garnir les poches, ces gens-là ! Il n'allait pas les laisser ramasser des shillings ou des écus si facilement que cela.

Sa boutique était fermée par nécessité, ses affaires périclitaient, ses clients iraient trouver des concurrents à lui, il n'entrait pas un penny dans sa caisse, le communisme se répandait, les perspectives politiques et commerciales étaient menaçantes à l'extrême, il n'y avait nulle part un espoir net, il se voyait réduit à mendier son pain. Et cette fille proposait gaiement de jeter des shillings dans Riceyman Square pour un objet sans aucune nécessité. Elle n'avait pas réfléchi. Ces gens-là ne calculent jamais. Ils sont toujours disposés à dépenser l'argent des autres... pas le leur. Oh ! non. Lui seul avait gardé une vision juste des choses, et il y conformerait ses actes. Il était aussi désireux que quiconque d'avoir des nouvelles de l'opération de Violette et de son état, mais il n'éprouvait pas le besoin d'engager une armée de messagers spéciaux pour rassembler des nouvelles. Une heure plus tôt ou plus tard, quelle différence cela pouvait-il faire ? Il saurait bien assez tôt, trop tôt, si ce devaient être de mauvaises nouvelles ; et si elles devaient être bonnes, un petit retard ne ferait qu'augmenter la joie... En outre, on aurait pu croire que les gens les plus pauvres et les plus rapaces eux-mêmes ne compteraient pas sur de l'argent pour rendre service, dans une crise grave, à un malade, à un impotent.

– Je ne vois aucune raison pour faire cela, dit-il d'un ton placide, mais ferme. Laissez-moi réfléchir...

– Si j'y courais moi-même ? Ça ne demandera pas longtemps.

Elle était prête, dans cette conjoncture, et par déférence pour les étonnantes lubies de son maître, à courir le risque terrible de laisser les deux hommes seuls dans la maison. Et si Joe se levait dans un accès de violence ? Et si M. Earlforward se mettait, malgré sa faiblesse, à explorer la maison ? Il soupçonnait déjà quelque chose et elle le savait l'être le plus curieux qui fût jamais né. Elle tremblait... Et pourtant, elle était prête à partir et à courir tout le long de la route, aller et retour.

– Oh ! non. – C'était une défense formelle. – Ce n'est pas possible. – Il avait peur de la perdre. Lui, si sérieusement malade (il recommençait à être sérieusement malade), le laisser seul dans la maison ! Il ne falllait pas y songer. – Écoutez : traversez jusque chez Belrose (c'était l'homme qui avait acheté le fonds de pâtisserie de Violette). J'ai entendu dire qu'il a maintenant le téléphone. Demandez-lui de téléphoner pour nous à l'hôpital, nous serons renseignés aussitôt.

– Nous ne sommes guère des clients pour eux, objecta Elsie avec défiance.

La vérité est que le ménage Earlforward n'achetait absolument rien chez Belrose, la maison de Belrose n'étant pas tout à fait « une boutique pour Violette » depuis son nouveau propriétaire.

M. Earlforward se releva presque pour protester contre l'horrible suggestion que contenait la remarque d'Elsie. Quoi ?

Est-ce que Belrose allait dire : « Non, vous ne me faites pas faire d'affaires, je ne vous rendrai donc pas service en téléphonant pour vous à l'hôpital, afin de savoir si Mme Earlforward est vivante ou morte ? » Quelle idée monstrueuse !

– Ne soyez pas stupide, dit-il gravement sur un ton de réprimande, faites ce que je vous ordonne et courez-y immédiatement.

– Ne voudriez-vous pas que je le prie de téléphoner à un autre docteur pour vous, pendant que j'y serai ? Il y a le docteur Adhams qui habite aussi dans Myddelton Square. On le dit très bon.

– Quand je voudrai un autre docteur, je vous le dirai, Elsie, fit-il avec un calme glacial. Il y a beaucoup trop de médecins. Qu'est-ce que ce Raste a fait pour moi, je voudrais bien le savoir ?

– Vous n'avez pas voulu le laisser rien faire, dit vivement Elsie.

Jamais il ne l'avait entendue parler avec si peu de douceur. Naturellement, il était autorisé à lui donner un sérieux abattage, peut-être même était-ce son devoir de le faire, mais il manquait de confiance en lui. C'était étrange, mais il avait finalement peur d'Elsie : elle lui faisait l'effet d'un animal doux et maniable qui, brusquement, montre les dents et grogne.

– Laissez la porte ouverte, marmotta-t-il.

Quand Elsie descendit dans la boutique, il y eut des coups violents et péremptoires frappés à la porte, puis un tambourinage sur les vitres, qui l'effrayèrent. Elle pensa naturellement à de mauvaises nouvelles envoyées de l'hôpital par un messager spécial ou par le télégraphe. Mais c'était Jerry, le garçon de Mme Perkins, qui était à la porte. Il portait son uniforme, dont les caractéristiques distinctives étaient un bonnet avec lettres de cuivre et un tablier de cuir marqué d'initiales noires. Dans King's Cross Road un énorme camion ronronnait impatiemment en attendant le gnome.

– Voici ton parapluie, Elsie, dit-il fièrement, j'ai pensé que tu pourrais en avoir besoin.

Il ne s'informa pas des malades. La seule chose qui l'intéressât, c'était ce fait romanesque qu'il avait employé les immenses ressources de sa compagnie pour rendre le parapluie à sa reine, parapluie qu'il avait transporté toute la journée dans sa longue tournée à travers des rues de toute sorte, pour finalement persuader à l'important personnage qu'était le chauffeur de s'arrêter à l'Escalier de Riceyman, pour une affaire qui ne concernait pas la Compagnie. Elsie prit l'objet de ses petites mains sales, pas plus sales cependant que son visage grimaçant, et il se sauva avant presque qu'elle eût le temps de le remercier.

– Jerry ! – Elle le rappela et il revint, au risque de déchaîner la fureur du conducteur. – Reviens ce soir, veux-tu, quand tu auras fini. Frappe doucement à la porte. Je pourrais avoir besoin de toi.

– Entendu, Elsie. – Il était déjà parti et le camion aussi.

Elsie remonta avec son parapluie, non qu'il ne dût pas être en sûreté dans la boutique, mais parce qu'elle éprouvait le besoin de jeter un coup d'œil sur Joe avant de sortir. C'était inconsidéré : elle avait oublié que la porte de la chambre de M. Earlforward était ouverte.

– Elsie, cria-t-il, quand elle passa sur le palier. Qui était-ce ?

Son cerveau fatigué et exaspéré se mit à travailler avec une promptitude extraordinaire. Elle décida qu'elle ne pouvait entrer dans de longues explications au sujet de Jerry et du parapluie. Pourquoi le faire ? « Il » avait déjà des soupçons.

– Le facteur, répondit-elle sans la moindre hésitation, mentant aussi légèrement et facilement qu'un menteur né et endurci, et elle continua à monter. Elle défendait vaguement, indirectement, le secret de Joe.

Dans sa chambre, elle remit le parapluie dans son papier, sous le lit, tout en regardant Joe. Il était très malade. Elle lui avait donné deux cachets de quinine (que le docteur Raste, faisant honte à Elsie de son jugement peu charitable sur lui, avait fait envoyer par le pharmacien, une heure et demie après son départ), et elle était désappointée que la drogue n'eût pas produit un effet immédiat et sensible sur le malade.

Joe avait passé un bras à travers les barreaux de fer à la tête de son lit, et arrachait de petits brins du papier de tenture déchiré. Elle prit sa main brûlante et, sans rien dire, la ramena sur le lit.

– Veux-tu prendre un autre cachet ? suggéra-t-elle, le front plissé.

Il fit signe que oui. Il connaissait la malaria et la quinine, et encouragé par son approbation experte, elle lui donna encore une dose. Tous deux étaient convaincus que si cinq centigrammes d'un remède faisaient dix pour cent de bien, dix vous en feraient vingt pour cent, et ainsi de suite.

– Je vais revenir dans une minute ou deux. Il faut que j'aille jusqu'à l'Escalier faire une commission, dit-elle en l'embrassant. – Tous deux croyaient aussi que ses baisers lui faisaient du bien, et cette conviction était plus fondée que l'autre. Elle ne lui avait rien dit de l'opération de Mme Earlforward. Il avait seulement appris qu'Elsie était maîtresse de maison parce que Mme Earlforward était à l'hôpital : l'histoire complète aurait pu aggraver le trouble de ses idées.

– Elsie !

C'était l'appel de M. Earlforward quand elle traversa le palier en descendant.

Elle ne fit qu'avancer la tête – une tête assez échauffée – dans la chambre.

– Pourquoi n'arrêtez-vous pas de monter ?

Oui, il avait des soupçons. Avec une étrange présence d'esprit, elle répliqua vivement :

– Je suis montée chercher la clef de la boutique, monsieur. Je l'avais laissée dans ma chambre. Je ne peux pas sortir sans fermer la porte à clef, n'est-ce pas ?

– Eh bien, apportez-moi les lettres.

– Oh ! bien, très bien !

Elle était redevenue hostile.

Cette fois, elle ferma la porte de la chambre, sans paraître entendre ses protestations. Puis elle remonta encore, tourna du dehors la clef de sa porte à elle, et l'emporta. En tout cas, si, par quelque caprice impossible, il se mettait en tête de rôder dans la maison pendant son absence, il n'irait pas fouiller chez elle. Il n'en avait pas le droit, et elle était résolument décidée à défendre sa possession de Joe. Un moment après, elle entrait en trombe dans la chambre de M. Earlforward et, négligemment, jetait toutes les lettres sur le lit – une véritable averse d'enveloppes et de paquets.

– Tenez ! cria-t-elle d'un ton dur et hostile, comme elle aurait dit : « Vous les avez demandées, vous les avez, je m'en lave les mains. »

M. Earlforward comprit qu'il ne fallait avancer qu'avec circonspection. C'était une Elsie changeante, une Elsie étonnante et désagréable. Il ne savait pas trop où il en était avec elle.

La maison Belrose se livrait à son royal exercice de dépenser des quantités de courant électrique. Belrose s'était mis à « faire le gros ».

Elsie entra dans la boutique timidement, car elle trouvait sa démarche « présomptueuse », et, au milieu de toutes ses anxiétés, elle s'en défiait assez pour en être un peu honteuse.

Il y faisait une chaleur fort agréable, mais dont l'accueil aurait suffoqué bien des gens, et il y régnait une bonne et forte odeur de fromage et d'humanité.

Deux jeunes femmes, énormes et souriantes, se tenaient derrière le comptoir.

Il y avait là quatre clientes, et les six femmes paraissaient bavarder toutes ensemble. Cet intérieur était celui d'un magasin en pleine activité, mais présentait en outre les meilleures qualités d'une salle de bar, dont le patron sait concilier la décence avec la liberté du ton. Mlle Belrose, qui était la plus près de la porte, eut un sourire bienveillant vers Elsie, comme pour dire : « Vous êtes l'une des nôtres et nous sommes avec vous. »

Quand deux des clientes qui sortaient se furent glissées à grand-peine entre Elsie et une pile de fromages, et que son tour vint de se faire servir, elle découvrit soudain qu'elle ne pouvait pas, de but en blanc, exécuter l'ordre de M. Earlforward. Elle aurait l'impression que les boutiques n'étaient pas faites pour permettre à des non-clients d'user gratis du téléphone, et elle était tout simplement incapable de formuler sa requête ; l'extrême gravité de la circonstance ne lui inspirait pourtant pas de hardiesse. Elle demanda un quart de fromage, sur quoi on la pria immédiatement de désigner l'espèce qu'elle désirait.

Elle dit « du cheddar » par réaction machinale à la question posée, et alors elle se trouva en face d'un autre problème. Elle n'avait pas d'argent, pas un penny. Elle allait être obligée de dire : « Il faut que je retourne chercher de l'argent », et alors, en effet, d'aller s'emparer, par un moyen quelconque, des clefs de M. Earlforward sur la commode et de dévaliser une seconde fois le coffre-fort. Et il avait déjà des soupçons ! Comment y parviendrait-elle ? Ce serait impossible. Pourtant il le fallait. Elle vit le fromage pesé et glissé dans une feuille de papier. Le moment critique était venu.

Alors une porte s'ouvrit au fond de la boutique – elle reconnut le son particulier, familier, de la serrure – et une troisième femme énorme, tout en blanc, aux cheveux dorés, l'air jeune et gai, apparut sur le seuil. C'était Mme Belrose en personne, et on voyait immédiatement, on sentait plutôt, que son autorité surpassait celle de sa sœur et de sa belle-sœur.

Mme Belrose était une maîtresse femme. Dès qu'elle aperçut Elsie, son énorme face s'adoucit en un charmant sourire de compassion, un sourire qui n'exprimait rien d'autre et excluait toute jovialité. Elle leva un gros doigt et, sans un mot, fit signe à Elsie de venir dans l'arrière-boutique dont elle referma la porte. L'ancien salon-cuisine était bien changé. Il était moins propre que ne l'avait laissé Elsie, mais il étincelait de lumière. Encore des fromages ! Et, dans le coin, près de la cheminée, le téléphone. Par la fenêtre, Elsie aperçoit un petit homme mince, vieillot,

M. Belrose, qui circule dans la cour avec une lanterne, devant un hangar récemment construit.

– Comment cela va-t-il chez vous, ma chère ? demanda Mme Belrose, qui avait à peine jusque-là parlé une fois ou deux à Elsie.

– Mon maître m'a chargée de vous demander si vous voudriez bien téléphoner à l'hôpital, madame, dit Elsie après avoir donné quelques détails.

– Certainement, avec plaisir.

Et Mme Belrose, saisissant l'annuaire dépenaillé et mouillant son gros pouce, feuilleta rapidement les pages.

– Allons, où sont les saints ? Oh ! Saint-Bury... Saint-Bartholomé, terrain de football et de cricket... ce doit être pour les docteurs et les étudiants. Ah !... Saint-Bartholomé (l'hôpital de). C'est cela, nous y sommes. Cité 150... Ah ! diable, ah ! diable : « Aucun renseignement ne sera donné par téléphone sur les malades. » Ah ! mon Dieu ! mon Dieu !... Elle regarda Elsie.

– Ça ne fait rien, continua-t-elle avec bonne humeur. Nous pourrons nous en tirer tout de même, j'imagine.

Elle demanda le numéro et entra en communication avec le bureau des renseignements de l'hôpital.

– Je vous prie d'être assez aimable pour faire une commission à Mme Earlforward de la part de son mari... Elle est chez vous pour y subir une opération... Oh ! mais il le faut, je vous en supplie. Il est très malade, mais il va un peu mieux et cela fera tant de bien à sa femme de savoir... Oh ! s'il vous plaît !... Oui, je sais, mais ils n'ont personne à envoyer. Oh ! on ne tient pas compte des règles quand il y a urgence. Ça peut être une question de vie ou de mort. Mais vous pouvez téléphoner à la garde. Oh ! oui, pour rendre service. Oui, Earlforward, Violette. Vous pourriez demander aussi comment elle va, pendant que vous y serez. Vous êtes bien bon.

Elle conserva l'appareil et attendit, en s'asseyant pour se reposer. Puis, à Elsie :

– Ils sont vraiment très gentils dans ces hôpitaux quand on

sait les prendre. Je suppose que vous avez à faire plus que vous ne pouvez ?

– Oh ! il n'y a pas grands soins à donner, et la boutique est fermée.

– Ah ! oui, et l'Escalier paraît tout drôle à cause de cela : ça lui donne comme un air de dimanche. Le docteur est venu aujourd'hui, je pense ?

– Oui, madame, ce matin... Mais Elsie s'arrêta : elle ne se souciait pas de divulguer le secret de la folle obstination de M. Earlforward.

– Oui, je suis toujours là... j'écoute. Oh ! grand Dieu ! Oh ! mon Dieu ! Elle est... Ah ! Dieu ! Dû à quoi ? Sous-alimentation ?... On a coupé.

Mme Belrose renifla en raccrochant le récepteur.

– Oh ! Elsie, votre pauvre maîtresse a succombé à l'opération. Elle est morte il y a environ une demi-heure. A en croire ce qu'ils disent, elle aurait pu s'en tirer, mais elle n'a pas eu la force de réagir par suite de... de sous-alimentation... Eh bien ! ça c'est un coup pour moi, cria faiblement Mme Belrose.

Elsie la regardait fixement, sans pleurer.

– Faut-il le lui dire, madame ?

– Eh ! oui, vous devez le prévenir. Il n'y a aucune raison de cacher ces choses-là... surtout puisqu'il est un peu mieux. Il faut bien qu'il le sache. Il serait très mécontent, et il aurait raison, s'il n'était pas prévenu... et cela immédiatement.

– Je vais aller le lui dire.

– Aimeriez-vous que je vous accompagne ?

– Vous êtes bien bonne, madame, dit Elsie, rusée jusque devant ce malheur. Je pourrai m'arranger. Il est très particulier, mais je sais le prendre. Il n'y aura rien à faire jusqu'à demain matin, en tout cas.

Elle avait à garder un autre secret bien plus dangereux, celui de Joe. C'est pourquoi elle ne pouvait faire pénétrer un étranger dans la maison. Bien entendu, elle aurait bientôt à en laisser entrer, mais pas ce soir, pas ce soir. Il fallait différer le malheur.

Mme Belrose souleva son énorme masse et embrassa Elsie ; alors celle-ci pleura. Sans ajouter un mot, elle se retourna, ouvrit la porte et traversa la boutique, sans son quart de fromage.

– Demain, se dit-elle, je lui dirai tout (à Mme Belrose) au sujet de Joe. Elle comprendra. – La seule pensée de Mme Belrose était un soutien pour elle. – Mais ce n'est pas possible que madame soit morte. C'était hier matin...

– Laissez-moi seul, laissez-moi ! soupira Henri Earlforward dans un murmure d'épouvante, quand elle lui donna la nouvelle. Elle obéit.

IX

Le baiser

Cette nuit-là, Elsie était assise dans le salon (comme elle persistait à appeler en elle-même la salle à manger) devant le poêle à gaz qu'elle avait allumé de sa propre initiative – action et situation qui, quelques jours auparavant, lui auraient paru inconcevables. Mais les vêtements de Joe s'étaient refusés à sécher dans la cuisine : le fourneau à gaz était incapable, par ce temps humide, d'en faire sortir toute l'eau. Maintenant, ils étaient secs, certains d'entre eux, pliés sur une chaise, et sur eux se trouvaient les bretelles qu'elle lui avait données pour son anniversaire et qu'il n'avait évidemment pas cessé de porter depuis. Pour Elsie, désormais, ces bretelles, salies et élimées, avaient quelque chose de magique. Elles semblaient, bien plus que les vêtements, avoir enlevé à Joe quelque chose de sa personnalité, être une partie détachée de lui-même ; elle était en train de recoudre un bouton à son vieux pantalon qui n'en pouvait plus, et elle avait pris le bouton, le dé, l'aiguille et le fil dans la boîte à ouvrage en carton de Mme Earlforward, dans le tiroir de gauche de la commode. Elle travaillait avec les instruments d'une morte. Par moments, cela lui répugnait et lui faisait peur ; à d'autres, elle pensait que ce qui doit être, doit être, et qu'en tout cas, il fallait bien mettre ces vêtements en état ; elle ne pouvait pas monter en haut et déranger Joe en cherchant ses ustensiles à elle – qui, certainement, ne contenaient pas de boutons de pantalon. Elle essayait d'être calme et de ne pas songer au lendemain. Elle ne voulait pas, par exemple, s'occuper du problème, en apparence insoluble, d'arranger pour Mme Earlforward un enterrement convenable. Comment aurait-elle pu, elle, simple domestique, faire quelque chose à cet égard ? Elle n'osait pas quitter ses malades. Elle ne savait rien de l'organisation d'un enterrement, elle n'avait même jamais assisté à une de ces cérémonies. Elle n'avait aucune idée des parents que pouvaient avoir les Earlforward.

– Demain, demain ! Pas avant demain tout cela, dit-elle résolument.

Mais elle ne réussissait pas à chasser toutes ces pensées. Au milieu de son grand chagrin de la mort de Mme Earlforward – une femme parfaite et une martyre – la préoccupation égoïste de son propre avenir la hantait. Joe porterait-il jamais ces vêtements qu'elle raccommodait ? Il avait pris du Bovril – M. Earlforward aussi –, mais elle ne pouvait se persuader qu'il fût réellement mieux. Elle était frappée de terreur par les diverses hypothèses concernant sa mort. Un homme, mort secrètement dans son lit à elle ! Quelle situation pour elle ! Elle résolut de nouveau de confier le secret de Joe à Mme Belrose le lendemain matin. Non que les ennuis de la mort proprement dits la troublassent beaucoup. Non ! En réalité, ils n'étaient rien. Ou plutôt, s'il mourait, ces ennuis n'auraient absolument aucune importance comparés à la mort elle-même. Après avoir retrouvé Joe, allait-elle le perdre encore une fois ?

Elle ne pouvait envisager une telle perspective...

Puis il y avait M. Earlforward. Elle commençait à être convaincue que son maître était réellement mieux. Il avait pris son Bovril et ouvert une ou deux de ses lettres. Le coup de la nouvelle reçue au sujet de Mme Earlforward, au lieu de le réduire en morceaux, l'avait fortifié, moralement sinon physiquement. Il pourrait bien se remettre... c'était un homme prodigieux. Et, bien entendu, elle souhaitait qu'il guérît. Pouvait-elle souhaiter la mort de quelqu'un ? Elle ne saurait être si cruelle, si mauvaise. Et pourtant, et pourtant, s'il vivait, elle était son esclave à tout jamais, sa captive, sans espoir d'évasion. Une esclave, ou bien écrasée par la douleur de la mort de Joe, ou désolée par cette continuelle pensée que Joe était vivant et qu'elle ne pouvait être à lui, à cause de sa promesse à M. Earlforward. Elle ne voyait aucun espoir, elle ne faisait aucune réserve dans l'interprétation de l'engagement pris envers son maître. Elle ne comprenait pas que les circonstances inévitablement, quoique lentement, modifient les situations.

Elle bâilla bruyamment, épuisée qu'elle était.

Puis son oreille perçut de faibles coups frappés en bas avec précaution. Toute tremblante, elle descendit : Jerry était à la porte. Dans le tumulte de sa détresse, elle avait oublié qu'elle lui avait dit de venir prendre ses ordres. Elle fut heureuse d'avoir quelqu'un à qui parler un moment et elle le fit entrer dans le bureau. Elle vit devant elle, de l'autre côté de la table, un jeune garçon qui, par une attention surprenante et bien touchante, avait revêtu son plus beau costume, en cas d'événements importants. En outre, il s'était lavé et fumait une cigarette.

Jerry, qui était mince, avec une figure anguleuse, voyait en face de lui une plantureuse et magnifique jeune femme – pas très jeune à ses yeux, car sa notion de la jeunesse était un peu étroite, – mais bien plus jeune que sa mère, quoique bien plus âgée que Nell, sa bonne amie du square, dont l'âge correspondait à l'idée qu'il se faisait de la jeunesse.

Elsie était un peu plus grande que lui. Il trouvait qu'elle avait la plus jolie, la meilleure figure qu'il eût jamais vue. Il aimait son front, quand elle le plissait dans le doute ou l'anxiété ; pour lui, ses tabliers eux-mêmes étaient différents de ceux de toutes les autres femmes. Il était précoce en amour comme en tout, mais il n'était pas amoureux d'Elsie et n'aspirait pas à l'être. Elle était au-dessus de lui, hors d'atteinte, il avait d'elle une crainte respectueuse, il sentait avec plaisir qu'elle le tyrannisait. C'était la plus romanesque, la plus mystérieuse et la plus belle de toutes les femmes. Et Elsie comprenait très bien l'attitude de Jerry à son égard.

– Je croyais que j'aurais peut-être besoin de toi, dit-elle, Jerry, mon garçon, pour aller jusqu'à l'hôpital, mais ce n'est plus la peine : Mme Earlforward est morte cet après-midi.

– Tout le square le sait, répliqua Jerry en crachant négligemment dans la cheminée sans feu et en repoussant sa casquette en arrière.

Elsie se rendit compte qu'il ne comprenait pas ce qu'est la mort.

– Oui, dit-elle, je m'en doute bien.

Elle n'ajouta rien, parce qu'il était inutile de parler de la mort à un esprit simple comme Jerry.

– C'est très gentil à toi de m'avoir rapporté mon parapluie comme ça.

– Oh ! dit-il, en affectant le dédain, c'était le plus simple pour moi de le rapporter comme ça.

Il s'était tenu debout jusque-là, les jambes écartées ; là-dessus, il s'assit familièrement, mit ses coudes sur la table et sa tête dans ses mains ; sa cigarette pendait négligemment entre ses lèvres mobiles.

Ils ne parlaient plus : Jerry était fier et heureux et n'avait rien de particulier à dire. Elsie, elle, avait trop à dire pour pouvoir bavarder.

– Alors, tu n'as rien à faire pour moi ? demanda-t-il.

– Non, rien du tout.

– Oh ! (Il était désappointé.)

– Mais il se pourrait que j'aie quelque chose demain. Tu seras libre à deux heures demain, n'est-ce pas ?

– Bien sûr.

– Très bien, alors. – Et elle se leva.

Jerry se sentait singulièrement transporté par ce bref tête-à-tête avec Elsie dans le bureau privé de la maison T. T. Riceyman. Il avait l'impression d'être plus homme que dix mille cigarettes, jurons ou conversations clandestines avec de frêles vierges du square n'auraient pu le rendre. Il sauta de dessus sa chaise.

– Donne-moi un baiser, Elsie, lança-t-il avec aplomb.

Il fut effrayé de sa propre effronterie.

– Jerry Perkins ! (Elsie l'admonestait.) Tu n'as pas honte ? Quand Mme Earlforward est morte et que les deux autres sont si malades, là-haut !

– Quels deux autres ! demanda Jerry, plutôt pour dissimuler sa gêne que par curiosité.

– Je veux dire M. Earlforward.

Elle n'était pas décontenancée de s'être ainsi coupée. Elle avait un rôle magnifique à jouer avec Jerry, et aucun contretemps ne pourrait gâter son jeu.

Jerry devina instantanément qu'elle tenait Joe caché dans la maison, mais il n'en souffla mot. Il s'appliqua même à prendre l'air imbécile de celui qui ne comprend pas.

– Tu n'as pas honte ? répéta-t-elle d'un ton solennel.

Il se dirigea vers la porte ; Elsie le suivit du regard. Il lui faisait de la peine, elle éprouvait le besoin d'être bonne pour quelqu'un. Elle ne pouvait rien pour M. Earlforward, très peu pour Joe, Mme Earlforward était morte, et il lui était si facile de combler d'aise Jerry...

– Tiens ! dit-elle.

Il se retourna, et elle lui donna un baiser calme, mais complet, un baiser sans réserve. Jerry fut trop saisi par cette joie inattendue pour le lui rendre. Il eut les jambes coupées et s'en alla, si absorbé par ses sensations qu'il oublia même de remercier sa douce bienfaitrice. Dans le square, son attitude à l'égard de l'humble Nell fut terriblement cassante. Nell ne savait pas qu'elle avait désormais à compter avec un véritable adulte.

X

Le coffre-fort

Pas un bruit dans la maison ni au-dehors. Pas une pendule ou une montre qui marchât dans cet intérieur. M. Earlforward avait écouté interminablement, mais sans succès, pour entendre sonner l'heure à l'église. Il savait seulement, par le silence prolongé de la rue, qu'il devait être très tard. « Travailler ! » se murmura-t-il, dans le vaste désert sans air et le vide créé par la mort de Violette. « C'est la seule chose à faire, la seule. » Cette faculté qu'il avait de s'arranger avec la destinée s'éveilla en lui pour accomplir un suprême exploit. Elle était invincible. Il n'allait pas se croire tombé en enfer, réduit à la folie ou à l'inanition en cédant faiblement à l'effroyable deuil causé par la disparition de cette femme unique, si pleine de sollicitude pour lui, si raisonnable, si vive, si agréable, si énergique, si entreprenante, si prête à accepter ses idées... et pourtant si indépendante. Ses petits accès de colère... délicieux, enfantins ! Il y avait toujours eu de la petite fille en elle. Le souvenir de ses enfantillages le désolait plus que tout.

« Nourriture insuffisante ? » Non, ce ne pouvait être cela. L'avait-il jamais, en aucune circonstance, détournée, si peu que ce fût, de satisfaire son appétit ? ou avait-il critiqué ses comptes de ménage ? Non, jamais il ne s'en était mêlé. D'ailleurs, elle possédait une fortune personnelle bien suffisante et en avait la libre disposition. Il lui ferait des funérailles comme on n'en avait pas vu depuis bien des années à Clerkenwell. Les frais, bien entendu, pourraient en être prélevés sur ses revenus à elle... Mais il ne le permettrait pas, encore que cela dût finalement revenir au même.

Il ne pouvait pas supporter de rester dans ce lit qu'elle avait partagé avec lui. La sensation de cette moitié vide à côté de lui, quand il passait lentement sa main sur la couverture de dessous dans l'obscurité, lui était une torture intolérable, et pourtant il ne pouvait s'empêcher de faire ce geste. Futile faiblesse de malade ? Il sortit de son lit, écarta les rideaux et leva le store. Il ne pouvait voir la lune, mais elle éclairait les toits d'en face, et sa lumière avec celle du réverbère suffisait à lui montrer les principaux aspects de la chambre. Animé par la puissance considérable de sa résolution de résister au destin, il se sentait, il *était* fort. Ses jambes glacées étaient solides. Oui, quoiqu'il sentît encore une douleur cuisante, l'attaque de dyspepsie faiblissait. Il avait pris du Bovril, avec succès. Travailler, assis à son bureau, ne pouvait le fatiguer et devrait lui faire du bien.

Drôle d'histoire que cette dyspepsie ! Il n'en avait jamais souffert, jusqu'au lendemain de sa nuit de noces, quand il avait mangé si immodérément du gâteau offert par Elsie. Ce gâteau de mariage semblait avoir été la cause déterminante, ou peut-être simplement l'occasion, d'un changement dans son état général. Mais il n'en avait naturellement rien dit. Néanmoins, il allait mieux maintenant. Une légère douleur à l'ancienne place, rien d'autre.

Il ouvrit l'armoire pour y prendre sa chemise et son costume neufs et vit, dans la pâle lueur, les vêtements de Violette disposés sur leurs planches. Cette vue le remua affreusement. Il fallait, à coup sûr, qu'il se sauvât par le travail pour refaire sa vie. Il lui était impossible de rester dans cette chambre. Il s'habilla, mit son costume neuf et un foulard à son cou au lieu d'un col. Puis il remplit ses poches de tous ses objets personnels posés sur la commode. Rien ne manquait. Il ramassa la pile de correspondances qu'il avait rangée bien en ordre sur une petite table. Il pouvait marcher sans peine. Il fallait travailler. La farouche volonté de travailler absorbait irrésistiblement son esprit et en chassait toute autre pensée. Il sortit de la chambre – première action.

Sur le palier, en levant les yeux, il aperçut de la lumière sous la porte d'Elsie. Les bougies que cette fille devait brûler ! Il la corrigerait. Fallait-il ? Et si elle se révoltait ? Elsie avait changé, il ne savait plus bien où il en était avec elle, et il n'avait pas envie de la perdre. Elle était son soutien en ce monde. Pourtant, il ne convenait pas d'avoir peur de corriger une domestique. Oui, il la corrigerait. Il frapperait à sa porte et lui dirait... non, pas la première fois. Il gravit deux marches, mais les jambes faillirent lui manquer. Il pouvait descendre, mais non monter. En outre, si elle savait qu'il était sorti de son lit, cela pourrait provoquer une scène et il désirait l'éviter. Il fit donc demi-tour et descendit en clopinant dans la boutique, qu'il alluma.

Voir la boutique ce fut, pour lui, retourner, après une longue période, au pays de sa jeunesse. Il reconnaissait les bornes une par une. Voici l'étagère à livres toute chargée, avec ses deux roulettes, qu'elle avait vissées. La boutique était comme un mausolée du commerce. Le sien avait cessé. Il allait falloir lui rendre la vie, le galvaniser. Pourrait-il le faire ? Il le fallait, et il le ferait. Il était capable de l'effort le plus intense. Son chagrin même l'inspirait. Sur le sol, à l'entrée, gisaient des lettres laissées là par négligence, qui portaient des traces de pieds. Ces domestiques sont stupéfiants. Elsie n'avait même pas pris la peine de ramasser les lettres. Elle ne les aurait probablement jamais ramassées. Elle les aurait foulées aux pieds et traînées peu à peu aux vieux papiers : des demandes, des offres de livres, des chèques, qui sait ! La substance même du commerce. Il les prit avec difficulté et passa dans le bureau qu'il alluma également. Froid ! Il frissonna.

« Je ne suis pas encore tout à fait guéri », se dit-il, et il commença à douter de lui-même. Le feu était préparé : encore l'influence de Violette. Jamais, avant son entrée dans la maison, on n'avait préparé un feu à l'avance. Il mit une allumette sous le feu et se sentit mieux. Hésitant, il se caressa la joue. Un chaume !

Depuis combien de temps ne s'était-il pas rasé ? Sa figure devait être jolie. Heureusement, il n'y avait de glace ni dans la boutique ni dans le bureau, en sorte qu'il ne pouvait s'examiner. Au travail ! Au travail ! Des souvenirs recommençaient à s'insinuer dans son esprit : il fallait les repousser. Dire qu'elle s'était sauvée comme ça, à l'hôpital, sans un mot d'adieu, et maintenant elle était définitivement partie ! C'était incroyable, monstrueux, le tour de magie diabolique le plus sinistre qui eût jamais été joué... Le chloroforme... le scalpel... un fibrome... morte, évanouie. Elle, avec sa vivacité et son optimisme... Il était fatigué, la douleur était revenue. C'était très pénible. Il avait peut-être été mal inspiré de descendre, car il ne pourrait pas remonter. Avec précaution, il fit le tour de la table, en s'y cramponnant, et s'assit dans son fauteuil. Au travail ! Au travail ! Il s'agissait de refaire sa vie !

Il feuilleta les lettres. Dans l'une d'elles il y avait un chèque, et il fallait le mettre pour la nuit dans le coffre-fort. Il l'endosserait le lendemain. Ne jamais endosser un chèque qu'au moment de se le faire payer à la banque, car un chèque acquitté peut être la proie de voleurs. Il se pencha de côté sur son coffre-fort avec un certain plaisir. Son coffre à elle était en haut, dans la salle de bains. Il aurait à se faire remettre ses clefs pour l'ouvrir et en examiner le contenu. Il prit ses clefs à lui dans sa poche et, non sans peine, ouvrit et tira la porte. Cette opération familière l'apaisa. Le sublime spectacle du coffre-fort lui redonna du cœur. Après tout...

Alors il remarqua que le sac à argent n'était pas exactement à sa place habituelle, sur le rebord, au-dessus des tiroirs. Il tressaillit, alarmé, et tâta le sac. Il n'était pas fermé par son nœud à lui. Il détacha le cordon et sentit un papier chiffonné à l'intérieur : « six pence ». L'écriture maladroite d'Elsie, qu'il connaissait si bien pour l'avoir vue de temps à autre au dos d'enveloppes, notant de petites ventes ! Non, ce n'était pas la perte de six pence qui l'affectait. Il aurait pu supporter cela. Ce qui le frappait si profondément, si formidablement, c'était le fait qu'Elsie avait subrepticement pris ses clefs, pillé le coffre-fort, remis les clefs à leur place – tout en lui souriant et en le soignant ! Il n'y avait aucune sécurité dans ce monde de périls. Les fondements de la foi étaient détruits. Elsie !

Mais dans l'agonie de cette crise, il n'oubliait pas sa femme. Il gémit tout haut.

– Qu'aurait pensé Violette ? Qu'est-ce que ma pauvre Violette aurait pensé de ça ?

Sa magnifique vaillance, son courage surhumain à rebâtir son existence sur ses ruines et à défier le destin étaient anéantis. La vie était plus forte, plus cruelle, plus affreuse, qu'il ne l'avait imaginé.

XI

La prison

– Joe, demanda Elsie, où sont tes papiers ?

Elle avait rapporté dans la chambre ses vêtements secs, pliés et possibles à mettre. Elle n'avait rien trouvé dans les poches, sauf quelques portraits de joueurs de football fameux, provenant de paquets de cigarettes, une pipe culottée, trois sous français et un vieux couteau cassé. Ces objets, son costume, et une paire de souliers éculés qu'elle avait poussés sous le lit et oubliés, semblaient être tout ce que Joe possédait après plus de vingt ans d'une vie vaillante et dangereuse sur la terre – beaucoup moins encore que ce qu'Elsie aurait pu montrer. La pauvreté de ces biens ne la troublait pas, et la surprenait à peine, elle savait que la plupart des célibataires, que rien n'incite à amasser ce qu'ils peuvent gaspiller immédiatement pour leur usage personnel, n'avaient pas plus d'économies que Joe, mais l'absence de ces « papiers » sacrés la tourmentait. Tous les hommes, dans son milieu, pouvaient, en cas de besoin, montrer des papiers quelconques : certificat de libération militaire, titre de pension, attestations de travail, acte de naissance, etc. Les vagabonds eux-mêmes, qui ne faisaient qu'entrer à Rowton House ou en sortir, avaient leurs papiers, auxquels ils attachaient, avec raison, une extrême importance. Aucun homme, dans le monde d'Elsie, ne pouvait aller loin sans papiers, à moins d'être tout spécialement protégé par le ciel et, plus ou moins tôt – généralement plus tôt – le ciel se lassait de les protéger.

Toute la journée, Elsie avait attendu l'occasion favorable pour parler à Joe de ses papiers. Le moment était venu. Elle pouvait quitter M. Earlforward pour une heure environ, Joe paraissait moins souffrir. Les deux chambres étaient faites, les deux hommes avaient eu leur repas, Joe avait repris de la quinine, elle ne devait plus le passer à l'éponge avant le lendemain matin. Elle-même avait bu deux tasses de thé et absorbé ce qui restait dans le garde-manger. Elle avait allumé une nouvelle bougie – la dernière. Elle avait monté du charbon et rechargé le feu. Le lendemain matin elle aurait fort à faire et à combiner : se procurer de l'argent, faire le marché, voir le docteur et Mme Belrose, discuter l'enterrement avec M. Earlforward – terribles anxiétés ! – mais pour l'instant elle était libre.

Joe ne répondit rien. Il semblait faire effort pour formuler une phrase. Elle l'encouragea en répétant sa question :

– Où sont tes papiers ? Je ne les trouve nulle part. Tu ne les a pas perdus, au moins ?

Son front se plissait d'appréhension.

– Je les ai vendus, répondit Joe de sa voix profonde, vibrante et pourtant faible.

Il détourna les yeux.

– Vendus, Joe ? Tu n'as pas fait ça !

– Si, je les ai vendus, je te dis ; hier matin, je les ai vendus.

– Mais, Joe...

– Je les ai vendus hier matin à un homme qui venait chercher un copain qui sortait de Pentonville en même temps que moi.

– Pentonville ! Joe, tu veux dire que tu as été en prison ?

Il fit signe que oui.

– Quelle honte ! s'écria-t-elle, protestant, non parce qu'il avait pu faire quelque chose d'assez grave pour qu'on l'envoyât en prison, mais contre la police qui avait pu être assez méchante pour l'y jeter. Elle admettait, d'instinct et sans hésitation, qu'il était une victime innocente de ces cruels hommes en bleu que certaines personnes ne connaissent que comme protecteurs des voitures d'enfant qui traversent les rues encombrées.

– Il n'y avait pas à choisir, tu sais, alors j'ai écopé quinze jours.

Elle tomba à genoux à côté du lit, mit son bras gauche sous le cou de son ami et le droit sous sa taille, sentant à travers les couvertures la forme familière de son corps, et posa son regard sur sa rude et vilaine figure, sur laquelle poussait un poil noir et doux qui formait déjà une petite barbe au menton. Cette foi, cette tendresse firent pleurer Joe.

– Raconte-moi, murmura-t-elle, espérant à peine qu'il réussissait à faire un récit.

– Oh ! ce n'est rien, répondit Joe d'un air sombre. Le jour de l'Armistice, tu sais... j'avais mon après-midi, et je suis sorti.

– Tu étais donc en place, Joe ?

– Je faisais des heures à Oxford Street... monter le charbon, astiquer les cuivres et balayer la maison. Et puis un lit, oui, dans le sous-sol : une sorte de gardien. Le docteur, il m'avait donné un certificat, c'est-à-dire il me l'a envoyé quand je lui ai écrit pour le demander. (Il n'y avait pas de doute : elle avait été injuste pour ce docteur.) J'étais descendu à Piccadilly pour voir le monde, et, quand il faisait déjà à peu près noir, notre vieux général de division que je vois, dans une sacrée grande voiture avec deux demoiselles. Il y avait un embouteillage, tu comprends, et il était arrêté contre le trottoir où que se tiennent les marchandes de fleurs, tu sais, près de la fontaine, et moi j'étais là tout contre lui, comme je suis là près de toi, Elsie. Le « boucher », que nous l'appelions, oui, c'est comme ça que nous disions, jamais autrement. Et v'là qu'il était là, avec ses deux rangées de rubans et ses deux belles gosses, ou p't'être qu'elles n'étaient pas belles, et je n'aimais pas sa tête, un air dur, tu sais, cruel. Ah ! nous le connaissions, oui, pour sûr. Et alors j'ai pensé aux deux minutes de silence et aux chapeaux bas, et à se tenir fixe, et au cénotaphe, et ça m'a fait rire. Je lui ai ri au nez, à travers la vitre de son auto. Et ça ne lui a pas plu, pour ça, non. J'étais tout contre lui comme je suis là près de toi, tu vois ça. Alors, il baisse sa glace et crie quelque chose, que j'ai une tenue insultante pour les dames, et moi je lui tire la langue. C'est ça qu'a tout fait, c'est ça. C'est ça qui m'a fait coffrer. J'ai senti quelque chose qui me tombait dessus, tu comprends. Alors il y a eu une bousculade et j'en ai cogné un d'agent, à l'épaule. Ça n'a pas traîné : trois agents qui m'ont emporté.

Le docteur, au poste, il a dit que j'avais bu, moi qu'avais pas pris une goutte depuis trois jours. Le lendemain, le flic a dit qu'il serait indulgent parce que c'était la fête de l'Armistice, et que j'avais bu, et puis que je m'étais battu pour le vieux pays, mais que frapper un représentant de la loi, il ne pouvait pas laisser passer ça. Pas de remise pour ça, et alors, quinze jours qu'il m'a donnés.

– Mais, ton maître, Joe ?

– C'était une vieille femme.

– Elle ne pouvait donc pas... ?

– Non, elle ne pouvait pas, dit-il rudement. Et puis une autre chose, je n'y suis pas retourné après.

– Tu y as laissé tes affaires ?

– Oui, un sac et puis des trucs. Et que je n'irai pas les chercher.

– Moi j'irai, dit résolument Elsie. Je ne veux pas qu'elle les garde. Je lui dirai que tu es tombé malade, et je les rapporterai, tes affaires.

Joe ne fit pas d'objection.

– Mais pourquoi as-tu vendu tes papiers, Joe ?

– Il m'en a donné quatre shillings six pence. Je devenais un richard, quatre shillings six pence qu'il m'en a donné, alors nous sommes allés manger un morceau, après ce beau coup-là, du cacao et du pain rôti. C'était pas la peine de retourner : j'avais quitté sans prévenir, ça c'est vrai.

– Mais pourquoi n'es-tu pas venu me trouver tout droit, Joe ?

Il ne répondit pas. Après tout ce bavardage désordonné, il était retombé dans son grand silence.

Elsie continuait à le contempler. La lueur de la bougie montait, puis baissait. Tout à coup de lourds camions qui passaient secouèrent le lit. Et maintenant Elsie avait le désir de raconter à Joe toute son histoire à elle, tout ce qui concernait M. Earlforward et la mort de sa femme, et les soucis qui l'attendaient le lendemain matin. Elle éprouvait le besoin de se confier à lui, et de discuter avec lui un plan pour le remettre sur pied quand il serait guéri – car elle était sûre de pouvoir lui rendre le respect de lui-même et le remettre à sa place dans le monde. Mais il ne semblait s'intéresser à rien, pas même à elle. Il était absorbé par ses douleurs, par son mal et sa fièvre. Et elle était très fatiguée. Aussi, sans changer ses bras de place, elle se contenta de poser sa tête sur la poitrine de Joe, et elle s'indigna en sa faveur, contre le genre humain tout entier, et elle considérait sa rude, son impitoyable personne à elle comme l'auteur de tous les malheurs du pauvre garçon, et elle l'aimait.

XII

Endormi

M. et Mme Belrose occupaient une petite chambre à coucher en haut de leur maison. Quant aux deux sœurs, celle de monsieur et celle de madame, elles abritaient leur vaste personne dans un vague « autre part », et ceux des curieux qui, par suite de rapports d'affaires ou autrement, savaient à quel point presque toute la maison était consacrée à la « vente en gros » se demandaient où les deux belles-sœurs pouvaient se fourrer. Quant à la servante, elle couchait au-dehors.

Au milieu de la nuit, Mme Belrose souleva ses formes opulentes hors du lit, qui en était comblé, et alla à la fenêtre pour regarder du côté de l'Escalier.

– Charlie, dit-elle, en revenant au lit et en secouant son mari. – Il se réveilla péniblement, grogna et marmotta qu'elle allait prendre froid : hypothèse absurde, il le savait bien, car elle ne s'enrhumait jamais, et il était inconcevable qu'elle pût le faire.

– Cette lumière brûle toujours chez T. T. Riceyman, dans la boutique. Cela me paraît inquiétant.

Elle alluma dans sa chambre, et les fantômes de la nuit parurent être chassés par une invasion de réalité, de clarté et de sagacité. M. et Mme Belrose se considéraient comme deux des personnes les plus sagaces et les plus imperturbables qui eussent jamais vécu, et l'étaient probablement.

Nulle circonstance n'était au-dessus de leur sagacité et de leur présence d'esprit. Chacun d'eux avait une confiance complète dans le bon sens généreux, mais exempt de sentimentalité, de l'autre. Mme Belrose, en dépit de sa jeunesse, était la plus sérieuse. C'était elle, habituellement, qui disait le dernier mot pour décider d'une conduite à tenir ; pourtant tout ce qu'elle disait impliquait que Charlie avait une sagesse supérieure, qu'elle seule pouvait inspirer, et aussi, qu'étant un homme, il pouvait faire certaines choses dont elle, en tant que femme, était incapable.

– Non, cette lumière ne me dit rien de bon, répéta-t-elle.

– Mais je ne vois pas que nous puissions rien faire avant demain matin, dit Charlie. Non qu'il permît à son jugement d'être faussé par son envie de dormir. Non, il était tout à fait impartial.

– Cette fille en a trop sur les bras d'avoir à surveiller ce drôle de vieux bonhomme à elle seule, jour et nuit. Elle n'est pas bête, loin de là, mais c'est trop pour une seule personne. Vous feriez peut-être bien de traverser pour jeter un coup d'œil.

– Je pensais que vous iriez, Charlie.

– Mais je ne pourrai rien faire si j'y vais ; je ne pourrai pas aider cette fille.

– J'ai peur, dit avec simplicité la femme autoritaire et sagace.

– De quoi ? demanda le petit bout de mari ratatiné.

– Mon Dieu, je ne sais pas, mais j'ai peur. Il vaut mieux que vous y alliez en tout cas d'abord. Je pourrai vous rejoindre ensuite. Nous ne pouvons pas laisser cette pauvre fille dans l'embarras.

Mme Belrose n'en savait pas moins ce dont elle avait peur, et M. Belrose également. Elle l'aida à enfiler ses vêtements, geste de sympathie plus qu'aide véritable. Et elle l'exhorta à ne pas éveiller « ces deux filles », désignant sa sœur à lui et la sienne.

Il sortit, tout frissonnant. Une belle nuit, avec un vent coupant, qui faisait passer la poussière d'un côté de l'Escalier à l'autre. L'horloge de l'église sonna trois heures. M. Belrose mit l'œil à la fente qui régnait entre le bord de la jalousie et le chambranle de la porte, mais il ne put rien distinguer, sinon qu'une lumière brillait quelque part, dans le fond. Il frappa, doucement d'abord, puis plus fort, sur la vitre. Pas de réponse. L'explication était sans aucun doute qu'Elsie avait dû descendre chercher quelque chose dans la boutique et était remontée en oubliant d'éteindre. M. Belrose avait très froid. Il allait quitter la place et rentrer faire son rapport à sa femme quand sa main découvrit que la porte n'était pas fermée à clef. (Elsie, dans le trouble que lui causait sa caresse à Jerry, avait oublié de la verrouiller.) M. Belrose entra et vit M. Earlforward, vêtu d'un joli costume neuf, immobile dans une pose singulière, sur son fauteuil de bureau. Il savait maintenant plus nettement de quoi sa femme avait peur. Mais il avait le cœur solide et fort, et il avança énergiquement dans le bureau.

Une vague lueur rouge éclairait encore la grille remplie de cendres. La lumière électrique tombait en rayons presque palpables sur la tête grisonnante du libraire. Le coffre-fort était ouvert et il y avait un sac d'argent sur le plancher. Le fauteuil de M. Earlforward était penché en avant, et ce qui l'avait empêché de tomber c'était que le bras gauche de l'occupant était passé sous le rebord de la table. La lumière électrique était patiente et M. Earlforward non moins qu'elle. Il était incliné sur le bras droit du fauteuil, le corps faisant un demi-angle droit avec la perpendiculaire, et le visage tourné vers le plancher.

– Je n'ai jamais rien vu de pareil, se dit M. Belrose ; voilà qui va faire sensation sur l'Escalier, pour sûr.

Il avait peur : il avait ce qu'il aurait appelé « la frousse ». Délicatement, il toucha la main gauche de M. Earlforward, qui reposait sur la table. Elle était froide et assez raide. Il se pencha pour regarder la figure détournée du libraire. Quel masque épouvantable ! Livide, pustuleux, avec une peau velue tirée sur les os et les muscles, fortement tendue. Une expression de souffrance dans les petits yeux qui ne voyaient plus. Rien, sur cette face, du repos légendaire de la mort.

« Il ne faut pas y toucher, pas déranger quoi que ce soit », se dit M. Belrose en raidissant ses genoux.

Il quitta le bureau et leva les yeux sur l'escalier sombre. Pas une lueur, pas un son. Il chercha ses allumettes, mais il ne les avait pas apportées et il se rendait compte qu'il n'était pas assez maître de lui pour en chercher efficacement. Pourtant, il fallait visiter la maison. Quelle que fût son aversion à retourner dans le bureau, il y alla, dans l'espoir de trouver une boîte d'allumettes, et la première chose qu'il vit c'en fut une sur la cheminée. En en frottant plusieurs, il monta l'escalier en trébuchant et arriva d'abord à la salle de bains. Vide. Rien d'anormal, si ce n'est de grosses cordes tendues au travers et une caisse à oranges dans la baignoire. Une chambre, bien meublée, et un lit défait ; une tasse et une soucoupe sur la table de nuit, une porte d'armoire grande ouverte. Tout paisible, paraissant attendre quelqu'un. Puis il trouva le salon, qui donnait la même impression, et retourna sur le palier. Aucun bruit. Le second étage l'invitait terriblement à monter. Au moment où il atteignait le haut de cet escalier et se heurtait contre une porte, une de ses allumettes s'éteignit. Il en frotta une autre et quand elle flamba doucement, il pénétra dans une chambre faiblement éclairée par le feu et fut étonné, stupéfait, bouleversé, choqué et très sérieusement secoué en découvrant un jeune homme étendu sur le lit et une jeune femme, Elsie, reposant avec abandon sur lui, en travers de son corps, la tête sur sa poitrine. Et il entendit le bruit d'une respiration régulière. Il y avait dans la situation de ce couple quelque chose qui s'imposa immédiatement au gros bon sens de M. Belrose et lui alla droit au cœur. Jamais il n'avait eu une impression à la fois pénible et ravissante (oui, ravissante pour ce marchand de fromages tout tremblant) comme celle qu'il éprouvait. Le jeune homme souleva légèrement la tête de l'oreiller, puis la laissa retomber.

– Elle dort, dit-il, d'une voix basse, profonde et basse. Ne la réveillez pas.

XIII

Disparition de la maison T. T. Riceyman

Le caractère éphémère des choses humaines fut merveilleusement illustré par la quinzaine suivante. Un bref et sobre compte rendu des découvertes nocturnes de M. Belrose parut dans un journal du matin, et six heures après, ceux du soir, avec leur sûr instinct de ce qui est important, avaient élevé l'Escalier de Riceyman à un niveau bien supérieur à celui des combats de boxe, des questions d'économie nationale et de la ruine si compliquée de l'Europe. Ces futilités disparurent des colonnes qui n'étalèrent plus que : « Mort mystérieuse d'un avare à Clerkenwell », « L'asile du bolchevisme », « Étrange histoire d'amour et de mort », « Tragédie nocturne dans King's Cross Road » et autres titres, légendes et phrases captieuses du même genre. L'Escalier de Riceyman se remplit de reporters spéciaux et de photographes fureteurs. Les journaux du lendemain matin développèrent le récit. L'Escalier devint le point de mire de toute l'Angleterre et le sujet de dépêches envoyées en Amérique, en Afrique du Sud et jusqu'aux antipodes. L'Escalier conquit une renommée étourdissante et unique. L'enquête du coroner sur le cadavre d'Henri Earlforward se fit devant une foule qui se pressait comme à un procès en divorce dans une cause célèbre, et fut sténographiée mot à mot. Les jurés qui furent appelés à y siéger s'estimèrent bien heureux.

Le révérend Auguste Earlforward, méthodiste wesleyen, revenu chez lui en congé d'une mission aux Indes occidentales, et frère du défunt, devint brusquement un personnage fameux.

Il avait failli manquer le bateau à Kingston de la Jamaïque et vit la main de la Providence dans le fait qu'il avait réussi à l'attraper. Il n'avait pas vu son frère cadet depuis plus de trente ans, n'avait pas eu de ses nouvelles, ne savait même pas son adresse et avait à peine songé à la rechercher.

Et puis, en prenant son thé à l'hôtel Thackeray de Bloomsbury, son œil sévère était tombé sur le nom d'Earlforward écrit en gros caractères dans un journal. Cette affaire était l'événement le plus merveilleux, la coïncidence la plus stupéfiante de sa longue et honorable carrière. Sagement, il se précipita chez un avocat et se fit représenter à l'enquête. Il était arrivé en Angleterre dans des dispositions à la critique, car, comme beaucoup de coloniaux, il soupçonnait que tout n'était pas pour le mieux dans sa vieille patrie en décadence. Et les révélations sur la vie qu'on menait à Clerkenwell confirmèrent pleinement ses soupçons, ce qui ne le surprit pas, parce qu'un commerce prolongé avec les nègres avait solidement établi dans son esprit la conviction qu'il ne pouvait se tromper. Dès le début, il eut son idée sur Elsie, la servante trouvée endormie avec un jeune homme dans sa chambre. Ce n'était pas une idée bien jolie, mais il ne faut pas oublier qu'il se reposait, en congé, d'avoir prêché et pratiqué la charité chrétienne. Son représentant légal posa à Elsie d'étranges questions à l'instruction (pendant laquelle il fut attesté, après autopsie, qu'Henri était mort d'un cancer au cardia), questions qui furent aggravées par le cynisme et l'incrédulité naturelles du coroner. Mais Elsie fut sauvée de l'opprobre par le témoignage du docteur Raste, affirmant qu'elle l'avait appelé au chevet du jeune homme.

Elsie fut, en fait, acclamée par ses amis enthousiastes quand elle sortit de l'audience. Elle ne dit jamais un mot dans la suite du coroner ou du missionnaire, et, chose sans excuse, elle ne pardonna jamais ni à l'un ni à l'autre. Mais le missionnaire, lui, pardonna à Elsie et lui permit, ainsi qu'au jeune homme malade, de rester dans la maison.

Ni M. ni Mme Earlforward n'avaient fait de testament. Ainsi, tout ce que possédait Violette, aussi bien que tout ce que laissait Henri, alla à Auguste.

Clerkenwell comptait que la gloire mondiale de l'Escalier durerait indéfiniment, mais elle se flétrit aussi vite qu'elle avait fleuri, et, dans l'après-midi qui suivit la matinée de l'enquête, elle mourut définitivement. La presse n'accorda pas une ligne au double enterrement des Earlforward. Il n'en constitua pas moins un grand spectacle dans King's Cross Road, non en raison de sa magnificence intrinsèque (car on était bien loin de la conception que s'était faite Henri des obsèques qu'il ferait à sa femme), mais à cause de la multitude innombrable de spectacteurs.

Le révérend Auguste, héritier d'une très confortable aisance, amassée à leur insu par les manœuvres de M. Arb, le conducteur de travaux, la conduite prudente de M. Earlforward et l'esprit d'imitation de Violette, se trouva gêné comme argent liquide, parce que avant d'entrer en possession de l'héritage, il eut à remplir cent formalités assommantes et à attendre avec ennui le bon vouloir des autorités.

Il ne voyait pas la fin de ses affaires et il télégraphia à ses supérieurs à la Jamaïque qu'il prolongerait son congé. Il ne demanda pas cette prolongation : en sa qualité d'homme riche il la prit tout simplement et la propagande céleste dut être remise à plus tard. La rédaction de ce télégramme fut une des compensations qu'il eut à cette pénible épreuve.

Il en eut d'autres de bien des sortes, dont la principale fut, à n'en pas douter, sa situation de propriétaire d'un local inoccupé. Non seulement tout Clerkenwell, mais à ce qu'il semble, tout Londres, apprit en quelques heures qu'il avait ce privilège. Des centaines de gens, désespérés par la crise du logement, lui télégraphièrent, d'autres centaines lui écrivirent, et quelques douzaines vinrent personnellement le voir à son hôtel : tous le suppliaient de leur faire la grande faveur de leur louer à bail, à un prix élevé, la maison de T. T. Riceyman.

Quelques-uns désiraient acheter la propriété. Les demandes furent si insistantes, si nombreuses, qu'Auguste en vint à se considérer comme un puissant bienfaiteur de l'humanité. Préférant jouir des bienfaits de la richesse sans être tourmenté par ses fastidieuses responsabilités, il décida de vendre et non de louer. Et il conclut un contrat de vente avec M. Belrose. S'il le choisit, ce fut parce que M. Belrose et toutes ses femmes étaient des méthodistes wesleyens, et aussi, peut-être, parce que M. Belrose ne marchanda pas et se montra prêt à terminer la transaction, anxieux de le faire, et qu'il versa un sérieux acompte avant que fussent achevées les formalités qui devaient faire entrer Auguste en possession des biens.

Dès lors, les événements se succédèrent avec une rapidité croissante. Tout le stock de livres fut vendu de gré à gré à un marchand de Charing Cross Road, qui l'avala et le digéra avec une prodigieuse aisance. Les livres s'en allèrent tranquillement dans des camions. Puis le mobilier et les vêtements – y compris les costumes et chemises toujours vierges de M. Earlforward – à une sorte de marchand d'Islington. Un brocanteur vint pour les autres objets, comprenant le coffre-fort et le soulier de satin, et il obtint des autorités de passer avec sa charrette sur le trottoir et de s'arrêter sur les dalles de l'Escalier, devant la porte de la boutique, et tout y fut balayé comme des feuilles mortes par le vent. Ce même après-midi, M. Belrose arriva, venant de « l'autre côté », avec un groupe d'entrepreneurs de menuiserie et de décoration, et, dans cet intérieur qui se vidait, au milieu de la fuite des pièces de mobilier, il discuta avec ces experts ce qu'il devait faire, et à quel prix, pour anéantir jusqu'au souvenir de la maison T. T. Riceyman au moyen d'améliorations, changements et peintures fraîches.

Des flâneurs venaient regarder le chargement de la charrette et la suppression, sur l'Escalier, de la maison T. T. Riceyman. Ce qui occupait leur esprit, ce n'était pas la disparition des moindres traces du séjour terrestre d'Henri et de Violette Earlforward, mais les conquêtes, le progrès de ce puissant et opulent personnage, Charlie Belrose, qui allait avoir deux boutiques et qui, sans aucun doute, les ferait prospérer toutes deux. Henri et Violette auraient pu n'avoir jamais vécu. Ils étaient presque également étrangers au révérend Auguste, qui d'ailleurs était au lit, assez malade, dans son hôtel – résultat de la tension nerveuse que lui avait imposée son héritage. Le quartier avait toujours considéré Violette comme une étrangère : elle n'avait pas là ses racines. Quant à Henri, bien qu'il ne fût pas un étranger, mais du vieux sang de Clerkenwell, et bien que la légende de sa richesse imposât le respect, il n'avait jamais gagné l'affection de personne, et on le classait ironiquement dans « les bizarreries » – terme qui l'eût énormément intrigué et ennuyé.

Il n'y en eut pas moins un endroit où survécurent Henri et Violette : le cœur d'Elsie. Elle arrivait maintenant à l'Escalier vêtue de deuil, robe et chapeau noirs tout neufs, son vieux manteau noir et des gants noirs. Elle avait acheté du deuil par un sentiment de devoir et de convenance. Elle ne voulait pas faire cette dépense, mais sa conscience l'y força. Elle portait un sac tout usé qui paraissait bien lourd pour elle, et elle était rouge et essoufflée par un exercice qui ne lui était pas habituel : une grosse femme gauche que personne n'aurait songé à regarder deux fois. Une figure simple, lourde, ordinaire, en dehors des yeux et des lèvres, à l'air harassé, épuisé. Elle avait été dehors presque toute la journée. Elle fit semblant de ne pas y faire attention, mais la vue de la formidable charrette installée au haut de l'Escalier lui fit monter les larmes aux yeux.

Elle entra résolument dans la boutique qui, maintenant que Charlie Belrose et sa suite avaient disparu, était vide, n'étaient un ou deux objets mobiliers qui attendaient leur place dans la charrette. Un homme s'occupait à enlever les rayons et à détruire ainsi les embrasures. Ces planches mortes qui, naguère, étaient vivantes et supportaient des fardeaux étaient empilées le long du mur. Elle dut attendre au pied de l'escalier, pendant qu'une partie de la garde-robe de Violette descendait dans les bras poilus de deux Samson maladroits. Enfin, elle monta, et, au premier étage, elle jeta un regard dans toutes les pièces l'une après l'autre : tout n'était que saleté, poussière, désordre et pêle-mêle ; il était difficile de croire qu'elles avaient jamais fait partie d'un intérieur, été régulièrement nettoyées, surveillées comme des enfants incapables de prendre soin d'eux-mêmes. Elle traîna son sac au second étage et entra dans la chambre de débarras, qui était complètement vide, dépouillée jusqu'aux murs souillés et décrépits – les pots de fleurs eux-mêmes avaient disparu du rebord des fenêtres –, et elle pénétra dans la cuisine, où le robinet montait toujours la garde avec son éternelle goutte qui tombait dans cette complète désolation.

Enfin, elle entra dans sa chambre qui, en vertu d'un ukase magique, tombé de haut, de l'hôtel Thackeray, avait été préservée du saccage. Un beau feu y brûlait gaiement, tout y était, au premier aspect, resté pareil ; seulement les tiroirs, fermés, étaient vides, la malle et le parapluie d'Elsie étaient repartis à Riceyman Square, où elle avait couché depuis l'enterrement. Joe était suffisamment guéri pour habiter seul dans la maison et n'y avait vu aucun inconvénient. Tout habillé pour le grand départ, il l'attendait, assis sur l'unique chaise. Il sourit, et, laissant tomber son sac, elle sourit à son tour. Ils s'embrassèrent. Avec son intelligence limitée, mais imaginative, Joe ne vit pas qu'Elsie n'était toujours qu'Elsie. Il vit, dans ces vêtements de deuil mal ajustés, un sauveur, une puissante protectrice, un ange brillant, un être différent de tous les autres, supérieur à tous. Ils restaient là, muets et heureux, dans cette île de tranquillité, autour de laquelle tourbillonnait la marée de la décomposition et des métamorphoses. Elsie, prenant une tartine de beurre sur une assiette, se mit à la manger.

– Tu n'as donc pas déjeuné ? demanda Joe anxieusement.

Elle fit signe que si, et c'était un mensonge.

– J'ai ton sac et toutes les affaires dedans, dit-elle. Il y a un col propre : tu feras bien de le mettre.

Tout en mâchant son pain, elle ouvrit le sac.

– Et puis, j'ai le permis du bureau de placement, dit-elle. Il examina le papier, dont la complexité incompréhensible l'intimida. Il était très soulagé et très reconnaissant de n'avoir pas eu à aller chercher ce permis lui-même. Le col propre, qu'Elsie boutonna, améliora de façon merveilleuse l'aspect minable et délabré de Joe.

– Le docteur est-il venu te voir ? demanda Elsie. (Il secoua la tête.) Alors, tu ne peux pas partir avant qu'il t'ait examiné.

Le docteur avait repris Joe à son service, et il devait s'en aller directement à Middelton Square cet après midi, et reprendre peu à peu ses occupations, autant que sa santé le lui permettrait. Il avait déjà fait un essai de sortie le matin, mais seulement pour aller se faire raser, de l'autre côté de King's Cross Road. Peut-être était-il regrettable que Joe s'en allât ayant sur lui une des chemises en flanelle grise de M. Earlforward. Elsie, si elle avait été d'une honnêteté scrupuleuse, aurait lavé cette chemise et l'aurait remise dans la garde-robe, mais elle trouvait que Joe en avait besoin, et son honnêteté n'alla pas jusque-là.

On entendit un pas sur l'escalier, et le docteur pénétra dans l'île. Lui-même était semblable à une île, détaché, fermé, impénétrable comme toujours. Il entra dans la chambre comme si c'était une chambre, et non pas le théâtre vide d'un drame héroïque et inoubliable, comme si rien de mémorable ne s'était passé récemment à l'Escalier de Riceyman.

– Ma fille est-elle venue me demander ici ? demanda-t-il brusquement, en posant son joli chapeau sur la petite commode jaune.

– Non, monsieur.

– Ah ! Elle devait me retrouver ici, dit-il d'un ton indifférent. Et pourtant il y avait dans sa voix quelque chose qui révélait nettement à un observateur que, tout au fond de son âme la plus cachée, brûlait une fierté passionnée de son enfant.

– Je crois que ça ira, Joe, prononça-t-il après un bref examen du malade. Vous vous êtes fait raser, je vois.

– Elsie me l'a conseillé, monsieur.

– Oui, ça vous donne meilleure mine, n'est-ce pas ? Eh bien ! vous pouvez aller de l'avant. A propos, Elsie – il toussa – nous

nous sommes demandé à la maison si cela ne vous plairait pas d'aller dire un mot à Mme Raste.

– Oui, monsieur, mais à quel propos ? de Joe ?

– Mon Dieu, le fait est que nous avons pensé que vous ne seriez peut-être pas fâchée – il eut un rire bref, nerveux – de faire partie aussi de notre état-major. Je ne sais pas comment on dit : cuisinière, bonne à tout faire ? Non, pas tout à fait, parce qu'il y aurait Joe. Il y aurait vous et Joe, vous comprenez ?

Elsie recula, inquiète, si troublée qu'elle ne dit même pas : « Merci ».

– Oh ! je ne pourrais pas, monsieur ! Je ne pourrais pas faire la cuisine... pour vous, monsieur. Je ne pourrais pas entreprendre cela. Je ne suis, en somme, qu'une femme de ménage, monsieur. Ce serait trop fort pour moi.

– Mais je pensais que vous aviez appris un peu de cuisine avec... heu... Mme Earlforward.

– Oh ! non, monsieur. On ne peut pas dire ça. Il n'y avait qu'un trou à gaz, monsieur.

Et c'était une fille, jadis ambitieuse, qui avait rêvé d'acquérir le talent de servir à table précisément dans une grande maison comme celle du docteur. Une extrême défiance d'elle-même n'était pas le seul motif de sa décision, qu'elle prit instantanément et résolument, comme une maîtresse femme à l'esprit solide, raisonnable, sans tenir compte des intentions de la fragile idole qu'elle protégeait, son Joe – car une velléité d'indépendance, de résistance, commençait à se manifester chez Elsie Sprickett. La vérité est qu'elle voulait avoir un domicile à elle, comme refuge pour Joe en cas de besoin, et elle combinait de louer une chambre dans le sous-sol de son ancienne maison de Riceyman Square. Avec la fortune illimitée que représentaient les 32 livres qu'elle avait amassée à la Caisse d'épargne postale, elle comptait meubler cette chambre. Il avait été convenu avec le docteur qu'après le mariage Joe aurait une nuit complète par semaine. Elle reprendrait « ses ménages », ce qui était plus fatigant, mais laissait plus d'indépendance qu'une place fixe. Si

Joe avait un accès de violence, il pourrait le passer sur elle, dans leur intérieur. Elle désirait même souffrir par lui comme pénitence pour la dureté de son ancienne attitude envers lui, pour le bannissement bien intentionné de l'innocente victime, détraquée par ses aventures de guerre. Avec ses gains à elle et ses gages à lui, ils auraient amplement de quoi vivre. Ce beau plan, si sage, était complet dans son esprit. Et la proposition du docteur le minait dans ses fondements. A Myddelton Square, tracassée par des tâches nouvelles et la présence de nouveaux maîtres, elle pourrait bien avoir des scènes avec Joe et ne plus pouvoir venir à bout de lui. Non ! Il fallait qu'elle fût indépendante, qu'elle eût sa liberté d'action, et ce serait impossible si elle était domestique dans une grande maison.

– Oh ! très bien, très bien, dit le docteur, froid comme toujours, mais non froissé.

Joe ne dit pas un mot, sachant qu'il ne devait pas se mêler de si hautes questions de politique.

Un bruit de course dans l'escalier, de remontrances, de reproches : Mlle Raste, très agitée, entra avec son chien Jack. Son père lui avait dit que si elle ne voyait aucune figure connue en bas, elle n'avait qu'à monter deux étages et à frapper à la porte qu'elle trouverait devant elle, mais dans son empressement, elle avait oublié de frapper. Mlle Raste grandissait tous les jours. Elle avait des jambes d'une longueur fabuleuse, et on disait chez elle qu'avec le temps elle serait en position de se baisser pour embrasser le dessus de la tête de son père. A la surprise générale, elle se jeta d'un élan impulsif sur Elsie, ses bras minces ouverts, et l'embrassa. Elsie rougit tant qu'elle put. Mlle Raste n'avait parlé à Elsie qu'une fois, mais du souvenir de la figure d'Elsie et de cette brève rencontre, elle avait forgé un délicieux conte de fées, et un mot échappé à sa mère l'avait amenée à en faire une réalité. Elle avait rêvé d'avoir l'adorable, la grosse, confortable et bonne Elsie comme domestique, et ses parents allaient arranger l'affaire. Depuis vingt-quatre heures, elle en avait la fièvre.

– Est-ce qu'elle vient, Papa ? demanda l'enfant avec instance.

– Non, elle ne peut pas. Elle dit qu'elle est incapable de faire la cuisine, et alors elle ne viendra pas.

Mlle Raste fondit en larmes. Son corps grêle était secoué de sanglots. Tout le monde était péniblement gêné. Personne ne savait que faire, le docteur moins que les autres. Jack restait tranquille devant le feu.

– Maman vous aurait appris à faire la cuisine, bredouilla Mlle Raste, de façon presque inarticulée, maman est si gentille !

Le plan si sage d'Elsie pour sa vie de femme mariée fut anéanti en un moment. Ce plan devint absurde, impossible, inconcevable.

Elsie fut complètement vaincue par la tendresse de l'enfant, son ardeur et son chagrin. Elle se sentit presque autant de responsabilité envers cette petite qu'envers Joe. Elle appartenait à jamais à l'enfant qui l'avait embrassée. Après ce baiser, pouvait-elle être Judas ?

– Oh ! alors, j'irai voir Mme Raste, dit Elsie moitié souriant, moitié pleurant.

Ce fut vraiment un étrange épisode puisqu'il renversa toutes les théories optimistes sur le caractère raisonnable de la nature humaine et l'influence de la logique sur les ressorts de la conduite. Personne ne savait exactement où il en était. Le docteur Raste était profondément ravi et fier, et pourtant il sentait qu'il aurait dû être mécontent. Joe était enchanté, mais en égoïste. Elsie était à la fois heureuse et triste, mais plutôt plus heureuse que triste. Mlle Raste riait avec allégresse, tandis que des larmes coulaient encore sur ses joues délicates. Jack lança un aboiement.

Non que Jack eût cette mystérieuse intuition des sentiments d'autrui que l'imagination populaire attribue volontiers aux chiens, aux enfants et aux femmes. Non, Jack avait simplement entendu des pas sur l'escalier. Un homme entra, débraillé, en manches de chemise, avec un tablier vert.

– Nous n'avons plus à faire qu'ici, mademoiselle, annonça-t-il à Elsie.

Et, sans attendre sa permission, il se mit rapidement à rouler les couvertures du lit en un gros ballot. Ensuite, il rassembla la vaisselle. La chambre connaissait à son tour le saccage général.

– Ils n'ont pas eu beaucoup de chance, disait le soir de ce même jour M. Belrose à Elsie et à Joe, sur l'Escalier, devant la porte fermée de la maison T. T. Riceyman.

Telle fut l'épitaphe décente du petit vieux ratatiné sur Henri et Violette Earlforward. Ce fut son apologie pour le fait de mettre dans sa poche les clefs de la maison Riceyman, pour l'illumination électrique de sa première boutique et l'obscurité solitaire de celle de T. T. Riceyman, et pour son droit à réussir tandis que les autres étaient morts. Il n'attribuait pas le sort des Earlforward au formidable caractère d'Henri. Il n'était pas capable de raisonner scientifiquement, et, l'eût-il été, sa bonne nature l'en aurait empêché. Peut-être même, s'il avait essayé, aurait-il mal raisonné. L'affaire, comme toutes celles de la destinée, était excessivement complexe.

Elsie, pour sa part, attachait bien moins d'importance à la chance que M. Belrose. « Avec un homme comme il était, se disait-elle en songeant à Henri Earlforward, il devait tôt ou tard arriver forcément quelque chose. » Elle tenait M. Earlforward pour responsable de la mort de sa femme, mais ses notions sur la valeur des témoignages étaient un peu sommaires. Et de même elle se croyait responsable de la mort de son maître. Elle avait remarqué qu'il n'avait plus jamais été le même depuis l'abus qu'il avait fait de ce gâteau de mariage, et elle soupçonnait terriblement qu'un excès de gâteau pouvait donner le cancer. Ainsi, elle ajoutait une hypothèse de plus aux innombrables théories sur l'origine du cancer, et nul n'en sait assez sur ce sujet pour se permettre de contredire son explication.

Néanmoins, ce soir-là, avec l'impression d'un meurtre sur sa conscience, la ruine d'un foyer et d'une famille derrière elle, un gibier de prison sous son bras gauche et son lourd sac à la main droite, elle pouvait encore être heureuse en montant l'Escalier vers Riceyman Square, pour aller vers son ancienne demeure prendre certaines dispositions et gagner de là, dans la nuit froide, Myddelton Square. Elle était inquiète des dangers à venir et de sa capacité à lutter contre eux.

Joe, lui, qui appartenait à la variété humaine des contemplatifs et des passionnés, n'avait aucune appréhension. Il connaissait son âme aussi intimement qu'une jolie femme tous les aspects de son corps. Il éprouvait de la joie en parcourant de nouveau avec Elsie les vieilles rues familières. Il avait une foi complète, respectueuse, dans l'affection d'Elsie et dans sa puissance. Sa seule désolation était de voir Elsie traîner ce sac si lourd, mais cela même était absurde, car il n'avait pas encore la force de le porter, et il savait bien qu'elle ne lui aurait jamais permis d'essayer.

Les passants voyaient s'avancer un couple jeune, modeste absorbé dans une contemplation mutuelle. Plus exactement, les gens ne voyaient pas un couple modeste, pas plus que dans un bal de la cour ils ne voient un couple bien habillé et plein d'assurance. Elsie et Joe étaient dans le caractère du quartier. Il aurait fallu qu'ils eussent un air bien plus minable pour être classés à Clerkenwell dans les gens humbles. On n'était pas non plus choqué de voir la femme traînant un lourd fardeau, tandis que l'homme ne portait rien : ce sont de ces choses terribles qui se constatent souvent à Clerkenwell.

Arnold Bennett

Fils de notaire, comme Octave Mirbeau, Arnold Bennett est né à Hanley, au centre de la région industrielle connue sous le nom de « The Potteries », réseau de six villes dont la principale est Stock-Upon-Trent, centre de production des faïences et porcelaines du Staffordshire. Pensionnaire d'une *public school* huppée de Newcastle-under-Lyme, Arnold Bennett part en 1888 à Londres, où il sera d'abord clerc de notaire. Bennett fréquente le milieu artistico-littéraire de Chelsea. En 1893, il gagne un concours de pastiches organisé par l'hebdomadaire satirique *Tit-Bits* (où Conrad publiait ses premiers textes à la même époque). La même année, il est engagé comme secrétaire de rédaction à la revue *Woman*, dont il deviendra par la suite rédacteur en chef. Sa première nouvelle « sérieuse » paraît en 1895 dans *The Yellow Book*, la revue Art Nouveau de John Lane et Elkin Matthews. En 1890, la lecture de *Froment Jeune et Risler Aîné* de Daudet avait fait de lui un adepte convaincu de l'école réaliste française (réaliste, et non naturaliste : il se réclame de Flaubert, Maupassant et des Goncourt, mais pas de Zola). A partir de 1896, il tiendra un *Journal* conçu sur le modèle de celui des Goncourt.

Entre 1893 et 1900, période d'intense production : nombreux articles et nouvelles, plusieurs pièces de théâtre et deux romans. En 1902, après la mort de son père, il va s'installer à Paris, où il est correspondant de divers magazines et journaux (dont l'*Evening Standard*). Il y écrit une impressionnante succession de romans (onze publiés entre 1903 et 1907). En 1907, il épouse sa secrétaire, Marguerite Soulié, et s'installe avec elle dans un pavillon de location aux Sablons, en bordure de la forêt de Fontainebleau. Il y mène une vie d'écrivain « rangé » et y produit *The Old Wives'Tale* (qui paraît chez Chapman & Hall à l'automne 1908), puis *Clayhanger, The Card* et *Hilda Lessways*. A la fin de 1911, il se rend aux États-Unis où il est triomphalement accueilli. En 1912, il regagne l'Angleterre et s'installe avec sa femme dans une propriété patricienne de l'Essex. Il participe aux activités du Bureau de Propagande britannique dont il est un des directeurs pendant la guerre de 14.

En 1921, il se sépare de sa femme, qui lui refuse le divorce, et s'engage dans une longue liaison avec Dorothy Cheston, dont il aura une fille en 1926. En 1930, il quitte l'Essex pour Londres et achète un luxueux appartement dans Baker Street. Sa santé précaire l'incite à aller faire un séjour curatif dans le Sud de la France. Il y contracte la typhoïde (en buvant de l'eau en carafe dans un restaurant, d'après la légende) et meurt à son retour à Londres en mars 1931.

Bibliographie française

Clayhanger (Clayhanger). Adapté de l'anglais par Maurice Lanoire. P., Éditions du Siècle, « Les Maîtres étrangers », 1934. In-16, 560 p.

Les Canards musqués (nouvelle), in *Les Œuvres libres* n° 205. P., Arthème Fayard, 1938.

Le Chapeau (nouvelle). Traduction de Louis Larue. S.1. Genève, Kundig, 1950. In-16, 23 pages.

Enterré vivant (Buried Alive). Traduction de Jean Magdalen. P., Éditions du « Monde Illustré », 1910. In-16, 288 pages.

Amour profane, Amour sacré (Sacred and Profane Love : A Novel in Three Episodes). Traduction de Maurice Lanoire. Grasset, « Les Maîtres étrangers », 1921. In-16, IV-311 pages.

L'Art de vivre (How to Make the Best of Life). Traduction de Clara et Arthur Hirsch. P., J. Budry (Dijon, imprimerie Darantière), 1926. In-16, 327 pages.

Le Spectre (The Ghost). Traduction d'Émile Chardome. Gallimard, 1926. In-16, 255 pages (Collection Blanche).

L'Escalier de Riceyman (Riceyman Steps). Traduction de Maurice Rémon. Stock, « Le Cabinet cosmopolite » n° 38, 1929. In-18, 370 pages. (Préface d'André Maurois).

Un conte de bonnes femmes (The Old Wives'Tale). Traduction de Marcel de Coppet. Gallimard, 1931. 2 volumes In-16 de 329 et 357 pages. (Collection blanche).

Parmi les nombreux ouvrages qui lui ont été consacrés, on peut lire la biographie de M. Drabble : *Arnold Bennett : A Biography* (1974).

COMPOSITION : AISNE COMPO
IMPRESSION : NORMANDIE ROTO IMPRESSION S.A. À LONRAI (61250)
DÉPÔT LÉGAL : AVRIL 1993. N° 42 (I3-0480)